Christian v. Ditfurth, geboren 1953, ist Historiker und lebt als freier Autor in Berlin und in der Bretagne. Neben Sachbüchern und Thrillern hat er Kriminalromane um den Historiker Josef Maria Stachelmann veröffentlicht, die auch international Aufmerksamkeit fanden. Außerdem erschienen Thriller um den Berliner Kommissar Eugen de Bodt. *Zwei Sekunden* wurde mit dem Stuttgarter Krimipreis für den »besten deutschsprachigen Kriminalroman 2016« ausgezeichnet. Zuletzt erschien *Giftflut*.

Weitere Informationen zum Autor unter www.cditfurth.de

»*Zwei Sekunden* ist ein hoch spannender und ziemlich realitätsnaher Thriller.«
Welt am Sonntag

Außerdem von Christian v. Ditfurth lieferbar:

Das Dornröschen-Projekt, Kriminalroman
Tod in Kreuzberg, Kriminalroman
Ein Mörder kehrt heim, Kriminalroman
Heldenfabrik, Thriller
Zwei Sekunden, Thriller
Giftflut, Thriller

CHRISTIAN
V. DITFURTH

BÖSE SCHATTEN

Stachelmanns neue Fälle 1

PENGUIN VERLAG

2. Auflage 2018

Umschlag: Cornelia Niere, München, unter Verwendung
eines Motivs von Shutterstock/artworks-photo
Redaktion: Claudia Alt
Satz: Uhl + Massopust, Aalen
Druck und Bindung: GGP Media GmbH, Pößneck
Printed in Germany
ISBN 978-3-328-10177-2
www.penguin-verlag.de

Dieses Buch ist auch als E-Book erhältlich.

Für Chantal

Prolog

Der Junge hielt die Holzkiste vor dem Bauch. Die Hand der Mutter lag auf seiner Schulter. Er hatte Tränen in den Augen und presste die Lippen aufeinander. Der Vater trat den Spaten in die Erde. Das Stahlblatt schleifte im Erdgestein. Er drückte auf den Spatenknauf und stemmte einen Brocken Erde heraus. Ein Regenwurm kringelte unter die Hecke. Es war ein schattiger Platz, an dem sie Tiger begraben wollten. Ein Auto hatte den Kater überfahren. Er war nicht mal drei Jahre alt geworden. Tiger hatte sich nach dem Unfall noch in den Garten zurückgeschleppt. Am Morgen fand ihn die Mutter, da war er schon steif. Sie hatten Tiger vor zwei Jahren aus dem Tierheim geholt. Er war vielleicht zwölf Wochen alt gewesen. Der Kater war anhänglich geworden. Dem Jungen war er fast überallhin gefolgt. Morgens, wenn er zur Schule ging, lenkte die Mutter den Kater ab, damit er dem Jungen nicht nachrannte.

Der Vater wischte sich die Stirn. Er war stämmig und groß. Früher hatte er in einem Verteilzentrum der Post gearbeitet. Bis seine Vorgesetzten merkten, dass er ein Organisator war. Nach ein paar Jahren leitete er das Verteilzentrum, in dem er als Lehrling angefangen hatte. Dort hatte er auch seine Frau kennengelernt. Die hatte lange am Band gestanden, wo Millionen von Paketen vor ihren Augen vorbeigezogen waren. Nachdem sie geheiratet hatten und sie schwanger geworden war, arbeitete sie erst halbtags, dann blieb sie zu Hause. Sie konnten es sich nun leisten. Die beiden waren gute Eltern und liebten sich immer noch. Selten kam es zum Streit.

Der Vater seufzte und grub weiter. Nach ein paar Spatenstichen winkte er dem Jungen, die Kiste ins Grab zu legen. Aber das Loch war zu flach. Der Junge hob die Kiste wieder heraus. Der Vater stieß das Spatenblatt in die Erde. Es knirschte. Er ruckelte am Stiel und brach einen Erdbrocken frei. Den hob er an, dann erstarrte er und ließ den Brocken in die Grube zurückfallen. »Scheiße!«, stammelte er.

Der Junge starrte in die Grube. Sein Mund öffnete sich wie in Zeitlupe, dann schrie er. Der kleine Holzsarg plumpste auf den Boden, der Deckel öffnete sich. Ein schwarz-weißer Katzenkadaver fiel aus der Kiste. Wie tiefgefroren. Die Mutter schlug sich die Hand vor den Mund.

Es zog ihre Blicke an wie ein Magnet. Knochenstücke an Gelenken in der Grube. Dazu ein Finger, am Mittelhandknochen abgetrennt.

1

Er schwitzte, und seine Hände zitterten. Er steckte sie in die Hosentaschen. Dann drehte er sich zum Fenster. Zog ein Schnupftuch hervor und tat so, als putzte er sich die Nase. Hastig wischte er mit dem Tuch die Stirn trocken. Der Rücken war feucht. Er fror. Als er sich umdrehte, sah er die Gesichter. Sah die Erwartung. Erinnerte sich an die Ankündigung. Sein Vortrag mit dem Titel »Gedenken oder Geschichtspolitik?«. Ein Titel, der ihm gleich fremd war, als er ihn zum ersten Mal auf dem Plakat las. Dröge. Obwohl er von ihm stammte. Sie hatten ihn nach einem Titel gefragt, und ihm war gerade nichts Besseres eingefallen. Dann wollte er es nicht mehr ändern. Es hätte den falschen Eindruck gemacht. Weiße Schrift auf schwarzem Hintergrund. Reißerisch sah es aus, langweilig las es sich. Anmaßend vor allem. Aber nun stand es überall. Und in den Gesichtern sah er, dass er den Anspruch einlösen musste. Das Versprechen, Trauer von Lüge zu trennen, Nachdenklichkeit von Berechnung, Wirklichkeit von Erfindung. Was, verdammt, ist wirklich? Alles Konstruktion? Aber es gibt doch Fakten. Gedanken verwirbelten in seinem Hirn. Warum konnte er sich nicht einen Dutzendstoff aussuchen, wie es die meisten taten? »Das KZ-System des Nationalsozialismus« etwa, um bedeutungsschwanger zu berichten, was schon hundertmal berichtet worden war. Warum zog es ihn immer aufs Glatteis, wo es doch leichter war, feste Wege zu finden? Gewiss, er hatte es immer geschafft. Bisher. Hatte seinen Magister gemeistert. Hatte promoviert. War Dozent am Historischen Seminar der Uni Hamburg geworden. Hatte ein Büro im Philosophenturm gehabt. Bis er Bohming zu Fall brachte.

Den Sagenhaften. Den Chef. Professor Bohming hatte alle Historikerschlachten ohne Kratzer überlebt. War nicht im schwarzen Loch gelandet wie Nolte, der Finsterling. Aber Stachelmann hatte ihn erwischt. Den Betrüger. Bohming saß nun Tag für Tag in seinem Wohnzimmer und starrte trüb vor sich hin. So war es jedenfalls bei ihrer letzten Begegnung gewesen. So musste es heute noch sein. Bohming, der nicht wusste, wo er hinsollte mit seinem Hass auf Stachelmann. Ausgerechnet der saß nun auf dem Lehrstuhl. Professor Josef Maria Stachelmann. Es hörte sich so falsch an, als hätten sie ihn zum Kaiser der Salomonen ausgerufen.

Sie saß in der ersten Reihe. Vor dem Rednerpult. Eingerahmt von den *Männern*. Das war ein Oberbegriff, unter dem wegen ihrer Verwechselbarkeit und Austauschbarkeit die Lehrstuhlmitarbeiter Lehmann und Ostermann zusammengefasst wurden. Die *Männer* verehrten Anne natürlich und fragten sich, warum ausgerechnet Stachelmann sie abgekriegt hatte. Dinge gibt's.

Anne hätte nicht kommen dürfen. Wenn er schon versagte, dann nicht vor ihr. Stachelmann hatte ein paarmal versucht, ihr den Besuch bei seiner Antrittsvorlesung zu vermiesen. Aber sie hatte ihn nicht verstanden. Seine Andeutungen verstand sie nie. Wenn jemand einen Anspruch habe, dabei zu sein und sogar in der ersten Reihe zu sitzen, dann doch sie. Sie hatte recht. Wie immer. Das nagte an ihm. Wie immer.

Seine Augen suchten Bohming. Er würde nie wiederkommen. Das musste Stachelmann lernen. *Er* war jetzt der Chef. Aber ohne Bohming fehlte was. Das merkte er erst, seit er als Privatschnüffler in Geschichtsfragen gescheitert war.

Was kommt jetzt?

In der letzten Reihe entdeckte er Georgie. Der spielte mit seinem Handy. Was wollte Georgie hier? Georgie gehörte zu seinem alten Leben. Hatte sich selbst als Detektivgehilfe eingestellt.

War plötzlich da gewesen. Unentbehrlich geworden. Und ein Dauerärgernis. Bei ihm konnte sich Stachelmann nur auf eines verlassen, nämlich auf seine Launen. Er kam und ging, wann es ihm passte. Hing im Notfall bestimmt gerade in einer Schwulenkneipe rum. Anne hatte nicht verstanden, was er an Georgie fand. Sie mochte ihn nicht, auch wenn sie es nicht zugab.

Er erschrak, als er die Stimme hörte. Der Dekan war ans Pult getreten und hatte zu reden begonnen. Professor Huld hüstelte, dann setzte er seine staubtrockene Ansprache fort. Das Hüsteln hielt er bestimmt für einen dramatischen Höhepunkt. Redete von einem Kollegen, dessen wissenschaftlicher Ruf keinesfalls gelitten habe, als er eine Auszeit genommen habe. Hüstel. Der wie kaum ein anderer befähigt sei, einen auch international beachteten Lehrstuhl zu bekleiden. Nun habe der Kollege gewiss nicht so viele wissenschaftliche Arbeiten vorgelegt wie manch anderer. Aber was er veröffentlicht habe, sei von umso beeindruckenderer Qualität und nachhaltigerer Gültigkeit.

Wie kommt einer nur auf solche Wendungen?, dachte Stachelmann. Hohl, hohler, Huld. Stachelmann würde es nie lernen, mit hundert Wörtern nichts zu sagen. Dann noch solche Wörter.

Sein Magen zog sich zusammen. Gleich musste er ans Rednerpult treten. Das Manuskript seines Vortrags wartete im Fach unter der Tischplatte. Ob er etwas vergessen hatte? Er erinnerte sich, als er in einer Vorlesung immer wieder in seinen Papieren blättern musste, weil die Reihenfolge nicht stimmte. Und wenn eine Seite fehlte? Er hatte den Text gar nicht mehr gründlich durchgesehen. In diesem Augenblick wusste er überhaupt nicht, was er vortragen würde. In seinem Hirn herrschte Leere.

Beifall, als Huld sagte: »Ich übergebe nun das Wort dem verehrten Kollegen Stachelmann, der mit dieser Vorlesung sein neues Amt antritt.«

Die Knie zitterten, als er ans Pult trat. Er spürte ein Stechen im Rücken. Es würde sich ausweiten, zuerst in die Beine schießen. Er hatte vergessen, die Diclofenac-Tablette zu schlucken. Sonst tat er es immer auf Verdacht, wenn etwas Wichtiges anstand. Ein Griff in die Jacketttasche genügte. Aber wie sah das aus? Als nähme er ein Aufputschmittel.

Er richtete seinen Blick auf einen Fleck an der Rückwand. Dann schaute er aufs Manuskript. Die Buchstaben verschwammen. Auf dem Kopf wurde es heiß. Gleich würde er unter den Haaren schwitzen. Plötzlich begann sein Mund zu reden. Er blickte ein paarmal beiläufig ins Manuskript und ertappte sich staunend, dass er eher erzählte als vortrug.

Die Tür sprang auf. Eine schmächtige Frau. Kurze braune Haare, große Augen. Als wäre sie über sich selbst erschrocken, stand sie im Raum. Alle Blicke richteten sich auf sie. Sie hob entschuldigend die Hand und schloss die Tür. Etwas zu laut. Sie fand keinen Sitzplatz und hockte sich neben der ersten Reihe auf den Boden.

Stachelmann hatte währenddessen weitergeredet. Als er endete, herrschte Stille. Er stand da und wusste nicht, was jetzt geschehen sollte. Stimmt, ein Imbiss war vorgesehen. Dann hörte er es. Zunächst Räuspern und Husten. Ein paar Fäuste klopften auf die Tischplatten, dann klopften viele. Er blickte irritiert auf die Sitzreihen. Alle klopften. In der Mitte erhoben sich Leute und klatschten. Schließlich standen alle. Am Schluss erhob sich auch Anne. Ihr war unwohl dabei, das konnte Stachelmann nicht übersehen.

Auch die verspätete Hörerin hatte sich hingestellt. Sie klatschte und musterte Stachelmann, ohne es zu verbergen.

Huld kam nach vorn und reichte ihm die Hand. »Ausgezeichnet, Herr Stachelmann, wirklich ausgezeichnet.« Stachelmann blickte ihm in die Augen. In denen musste doch in riesigen

Buchstaben *Lüge* stehen. Aber sie strahlten. Die *Männer* umarmten ihn kurz. Anne zögerte, dann nahm sie sein Gesicht in ihre Hände und küsste ihn. Warum sagte sie nichts? Sie war die Einzige, die erkannt haben musste, dass die Vorlesung dünn gewesen war. Die Hörer hatten sich doch durch die Umstände beeindrucken lassen.

Der Dekan stand neben ihm und nickte, sobald jemand Anerkennung äußerte. Die meisten Leute, die ihm die Hand gaben und etwas sagten, kannte Stachelmann nicht. Manche Gesichter hatte er schon einmal gesehen, aber ihm fehlten die Namen. Er verstand die Gratulanten nicht richtig. Es waren nur Geräusche. »Vielen Dank!« – »Großartige Vorlesung!« – »Da haben Sie sich aber etwas getraut!« Gruppen plauderten im Raum verteilt. Manche Hörer hatten sich bereits mit Getränken versorgt. Anne drückte ihm ein Glas in die Hand und stieß mit ihm an. »Glückwunsch, Herr Professor«, sagte sie und strahlte ihn an.

Sie war doch nur neidisch. Anne arbeitete auch am Historischen Seminar. Aber niemand schien ihr zuzutrauen, eine Karriere wie Stachelmann hinzulegen. Zumal mit diesem Umweg. Er hatte doch gekündigt, alles hingeworfen. Und jetzt war er wieder da. Und gleich ganz oben. Gewiss, sie hatte ihn bestärkt, sich um die Professur zu bewerben. Aber niemand hatte damit rechnen können, dass er sie auch kriegte. Das war so ein Rat gewesen von der Art, dass die Vernunft ihm gebot, das Gefühl aber den Erfolg fürchtete. Sie verstellte sich, keine Frage. Er war jetzt ihr Chef. Das konnte ihr nicht passen. Für sie gab es nichts zu strahlen.

Er trank einen Schluck. Sekt, schon leicht schal, zu warm. Kopfschmerzwasser.

Die kleine Frau stand plötzlich vor ihm. Sie reichte ihm die Hand. »Hätte ich an der Uni solche Vorlesungen gehört, wäre ich vielleicht nicht Polizistin geworden.« Sie lachte, etwas zu laut.

Er starrte sie an, gleich war es ihm peinlich. *Polizistin* hatte sie gesagt. Er dachte an Ossi, den Freund, der tot war. Ossi war Polizist gewesen.

»Ich soll Sie von Herrn Taut grüßen.«

Taut, der Kriminalrat, der Ossis Chef gewesen war. LKA irgendwas.

»Danke«, sagte Stachelmann.

Renate Breuer stand neben der Polizistin und blickte ungeduldig. Die Sekretärin des Seminars. Bohmings Sekretärin, die jetzt seine war. Gewiss nahm sie es ihm übel, dass er Bohming abgeschossen hatte. Obwohl der Grund den Begriffsstutzigsten überzeugen musste. Plumper Betrug, viel zu lang unter der Decke gehalten. Dagegen waren die jüngsten Plagiatsaffären Kindergeburtstage.

Breuer trat einen Schritt vor und reichte ihm die Hand. »Ich freue mich sehr«, sagte sie. Ihre Stimme klang gerührt. Stachelmann nahm ihre Hand und blickte auf den Boden. Ihm wurde wieder heiß auf dem Kopf.

»Danke«, sagte er leise.

Die Polizistin blickte ihn an und sagte: »Rebekka Kranz, ich hab mich gar nicht vorgestellt. Oberkommissarin, eine von Tauts Knechten.« Sie formte einen Bauch und lachte.

Stachelmann erschrak.

»Der Kuchen«, sagte Kranz. »Er liebt ihn. Für ihn wird er sterben. Sie werden ein Grab für zwei schaufeln müssen.« Sie hielt sich die Hand vor den Magen, als hätte sie Schmerzen, und gluckste.

»Was kann ich für Sie tun?«

»Wenn Sie mal fünf Minuten hätten …«

»Ist jetzt schlecht. Sie sehen ja.«

Am Abend landete er mit Anne im *Tokaja*, nah am Campus. Hier hatte er vor Jahren mit Ossi geredet. Der Fall Holler. Ein reicher

Makler, dessen Frau und Kinder ermordet worden waren. Ossi hatte sich bei ihm gemeldet.

Im *Tokaja* wurde nicht mehr geraucht. Sie fanden einen Tisch neben der Tür. Gebrabbel hallte im Raum. Einige Tische weiter saß eine Runde von Studenten und feixte. Einer blickte zu Stachelmanns Tisch und nickte. Stachelmann konnte sich nicht an ihn erinnern, nickte aber zurück. Er fühlte sich fremd und allein, obwohl er hier weder fremd noch allein war.

»Du sagst, die sei Polizistin?«

Stachelmann nickte.

»Und was wollte sie?«

Er zuckte mit den Achseln. »Sie kommt morgen Nachmittag.«

2

Der Brief im schmutzig grauen Umschlag enthielt die ganze Wahrheit. 827 Euro betrug seine Rente. Er würde keinen Widerspruch einlegen. Die Ungerechtigkeit war richtig errechnet. Dieser Scheißstaat fand ihn mit einem besseren Taschengeld ab. Kurt würde seine Wohnung verlieren und sich am Stadtrand eine billigere Bleibe suchen müssen. Er schnaubte. Stand auf vom Küchentisch und wackelte mit krummen Beinen ins Wohnzimmer, wo die Zigarettenschachtel lag.

Die andere Drecksnachricht stand in der *Bild*. Sie hatten ihn gefunden. Es konnte nur er sein. Der Ort, nahe Rahlstedt. Der Zustand der Leiche. Es passte alles. Sie zeigten Fingerknochen, die irgendein Depp gefunden hatte. Wollte eine Katze begraben. Sentimentale Pisser.

Aber er war es gewohnt, eins und eins zusammenzuzählen. Zwei konnte gut sein oder auch schlecht. Aber zwei blieb zwei.

Kurt lachte über Leute, die sich die Dinge schönredeten. Es war, wie es war. Und er konnte es sich nicht leisten, die Augen davor zu verschließen.

Sie hatten ihn gefunden. Jetzt, kurz bevor er selbst abtreten würde. Er war Realist. Die Besuche beim Arzt waren nicht erfreulich. *Ändern Sie Ihren Lebenswandel.* Leck mich am Arsch!

Kurt ging hinaus auf den Balkon und steckte sich eine an. Seit es keine richtigen Zigaretten mehr gab, rauchte er jede mit Verachtung. Die Roth-Händle waren auch nicht mehr die Lungentorpedos, die sie mal waren. Duftkraut wie inzwischen auch der Franzosentabak. Irgendwann würden sie einem Doppelkorn ohne Alkohol vorsetzen. Die Schweine.

Überall Schweine.

Wäre er nicht alt, er würde denen so richtig einheizen. Er hätte Terrorist werden sollen. Nur als Terrorist kann einer ehrlich leben. Ein Zug an der Zigarette. Er sog den Rauch ein, staute ihn ein paar Sekunden in der Lunge und ließ ihn langsam entweichen.

Draußen regnete es. Auch der Frühsommer oder Spätfrühling war scheiße.

Auf dem Bürgersteig schob eine Frau einen Kinderwagen, aus dem es plärrte. Ein Taxi rollte vorbei, langsam, auf der Suche nach einer Hausnummer.

Er rauchte die Zigarette hastig zu Ende, erhob sich, verharrte und setzte sich wieder. Er hatte keinen Grund zur Eile. *Bleib ruhig.* Sie würden ihn nie finden. Er überlegte, welche Wege von seinem Opfer zu ihm führen könnten. Es fand nur einen einzigen. Aber auf den würde keiner kommen. Die wollten keine Nadel im Heuhaufen finden, sondern ein Nadelatom im Himalaja.

Er lächelte. Eigentlich war es gar nicht übel, dass sie die Leiche gefunden hatten. Unterhaltsam, sehr unterhaltsam. Er würde verfolgen, wie sie im Dunkeln tappten, und sich amüsieren.

Kurt hatte lang nicht an ihn gedacht. Also bewusst. Im Untergrund seines Hirns rumorte es oft, aber er hatte gelernt, die Geräusche zu überhören. Meistens. Ihn erstaunte, dass ihn die Erinnerung nicht plagte. Es fühlte sich eher an wie ein angenehmes Gruseln. Als sähe er einen dieser Fernsehkrimis, wo man am Anfang schon wusste, dass am Ende alles wieder gut sein würde.

Kurt hatte leicht herausgefunden, dass das Opfer gern mit dem Rad spazieren fuhr. Immer denselben Weg. Immer mittags. Wenn er Pause machte. Der Weg teilte eine Siedlung, dann querte er ein Wäldchen, an dessen Ende ein Teich lag.

Eine junge Frau radelte vorbei. Seine Augen folgten ihr.

Es hatte nicht lang gebraucht, um die Sache zu planen. Und es hatte geklappt. Wie am Schnürchen.

Seine miese Laune verflog mit der Erinnerung. Es fehlte nur noch ein Lied.

»Gibt acht! Es kracht!«
Schreit mich ein Spanier an.

Wenig geht über Strauss und nichts über den *Zigeunerbaron*.

3

»Das Opfer ist ein Mann. Zwischen vierzig und fünfzig. Er wurde gefoltert«, sagte Rebekka Kranz. »Offenbar lang und intensiv.«

Sie saß ihm klein gegenüber. Ihre Augen waren unruhig. Ihre Hände redeten mit. Grazile Finger, keine Ringe. Überhaupt kein Schmuck. Ein zarter Hals. Stachelmann zwang seine Augen, ihn nicht anzustarren. Den Hals.

»Es muss lang gedauert haben. Es waren zwei Täter … also, mindestens zwei haben gefoltert … das ist natürlich nur eine Vermutung.«

»Woher …?«

»Es ist die Art der Verletzungen. Der Rechtsmediziner sagt, sie hätten verschiedene Messer benutzt. Manchmal hat eine Messerspitze den Knochen getroffen.«

Stachelmann schloss die Augen. Er sah zwei Männer, die immer wieder auf einen anderen Mann einstachen. Sie mussten aufpassen, dass sie keine wichtigen Gefäße trafen. Sonst wäre die Folterung bald vorbei gewesen. »Wie kommen Sie darauf, dass es lang gedauert hat?«

»So viele Stiche, deren Spuren wir finden. Da gibt es natürlich mehr Stiche, weil wohl einige keine Spuren am Skelett hinterlassen haben.«

Natürlich.

»Vielleicht haben ihn auch mehr Leute entführt, drei oder vier, was weiß ich? Folterspuren fanden wir allerdings nur von zwei Messern. Könnte aber sein, dass sie sich abgelöst haben …«

Folter mit Schichtwechsel.

Sie rutschte auf ihrem Stuhl hin und her. Als hätte sie die Schmerzen, die sich in Stachelmanns Rücken vom Steißbein bis zum Hals ausbreiteten.

Sie schwiegen.

Im Flur Stimmen. Stachelmann glaubte, Breuer zu hören. Er fragte sich, wann er die Unsicherheit ihr gegenüber verlieren würde. Das schlechte Gewissen, das sich sie als Auslöserin seiner Erinnerung ausgesucht hatte. Damit er bloß nie vergaß, was er angerichtet hatte. Bohmings Sohn, gefangen in der Drahtfalle. Und erschossen. In Notwehr. Notwehr?

Stachelmann kramte in der Schreibtischschublade nach einer Schmerztablette. Sie beobachtete ihn. Als er den Blister gefunden hatte, drückte er in der Schublade einhändig eine Pille heraus und steckte sie in den Mund. Sammelte Speichel und schluckte sie. Sie beobachtete es ausdruckslos.

»Herr Taut sagt, Sie könnten vielleicht helfen.«

»Bei was?«

»Sie hätten uns schon mal blamiert, hat er gesagt.«

Stachelmann blickte ihr in die Augen. Sie erwiderte den Blick, bis ihre Lider flackerten und sie wegsah. Taut, der im Büro saß und seine Leute scheuchte. Mit seinem schnellen Verstand und einer Wampe, die sich vermutlich weiter gebläht hatte. Seit damals.

»Irgendwann platzt er«, hatte Ossi gesagt und prollig geröhrt. *Sie werden ein Grab für zwei schaufeln müssen*. Der Spruch stammte von ihm, nicht von ihr. Hatte sie Ossi gekannt? Aber vermutlich war es einer dieser Scherze, die seit ewigen Zeiten umgingen.

»Sie sind neu …«

»Geht so.« Sie lachte.

Warum lacht sie so oft und so laut?

»Skelett«, sagte Stachelmann. »Wie lang begraben?«

»Vielleicht zwanzig Jahre.«

»Und was habe ich damit zu tun?« Er legte den Finger an die Lippe. »So meine ich es …«

Sie wehrte mit geöffneten Händen ab. »Schon klar.«

»Und was?«

»Es ist ein Mann«, sagte der Rechtsmediziner. Dann streckte er Stachelmann einen viel zu langen Arm mit viel zu großer Hand entgegen. »Ich hab von Ihnen gehört.«

»Ich habe Herrn Stachelmann die wichtigsten Dinge berichtet. Das ist Dr. Vogel.«

»Schauderhafte Geschichte«, sagte er beiläufig. »Folter, und was für eine. Da muss jemand großen Hass …«

»Oder Wut«, sagte sie.

»Was auch immer.«

Vor ihnen lag das Gerippe. Gut erhalten. An der linken Hand fehlte der Zeigefinger. Der lag am Fußende in der Edelstahlwanne.

»Das Opfer muss entführt worden sein«, sagte Kranz. »An einen Ort, wo man ihn ausgiebig quälen konnte. Was heißt, dass die Täter glaubten, niemand könne das Opfer hören. Ein Raum, der sicher war. Wo die Täter nicht gestört werden konnten.«

»Etwa der Keller eines einsamen Hauses«, ergänzte Vogel.

»Eine Industrieruine, Halle, Garage, Schuppen«, sagte Kranz.

Stachelmann betrachtete die Leiche. Merkwürdig, ihn schauderte nicht. Er hatte einen sachlichen Blick auf die Knochen. Grau, mit Erdkrümeln in den Augenhöhlen. Das Gebiss schien vollständig.

»Was hat ihn getötet?«

Vogel nickte. »Die Qualen. Er ist irgendwann verblutet.«

»Er wurde aber nicht umgebracht, wo er gefunden wurde«, sagte Stachelmann.

»Vielleicht ist der Tatort in der Nähe, vielleicht ganz woanders. Kann sein, der Täter schloss aus, dass ihn jemand fand, wo er ihn begrub. Dann ist der Tatort wohl nicht weit entfernt. Aber das sind Spekulationen.«

Sie lachte nicht ein einziges Mal.

Taut saß hinter seinem Schreibtisch und telefonierte. Er winkte Kranz und Stachelmann an den Besprechungstisch. Sie setzten sich gegenüber. Taut hörte währenddessen zu, was der Anrufer ihm sagte. Er saß unbeweglich wie Buddha. Seine Miene verriet nicht, ob ihm gefiel, was er erfuhr. Hin und wieder sagte er trocken »Ja«, wohl um dem Gesprächspartner zu zeigen, dass er noch am Hörer war. Endlich legte er auf. Mit den Händen stützte er sich auf der Tischplatte ab, als er sich erhob. Er seufzte einmal leise. Dann kam er bedächtigen Schritts zum Besprechungstisch, eine Plastikhülle in der Linken. Taut reichte Stachelmann die Hand. »Gut, Sie wiederzusehen. Obwohl, ich gebe es zu, es mich an Ereignisse erinnert, die ich gern vergessen würde.«

Er setzte sich mit einem Seufzen.

Der Kriminalrat war noch fetter geworden. Stachelmann hatte das Bild vor Augen, wie er mit Taut auf der Feuerleiter auf das Dach eines Universitätsinstituts kletterte. Das wäre inzwischen kaum mehr möglich.

Stachelmann blickte an sich nach unten. Er selber war aber auch nicht schlanker geworden. Anne hatte ihn schon gefoppt und von einem Schmerbauch gesprochen, den sie an ihm entdeckt haben wollte. Und Felix, der gerade mit maximalem Erfolg seine soundsovielte Trotzphase abfeierte, hatte ihn *Fettsack* genannt. Als ihn die Fopperei zu nerven begann, hatte er sich auf die Waage gestellt. Dreieinhalb Kilo mehr, optimistisch gewogen. »Als Professor darf ich das«, erklärte er und erntete Hohn und Gelächter.

»Herr Stachelmann, erst mal meinen Glückwunsch zur …«

Stachelmann winkte ab.

Taut zeigte keine Reaktion. Er schob die Plastikhülle zu Stachelmann. Kranz beobachtete die beiden Männer. Sie hatte Augen, die einen gefangen nahmen.

Die Hülle schützte einen Papierfetzen. Der Rand war vermodert. Es war nichts zu erkennen als eine Drahtspitze.

Während Stachelmann sich mühte, das Bild zu verstehen, sagte Taut: »Lag beim Toten. Es ist ein Wunder, dass es nicht völlig vergammelt ist. Die KTU sagt, dass das Stück wohl halbwegs luftdicht eingeschlossen gewesen sei. Wie ein Fossil. Das ist es ja auch. Ein Fossil.«

Schweigen.

Stachelmann starrte zum Fenster hinaus. Das Bürohaus eines Versicherungskonzerns. Menschen an Schreibtischen.

»Mehr haben Sie nicht?«

Taut schüttelte den Kopf. »Bisher nicht. Sonst nur Vermutungen. Und das.« Sein Finger zeigte auf den Fetzen.

»Der Täter war sich sicher, dass die Leiche nie gefunden würde«, sagte Stachelmann vor sich hin.

»Er hat sie in einer Gegend vergraben, wo bis vor Kurzem niemand gebaut hätte. Aber jetzt wurde das Gebiet erschlossen. Der Speckgürtel platzt ...« Taut zog ein Taschentuch hervor und wischte sich die Lippen ab.

Regen trommelte an die Fensterscheibe. Gerade hatte noch die Sonne geschienen. Es dämmerte in Tauts Büro.

Stachelmann fiel auf, dass Kranz ruhig auf ihrem Stuhl saß. Erstaunlich. Sie konzentrierte sich auf irgendwas. Sie hatte ein Bein übers andere geschlagen und umklammerte mit den Händen ihr Knie. »Das ist Stacheldraht«, sagte sie.

Taut und Stachelmann betrachteten den Papierfetzen. Ein Drahtende konnte es sein. Angespitzt, wie bei Stacheldraht.

»Woher stammt das?«, fragte Stachelmann.

»Zeitungspapier, sagt die KTU«, erwiderte Taut leise. Er war woanders mit seinen Gedanken.

»Stacheldraht in der Zeitung«, sagte Kranz.

»Welche Zeitung?«, fragte Stachelmann.

»Wissen wir nicht. Das wird gerade untersucht. Ob was herauskommt ...« Tauts Fingerspitzen klopften leise auf dem Tisch.

»Sonst haben Sie nichts?«

Taut schüttelte kaum merklich den Kopf.

»Und mich haben Sie wegen dem da geholt.« Stachelmann deutete auf den Papierfetzen. Das angespitzte Ende eines Drahts auf halb verrottetem Papier.

»Mehr wird es eher nicht werden«, sagte Taut.

Kranz räusperte sich.

»Wir werden nicht einmal herausfinden, aus welcher Zeitung es stammt. Und sogar wenn, was würde es helfen. Stellen Sie sich vor, das war im *Hamburger Abendblatt* abgedruckt …«, sagte Stachelmann.

»Dann würden wir die Ausgabe im Archiv finden und wissen, wann der Mord geschah«, sagte Kranz.

»Ja?« Taut lächelte. »Wir würden wissen, dass der Mord vor einem bestimmten Zeitpunkt verübt wurde. Wann, wüssten wir nicht.«

»Das meine ich doch. Wir könnten ihn eingrenzen …«

»Und wenn Sie die Mühe investierten, in allen Zeitungen der Umgebung zu suchen, die vor, sagen wir mal, spätestens fünfzehn Jahren erschienen sind?«, fragte Stachelmann.

Taut nickte. »Machen wir ja. Das Ergebnis hängt auch davon ab, ob die Archivare den Rest des Bildes identifizieren können. Es könnte ja was anderes sein. Aus einer Anzeige für einen Baumarkt stammen. In einer Zeitung für Schrebergärtner erschienen sein. Aus dem Ausland stammen … ein Matrose aus Manila …«

»Außerdem könnte der Ausriss schon im Boden gelegen haben und mit dem Mord nichts zu tun haben«, sagte Kranz.

»Männliche Leiche unbestimmten Alters, irgendwas zwischen vierzig und fünfzig, gefoltert, vor circa fünfzehn bis fünfundzwanzig Jahren verscharrt. Das ist alles, was wir wissen«, sagte Taut. »Der Rest ist Spekulation.«

Stachelmann legte eine Kopie auf den Küchentisch.

Anne zog sie vor ihre Augen. »Das ist ja winzig«, sagte sie. »Hast du das von Taut?«

Stachelmann nickte.

»Und was soll das sein?«

»Stacheldraht. Vielleicht. Eine bessere Erklärung kenn ich auch nicht.«

»Und was solltest du dort?«

Stachelmann überlegte. »Weiß auch nicht. Die kommen nicht voran. Wahrscheinlich wollen Sie sich nicht vorwerfen lassen, dass sie nicht alles versucht haben.«

»Stacheldraht wird doch überall benutzt. Der Typ war Schrebergärtner ...«

»Die benutzen anderen Draht. Stacheldraht soll schmerzen, wenn man ihn überwindet. Gefängnisse, Lager, Sicherheitsbereiche ...«

»Bonzenvillen«, ergänzte Anne.

Ihr Ton gefiel ihm nicht. Sie musste alles gegen den Strich bürsten. Was er sagte, galt nicht. Wurde bezweifelt, wenigstens ergänzt und so als unvollständig entlarvt. Es schwang ein Vorwurf mit. *Da brauche ich keine Fantasie, um zu ahnen, was sie treibt.* Eifersucht, Neid gewiss auch. Aber vor allem stank es ihr, dass er nun ihr Chef war. Sie war Historikerin wie er. Aber mit Schwächen, die er auszubügeln geholfen hatte. Stachelmann erinnerte sich. Wie gerührt er war ganz am Anfang ihrer Bekanntschaft, als sie ihm gestand, dass sie keine Ahnung hatte, wie man in Archiven forschte. Sogar Bibliotheken waren ihr Angstorte. Überhaupt fürchtete sie nichts mehr, als dass sie anderen als Versagerin galt. Aber als sie Archive und Bibliotheken nutzen musste, da hatte Stachelmann ihr geholfen und die Angst genommen. Er kannte ihre Schwächen, und das plagte sie. Ausgerechnet er wurde als Historiker gepriesen. Sie fand sich nicht beachtet. Keine Sekunde wollte sie sich herausreden, dass sie viel Zeit mit ihrem Sohn verbrachte. Den ein anderer gezeugt hatte, obwohl für Felix und in gewisser Weise auch für Anne Stachelmann der Vater war. Ein merkwürdiger zwar, aber einen anderen gab es nicht. Ein Vater, den das Kind nervte und den es ebenso nervte, dass ihn das Kind nervte. Und der immer noch nicht herausgefunden hatte, ob er genervt war, weil Felix biologisch nicht sein Sohn war. Oder ob es daran lag, dass er im Grund seines Herzens Kinder für die Verkörperung von Chaos und Lärm im Besonderen hielt und der verhassten Unberechenbarkeit im Allgemeinen.

Die Stimmung beim Abendbrot war gedrückt. Felix übernachtete bei einem Klassenkameraden. Eigentlich hatten Anne und Stachelmann diesen Abend ganz für sich.

Bevor er in der Nacht eindämmerte, überlegte er, was schieflief. Wahrscheinlich lag es allein an ihm. Wie immer. Er kam mit irgendwas nicht klar. Vermutlich gönnte Anne ihm alles, was er erreicht hatte. So sagte sie es ja auch. Doch irgendwas in seinem Hirn rief, dass sie log. Auch sich selbst belog. Er musste mit ihr darüber reden. Seit sie zusammengezogen waren, lief es nicht gut. Es gab keinen Streit, aber das war schon alles. Manchmal blickte sie ihn traurig an. Ob sie ihn so aufforderte, etwas zu sagen? Aber was? Er fand nichts Greifbares. Er wusste nicht, was ihn störte. Außer einem Verdacht, für den er kein Indiz fand außer in seiner Stimmung. Er bildete sich ihren Neid nur ein. Das würde sie ihm sagen. Sie würde sich innerlich an die Stirn tippen. Und sich fragen, wie lange sie es noch aushielt mit einem, der in einer Wahnwelt lebte.

Sie schlief längst. Darum beneidete er sie. Sich hinlegen, einschlafen, fertig.

Ob er ausziehen sollte? Zurück nach Lübeck? Dort hatte er sich wohlgefühlt. Vielleicht wurde es dann wieder wie früher?

Er war vom ersten Blick an in sie verliebt gewesen. Er wusste längst, dass er alles falsch gemacht hatte damals. Dass er sich nicht getraut hatte. Mit Frauen klappte es nie so richtig. Sie war nach Hamburg gekommen. Er wohnte in Lübecks Altstadt und war Dozent gewesen, Bohmings Knecht. Sie waren sich nähergеkommen, als Ossi ihn in den Makler-Fall zog. Stachelmann half Ossi, und Anne half auch. Das war irgendwie selbstverständlich gewesen. Ossi hatte sich bei Stachelmann gemeldet, weil er im *Abendblatt* über einen Vortrag von ihm gelesen hatte. Ossi, der alte Genosse aus Heidelberg. Die Polizei stand auf dem Schlauch. Es war Stachelmann, der den Täter fand, weil er und Anne dessen Motive begriffen. Damals war die Erde noch rund. Stachelmann plagte sich mit seiner Habilitationsschrift, Anne mit Archiven und Bibliotheken und Ossi mit einem Serienmord. Nun war Ossi tot. Und längst hatte der Alltag die Liebe zerfressen. Oder was auch immer er sich vorgestellt hatte.

Wie soll man mit solchen Einsichten gut schlafen?

Anne lag auf der Seite und atmete ruhig. Sie konnte immer schlafen. Kam mit ein paar Stunden aus. Er war immer zerschlagen morgens. Wälzte sich, kämpfte gegen den Schmerz. Gegen die Sorgen. Gegen die Ängste.

Er stand auf und ging ins Wohnzimmer. Zog den ersten Band von C. S. Foresters Hornblower-Abenteuern aus dem Regal, setzte sich in den Sessel und begann zu lesen. Wie ein junger Mann in der Zeit der napoleonischen Kriege eine Marinekarriere begann, obwohl er für alles geeignet schien, nur nicht für die Seefahrt.

4

Der Lichtstrahl färbte den großen Zeh. Langsam kroch er über die Bettdecke zum Gesicht. Als er das Auge traf, blinzelte es. Die Augenbrauen zogen sich zusammen, Fältchen furchten die Stirn. Die Lider flackerten. Dann öffneten sich die Augen. Sie blickten auf ein Poster des Great Barrier Reef. Fische, Korallen, das komplette Klischee.

Darunter ein Korkbrett mit Notizen und Fotos. Eines zeigte sie in einem Neoprenanzug, die Taucherbrille baumelte um den Hals.

Sie gähnte unwirsch. Beugte den Oberkörper nach vorn und fiel zurück aufs Kissen. Der Strahl wanderte zum Haaransatz. Ein Blick zum Wecker. Viel zu früh.

Sie dachte an diesen Kauz. Stachelmann. Irgendwas hatte er in ihr berührt. Jedenfalls sah sie immer wieder sein Gesicht. Wie er da saß und schwieg. Sein Blick hing am Fenster, aber vermutlich dachte er einfach nach. Er wirkte verloren. Als hätte er nichts zu tun mit dieser Welt. Keine Miene verriet, ob er verstand, was Taut ihm erklärte. Den schien das Verhalten nicht zu interessieren. Die beiden kannten sich, das erklärte es. Was sie noch nicht begriffen hatte, war die Sache mit Ossi, dem Kollegen. Ermordet. Eine unglaubliche Geschichte.

Sie hatte keine Lust aufs Büro. Ihre Mordkommission war auf die Leiche angesetzt worden. Aber Taut würde sie machen lassen. Kranz war nun dran. Taut gab seinen Leuten gern Freiraum. Sie konnten jederzeit zu ihm kommen, aber er rief sie nur, wenn er ahnte, dass sie sich verrannten oder etwas Wichtiges übersehen hatten. Kranz würde die Ermittlungen in Tauts Namen leiten. Und er würde sich ansehen, was sie trieb. Es war einfach Pech, dass sie diesen Fall bekam. Taut hielt Wort. »Sie sind als Nächste dran«, hatte er gesagt. Und nun war sie dran. Sie dachte keine Sekunde daran, sich zu beschweren. Ihr Fall. »Der Tote vom Reinbeker Redder«, hatte sie gestern in der *Morgenpost* gelesen. *Knochen aus der späten Steinzeit*. Sie wusste nicht, wer den Spruch aufgebracht hatte. Sie hatte noch keinen Kollegen getroffen, der glaubte, dass sie dieses Verbrechen aufklären würden. Knochen, ein winziger Fetzen Papier. Der Fundort nicht der Tatort. Wäre der Mord vor Kurzem geschehen, sie hätten Reifenspuren gesucht, Fingerabdrücke, DNS-Spuren. Ohne Spuren waren sie aufgeschmissen. Vielleicht half die Berichterstattung. Heute würde Taut eine Pressekonferenz abhalten. Er hatte sie dazu gebeten. Es war ihr erster Auftritt vor den Medien. Sie spürte seit gestern Abend ein Kribbeln im Magen. Aber es war ein kleiner Schritt auf der Karriereleiter. Öffentliche Auftritte wirken nach innen. In der Machogesellschaft der Bullen hatten Frauen es immer noch schwer. Auch wenn sie dagegenhielten und was werden wollten. Oberkommissarin in ihrem Alter, das war schon nicht schlecht. Aber es hatte einen Preis. Sie musste doppelt so stark und stabil wirken wie ihre Kollegen. Sie musste einen rauen Ton aushalten und beherrschen. Nicht zimperlich sein. Dumme Sprüche abfedern. Kontern.

Nachher würde sie Vermisstenlisten prüfen. Immerhin: ein Mann von eins dreiundachtzig, Alter vierzig bis fünfzig, Schuhgröße 44, Gewicht vielleicht achtzig Kilo. Der Doc erklärte verwegen, dass der Gelenkverschleiß, vor allem der Knie, solchen Rückschluss zuließ. Kranz war da skeptisch. Nicht jeder hatte die gleichen Knie. Manche hielten mehr Gewicht aus, andere weniger. Fett war er jedenfalls nicht gewesen.

Kranz setzte sich auf die Bettkante. Sie schloss die Augen und versuchte sich den Mann vorzustellen. Vogel hatte versprochen, bald ein Modell zu liefern. Da gab es eine Software, die aus dem Schädelskelett ein Gesicht formte. Damit wollten sie in die Medien. »Wer kennt diesen Mann?« Nur stand es in den Sternen, ob das Modell genau genug war. Doch wenn sie so herausfanden, wer der Mann war, dann würden sie seine Umgebung abklopfen. Wahrscheinlich war der Mörder längst tot und alle Mühe umsonst.

Sie duschte und frühstückte. Was hieß, sie trank heißes Wasser und aß einen Margarinetoast. Über ihre Gewohnheit, heißes

Wasser zu trinken, hatten schon manche gegrinst. Aber sie blieb stur. Manchmal erklärte sie knapp, sie habe sich das bei einer Reise nach China angewöhnt. Den Tee habe bestimmt ein Chinese erfunden, dem versehentlich ein Blatt in den Wasserpott gefallen sei. Irgendwann gaben die Leute es auf, sie von ihrem Trip abzubringen. Sie amüsierte sich über die Blicke im *Western*, einer Barmbeker Blueskneipe, in der sie gern Darts spielte. Für Besuche im *Western* würde sie kaum mehr Zeit finden. Bis sie den Mörder fanden oder aufgaben.

Es gab nichts, das sie mehr hasste, als aufzugeben.

Taut hatte ihr ein kleines Büro auf seiner Etage zugewiesen. Er wusste, dass sie Ruhe brauchte. Wenn da Kollegen rumwuselten, das Telefon pausenlos klingelte und das Getratsche losging, würde sie wahnsinnig werden. Taut kannte seine Leute.

Am Schreibtisch, das Gesicht in die Hände gestützt. Der Blick auf den Monitor. Als könnte dort des Rätsels Lösung aufploppen. Da war nur die Startseite der BKA-Datenbank. Sie mühte sich, ihre Abfrage anzupassen. Körpergröße, Alter, Gewicht. Ein paar Felder konnte sie nicht ausfüllen. Woher sollte sie etwa wissen, wann und wo der Mann geboren war? Die Voraussetzung für einen Sucherfolg war, dass der Mann als vermisst gemeldet worden war oder auf der Fahndungsliste stand. Sie wusste, dass die Suche nichts bringen würde. Aber es wäre ein schwerer Fehler, sie auszulassen.

Sie ließ den PC arbeiten und stellte sich ans Fenster. Es zeigte zum Parkplatz. Dienstwagen kamen, Dienstwagen fuhren weg. Die meisten Kollegen kannte sie. Zwei, drei hatten schon bei ihr angeklopft. Aber ein Verhältnis mit einem Kollegen kam nicht infrage. Sie war gern Polizistin, aber das bedeutete nicht, dass sie vierundzwanzig Stunden am Tag daran erinnert werden wollte. Bullenschweiß. Der Mief nach einer Nachtschicht.

Sie stellte sich hinter ihren Schreibtisch und sah das Bild auf dem Monitor. Der Erste auf einer Liste von fünf Männern. Ihre Augen untersuchten das Gesicht. Vermisst seit dem 8. August 1992. Die Körpergröße passte, die Schuhgröße auch. Der Vermisste stammte aus Norderstedt. Nicht weit. Warum sollte der Täter auch eine Weltreise machen, bevor er sein Opfer begrub? Beruf Speditionskaufmann. Vielleicht ging es um Schmuggel. Womöglich war der Tote vom Reinbeker Redder Lastwagenfahrer gewesen und hatte sich ein Zubrot verdient. Und war mit seinem Auftraggeber aneinandergeraten. Je länger sie das Gesicht musterte, desto klarer wurde ihr, dass sie den Mann gefunden hatte.

5

Brüderlein, Brüderlein und Schwesterlein
Wollen alle wir sein. Stimmt mit mir ein!
Erst ein Kuss, dann ein Du,
Du, Du, Du immerzu!

Die CD im Küchenradio. Er lehnte sich zurück, verschränkte die Hände hinter dem Nacken. Und wenn sie herausbekamen, wer der Tote war? Er zündete sich eine an. Auf dem Küchentisch die *Morgenpost*. Die wusste, dass die Polizei ein Phantombild erstellen würde. Es sei möglich, dem Skelett ein Gesicht zu geben. In erstaunlich vielen Fällen sei die Ähnlichkeit groß. Kurt erinnerte sich an Fernsehdokus, in denen Wissenschaftler aus ein paar alten Knochen tausend Jahre alte Tote quasi wiederauferstehen ließen. Dreidimensional.

Er erinnerte sich noch gut an sein Opfer. Eiergesicht, eng beieinanderstehende Augen. Ein kräftiger Kerl. Wäre die Überraschung nicht geglückt, hätte es schiefgehen können. Dann hätten sie vielleicht sein Skelett ausgegraben. Dann wäre er schon lang alle Sorgen los.

In der Nacht hatten ihn Träume geweckt. Seine Verhaftung. Szenen aus dem Keller. Wie der Typ unterm Knebel schrie. Seine Befriedigung darüber. Aber seine Hoffnung trog, durch diesen Gewaltakt und die Erschütterung, die er in ihm auslöste, den Grund allen Übels zu verdrängen. Er hatte sich eingebildet, dass sich seine Tat vor das große Verbrechen schieben könnte. Oder sich darüberlegte. Wie immer das Bewusstsein beschaffen sein mochte.

Gestern hatte er die Nachricht vom Leichenfund fast gleichgültig aufgenommen. In der Nacht aber hatte ihn der Teufel gehetzt. Nach allen Regeln der Kunst.

Wenn die Polizei das Opfer identifizierte, würden sie das Umfeld abgrasen. Vielleicht kam ein besonders findiger Bulle auf den Dreh. Das war, bei Licht betrachtet, unwahrscheinlich, aber nicht ausgeschlossen. Er beruhigte sich. Wo konnten sie Spuren seiner Tat finden? Er musste darüber nachdenken.

Vor dem Aldi fiel es ihm ein. Auf dem Parkplatz. Er bremste und schaltete den Motor aus. Dann bockte er die Vespa auf und ging ein paar Schritte. Abrupt blieb er stehen. »Mensch, Opa!«, schimpfte eine Frau, die mit ihrem Kinderwagen um ihn herumkurvte.

Klar. Es gab eine Spur zu ihm. Der Weg wäre schmal und verwinkelt. Direkt kamen sie ihm nicht drauf. Und nur wenn es einen gab, dessen Hirn beweglich genug war. Dann vielleicht kämen sie zum großen Verbrechen. Und von dort auf einem ebenso winkligen Pfad zu ihm.

Er ging in den Supermarkt und kaufte Spaghetti, ein paar Nudelsoßen, Käse, Wurst und eine Flasche Branntwein.

Er musste Robert anrufen.

Und er musste erfahren, wie es Magda ging. Magda, die in einem Pflegeheim vor sich hin lallte, während sich Speichelfäden aus ihrem Mund zogen.

6

Vor ihm lag die aktuelle Ausgabe der *Vierteljahrshefte für Zeitgeschichte*. Aber sein Hirn befasste sich nicht mit der Sozialpolitik des italienischen Faschismus, über den sich ein prätentiöser Doktorand ausließ. Er dachte an Anne. An die letzte Nacht. Als sie ihn berührt und er sich wegdreht hatte. Das konnte er nicht. Fix umschalten von Spannung auf Zärtlichkeit. Der Schmerz brannte weiter, lange noch. Er wäre froh, wäre er beweglicher. Könnte gleich vergessen. Als wäre nichts gewesen. Aber da war etwas. Er wusste noch nicht genau, was es war. Eifersucht, Neid. Aber das war nicht alles. Längst nicht.

Es klopfte. Renate Breuer öffnete. »Die Herren von der Sonnenfallstiftung«, sagte sie. Er fand ihren Ton einen Tick zu vorwurfsvoll.

Er hatte nicht nur den Termin vergessen, sondern auch die Namen der Herren. Verdammt.

Es waren zwei. Flanellanzug, Krawatte, modische Frisuren, italienische Schuhe, Dreitagebärte. Managerzwillinge. Als sie näher kamen, roch Stachelmann den dezenten Duft eines Herrenparfüms, das einer von ihnen benutzte, wenn nicht beide das gleiche verwendeten. Stachelmann kam sich ein bisschen klebrig vor. Die Herren stellten sich vor ihn.

»Dobbert. Wir hatten telefoniert. Danke, dass Sie Zeit für uns gefunden haben«, sagte der eine. Er war blond.

Auch der andere reichte ihm die Hand. »Schmalfuß.« Er hatte dunkelbraune Haare, fast schwarz und war eine halbe Handbreit kleiner.

Stachelmann wies zur Sitzecke. Er hastete hin, um den Tisch von Zeitschriften, Büchern und Manuskripten zu befreien, die er dort gestapelt hatte.

»Machen Sie sich bloß keine Umstände«, sagte der Dunkelbraune.

Sie setzten sich. Der Blonde holte eine Pappmappe aus der Aktentasche, schlug sie auf, zog ein Blatt heraus und legte es auf den Tisch. »Wir hatten Ihnen ja geschrieben.«

Stachelmann überlegte. Ihm wurde warm. Es ging um Drittmittel, das Hosianna eines jeden Lehrstuhls. Geld eintreiben bei der Wirtschaft. Das mochte Pharmazeuten und Physikern leichtfallen. Umso triumphaler, wenn es einem Geschichtslehrstuhl gelang. Endlich fiel es ihm ein. Die Stiftung befasste sich mit der Bildung von Kindern und Jugendlichen. Er erinnerte sich des ersten Schreibens der Stiftung. Wo sie auf Studien der Berliner Freien Universität verwiesen, um den Mangel an historischer Bildung bei Jugendlichen zu beklagen. Und eine Zusammenarbeit vorschlugen, um diesen Missstand zu beheben. Ein Skandal sei es doch, dass Schüler heutzutage nicht mehr wüssten, wer Adolf Hitler, Erich Honecker oder Konrad Adenauer gewesen seien. Walter Ulbricht als erster Bundeskanzler, man stelle sich das vor.

Als er daran dachte, musste Stachelmann grinsen. Der Blonde blickte ihn an.

»An was haben Sie denn gedacht?«, fragte Stachelmann.

Der Blonde schien verwirrt ob der Frage. Der Dunkelbraune saß da und guckte Stachelmann freundlich an. Solche Leute sind eben zerstreut, wie der Volksmund sagt.

»Herr Professor, wir haben die Hoffnung, dass wir gemeinsam eine, sagen wir mal, Handreichung für die Bildungspolitiker erarbeiten. Sie hatten dazu ja schon einige Anregungen formuliert, die es uns sehr angetan haben.«

Er hatte es verdrängt. Und wusste nun, warum. Er konnte es sich nicht leisten, einen Drittmittelpartner zu vergrätzen. Auch wenn er dessen Absichten misstraute. Stimmt, er hatte denen eine Mail geschickt und sich ein paar Gedanken abgequetscht, die er für so originell hielt wie die Erfindung der Banane.

»Gewiss, aber das war doch eher rudimentär.«

»Jeder Anfang ist rudimentär, Herr Professor, wenn ich das so sagen darf«, erklärte der Blonde. War der Schmalfuß? Dobbert?

Natürlich, dachte Stachelmann, allem Anfang haftet ein Zauber an. Nur diesem hier nicht.

Stachelmann nickte, um Einverständnis zu zeigen. »Sie wollen mit unserem Lehrstuhl also ein Maßnahmepapier ausarbeiten, damit unsere Schüler lernen, wer Adenauer war.«

»Sie haben es auf den Punkt gebracht«, sagte der Blonde.

»Und dann wollen Sie an die Kultusministerkonferenz herantreten und die davon überzeugen, dass die Schulen bei Ihnen Material kaufen, damit die Schüler künftig nicht mehr Hitler mit Honecker verwechseln.«

»Genau«, sagte der Dunkelbraune. »Die konkreten Maßnahmen haben wir schon mit Ihren Kollegen von der FU ausgearbeitet. Die legen einen besonderen Wert darauf, dass Schüler sich mit der DDR-Geschichte beschäftigen …«

»Der zweiten deutschen Diktatur«, sagte der Blonde pathetisch.

Stachelmann fühlte sich beklemmt. Er hatte nicht die geringste Lust, diesen Gestalten zu erklären, dass es einen Unterschied gab zwischen Wissenschaft und Propaganda.

»Und für diese Zusammenarbeit möchten Sie etwas bezahlen«, sagte Stachelmann.

Diese Bemerkung schien den Blonden zu erstaunen. Er blickte

Stachelmann in die Augen, als wollte er prüfen, ob der ihn auf den Arm nahm.

»Natürlich wollen wir dafür bezahlen. Wir kaufen eine Wissensressource ...«

»Und einen Namen, der Ihnen nutzen kann.«

»Ja, natürlich.« Es klang so, als hätte er gefragt: Was wollen Sie denn noch?

Es klopfte, die Tür öffnete sich. Breuer steckte ihren Kopf hinein. Dann hielt sie eine Zeitung hoch. »Bitte geben Sie mir Bescheid, wenn Sie Zeit haben«, sagte sie. Kopf und Zeitung verschwanden.

Die beiden Besucher schienen nichts zu bemerken. Der Blonde strich sich durch die Haare und räusperte sich. »Vielleicht könnten wir die praktischen Fragen besprechen, Herr Professor.« Fast hätte sich Stachelmann zu Bohming umgedreht.

»Natürlich«, sagte er. Ihn ärgerte seine Verlegenheit. Und seine Feigheit. Am liebsten hätte er die beiden Wichte rausgeschmissen. »Bestimmt haben Sie auch schon überlegt, wie Sie Hardenberg den Schülern ins Bewusstsein bringen wollen.«

Dobbert und Schmalfuß wechselten einen Blick. Dann sagte der Blonde: »Selbstverständlich, Herr Professor, werden wir Hardenberg in die Liste jener Persönlichkeiten der Nachkriegsgeschichte aufnehmen ...«

»Und Willem Zwo?«

Dobbert und Schmalfuß starrten erst sich an, dann Stachelmann. »Herr Professor ...«, sagte der Dunkelbraune.

»War ein Witz«, sagte Stachelmann.

Die beiden begannen zu lachen.

»Man muss ja nicht immer bierernst sein«, sagte der Blonde.

Der Dunkelbraune schickte einen Lacher hinterher. »Das war gut, Herr Professor. Ich glaube, wir sind auf einer Wellenlänge.«

Nun hätte Stachelmann fast losgelacht.

»Musste das sein?«, fragte Anne beim Abendbrot, während Felix seinen Teller mit einem Löffel bearbeitete.

Er blickte sie eine Weile an.

»Guck nicht so streng. Ich hätte allen Grund, grimmig zu sein.«

Vermutlich hatte sie recht. »Ich dachte …«

»Du hast wieder für mich gedacht.«

»Dann ändere ich das, und du bist raus.«

Sie schüttelte den Kopf. »Du verstehst mich nicht. Es geht mir nicht darum, ob es sachlich richtig war oder nicht. Du hast über meinen Kopf hinweg entschieden. Darum geht es. Und das würde auch gelten, wenn du mir auf diese Weise eine Gehaltserhöhung hättest zukommen lassen.«

»Manchmal …«

»Aber nicht diesmal. Du hättest den Herren sagen können, dass du das mit deinen Mitarbeitern beraten willst …«

»Du kommst nur nicht damit klar, dass ich dein Chef bin.« Nun war es raus.

Schweigen.

Dann: »Sogar Bohming hat vorher gefragt.«

»Das ist doch Quatsch. Der hat gesagt: Frau Derling, Sie schreiben mir doch den Vortrag Soundso, ja? Und die Frau Derling hat erwidert: Natürlich, Herr Professor.« Er überlegte, dann sagte er: »Hatte ganz vergessen, dass ihr euch gleich geduzt habt. Also hat er gesagt …«

Sie schlug mit der Hand auf den Tisch.

Diesmal schwiegen sie lang. Sogar Felix unterbrach sein Zerstörungswerk.

»Vielleicht ist es besser, ich ziehe aus«, sagte Stachelmann. Er war jetzt in der Stimmung, solche Dinge zu sagen. Gleich bedauerte er es. Am liebsten hätte er noch etwas angefügt. Wie es ihn nervte, dass Felix sich zu Hause immer noch wie ein Kleinkind verhielt, obwohl er längst zur Schule ging.

In ihren Augen glitzerte es.

Er hasste es. Und sie tat ihm leid. Jede, die sich mit ihm einließ, war am Ende gelackmeiert. Ausnahmslos. Er brachte sie alle zum Weinen. Aber was für einen Sinn konnte eine Liebe haben, in der man nichts sagte, um die Harmonie zu retten? Er hielt Harmonie ohnehin für eine Lüge. Der Mantel des Schweigens. Besser durch Nichtreden schweigen als durch Worte.

Anne zog die Zeitung vor sich. Das *Hamburger Abendblatt*, das Breuer ihm auf den Schreibtisch gelegt hatte, nachdem die beiden Vertreter buckelnd abgetreten waren. »Wir reden bald weiter. Ganz, ganz herzlichen Dank für das gute Gespräch, Herr Professor.« Im Regionalteil die Überschrift: »Hamburger Historiker ermittelt wieder.« Darunter ein kurzer Text:

Wie wir aus Polizeikreisen erfuhren, hat das Landeskriminalamt Professor Josef Maria Stachelmann vom Historischen Seminar der hiesigen Universität erneut mit Ermittlungen beauftragt. Stachelmann hat in den vergangenen Jahren entscheidend dazu beigetragen, Mordfälle aufzuklären. Allerdings hat sich die Hamburger Polizei zu dieser erstaunlichen Personalie bisher nur spärlich geäußert. Genannte Kreise behaupten, dass es um die Leiche vom Reinbeker Redder geht. Wie wir berichtet haben, wurde dort zufällig der stark skelettierte Leichnam eines Mannes gefunden, der vor etwa zwanzig Jahren Opfer eines Verbrechens wurde. Unsere Redaktion fragt sich, was es bedeutet, wenn ein so renommierter Historiker an der Aufklärung dieses Mordfalls mitwirkt. Ist es Ausdruck von Hilflosigkeit? Will sich die Polizei bei einem Misserfolg der Ermittlungen auf den Standpunkt zurückziehen, sie habe doch alles versucht? Oder gibt es ernst zu nehmende historische Motive, für deren Klärung fachmännischer Rat unentbehrlich ist? Das LKA war zu einer Stellungnahme zum jetzigen Zeitpunkt nicht bereit. Ein Dementi ist das nicht.

7

»Können Sie erklären, welche Aufgabe dieser Historiker bei den Ermittlungen hat?« Der Typ hatte gegelte Haare und trug eine Hornbrille. Er streckte ihr sein Mikrofon fast in den Mund.

Kranz saß neben Konrad Ott, dem Pressesprecher, im Konferenzraum des Präsidiums und spürte ihr Herz. Es pochte so schnell und laut, dass sie fürchtete, es sei im Saal zu hören.

Es waren vielleicht fünfzehn Medienleute da. Die Lokalzeitungen, der NDR, Privatsender. Und Werner Albers, ein Lokalredakteur vom *Abendblatt*, der sie anhimmelte. Manchmal rief er unter einem Vorwand an, nur um mit ihr zu sprechen. Sie hatten sich vor vier Jahren bei einer Mordermittlung zufällig am Absperrband getroffen. Er hatte davor warten müssen und sie angesprochen, als sie zum Tatort kam. Aus irgendeinem bescheuerten Grund hatte sie zwei belanglose Sätze mit ihm gewechselt. Aus dem Mord war ein Totschlag geworden, aber Werner blieb ihr auf den Fersen. Er war aber zu harmlos, um lästig zu werden.

Sie warf einen Blick auf Ott, doch der tat so, als bemerke er es nicht.

»Der Stand der Ermittlungen erlaubt es noch nicht, Ihnen eine ausführliche Antwort zu geben.« Sie wusste schon während sie sprach, dass sie einen Fehler gemacht hatte.

»Ein Hinweis würde genügen. Wenn ich Ihren Wort Glauben schenken kann, gibt es Auskünfte unterhalb der Schwelle der Ausführlichkeit«, drängte der Reporter.

»Haben Sie das geschrieben? ›Dieses Wochenende war arschgeil‹?« Ich rede mich um Kopf und Kragen.

»Nein, das war eine Kollegin«, erwiderte er. »Ich freue mich aber, dass Sie unser Blatt so aufmerksam lesen.«

So eine Scheiße.

»Ich kann Ihnen zu den Aufgaben von Professor Stachelmann nichts sagen. Aus ermittlungstaktischen Gründen.«

Sie sah den Typen grinsen. Er wusste, dass er sie erwischt hatte. Und sie wusste es noch besser.

»Können Sie etwas zum Fundort sagen. Oder ist der auch geheim?« Gelächter.

Die durchgestylte junge Frau hatte eine beneidenswert gute Figur. Ihr Mikrofon trug das Logo eines TV-Krawallsenders. In ihrem Gesicht trug sie die Arroganz junger Leute, die noch nicht ahnen, dass sie dafür keinen Grund haben. Der Kameramann ihrer Anstalt stand an der Wand, das Gesicht hinter seinem Gerät verborgen. Er schwenkte die Kamera von der Kollegin zu Kranz.

Die hätte am liebsten gesagt, dass sie das Opfer womöglich bald identifizieren würde. Aber das verkniff sie sich. *Man muss als Bulle oft dümmer dastehen, als man ist*. Das gehörte zu den Weisheiten, die der Buddha vom Präsidium gern unters Volk streute. Obwohl Taut sicher war, dass es sich in den meisten Fällen um Bordeaux für Colatrinker handelte.

»Wir wissen nicht mehr, als Sie schon wissen. Wie war bitte Ihr Name?«

»Karin Lobinger von First TV. Und der Tatort …«

»Kennen wir nicht.«

»Warum geben Sie eine Pressekonferenz, wenn Sie keine Auskunft geben können? Oder wollen?«

»Weil Ihre Kolleginnen und Kollegen uns gedrängt haben. Es ist ein Service der Polizei …«

»Auf den wir besser verzichtet hätten«, schnappte die Jungreporterin.

»Das zu beurteilen liegt ganz in Ihrem Ermessen.«

Sie war gerade zurück in ihrem Büro, als es an der Tür klopfte. Lobinger steckte ihren Kopf herein. »Haben Sie vielleicht noch …?«

»Eigentlich nicht«, sagte Kranz.

Lobinger betrat das Büro und stellte sich vor Kranz' Schreibtisch. »Es könnte sich lohnen. Für Hinweise …«

»Raus!«, sagte Kranz.

»Wir könnten Ihre Rolle bei den Ermittlungen … hervorheben. Und wenn Sie etwas wünschen. Ein Geschenk unter Freunden vielleicht?«

Kranz sprang auf, packte Lobingers Arm und drehte ihn auf den Rücken. Lobinger stöhnte auf. »Halten Sie das Maul!«, befahl Kranz.

Lobinger verstummte schlagartig.

»Wenn Sie noch einmal mein Büro betreten, ohne dass ich Sie ausdrücklich dazu einlade, kriegen Sie eine Anzeige wegen Angriffs auf einen Polizeibeamten im Dienst. Und bevor Sie jetzt sagen, dass ich dafür keine Zeugen hätte, sollten Sie jetzt genau zuhören: Ich habe Zeugen dafür. Verstanden?«

Kranz löste den Griff. Lobinger stöhnte noch einmal, aber mehr aus Protest als wegen des Schmerzes. Dann nickte sie. Drehte sich um und ging. Das Türschloss klickte leise, als es einrastete.

Kranz öffnete den Aktendeckel. Obenauf lag das Foto des vermissten Spediteurs. Ein Porträt, frontal. Lachfältchen an Augen- und Mundwinkeln. Eierförmiges Gesichts. Eng beieinanderstehende Augen fand sie eigentlich unsympathisch. In diesem Fall aber nicht. Der Mann hatte etwas Väterliches. Irgendwie. Aber vielleicht fand Kranz das nur, weil sie ihren Vater nicht kannte.

Wieder öffnete sich die Tür. Springbein blieb im Rahmen stehen. »Der Chef ist sauer«, sagte er.

»Ja, und?«

»›Sie werden uns jetzt von allen Seiten beschießen‹, hat er gesagt.«

»Bis sie was Neues haben«, erwiderte Kranz. »Immer mit der Ruhe, Springbein.«

Ihr ging das Dauergejammer des Kollegen auf die Nerven. Springbein war nicht dumm, aber ängstlicher als ein Hase im Fuchsbau. Sie betrachtete die knochige Gestalt mit den weißblonden Haaren und dem Bartstrich über der Lippe. Irgendwie war er, wie er aussah. Weglaufen, sich ducken. Jede Mahnung des Chefs raubte ihm den Schlaf. Aber sie verachtete ihn nicht. Sie zwang sich immer wieder zur Geduld, wenn sie mit ihm zu tun hatte. Er war ein guter Polizist, im gleichen Rang wie sie. Viel weiter würde er es aber kaum bringen. In seinem Fall war der Name wirklich Schicksal. Springbeins Ehrgeiz richtete sich auf seine Marathonzeit, sein sonstiges Augenmerk galt dem Untergang des HSV. Sein Stolz war ein Bild im *Abendblatt*, das ihn beim letzten Stadtlauf zeigte mit einem verzerrten Gesicht wie Emil Zátopek. Ihre Großmutter in Trittau hatte Bilder der »tschechischen Lokomotive« gesammelt. Springbein hatte bestimmt keine Ahnung, wer Zátopek war. Und ohne Oma wüsste sie es auch nicht.

»Die Blut-und-Titten-Journaille tut wieder aufgeregt. Das ist alles. Guck dir lieber den mal an.«

Springbein trat neben sie. Er roch auch noch am Abend so, als wäre er gerade der Badewanne entstiegen. »Ist das unser …?«

»Sieht fast so aus. Es passt alles. Der einzige Vermisste, bei dem alle Merkmale, die wir kennen, zutreffen. Wenn unsere Leiche als vermisst gemeldet wurde, dann muss es der sein. Ich habe einen Zeitraum von zehn Jahren und ganz Norddeutschland durchsucht. Und es bleibt nur der. Zeit und Ort stimmen. Körperbau, Alter stimmen. Kein Grund, was rauszuposaunen. Aber wenn wir nachbohren, finden wir heraus, dass es unser Mann ist.«

»Günter Andert«, las Springbein leise vom Bildschirm ab. »Norderstedt.«

»Seine Frau hat ihn vermisst gemeldet. Vielleicht gibt es die noch unter dieser Nummer.« Sie wählte, es hob jemand ab.

»Ja?«

»Sprech ich mit Frau Andert?«

»Wer ist denn da?«

»Ach so, Entschuldigung. Landeskriminalamt Hamburg, Kranz. Frau Andert?«

»Ja.« Eine traurige Stimme. »Sie rufen wegen der … vom Reinbeker Redder …«

»Ja, Frau Andert. Ich würde gern gleich zu Ihnen kommen. Geht das?«

Pause, dann: »Ja, kommen Sie.« Ein Kessel pfiff im Hintergrund.

Gisela Andert war anders, als Kranz sie sich vorgestellt hatte. Nicht hager und schwach, sondern fast eins fünfundsiebzig und kräftig gebaut, wie man sich eine Bilderbuchbäuerin vorstellte. Aber sie war Näherin von Beruf gewesen und längst in Rente. Sie hatte gerötete Augen hinter der Brille. Sie bat Kranz und Springbein in die *Wohnstube*, wie sie die nannte.

Die Polizisten lehnten Kaffee und sonstige Getränke höflich ab.

Andert saß auf dem Sofa und blickte Kranz ängstlich an. »Sie haben ihn gefunden, nicht wahr?«, fragte sie leise. In Anderts Stimme glaubte Kranz den Widerklang dessen zu hören, was die arme Frau in den vergangenen zwanzig Jahren erdulden musste. Die Angst, dass ihr Mann einfach abgehauen war. Dass er eine verborgene Existenz geführt hatte. Vielleicht eine zweite Familie, für die er sich entschied. Dass es an ihr gelegen haben könnte. Eine Furcht, die sich in manchen Nächten zu finsterster Gewissheit verdichtete.

»Wir sind uns noch nicht sicher. Die Rechtsmedizin erarbeitet gerade ein Modell. Sie versucht das Aussehen des Toten nachzubilden.«

»Ja, warum …?«

»Wir sind gekommen, weil so viele Indizien auf Ihren Mann hindeuten und wir keine Zeit verlieren wollen.«

»Sie glauben also …«

»Wie gesagt, wir sind nicht sicher. Aber es gibt Hinweise … es passt alles … bisher.«

Andert nickte. »Gewissheit wäre natürlich …«

Kranz verstand sie sofort. Würde Anderts Mann lebendig auftauchen, wäre es die furchtbarste Enttäuschung. Aber natürlich wollte die Frau nicht sagen, dass sie froh wäre, wenn ihr die erspart bliebe.

»Falls es Ihr Mann ist … ich hoffe natürlich …, dann müssen wir den Mörder finden …«

»Wenn er noch lebt«, warf Springbein ein.

Andert blickte ihn an, als sähe sie ihn zum ersten Mal.

»Ist ja eine Weile her«, sagte Springbein, als wollte er sich entschuldigen.

»Was wissen Sie über das Verschwinden Ihres Mannes? Was waren die Umstände?«

»Das habe ich doch damals alles schon gesagt, Frau …«

»Kranz«, sagte die Oberkommissarin. »Ich habe Ihre Aussagen gelesen. Nur ist es so, dass einem später oft noch was einfällt. Sie haben ja doch weiter nachgedacht …«

In Anderts Blick sah Kranz den Widerschein des Leids. Sie nickte. »Ja«, sagte sie nur. In dem kurzen Wort steckten Wut, Verzweiflung, Misstrauen, Trauer. Der Mangel an Gewissheit traf sie härter als der Verlust. Sie begriff auch: Da gab es mehr, als in den Akten stand.

Sie schwiegen. Kranz beobachtete Andert, die mit ihren Gedanken weit weg war. Dieses Schweigen hatte sie von Taut gelernt. Wenn man sein Gegenüber mit Fragen bombardiert, denkt der nicht mehr nach. Kann die Erinnerung nicht arbeiten. Gerät einer in eine Verteidigungshaltung, sogar wenn er sich nicht verteidigen muss. Rechtfertigungsdruck braucht keinen Grund.

Andert nickte. »Ja, da gab es diese … Geschichte.«

»Mit wem?«, fragte Kranz leise.

Anderts Zeigefinger wies nach draußen.

»Einer Nachbarin?«

Andert nickte kaum merklich.

»Verheiratet?«

Andert nickte wieder bedächtig. Es tat immer noch weh. Und es würde schmerzen, bis sie starb. Es gab doch Wunden, die nicht vernarbten. Wunden, die immer schmerzten.

»Das haben Sie den Kollegen damals nicht erzählt.«

Sie nickte. »Ich hatte gedacht …«

Schweigen.

»Dass es keine Rolle spielt?« Sie erntete einen missbilligenden Blick von Springbein. Aber Springbein verstand nicht. Natürlich nahm man einem Zeugen die Aussage nicht ab, ließ ihn selbst reden. Beeinflusste ihn nicht. Aber Springbein hatte nicht kapiert, dass Kranz Andert eine Falle stellte.

Andert blickte auf zu Kranz. Dann streifte ihr Blick Springbein.

»Sie haben doch bestimmt eine Kartei mit den Mitarbeitern Ihres Manns, ja?«, fragte Kranz.

Andert nickte.

»Was war denn das?«, fragte Springbein, als sie auf dem Rückweg zum Präsidium waren. Sie standen im Stau. Die Klimaanlage summte. Draußen hupte ein Irrer. Hamburger Frühsommer. Kaltes Blau, ein paar weiße Wolken, salzige Brise.

»Das war gut«, erwiderte Kranz.

»Das war gegen alle Ermittlungsregeln. Du hättest sie selbst antworten lassen müssen. Die Zeugenaussage ist wertlos. Du hast ihr die Worte in den Mund gelegt. Wird wenigstens der Anwalt des Täters vor Gericht sagen, sollte Frau Andert von deinem Auftritt vorhin berichten.«

»Das spielt keine Rolle. Wir wissen jetzt, dass unsere Kollegen damals eine Tatverdächtige übersehen haben.«

8

»Ich weiß nicht, wie das in die Zeitung gekommen ist«, sagte Taut. Seine Stimme war gleichmütig wie immer.

Es provozierte Stachelmann. »Das ist der Dank, dass ich Ihnen helfe. Ich werde lächerlich gemacht. Es ist doch eher unwahrscheinlich, dass ich mit der Sache überhaupt weiter befasst werde.« *Warum muss ich mich so gestelzt ausdrücken? Nur weil ein Bulle am anderen Ende der Leitung ist? Nur weil ich Professor bin?*

Die Bürotür öffnete sich. Georgie trat ein und fläzte sich auf den Besucherstuhl. Er begann sorgfältig in der Nase zu bohren.

Das hatte ihm gerade noch gefehlt.

»Sie haben ja recht …«

Stachelmann legte auf.

Georgie beendete sein Werk und blickte Stachelmann neugierig an.

»Dass es dich noch gibt«, sagte der.

»Shit happens.«

Stachelmann nahm die Plastiktüte mit dem Papierfetzen aus dem Schreibtischschubfach und schob sie Georgie hin. War der wenigstens beschäftigt.

»Aha.«

»Was ist das?«, fragte Stachelmann.

»Papier in einer Plastikfolie.«

Georgie hatte gerade seine störrische Phase.

»Sehr originell.«

»Wie ich nun mal eben bin.«

Stachelmann lehnte sich zurück. Georgie nahm die Folie und tat gelangweilt. Stachelmann hoffte, dass der Freund anbiss. Georgie konnte lethargisch bis zur Provokation sein. Den Dummstellreflex beherrschte er perfekt. Er schaffte es locker, dass andere ihn für grenzdebil hielten, für einen Junkie oder Säufer, dessen Hirn nicht weiterreichte als bis zum Tresen der schmierigsten Absturzkneipe. Georgie war ein Freund von Brigitte gewesen, einer jungen Frau, mit der sich Stachelmann gestritten hatte, bis sie verschwand. Und als Leiche wieder auftauchte. Georgie war mit Brigitte befreundet gewesen. Irgendwie zwang er Stachelmann, ihn quasi zu adoptieren. Aber ohne dass er sich von dem irgendwas sagen ließ. Georgie machte, was er wollte. Aber wenn er helfen wollte, war er nicht zu ersetzen. Denn hinter der Tarnung, auf die sich Georgie so gut verstand, steckte ein heller Kopf. Georgie hatte manchmal erstaunliche Ideen.

»Georgie ist heute im Büro aufgetaucht. Einfach so«, erzählte er Anne beim Abendessen. Und war froh, dass ihm etwas einfiel, das nichts mit ihrem Streit zu tun hatte.

»Der hat mir gerade noch gefehlt.«

»Georgie ist mein Freund. Ich freue mich, wenn ich ihn sehe. Meistens jedenfalls.«

»Ja, ja.«

Er blickte sie kurz an. Wollte sie andeuten, dass ein Professor keinen Umgang mit so jemandem pflegte? Nein, solchen Dünkel traute er ihr nicht zu. Er kannte keinen offeneren Menschen, niemanden mit weniger Vorurteilen. Dagegen war er die Verkörperung der Voreingenommenheit. Vielleicht war sie eifersüchtig? Die Frage lag ihm auf der Zunge. Aber er stellte sie nicht. Er hatte Angst, sie könnte den Streit nur verschärfen.

War *Streit* das richtige Wort?

Mochte sein, dass er ihr öfter hätte sagen sollen, dass er sie gern sah. Gern mit ihr zusammen war. Aber war er das? Er konnte sich keine bessere Frau für sich vorstellen. Aber zusammenleben konnte er auch nicht mit ihr. Das lag allein an ihm. Sie war unendlich geduldig. Ertrug all seine Marotten. Seine Miesepetrigkeit. Er hatte nie verstanden, was sie an ihm liebte. Das Aussehen konnte es nicht sein. Er hatte am Morgen im Spiegel ein Gesicht entdeckt, in dem die Konturen zu verschwimmen begannen. Er hatte zugenommen, die engeren Hosen klemmten. Es geschah immer öfter, dass er den Gürtel und den oberen Hosenknopf löste, wenn er sich setzte. Er verlor Haare. Der Trend zur Mönchsglatze ist unaufhaltsam, verspottete er sich manchmal. Der Vater war drahtig gewesen bis zum Schluss. Während die Mutter im Alter schrumpfte. Aber dick wurde sie auch nicht.

Der Erfolg konnte es auch nicht sein. Denn es gab keinen. Was war schon ein Professor? Zumal einer, der sich weniger durch Leistung auf den Lehrstuhl befördert hatte als durch eine Intrige. Oder nennen wir es einen irren Zufall. Bohmings Dummheit.

»Aha, Herr Professor geben wieder mal den großen Schweiger. Si tacuisses …«

Er hasste es, wenn sie ihn *Professor* nannte. Da schwang Neid mit. Fehlte noch, dass sie was erzählte vom Peter-Prinzip. Vermutlich hatte sie ihn als Versager geliebt. Eine Art Krankenschwestermacke. Aber jetzt war er in ihren Augen kein Versager mehr. In ihren.

»Und was wollte Georgie?«, fragte sie. Sie klang genervt.

Georgie hatte den Schnipsel lange betrachtet. Er zog an seiner Unterlippe, kratzte sich an der Backe. »Das ist Stacheldraht«, sagte er.

»Klar«, sagte Stachelmann. Obwohl, es könnte auch was anderes sein.

»Wo gibt es Stacheldraht?«

»Baumarkt, Schrebergarten, militärischer Sperrbereich oder wie das heißt. Knast, Industrieanlagen …« Das hatte er alles schon bedacht. Und die Polizei bestimmt auch.

»Ja, ja«, sagte Georgie. Er trommelte mit den Fingern auf seinem Knie.

Es lag etwas in der Luft. Ein Geruch, Duft. Benutzte Georgie neuerdings Parfüm? Stachelmann blinzte zu ihm hinüber. Der war immer noch mit seinem Knie beschäftigt. Unter dem Kapuzenpullover trug er ein schwarzes T-Shirt. Darauf ein gestreckter Mittelfinger. Musste er nur den Reißverschluss runterziehen.

»Das lag direkt beim Toten?«, fragte Georgie. »Könnte er es in der Tasche getragen haben?«

War der Tote nackt gewesen, als der Mörder ihn begrub? Das hatten die Polizisten ihm nicht verraten. Stachelmann überlegte, wie lange Kleidung brauchte, um zu verrotten. Kunststofffasern mochten ewig halten. Wolle zersetzte sich schneller.

Wenn das Papierstück nicht in der Kleidung oder der Tote nackt gewesen war, hatte es wohl zufällig herumgelegen und war irgendwie ins Grab gerutscht.

»Kennst du den Bullen, der die Ermittlungen führt?«

»Bullin.«

»Wie ist die?«

»Weiß nicht.«

»Nicht schon wieder!«, sagte Georgie und kicherte. Das Kichern erstarb aber gleich, als er Stachelmanns Miene sah.

»Wegen dieses Fetzens rufen sie nach dir?« Georgie schüttelte den Kopf. »Die müssen ja voll im Sumpf stecken.« Ein Blick auf die Folie. »Ist nicht mal sicher, dass es Stacheldraht ist. Sieht irgendwie … alt aus.«

»Gibt's Experten für Stacheldraht?«, fragte Stachelmann mehr sich selbst. Er griff zum Telefonhörer, ließ sich die Rechtsmedizin geben und fragte nach Vogel. Es dauerte ein paar Minuten, was Stachelmann die Möglichkeit gab, Georgie beim Nachdenken zu beobachten. Mit geschlossenen Augen trommelte der unentwegt auf dem Knie.

»Vogel!« Es klang wie eine Fanfare.

»Herr Vogel, gibt es neue Erkenntnisse …?«

Bevor Stachelmann fertig war: »Ich weiß ja nicht, was für Sie neu ist, Herr Professor.«

Stachelmann hörte Ironie. »Lassen Sie den Professor bitte weg. Ich weiß nur, dass Sie beim Toten diesen Fetzen Papier gefunden haben und dass er böse gefoltert worden ist. Können Sie schon sagen, wo genau dieses Papier sich befunden haben könnte, als die Leiche verscharrt wurde?«

»Hat Ihnen …? Wir haben noch so einen Fetzen gefunden. Ein bisschen größer. Zusammengesetzt ergibt es einen Stacheldraht. Wie wir vermutet haben.«

»Und wo haben Sie diesen Fetzen entdeckt?«

9

»Man hat es ihm in den Mund gesteckt, das Papier. Oder er hat es sich in den Mund gesteckt. Vielleicht um es zu vernichten«, sagte Kranz endlich.

Springbein hatte natürlich recht. Anderts Zeugenaussage war nichts wert, weil Kranz sie beeinflusst hatte. Und Springbein war nicht dafür bekannt, wegen des Bullen-Korpsgeistes zu lügen. Kranz war es egal. Sie stocherte in diesem Misthaufen nicht wegen einer Zeugenaussage. Sondern um zu verstehen, was tatsächlich geschehen war. Je tiefer sie bohrte, desto klarer wurde ihr: Die Kollegen vor zwanzig Jahren hatten keine Lust gehabt oder waren blöd gewesen oder beides.

Kranz guckte Andert an und überlegte, ob sie ihr zu viel zumutete. Ob sie es aushielt. Aber vielleicht fiel Andert dazu etwas ein? Jedenfalls hoffte sie, die Frau zu erschüttern. Deshalb war sie ein zweites Mal nach Norderstedt gefahren. Wieder mit Springbein im Schlepptau.

»Jemand hat ihm das Maul gestopft«, sagte Andert. Sie legte den Kopf in den Nacken, als wollte sie zeigen: Ich hab doch gewusst, dass das nicht gut gehen kann. Binnen einer Sekunde war ihre Stimmung umgeschlagen.

Kranz blickte sie erstaunt an.

Andert hatte sich auch erschreckt über sich. »Er hatte ein giftiges … Mundwerk. Wie oft hab ich hören müssen, dass es ihm endlich mal einer stopfen soll.«

»Hat er die Leute beleidigt?«, fragte Springbein.

Andert nickte heftig. »Er war ein furchtbarer Rechthaber. Hat sich mit allen wegen allem gestritten.«

»Mit Ihnen auch?«, fragte Kranz.

Sie nickte.

»Schlimm?«

Sie nickte wieder.

»Er hat sie geschlagen.«

Zögern, dann Nicken.

Ein Heulen, weitab. Der Flughafen, dachte Kranz. Der liegt nah. Trotzdem hört man erstaunlich wenig von ihm. Aber wenn sich die Ohren einmal darauf eingepegelt hatten, blieb es im Kopf. Wieder ein Pfeifen. Man hört, was man auf keinen Fall hören will. Und dann hört man es immer. Flughafen-Tinnitus.

»Und er hatte diese Affäre …«, sagte Kranz.

Andert blickte sie mit großen Augen an. Als wäre ihr die Erkenntnis gerade erst gekommen. »Eine?« Sie winkte energisch ab. Ihrem Gesicht war abzulesen, dass die Wut sie wieder packte.

»Sie haben also das letzte Mal nur von der letzten Affäre gesprochen?«

Andert nickte. »Die war mit der Nachbarin.« Sie deutete energisch nach draußen. »Die haben früher auf der anderen Straßenseite gewohnt.« Als wollte es die Aussage unterstreichen, knatterte ein Moped vorbei.

Kranz hatte das Pfeifen gleich wieder im Ohr.

»Aber die ist tot.«

Das klang nicht so, als wäre die Trauer heftig ausgefallen.

»Wie hat es geendet?«

»Keine Ahnung. Irgendwann war es vorbei.«

»Woran haben Sie's bemerkt?«

»Ganz einfach. Er blieb abends länger weg, wenn ihn sein Schwanz wieder plagte. Er hat sich nicht mal eine gute Entschuldigung einfallen lassen. Er war Lkw-Fahrer, da steckt man halt im Stau oder der Kunde …« Abwinken, diesmal resignierend. »Wenn er früher nach Hause kam, war die Sache vom Tisch … vom Küchentisch.«

»Und haben Sie ihm … Vorhaltungen gemacht?«

Andert blickte sie verständnislos an. »Beschimpft hab ich ihn. Und er hat nur gelacht.«

Und Kranz dachte: Da ist sie also zugeschnappt, die Falle.

Springbein hatte sie ungefragt in ihr kleines Büro begleitet, nachdem sie endlich wieder im Präsidium waren. Kranz setzte sich auf ihren Schreibtischstuhl, Springbein hockte mit einer Pobacke auf der Tischplatte.

»Jedenfalls haben wir eine Verdächtige«, sagte Kranz.

»Nicht nur eine. Der gehörnte Mann …«

Sie winkte ihn zur Tür hinaus. »Schau gleich nach, wer das war.« Sie schrieb den Namen *Schreiner, Eduard*, aus ihrem Notizblock auf einen Abreißzettel und gab ihn ihm. »Und dann kommst du zurück.«

Springbein stellte sich in die Tür, schlug die Hacken zusammen und stand stramm.

»Rühren und wegtreten!«, befahl Kranz.

Springbein lachte und zog ab.

Kurz darauf war er wieder da, machte Männchen vor ihrem Schreibtisch. Aber diesmal beachtete sie es nicht. Und bald begann er normal zu stehen. Sie las den Ausdruck, den er ihr gebracht hatte, und fühlte sich erstmals als Chefin. Kein schlechtes Gefühl, ein bisschen fremd noch.

Eduard Schreiner hatte sich verbessert. Er bewohnte inzwischen einen Flachdachbungalow in Poppenbüttel. Er war klein und fett. Und schwitzte unter den Armen.

»Ich darf vorgehen.«

Im Wohnzimmer saß eine blonde Walküre im Blaumann. Sie las in einer Zeitschrift. Kranz entdeckte *Gartenbau* im Titel, als Frau Schreiner das Blatt in das Fach unter dem Wohnzimmertisch schob.

»Ja?«

Herr Schreiner winkte mit beiden Händen.

Sie hat eine kurze Zündung, dachte Kranz. Muss zuerst beruhigt werden. Dann kann man ihr was sagen. Ihre Mutter war auch so gewesen. Irgendwann hatten ihr Vater, ihr Bruder und auch sie immer erst gesagt: »Mama, ist gar nichts Schlimmes« oder »Reg dich nicht auf«. Am Ende hatte aber auch diese Beruhigungstaktik nicht mehr gezogen. Da schnauzte sie schon los, wenn sie nur das Wort *Mama* hörte. Der künstlich sanfte Tonfall hatte sie nur umso mehr gereizt.

»Es geht um Herrn Andert und um … Martha, Ihre frühere Frau.«

»Aha?« Sie blickte ihn misstrauisch an, dann fixierte sie Kranz. Die hatte bis zu diesem Moment keine Ahnung gehabt, was der *böse Blick* war. Sie fror innerlich. Erwiderte ihn betont freundlich, betrachtete dann den Mann. Der bekam richtig was ab, wenn der Tag lang wurde. Dann musste sie grinsen. Sie wusste schon, warum sie allein lebte. Warum fiel ihr in diesem absurden Moment Stachelmann ein?

»Und was ist mit *Martha*?« Kranz hätte sich nicht gewundert, wenn die Walküre ein glühendes Eisen hinter dem Rücken hervorgeholt hätte. »Die ist doch *tot*.«

Und wenn nicht, hättest du das besorgt.

»Kennen Sie einen Herrn Andert?«

Ein Blick zu seiner Frau, die aber keine Miene verzog. »Natürlich, das war ein Nachbar, bis er verschwand.«

»Ist er die Leiche, die Sie gefunden haben?« Die Walküre schoss die Frage ab wie eine Hundertzwanzig-Millimeter-Granate.

»Vielleicht«, sagte Kranz.

»Na ja, sonst wären Sie kaum hier«, entschied sie.

»Herr Schreiner …«

»Ihre Kollegen haben mich damals doch schon befragt.«

Kranz hätte sich nicht gewundert, wenn die Walküre mit dem Fuß gestampft hätte.

»Das wissen wir. Aber jetzt haben wir einen Leichenfund. Da müssen wir alles noch einmal aufrollen. Es handelt sich um Mord. Also« – ein Blick zur Walküre –, »Ihre verstorbene Frau …«

»Hatte ein Verhältnis mit Andert«, sagte sie. »Sie müssen nicht um den heißen Brei herumreden.«

»Das steht nicht im Protokoll Ihrer Aussagen, Herr Schreiner«, sagte Kranz gelassen. Und schwieg, während die anderen auf eine Fortsetzung warteten. Manche Dinge wirkten nur langsam. Sie konnte in Schreiners Gesicht lesen, wie die Information sich zu den Hirnzellen vorarbeitete, die für Erkenntnis zuständig waren. Oder von denen wenigstens behauptet wurde, es zu sein.

»Ja, aber …«, stammelte Schreiner.

»Sie haben damals verschwiegen, dass Andert eine Affäre mit Ihrer Frau gehabt hatte.«

»Aber die war doch längst …«

»Das interessiert mich nicht.« Kranz sagte es so leise, dass es schon gefährlich klang. Schreiner wollte etwas sagen, aber Kranz' Finger schnellte hoch. »Sie haben die Ermittlungen behindert. Sie hätten es sagen müssen. Zeugen müssen alles sagen, was sie über einen Fall wissen. Egal, ob sie das für wichtig halten oder nicht.«

»Ja, aber …« Schreiner versuchte es wieder. Diesmal scheiterte er an der Walküre: »Das ist doch längst verjährt.«

»Das wäre verjährt«, sagte Kranz. »Aber Herr Schreiner hat sich dadurch verdächtig gemacht. Und Mord verjährt nie.«

»Das ist eine Unverschämtheit«, donnerte die Walküre und fuchtelte mit den Armen.

»Keineswegs. Herrn Schreiners Frau hatte eine Affäre mit Andert. Der ist verschwunden. Und nun stellt sich heraus, dass er ermordet wurde. Ein schöneres Motiv habe ich schon lange nicht mehr gesehen.«

Schreiner wurde bleich. »Sie verdrehen ja alles.«

»Dann stellen Sie's richtig. Los, sprechen Sie.« Zeit, Gas zu geben. Das hatte sie ebenfalls von Taut gelernt. Druck machen bringt selten was. Die Leute werden nur bockig. Aber manchmal, mit einem starken Argument und plötzlich, da könnte es klappen. Überraschungsangriff. US-Kavallerie.

»Ach ja, und Sie verlassen jetzt diesen Raum. Oder wir nehmen Herrn Schreiner mit.«

Die Walküre erstarrte.

10

»Interessant«, sagte Georgie.

Stachelmann war im Geist woanders gewesen. Er wusste selbst nicht genau, wo. »Was?«

»Wenn man ausschließt, dass die Papierfetzen zufällig im Mund waren«, sagte Georgie.

»Ja, und?«

»Na, dann gibt es doch wirklich nur zwei Möglichkeiten.«

Jetzt begriff Stachelmann. Und ärgerte sich aufs Neue, dass Georgie sich weigerte, aus seiner Intelligenz etwas zu machen. Irgendwann ist das Erbe verbraucht, und Georgie landet unter der Brücke. Oder wie das heute heißt.

»Wir haben zwei Fetzen Papier. Die gehören zusammen zu einem Blatt. Auf dem Blatt war ein Stacheldraht abgebildet. Dieses Blatt oder ein Teil davon hat jemand verschluckt. Oder es wurde ihm in den Mund gesteckt.« Er sinnierte dem Gedanken nach, war einverstanden und fuhr fort, während Georgie sich am Kopf kratzte: »Die Frage ist also, warum steckt jemand einem anderen Papier in den Mund? Oder warum schluckt einer Papier? Und dies im Zusammenhang mit Folter?« Er versuchte sich Szenen vorzustellen.

»Bei der Folter«, sagte Georgie. »Da hat der Folterer dem Mann das Papier in den Mund gesteckt. Hier, friss deinen Scheiß!«

»Was hieße, dass der Papierfetzen in einem Zusammenhang mit der Folter stand. Dass da etwas geschrieben stand, das die Folter bewirkte. In der Nazizeit kann man sich das vorstellen. Am wilden Anfang, als überall KZ eingerichtet wurden. Eher provisorisch. Und die meisten …«

»Sie schweifen ab, Herr Professor.« Georgie lachte frech.

Auch der nimmt mich nicht für voll. Stachelmann zwang sich, diesen Gedanken zu verdrängen. »Da stopft also der Nazi dem Kommunisten ein Flugblatt in den Mund. Vielleicht eines, auf dem der Nazi sogar erwähnt war. Als SA-Schläger.«

Jetzt fiel ihm der Vater ein. War er auch Schläger gewesen? In der SA war er jedenfalls, und das hatte er verschwiegen, bis Stachelmann ihn damit herausforderte. Kurz vor seinem Tod.

Georgie nickte.

An der Tür klopfte es. Breuer schob ihr Gesicht in den Türspalt. »Ihre Vorlesung … sie warten schon.« Das Gesicht verschwand.

Verdammt, fast hätte er seine erste reguläre Vorlesung als Lehrstuhlinhaber verbaselt. Hektisch wühlte er in den Stapeln Papier nach seinem Skript.

»Den Berg der Schande …«, ätzte Georgie.

Stachelmann blickte gequält auf.

»Bewältigt nicht mal der Yeti.« Georgie lachte leise vor sich hin.

Stachelmann fand endlich sein Blatt mit den Stichworten für die Vorlesung.

»Herr Stachelmann, was sagen Sie denn dazu?« Sie stand in der letzten Reihe. Alle Köpfe drehten sich zu ihr. Sie war stämmig und hatte kurze schwarze Locken. Wedelte mit einer Zeitung, die Stachelmann vom Pult aus nicht erkennen konnte.

Der Vorlesungssaal war gut gefüllt. Thema war die Bonner Wiedergutmachungspolitik gegenüber den NS-Opfern. Heute wollte Stachelmann über die Ungeheuerlichkeit sprechen, dass ausgerechnet Hans Globke im Bonner Kabinett saß, das mit der israelischen Regierung verhandelte. Globke, der an den Nürnberger Rassengesetzen von 1935 mitgeschrieben und sie kommentiert hatte. Und nach dem Krieg nicht in einer Gefängniszelle landete, sondern hinterm Schreibtisch des Bundeskanzleramtschefs. Adenauers wichtigster Mann.

Aber die Frau in der letzten Reihe rief pausenlos irgendwas. »Wie erklären Sie das jemandem, der in Hoheneck gesessen hat? Oder in Bautzen, Hohenschönhausen? Der Widerstand gegen die SED-Diktatur war gerecht. Jeder Widerstand …«

Andere versuchten die Frau zu beruhigen. Wieder andere hielten dagegen. Es mündete in einer Schreierei. Die Frau ließ sich nicht beruhigen. Immer wieder schwenkte sie diese Zeitung. Stachelmann blickte sich um, fand aber nichts, mit dem er aufs Pult schlagen konnte. Also zuckte er mit den Achseln und ging. Wenn sich die Hörer lieber anschrien, bitte sehr.

»Das ging ja flott«, sagte Georgie. Er hatte Kopfhörer auf. Heavy Metal.

Stachelmann deutete auf seine Ohren.

»Hörst du schlecht?«, fragte Georgie und sah ratlos aus. Er hob die Hände. Als es ausgescheppert hatte, war er so gnädig, die Kopfhörer abzusetzen. »Wurde ja Zeit, dass dich mal jemand rausgeschmissen hat.«

»Find ich auch«, sagte Stachelmann. »Irgendwer hat sich offenbar wegen meiner Antrittsvorlesung aufgeregt. Verharmlosung der SED-Diktatur und ähnlicher Quatsch. Jeder Widerstand gegen die SED-Diktatur war gerecht.«

Georgie lachte. »Berufsopfer«, sagte er.

»Nun übertreib's nicht. Wenn du …«

»So viele Jahre im Knast gesessen hättest«, vollendete Georgie. »Dann könnte ich auch mit Messer und Gabel essen? Oder was wolltest du mir erklären?«

Stachelmann winkte ab.

Es klopfte. Breuer. »Da gibt es Fragen …«

»Ja«, sagte Stachelmann.

»Ob Sie die Vorlesung …«

»Die fällt heute aus«, sagte Stachelmann. Warum werde ich immer an Bohming erinnert, wenn ich sie sehe?

Sie blickte ihn verdutzt an. »Ach!« Dann ging sie.

Stachelmann sah vor seinem inneren Auge, wie sie auf dem Gang den Kopf schüttelte.

Georgie zog die Kopie des Papierfetzens zu sich. »Schicken die den anderen auch noch?«

»Keine Ahnung«, sagte Stachelmann.

»Herrn Professor ist mal wieder alles wurscht, nur weil ihm die Studentinnen nicht zu Füßen liegen.«

»Dummkopf«, sagte Stachelmann. »Lass uns mal weitergrübeln.«

»Dafür bin ich doch zu dumm. Haben Herr Professor gerade selbst festgestellt.«

Hoffentlich gewöhnt er sich die Herr-Professor-Masche bald wieder ab. Sonst erschlag ich ihn. »Als Resonanzverstärker bist du schon brauchbar.«

Georgie ließ sein Gesicht strahlen. »Danke, Herr Professor.«

Wenn ich ihn jetzt angehe, hört er nie mehr auf damit.

»Bitte. Und wenn er es gekaut hat?«

»Glaub ich nicht. War was Gedrucktes. Zerkaut man eine Zeitung oder so was?«

»Wenn man sich Notizen drauf geschrieben hat, vielleicht schon.«

»Hm.«

»Als der Mann umgebracht wurde, gab es keine Diktaturen in Reichweite, da musste einer Geheimnisse nicht runterschlucken.«

»Es sei denn, er war kriminell.«

»Klar. Oder er und der Täter kamen aus Weißrussland. Wir sollten uns aber nicht mit Abwegigkeiten beschäftigen.«

»Wilhelm von Ockham«, sagte Georgie, »ich weiß.«

Immer wenn es passte, führte Stachelmann den Mönch an, der mit seinem geistigen Rasiermesser alle Erklärungsgirlanden abschnitt. Die Wahrheit liegt nah und ist einfach. Einfacher jedenfalls als wilde Theorien. Wenn's draußen klappert, werden es keine Büffel sein.

»Also«, sagte Georgie, »unser Willem sagt: Vernünftig ist es, anzunehmen, dass der Folterer seinem Opfer das Papier ins Maul gesteckt hat. Hier, friss, du Hund.«

Stachelmann nickte. So war es wohl gewesen. Der Mann wurde irgendwo in Norddeutschland ermordet, und er hätte keinen Grund haben können, bedrucktes Papier zu verschlucken.

»Es könnte aber …«

»Können könnte es alles«, sagte Stachelmann. »Aber wenn wir jeder möglichen Erklärung nachgingen, brauchten wir gar nicht anzufangen.«

»Jawoll, Herr Professor.«

Stachelmann wollte ansetzen zu erklären, dass es feine Unterschiede gebe zwischen einem Unteroffizier auf dem Kasernenhof und einem Universitätsprofessor. Aber er schwieg. Bloß nicht drauf eingehen.

»Weiter. Welchen Grund kann es geben, jemanden zu foltern?«, fragte Georgie.

»Alle Motive, die man sich vorstellen kann. Frag lieber: Warum steckt jemand jemandem Papier in den Mund?«

Sie überlegten eine Weile.

»Das tut nicht weh«, sagte Georgie endlich. »Das gehört nicht zur Folter.«

Stachelmann nickte. »Dahinter steckt Wut. Über eine Ungerechtigkeit vielleicht. Bevor er sein Opfer tötet, muss der Täter es ihm handgreiflich klarmachen.«

»Aber wenn es was Gedrucktes war, ist es eher nichts Persönliches. Das Opfer war vielleicht Journalist. Und hatte was über den Täter geschrieben.«

»Wenn es eine Zeitung war. Und der Stacheldraht?«

»Kann eine falsche Spur sein. Es ging in der Zeit um was anderes. Aber da stand eben ein Artikel über die Schafzucht in der Lüneburger Heide. Weidedraht …«

»Wenn wir eines wissen, dann dass Andert kein Journalist war.« Stachelmann suchte nach der Visitenkarte. Endlich fand er sie unter der Schreibunterlage.

»Gut, dass ich Sie gleich erwischt habe, Frau Kranz.« Warum wurde ihm warm?

»Ja, was gibt's?« Sie war gerade ins Präsidium zurückgekehrt und noch genervt von der Walküre und ihrem unterwürfigen Mann.

»Stör ich?«

»Nein, natürlich nicht. Ich hatte gerade eben nur mit unerfreulichen Leuten zu tun.«

»Ich auch«, sagte Stachelmann. »Allerdings war deren Verbrechen nicht justiziabel.«

Sie lachten, dann fragte Stachelmann: »Ich habe vorhin mit der Rechtsmedizin …«

»Ich weiß. Ich habe veranlasst, dass Ihnen eine Kopie des zweiten Papierstücks geschickt wird. Der Streifenwagen müsste eigentlich schon bei Ihnen gewesen sein. Manchmal sind wir so altmodisch.«

»Danke. Wie stehen die Ermittlungen?«

»Wir haben einen Verdächtigen. War der Nachbar von Andert. Seine damalige Frau hatte ein Verhältnis mit dem.«

»Das klingt überzeugend.«

»Aber?«

»Foltert ein betrogener Ehemann den Nebenbuhler? Und tut er es so ausgiebig und gekonnt? Dieser Nachbar, ist das jemand, der eine Folterung durchsteht? Man muss sich auch vorstellen, dass es für den Täter eine Belastung sein kann. Nicht jeder ist Sadist.«

Sie sagte eine Weile nichts. Er hörte sie nur atmen. Endlich: »Schade, dass Sie nicht bei uns arbeiten. Ich könnte jemanden zum Reden gebrauchen.«

Er hatte Zigarettenqualm in der Nase, als er das *Tokaja* betrat. Aber der Gestank war nur eine Erinnerung. Genauso, wie er sich vorstellte, dass Ossi auf ihn warten würde. Schon angetrunken. Ein bisschen zu laut. Und ein bisschen schmierig. Nicht auf den ersten Blick und nicht sichtbar. Fühlbar. Aber es wurde nicht geraucht. Und am Tisch wartete Kranz. Die war gar nicht schmierig. Sie war hübsch und von jener Zartheit, die bei Stachelmann den Beschützerinstinkt weckte. Obwohl das ein antiquierter Blödsinn war. Gerade in diesem Fall.

»Ah, da sind Sie ja.« Kranz posaunte es durch den Gastraum und scherte sich nicht um die Blicke, die sie erntete. Einer am Nebentisch schüttelte den Kopf. Als wollte sie darauf antworten, schickte Kranz ein lautes Lachen hinterher.

Aha, sie hat was zu lachen, dachte Stachelmann. Oder sie ist unsicher? Sie ist unsicher. Wegen mir? Unmöglich.

Nachdem sie bei einem jungen Mann Wein bestellt hatten, legte Kranz los. »Wir stehen auf dem Schlauch. Gut, dass Sie Zeit haben. Taut sagte mir, es lohne sich, mit Ihnen über so was zu reden.«

Enttäuschung meldete sich bei Stachelmann. Taut hat sie geschickt? Sie ist nicht von allein auf die Idee gekommen?

»Ist alles in Ordnung?«

Er nickte. »Natürlich … ich hab nur …«

»Ich habe über Ihren Satz nachgedacht. Ein Nebenbuhler foltert nicht.« Sie stützte das Kinn zwischen Daumen und Zeigefinger und blickte ihn an.

Es berührte ihn nicht nur im Hirn. Beunruhigend.

»Sie haben recht, fürchte ich. Wir haben den gehörnten Mann vernommen. Eigentlich Tatverdächtiger Nummer eins. Aber ein Typ, dem ich alles zutraue, nur keine Folter. Schon gar nicht so eine. Der hätte zu viel Angst. Er könnte niemandem ein Haar krümmen. Höchstens, dass er jemandem ein Bein stellt.«

»Das nennt man kriminalistische Intuition«, sagte er trocken. Es war ihm rausgerutscht.

Sie blickte ihn wieder an und begann zu lachen. »So kann man es nennen«, erwiderte sie grinsend. »Aber wenn der Typ vor Ihnen gesessen hätte …«

Stachelmann winkte ab. »In diesem Mordfall …«

»Geht nichts nach den üblichen Verfahren«, sagte sie.

»Es handelt sich nicht um den Nebenbuhler. So einer steckt seinem Opfer kein bedrucktes Papier in den Mund. Folter halte auch ich für unwahrscheinlich, da gebe ich Ihnen recht.«

»Wenn wir Eifersucht ausschließen können, dann können wir Schreiner ausschließen. So heißt der …«

»Und was macht das Phantombild?«

»Ich weiß nicht, warum die so lange brauchen. Nicht gerade vertrauenerweckend. Aber ich hab keinen Zweifel, dass wir über Andert reden.«

»Da bist du also!« Anne wandte sich Kranz zu: »Derling mein Name.« Eiskalt.

Kranz blickte erst zu ihr, dann zu Stachelmann.

»Das ist meine Freundin, Frau Derling. Das ist Oberkommissarin Kranz von der Kripo.«

Anne musterte Kranz, warf einen misstrauischen Blick auf Stachelmann und winkte in den Gastraum.

Dort saß der Juniorprofessor Modersohn. Der war doch gerade erst eingestellt worden. Zeitvertrag natürlich. Mal sehen, was von dem zu halten war. Manche Kollegen raunten, es handle sich um ein halbes Genie. Mindestens. Stachelmann hatte den schlanken Lockenkopf gar nicht richtig wahrgenommen. Was wollte Anne mit dem? Es tat weh, im Unterleib.

»Wir wollten ein bisschen über unseren neuen Chef lästern«, sagte sie trocken, als hätte sie seine Gedanken gelesen. Sie schaute sich um. »Viel Spaß noch.«

»Neuen Chef?« Kranz blickte ihm in die Augen. Etwas zu lang.

Er zeigte mit dem Daumen auf sich.

»Sie sind der Chef Ihrer Freundin?«

Stachelmann nickte.

»Das ist Mist.« Gleich hob sie die Hände. Aber es war gesagt. Und es stimmte.

11

Am Morgen war Kranz schlecht gelaunt. So war sie schon aufgewacht nach einer üblen Nacht. Sie hatte Fehler gemacht. Sie hätte das nie fragen dürfen. Chef der eigenen Freundin. Auf der Fahrt ins Präsidium hatte sie sich eingestanden, dass sie eifersüchtig war. Auf diese Frau. Anne. Die sah verdammt gut aus und war Dozentin. Größer als Kranz, klassisch schön, aber nicht langweilig wie viele dieser Sorte. Und warum bin ich eifersüchtig? Sie hatte Zeiten erlebt, in denen sie jede Lust auf Beziehung verloren hatte. Sie brauchte jemanden, der sie verstand, ihren Job und ihre Art. Manche Männer, die sich zunächst für sie begeisterten, bekamen es bald mit der Angst. Sie fanden sie süß oder so was, bis sich herausstellte, dass sie sich nicht die Butter vom Brot nehmen ließ. Von wegen süß.

Springbein donnerte ins Büro. Bevor sie ihn zum Opfer ihrer miesen Laune machen konnte, knallte er einen Packen Fotos auf den Tisch: »Schon kopiert. Unser Mann!«

Kranz schluckte Ärger und Eifersucht hinunter.

Ein Durchschnittsgesicht blickte sie an. Seine Augen hatten keine Farbe. Die Haut war glatt. Die Ohren lagen an, die Augen standen ziemlich eng. Hohe Stirn. Die Nase war vielleicht etwas klein geraten.

»Fahr gleich mal zu Frau Andert. Wenn sie ihn als ihren Mann identifiziert, sind wir weiter.«

Eine Dreiviertelstunde später rief Springbein an. »Er ist es.«

Klar. Aber das war auch das Einzige, was klar war.

Kranz nahm sich Anderts Biografie noch einmal vor. Diesmal gründlich. Andert war in Potsdam geboren. Schulbesuch in Ostberlin. Als er zwölf war, zog die Familie nach Westberlin um. Mittelschule, nannte man inzwischen Realschule. Danach Lehre als Speditionskaufmann. 1986 gründete er ein kleines Speditionsunternehmen in Hamburg. Andert & Co., wobei es einen Co nicht gab. Angeberei. Ein großer Lastwagen, drei, später fünf Transporter. Fuhren vom Großmarkt zu Läden überall in Hamburg und Umgebung.

1978 hatte er geheiratet. Keine Kinder. Polizeilich war er ein unbeschriebenes Blatt, abgesehen von ein paar Verkehrsverstößen, die Kranz aber bei Berufsfahrern nicht für ungewöhnlich hielt.

Frau Andert war die einzige Person, die ihr jetzt helfen konnte.

Sie schickte die Fotodatei an die Pressestelle und bat, sie der Journaille zum Fraß vorzuwerfen. Dann blickte sie auf die Uhr, zuckte resignierend mit den Achseln, rief Frau Andert an und fuhr los.

»Sie haben doch bestimmt Fotoalben«, schlug Kranz vor. Sie stand kurz vor einem Verzweiflungsanfall. Die Frau erwies sich als tumb. Sie erinnerte sich an nichts als an ihre Kränkung. Das Phantombild hatte sie lange stumm gemustert. Dann nickte sie und sagte noch: »Der Schreiner taugt so wenig wie seine Frau.«

Endlich watschelte sie los. Verließ das Wohnzimmer und kehrte mit zwei Fotoalben zurück. Sie blätterte darin. Als sie den ersten Band schweigend durchgesehen hatte, reichte sie ihn an Kranz weiter, woraufhin sie sich dem zweiten widmete. »Er hat immer geknipst. Ich nicht.«

Die üblichen Bilder. Kinder kneifen im Sonnenlicht die Augen zusammen. Menschen vor Gebäuden. Da war ich auch. Brandenburger Tor mit der Mauer. Eine Statue in einer südeuropäischen Stadt. Strandleben. Bilder von Bikinischönheiten. Eis essende Kinder. Von Andert nur der Schatten auf dem Strand. An der Wand neben seiner Frau. Auf der Straße, an deren Ende winzig ein Palazzo ragte.

War er pädophil? Die Anderts hatten keine Kinder. Gab's da ein Motiv?

»Sie haben nie fotografiert?«

Sie schüttelte den Kopf, ohne ihren Blick vom Album zu wenden.

»Gibt es keine Porträts von ihm?«

»Weiß nicht.«

»Frau Andert, wir führen eine Mordermittlung. Ich sehe, dass Sie das nicht interessiert, obwohl Ihr Mann das Opfer ist.«

Andert blickte Kranz an und verstand gar nichts.

»Wir brauchen ein Foto Ihres Mannes. Es nützt mir nichts, Ihre Urlaubsfotos zu bewundern.«

»Aber ich sollte …«

»Sie sollten jetzt nachdenken, wo sich ein Foto Ihres Mannes befindet. Und möglichst schnell. Ist Ihnen eigentlich klar, dass Sie ein Motiv hatten, ihn zu töten?«

Andert riss die Augen auf, sagte aber nichts.

Und Kranz dachte: Wie hätte sie ihn überwältigen, fesseln, verschleppen und foltern sollen? Das schafft nur ein kräftiger Mann. Oder besser zwei. Und mochte sie noch so wütend gewesen sein.

»Gab es keine Bilder von der Spedition? Betriebsfeier? Firmenjubiläum? Firmenbericht in einer Zeitung?«

Andert überlegte, hievte sich aus dem Sessel und verschwand. Als sie zurückkehrte, hatte sie einen Rahmen in der Hand. Den reichte sie Kranz. »Weiß nicht mehr, warum das gemacht wurde.«

Im Rahmen ein Farbfoto mit drei Männern vor einem Truck. Der in der Mitte sah dem Phantombild ähnlich. Sie tippte auf dessen Kopf. Andert nickte.

»Kann ich das haben?«

»Die Leiche ist mit größter Wahrscheinlichkeit Andert. Wir haben ein Bild von ihm und bitten die Medien, es zu veröffentlichen. Morgen gibt's hier ein Telefonkonzert.«

Taut nickte. »Hoffentlich hilft's.«

»Den Herrn Stachelmann haben wir vielleicht zu früh …«

Taut schüttelte den Kopf. »Wir werden ihn noch brauchen.«

»Aha.« Kranz hatte schon an das Telefonat gedacht, in dem sie Stachelmann danken und sich verabschieden wollte.

»Die Papierfetzen sind da. Ob sie was bedeuten, weiß ich nicht. Aber es wäre ein Fehler, die Spur abzutun.« Ein strenger Blick zu Kranz, in dem sie auch Enttäuschung las. »Die meisten Verbrechen geschehen im persönlichen Umfeld. Sie haben recht, den Täter dort zu suchen. Aber *die meisten* heißt nicht *alle*.«

Am Abend auf dem Sofa. *Private Investigations*. Mark Knopflers Saitenzupfen. Und ein Scheißgefühl im Bauch.

12

»Deine Leiche«, sagte Anne und deutete auf das Bild im *Abendblatt*.

»Wie war der Abend mit dem …?« Stachelmann zog die Zeitung zu sich.

Felix schlug mit dem Löffel in seinen Teller. Das Müsli spritzte über den Frühstückstisch, auf die Zeitung. Treffer auch auf dem Hemd.

Anne tätschelte Felix' Hand. »Ist ja gut.«

Der klapperte mit dem Löffel am Tellerrand und brabbelte aufmüpfig.

Günter Andert hatte eine Haferflocke im Auge. Stachelmann wischte sie weg.

»Nett«, sagte Anne. »Ein toller Kollege, der Sven, glaube ich.«

Felix schrie. Es klang wie das Geheul in Indianerfilmen. Anne streichelte ihm den Kopf. Felix verfiel in ein Summen.

Ein toller Kollege, der Sven.

»Du solltest dich um ihn kümmern.«

Ein toller Kollege, der Sven.

»Hab ich doch.«

»Du hast ihn zwischen Tür und Angel abgefertigt.«

Den Sven. Mit seinem schwarzen Lockenkopf, der runden Brille im Pariser Intellektuellengesicht. Dabei stammte der Mann aus Stuttgart. Hatte in Tübingen studiert, weil alles jenseits der schwäbischen Grenzen Ausland war.

»Der hat einen netten schwäbischen Dialekt. Also, so den Anflug eines …«

Das hatte sie schön gesagt. Anflug.

»Er bringt frischen Wind …«

Weil ich so ein Schlaffsack bin. Nicht so hübsch. Nicht so beredt. Bei ihr konnten die Hormone mit Signalflaggen winken.

Das Telefon vibrierte. Ein Blick auf die Anzeige. Die Mutter. Er hatte sie seit einem Jahrzehnt nicht mehr angerufen. Er steckte das Handy zurück in die Tasche.

»Und diese Bullin, die sieht ja ganz …«

»Was vermisst dein Sven?«

»Lenk nicht ab.« Anne lachte. Es klang nicht fröhlich, nicht bitter, irgendwas dazwischen.

»Ich lenk nicht ab. Du redest die ganze Zeit über deinen besten Freund Sven. Beklagst dich als seine Fürsprecherin, dass ich als sein Chef …«

»Als unser Chef …«

»Ihn nicht ausreichend … umhege« – er ließ das Wort in Gedanken nachschwingen – »und ihm das Gesäß nachtrage …«

»Oh, Herr Professor sind beleidigt.«

Stachelmann erhob sich. Ging ins Schlafzimmer und zog ein neues Hemd an. Das alte warf er aufs Bett. Zurück in der Küche, stellte er sich ans Fenster und blickte eine Weile hinaus.

Anne flüsterte mit Felix. Das hatte immerhin den Vorteil, dass der Kleine ein paar Sekunden schwieg.

»Ich bring Felix zur Schule«, sagte Anne endlich, während Stachelmann ihr den Rücken zukehrte.

Unten stand Annes alter Toyota, nahe der Haustür. Ein leuchtend roter Fleck. Sie hatte immer unverschämtes Glück. Er musste oft lange kurven, um einen Parkplatz zu finden. Ein Tschüss, und die Wohnungstür schlug zu. Er stellte die Tasse unter den Ausguss des Kaffeeautomaten und drückte den Cappuccino-Knopf. Die Maschine legte mit einem Brummen los. Als wollte sie seine Stimmung unterstreichen. Es war desaströs mit Anne. Aber ohne sie ging es auch nicht. Er hatte es ja versucht. Stachelmann dachte an die Lehrerin in Gotha. *Wenn es Anne nicht gäbe, dann wäre es was geworden. Bestimmt.*

Als er die Tasse unterm Ausguss wegzog, knallte es. Donner. Das Fenster splitterte. Etwas Rotes flog nach oben, blieb einen ewigen Augenblick in der Luft stehen vor dem glaslosen Fenster und fiel aus Stachelmanns Blick. Eine Autotür.

13

Vom Feind lernen heißt siegen lernen. Er lächelte. Manchmal muss man Grenzen setzen. Unmissverständlich. Von fern das Martinshorn. Lauter. Ein Polizeiauto raste vorbei. Blaulicht. Bestimmt ein Unfall.

Er trank einen Schluck Bier aus der Flasche. Hier draußen auf dem Balkon war es am schönsten. Niemand ist je mehr im Dunkeln getappt als die. Und der Einzige, der ihm auf die Spur kommen könnte, hatte nun die Hosen voll. Der wird ahnen, um was es geht. Umso besser. Je mehr er wittert, desto sicherer ist, dass er gar nicht erst anfängt. Und wenn er zu einer Trotzreaktion neigt? Soll er doch. Es lag genug Dünger im Schuppen.

Kurt gestand sich ein, dass es ihm auch um den Spaß ging. Endlich war wieder was los. Kann doch nicht sein, dass er und Robert zuschauten, wie andere in ihren Angelegenheiten wühlten. Mitmischen. Das war immer ihr Motto gewesen.

Er hatte es im Radio gehört, nachdem er nach Hause zurückgekehrt war. War dann zum PC gegangen. Im Internet stand es auch schon. Bombenexplosion im Univiertel. Sonst nichts. Das reichte auch.

14

Kranz sah, wie die Polizeiwagen den Hof verließen. Da musste etwas Größeres passiert sein. Springbein stand in der Tür, als sie sich vom Fenster abwandte.

»Wir haben schon ein paar Anrufe. Einer davon könnte was sein. Ein Mitarbeiter …«

»Verdammt, hast du die Mitarbeiterkartei durchgesehen?«

Springbein sah sie an wie ein Dackel, der einen Tritt erwartete. »Ich kann nicht alles auf einmal …«

Kranz winkte ab. Schon tat es ihr leid. »Die Telefonate und die Kartei sind das Wichtigste … mehr haben wir sowieso nicht.«

»Ich glaube, die Andert war's.«

Das war nun doch zu dumm. »Auf keinen Fall. Sie hätte ihn nicht tragen und auch nicht so foltern können.«

»Und wenn sie Hilfe hatte.«

Kranz überlegte. Das war der unbekannte Dritte. Eine dritte Figur im Spiel, und alles war anders. Zwei Menschen, die Motive hatten, einen anderen Menschen zu entführen, zu foltern und zu töten. Bestialisch. Das konnten unterschiedliche Motive sein, die zu einem Interesse zusammenwuchsen. Da mochten Grausamkeiten geschehen, die man den einzelnen Tätern nicht zutraute. Vielleicht hatten sie sich in einen Gewaltrausch gesteigert. Auch um jedes Mitleid abzutöten. Wenn sie die Motive des Dritten nicht herausfänden, würde es schwierig werden. Falls es die dritte Figur gab. Es würde ohnehin schwierig werden. Sie fühlte es längst. Ein Scheißfall. Warum musste Taut gerade ihr diesen Mist auf den Tisch werfen?

»Und was sagt der Mitarbeiter?«

»Dass Andert« – Springbein zog die Schultern hoch – »ich zitiere: ein Arschloch war.«

»Das Bild rundet sich ab. Ein übler Zeitgenosse verschwindet von der Bildfläche. Viel Freude allerorts. Toll!« Nein, sie durfte keinen Missmut zeigen. Sie war die Chefin. Sie gab den Ton an. Und der klang so: Wir lösen den Fall. Missmut motiviert nicht. Sie prägte sich die Gedanken ein wie Lehrsätze. *Wir lösen den Fall. Missmut motiviert nicht*.

Springbein guckte immer noch verblüfft.

»Hol den Mitarbeiter her, jetzt.«

»Ich hab's keine zwei Jahre ausgehalten.« Hass in den Augen.

Kranz blickte ihn an, sagte aber nichts.

»Ich hab dann bald einen neuen Arbeitgeber gefunden. Das war wie das Paradies, obwohl der auch wusste, dass man nur reich werden kann, wo andere arm werden. Aber er hat seine Leute nicht schikaniert, nicht betrogen, nicht bedroht, nicht angeschrien.« Grabowski schüttelte den Kopf. »Dabei hat Andert sich ins eigene Fleisch geschnitten, verstehn Sie?«

Kranz nickte.

Springbeins Fuß schlug einen Takt. Ein kurzer Blick, und das Bassdrumsolo war beendet.

»Können Sie Einzelheiten berichten? Was ist Ihnen passiert?«

»Ich fuhr oft in den Ostblock. Warschau, Dresden, manchmal Bitterfeld. Es gab in Hamburg Firmen, die haben so 'ne Art Tauschgeschäfte gemacht. Zum Beispiel habe ich Chemiesalze nach Hamburg gefahren. Die waren drüben besser. Und hab Laborausrüstung rübergebracht. In Lübeck gibt's 'ne Firma, die baut das Zeug heute noch, glaub ich.«

»Chemieprodukte.«

Grabowski nickte. »Meistens. Manchmal bin ich auch leer rüber und hab für einen Versender hier in Hamburg Ware geholt. Alles Mögliche.«

»Sie wollten uns sagen, wie sich Andert aufgeführt hat.« Kranz war die Geduld selbst, obwohl es sie zur Eile drängte.

Es klopfte, ein Uniformierter trat ein und flüsterte Kranz ins Ohr: »Bombenanschlag auf Ihren Prof.«

»Was?«

Der Kollege wiederholte es.

»Ist ihm was passiert?«

»Keine Ahnung.«

Schon von Weitem sah Kranz die Zeichen des Chaos. Gaffer drängten sich. Rotlicht, Blaulicht. Sirenen. Zwei Krankenwagen überholten sie. Am Himmel ein Hubschrauber. Flap-flap-flap. Springbein raste mit Blaulicht auf die Absperrung zu.

15

Ihm fiel die Tasse aus der Hand. Der Kaffee spritzte an die Hosenbeine. Nach einer Sekunde Erstarrung hielt er sich an der Fensterbank fest und stierte hinaus. Schwarzer Qualm, Trümmer. Menschen torkelten. Ein paar saßen auf dem Bürgersteig gegenüber und drückten sich die Hände auf die Ohren. Ihre Gesichter verrieten die Schmerzen. Schwarze Flecken. Blut. Er wollte hinunterlaufen, aber es hielt ihn fest. *Ich muss doch helfen*. Und dann traf ihn der Gedanke: So löst sich ein Leben auf, von einer Sekunde auf die andere. Sein Leben. Gleich überfiel ihn die Scham, dass er zuerst an sich dachte und nicht an Anne. Und an Felix. Flap-flap-flap. Ein Hubschrauber. Stachelmann erkannte den Piloten. Helm, getöntes Visier. Ihm schien es, als sähe der Mann in der Riesenlibelle ihn an. Stachelmann riss sich vom Fenster los und stürzte. Er lag ein paar Minuten wie gelähmt und im Tran. Irgendwie gelang es ihm aufzustehen. Mit wackligen Knien setzte er einen Fuß vor den anderen. Taumelte, hielt sich am Türrahmen fest. Zwang sich weiterzugehen. Als er im Treppenhaus stand und die Wohnungstür zuschlug, fiel ihm ein, dass er keinen Schlüssel eingesteckt hatte. Gleichzeitig verblüffte ihn, dass er an so etwas dachte, wo es um Leben und Tod ging.

Er wäre fast gefallen auf der Treppe. Im Hausflur fühlte er sich kräftiger. Stachelmann stieß die Haustür auf und sah ein Trümmerfeld, wo vorher Annes Auto gestanden hatte. Irgendwo ertönte ein Wimmern. Dann hörte er Schreie, Sirenen. Hektisch blickte er sich um. Startete in eine Richtung, stoppte, lief in eine andere. Als er am Rand der Explosionsstelle stand, wurde er am Arm gepackt. Er hatte den Polizisten nicht gesehen. Der schob ihn einem Sanitäter zu. »Schock«, sagte der Polizist.

Der Sanitäter nahm Stachelmann an der Schulter. »Es ist Ihnen nichts passiert. Bleiben Sie ruhig. Es ist gar nicht so schlimm.«

Stachelmann blieb abrupt stehen und schrie mit sich überschlagender Stimme: »Es ist gar nicht schlimm?«

16

Sie drängelten sich wie beim Hafengeburtstag. Fehlten noch Stände für Backfisch, Bratwurst und Bier. »Guck mal da!«, kreischte eine Frau mit gestrecktem Zeigefinger. Da taumelte ein Mensch, aus dessen Ohren Blut tropfte.

»Räumen Sie die Leute weg!«, schnauzte Kranz den nächstbesten Beamten an und hielt ihm den Dienstausweis unter die Nase.

»Haben Sie …?«

»Ich übernehme die Leitung. Es ist mein Fall!«

Sie eilte zum Ort der Explosion. Er war leer gefegt. Der Asphalt war geschwärzt und geschmolzen, wo die Bombe detoniert war. Die Trümmer des roten Toyotas lagen auf dem Bürgersteig und auf Autos, denen die Druckwelle die Scheiben zerstört hatte. Teile waren offenbar auch durch Fenster in Wohnungen geschleudert worden.

Ein Typ in schwarzer Jeansjacke war im Gespräch mit einem Anzugträger. Kranz bedauerte, beide gut zu kennen.

»Guten Tag, die Herren, das ist mein Fall. Schönen Gruß von Herrn Taut.« Sie verließ sich darauf, dass der sie decken würde.

»Ihr Fall?«, fragte Hauptkommissar Ewald. Eine tiefe Stimme aus einem austrainierten Oberkörper.

Kranz unterdrückte die Unsicherheit, die in ihr aufstieg.

»Der Anschlag galt Professor Stachelmann. Er wohnt hier zusammen mit seiner Freundin. Er arbeitet für uns.« Das war jetzt irgendwas zwischen Harakiri und Kamikaze.

Sie hatte die Adresse gehört, und es hatte sie die Angst überfallen, dass es Stachelmann erwischt haben könnte. Sie hatte ihren Zeugen sitzen gelassen – »Warten Sie hier!« – und Springbein zum Auto befohlen. Der ahnte, dass es besser war, kein Wort zu sagen. Was sie tat, war bescheuert. Sie riss einen Fall an sich, der sie nichts anging. Das alles quirlte ihr im Kopf, während Springbein sich als Rennfahrer versuchte.

Sie konnte fühlen, wie der innerlich zusammenzuckte, als sich Kranz an den Staatsanwalt wendete. In der Kommission nannten sie ihn nur den »Wicht«. Wolter trug Maßanzüge und war stets messerscharf frisiert. Kranz senkte den Blick, um ihm in die Augen sehen zu können.

»So, so«, sagte der Staatsanwalt. »Ihr Fall also. Sagt der Herr Taut in seiner unendlichen Weisheit. Na, dem Herrn Kriminalrat werden wir keinen Wunsch abschlagen, nicht wahr, Herr Ewald?«

Ewald war anzusehen, dass er Taut am liebsten jeden Wunsch abschlagen würde. Aber er nickte. Was blieb ihm übrig?

»Ich hoffe, Sie vertun sich da nicht, Frau Kollegin«, zischte er.

»Keine Sorge«, erwiderte Kranz. *Hoffentlich merkt jetzt niemand, dass mir der Arsch auf Grundeis geht.* »Bitte berichten Sie kurz über die Lage. Wer war zuerst hier?«

Ewald winkte einen pausbäckigen Oberwachtmeister zu sich. Er trug Flecken auf den Wangen.

»Zehnder«, stellte er sich vor. »Ich war mit Kollege Kreuzer auf Streife in der Schlüterstraße. Wir haben den Knall gehört …«

»Gut«, sagte Kranz. »Wurde das Gelände gleich gesichert?«

»Wir mussten erst mal …«

»Ist ja recht. Sie haben die Krankenwagen gerufen und die Kollegen.« Als der nickte: »Haben Sie irgendwas Verdächtiges gesehen?«

Zehnder blickte sie stumpf an.

»Leute, die wegrannten …?«

»Nein.«

»Irgendein Bekennerschreiben oder sonst was, das Rückschlüsse auf die Täter zulassen könnte?«

Zehnder schüttelte den Kopf.

»Wachtmeister Kreuzer«, stellte sich ein zweiter Beamter vor.

»Ist Ihnen etwas oder jemand aufgefallen?«

Kreuzer blickte sie verdattert an. »Ja, dass hier was in die Luft geflogen ist.«

»Ganz ruhig. Wir suchen Hinweise auf die Täter. Die Spusi ist schon da? … Ach, da ist sie ja.«

Ewald grinste. Und Kranz wurde es heiß. Ein Fehler nach dem anderen. Und das vor diesem Anabolika-Affen.

Und die wichtigste Frage hatte sie noch gar nicht gestellt: »Gibt es Personenschäden?« Was für ein Wort! Personenschäden!

17

Er riss sich los. Der Sanitäter griff nach ihm, verfehlte ihn aber. Stachelmann rannte zum ersten Krankenwagen. Fünf, sechs standen da. Ein weiterer rückte gerade an. Er packte einen Weißkittel an der Schulter: »Hat es Verletzte gegeben? Ich suche meine Frau und meinen Sohn! Das Auto …«

Plötzlich stand Kranz vor ihm. »Niemandem ist etwas passiert. Ein paar Kratzer. Wir haben ein Wahnsinnsglück gehabt.« Sie nahm ihn in den Arm. »Es ist niemandem was passiert«, wiederholte sie. Sie standen ein paar Augenblicke so.

»Ich glaube, Ihre Frau und Ihr Sohn sind dort«, sagte der Weißkittel und zeigte zu einem Krankenwagen, der am Straßenrand stand. Vor ihm lag ein zertrümmerter Autoscheinwerfer.

Anne stand an einer Trage. Sie zeigte ihm den Rücken. Stachelmann löste sich aus der Umarmung und rannte los. Felix lag auf der Trage. Er hatte Kratzer auf der Stirn und am Kinn. Der am Kinn blutete leicht. Anne schien Stachelmann nicht zu bemerken.

»Gott sei dank«, sagte Stachelmann.

Da blickte sie ihn an. Ihre Augen waren verquollen. Tränen liefen ihr über die Wangen. Sie wandte sich wieder ab.

Stachelmann beugte sich zu Felix. »Alles klar?«

Felix nickte. Er war bleich.

Stachelmann wandte sich an einen Arzt, der an der Hecktür des Krankenwagens mit einem Mann beschäftigt war, der an der Hand verletzt zu sein schien. »Ist mit den beiden« – ein Blick zur Trage – »sonst alles in Ordnung?«

Der Arzt schaute ihn genervt an. »Ja, ja. Alles in Ordnung.« Dann wandte er sich wieder seinem Patienten zu.

Stachelmann sah Kranz. Ein Mann in einem weißen Schutzanzug zeigte ihr etwas, das in einem Plastikbeutel verpackt war. Stachelmann warf Anne einen Blick zu. Doch die schien ihn nicht zu kennen. Er stellte sich neben Kranz. In der Plastiktüte waren Metallreste. Schwarz überzogen.

»Die gehörten vielleicht zur Bombe«, sagte der Kriminaltechniker.

»Wo lag sie?«, fragte Stachelmann.

Der Kriminaltechniker blickte ihn verwirrt an.

»Dort«, sagte Kranz. »Unter einem roten Toyota.«

»Das ist der Wagen meiner Freundin.« Er hatte Frau gesagt. Vorhin.

Kranz blickte ihn fragend an.

»Die Bombe ist explodiert, als meine Freundin ihren Sohn zur Schule fahren wollte.«

»Warum sollte jemand Ihre Freundin umbringen?«

Jetzt begriff Stachelmann, dass er gemeint war. »Das war eine Warnung.« Es war nicht das erste Mal, dass Anne und Felix bedroht wurden. Seinetwegen. Er war der Falsche für sie. Wenn irgendwas sonnenklar war, dann das.

Kranz blickte ihn an.

»Es kann nur einen Grund geben. Das, was in der Zeitung stand. Dass ich Ihnen bei den Ermittlungen helfe.«

»Aber wir folgen doch einer anderen Spur. Diese Papierfetzen haben vermutlich keine Bedeutung. Die lagen da …«

»Da irren Sie sich.« Er zeigte zur Explosionsstelle. »Wer das bei Ihnen an die Öffentlichkeit gebracht hat, ist daran schuld.«

Jemand tippte ihm auf die Schulter. Georgie boxte ihn sanft. »Mit dir hat man nur Stress.«

»Wie kommen Sie zum Tatort?«

»Ich hab gesagt, dass die Oberkommissarin Kranz mich gerufen hat. Stimmt doch, oder?«

Sie guckten zur Absperrung, wo ein Uniformierter ihren Blick erwiderte. In dessen Gesicht hätte man den Zweifel noch aus zehn Kilometern ablesen können.

»Haben Sie nachher Zeit? Wir müssen über diese Sache reden«, sagte Kranz.

»Ich komme ins Präsidium.«

Ein verblüffter Blick.

»Wann soll ich kommen?«

»Rufen Sie mich an.«

»Wie kann man nur so blöd sein?«, fragte Georgie.

Sie saßen in Stachelmanns Büro im Philosophenturm. Er hatte noch einmal versucht, mit Anne zu reden, aber die hatte nicht geantwortet. Daraufhin hatte er gesagt, sie solle ihn bald anrufen, er sei für sie da. Und war gegangen.

Stachelmann mühte sich, trübste Ängste zu vertreiben. Alles

wirrte in seinem Kopf. Sie könnte sich von ihm trennen. Dafür hatte sie mehr Gründe, als andere brauchten, um jemanden in die Wüste zu schicken.

Auf dem Gang rief einer was. Eine andere Stimme antwortete. Es klopfte, Breuer: »Zwei Herren von der *Morgenpost* …«

Stachelmann winkte abfällig. »Schicken Sie die Herren bitte weg. Ich rede nicht mit den Medien. Das gilt für alle.«

Breuer erstarrte einen Augenblick, dann schloss sie vorsichtig die Tür. Nicht ohne vorher einen kritischen Blick auf Georgie geworfen zu haben. Der kippelte auf dem Stuhl und sah heute besonders verwegen aus in seiner durchlöcherten Jeans und mit dem T-Shirt, das jeden Betrachter in Heavy-Metal-Runen anschrie: *FUCK OFF!*

»Es lag an dieser Pressemeldung. Die Bullen wollten demonstrieren, dass sie sogar einen leibhaftigen Prof anheuern, um bloß nichts zu übersehen. Und nun hast du den Salat …«

»Anne …«

»Der oder die meinen dich. Alles andere wäre Quatsch.«

»Ist doch möglich, dass es Zufall ist. Dass irgendein Durchgeknallter Allah ein paar Ungläubige opfern wollte.«

»Wer strapaziert immer diesen Mönch?«

Sie schwiegen lange.

»So was macht niemand mit mir«, flüsterte Stachelmann. »Niemand.«

»Oho, wir erreichen die heroische Phase.«

»Halt's Maul!«

»Jawoll, Reichsführer.«

Stachelmann deutete einen Schlag an.

Es klopfte wieder. Wieder Breuers Kopf im Spalt. »Die Herren sagen, dass es in Ihrem Interesse sei …«

»Sagen Sie den Herrn, dass es in ihrem Interesse ist, das Gebäude sofort zu verlassen. Sonst ruf ich die Polizei.«

Die Tür schloss sich noch vorsichtiger. Eine Männerstimme drang durch. Empörung.

Natürlich lag es an der Presseinformation der Polizei. Stachelmann stellte sich vor, wie es wäre, wenn er alle Foltermethoden der Spanischen Inquisition am Pressesprecher ausprobieren könnte. Endlich ein gutes Gefühl. Nur kurz.

»Du solltest die verklagen«, sagte Georgie. »Aber wie ich dich kenne …«

»Warum redest du heute nur Blödsinn?«

»Im Glanz Ihrer Durchlaucht sind wir anderen natürlich nur Krümel im geistigen Universum des Genies.«

»Stimmt«, sagte Stachelmann. »Das sollte dich zur Mäßigung anhalten.«

Georgie tat verschüchtert.

Stachelmann schloss die Augen. Er musste Klarheit gewinnen. Über sich. Über Anne. Über diesen Anschlag. Darüber, wie er darauf reagieren sollte. Musste.

Das Telefon vibrierte. Anne? Aber es war die Mutter. Er drückte das Gespräch weg.

»Dass die einen Bombenanschlag verüben würden, hätte ich nicht gedacht«, sagte Stachelmann.

Georgie blickte ihn verwirrt an. »Die?«

»Wenn das in der Zeitung stimmt, dann geht es um eine historische Sache. Die Täter fühlen sich bedroht, weil ein Historiker eingeschaltet wird …«

»Weil sie gedacht haben, dass ein Feld-Wald-und-Wiesen-Bulle nie auf solche Zusammenhänge käme.« Georgie kaute am Daumennagel.

»Fassen wir zusammen …«

»Das Doktor-Wir ist es, was ich am meisten an dir schätze. Das wollte ich dir schon immer mal sagen … gut, gut … fassen wir also zusammen.«

Stachelmann unterdrückte seine Lust, Georgie anzuschnauzen.

»Eine Leiche am Reinbeker Redder. Ein Spediteur. Mir nichts, dir nichts verschwunden und nach zwanzig Jahren als Leiche wiederaufgetaucht. Zeitungsschnipsel mit so was wie Stacheldraht. Die Polizei sucht im Umfeld. Findet heraus, dass die Frau des verschwundenen Spediteurs ein handfestes Motiv hat. Findet auch heraus, dass der Typ ein Ekel war. Ekel ist gleich viele Feinde. Kapiert?« Ein kurzer Blick zu Georgie. Aber der war erstarrt.

Dann kam doch ein Ton aus Georgies Mund. »Warum bringt der Mörder uns auf seine Spur? Ist er blöd? Hätte er den Anschlag nicht begangen, dann hätten die Bullen die Familien- und Beziehungs-Schmuddeleien noch in Jahrzehnten zerlegt, und unser Mann hätte unter kriminalistischen Gesichtspunkten in ferner Zukunft sein friedliches Ableben zelebrieren können.«

»Wie alt wird er sein?«, fragte Stachelmann mehr sich selbst. »Mindestens achtzehn, als er den Mord beging …«

»Weil wir ja der Überzeugung sind, dass Minderjährige niemanden schlachten können …«

Stachelmann zeigte ihm den Mittelfinger.

»Wenn er achtzehn war, was für ein Motiv hatte er dann für einen Mord? Im Jahr 1992 oder so?«

»Weiber«, sagte Georgie. »Ist das nicht bei euch Heteros so, dass ihr euch gern wegen so was absteckt?«

»Auf der Spur trampelt gerade die Polizei herum.«

18

»Schön, dass Sie Zeit haben«, sagte Kranz. Sie saß hinter einem überladenen Schreibtisch in ihrem kleinen Büro und blickte Stachelmann blass an. »Wie geht es Ihrer Freundin und … Felix?«

Stachelmann hatte vergeblich versucht, Anne am Handy zu erwischen. Er war sich sicher, dass sie Jón Leifs *Hekla* nicht überhört hatte. Das Stück zerrisse die Kanalisation, sogar wenn man das Handy ohne Akku ins Klo würfe.

»Weiß nicht«, sagte Stachelmann. Ihm wurde klamm ums Herz.

Sie blickte ihn mit traurigen Augen an. »Denkt sie, Sie seien schuld … Ach, das geht mich gar nichts an.«

»Bin ich auch. Ich hätte mich nicht wieder auf so was einlassen sollen. Sie hatte mir abgeraten. Es ist nicht das erste Mal, dass die beiden leiden müssen, weil …« Er setzte sich.

Nach einer Weile sagte sie: »Ich weiß überhaupt nicht, warum jemand einen Anschlag auf Sie verüben sollte.«

Mein Gott, ist sie müde, dachte Stachelmann.

»Warum sollte ein Täter uns den Hinweis auf sich selbst geben?«

»Überlegenheitsgefühl«, sagte Stachelmann. »Und/oder weil er glaubt, dass kein Historiker mehr einen Finger für Sie krumm machen würde, wenn sich herumspräche …«

»Gewiss. Nur wir wussten doch gar nicht, ob es was Historisches ist. Und jetzt ist es wahrscheinlich so.«

Das hatte Georgie auch gesagt. Und: »Der Typ ist entweder größenwahnsinnig oder saublöd oder beides. Allmachtsfantasien.«

Stachelmann nickte. »Aber es scheint ihn nicht zu stören, dass er uns vielleicht einen Hinweis gegeben hat. Oder er ging davon aus, dass wir ohnehin wissen, dass das Tatmotiv in der Geschichte vergraben ist. Er glaubt, nur ein Historiker kommt ihm auf die Spur. Wenn man davon ausgeht, kann man die Bombe rational erklären.«

»So wird es wohl sein. Und was machen Sie jetzt? Wollen Sie Polizeischutz?«

»Nein. Auch wenn es komisch klingt. Ich gehöre zu den Leuten, die glauben, man müsse sein Schicksal annehmen.«

»Was können wir sonst für Sie tun? Immerhin …«

Er winkte ab. »Zwei Dinge: Bitte grillen Sie Ihren Pressesprecher. Aber lassen Sie ihn lange genug am Leben, um verkünden zu können, dass man die Dienste dieses Geschichtsfritzen nicht mehr benötige, da die Polizei endlich eine vielversprechende Spur verfolge. Ist doch zumindest die halbe Wahrheit, oder?«

Grabowski schlief. Die Arme auf dem Tisch, der Kopf darauf. Der Polizist an der Tür war ebenfalls auf seinem Stuhl eingenickt. Er riss den Kopf hoch, als sich die Tür öffnete.

»Warum haben Sie ihn nicht nach Hause …?« Kranz schüttelte den Kopf, um ihre Frage zurückzunehmen. Sie war schuld, dass Grabowski festgehalten worden war. Man kann nicht an alles denken. Aber manchmal sollte man es.

Grabowski blinzelte sie an. Immerhin hatte er eine Mütze Schlaf bekommen.

»Herr Grabowski, danke, dass Sie so lange gewartet haben. Sollen wir Ihnen was zu essen und zu trinken bringen?«

Grabowski kaute an seinem Wurstbrötchen, trank von seinem Kaffee – »mit drei Löffeln Zucker und viel Sahne« – und war gar nicht empört.

»Ihr Chef war ein Ekel«, sagte sie. Und dachte: Es ist doch überflüssig, den Mann zu vernehmen. Doch dann durchkreuzte ein Gedanke ihre Überlegung, der sie schlagartig verunsicherte.

Und wenn der Bombenanschlag ein Ablenkungsmanöver war? Der Täter hatte von Stachelmann gelesen und war so schlau, den Fanfarenstoß dazu zu liefern. Um sie auf der falschen Spur zu halten. Grabowski murmelte etwas mit vollem Mund. Sie musste mit Stachelmann darüber reden. Mit wem sonst? Wenn sie der Täter wäre, hätte sie es so angestellt. Wie macht man aus einer schwachen Spur eine starke? Man nutzt einen Fehler der Polizei, und dies auf unüberhörbare Weise. Ein Hauch von Bewunderung verirrte sich in ihre Überlegungen.

Am Morgen fühlte sie sich tausendmal besser. Ein sehnsuchtsvoller Blick auf Poster und Bilder. Wenn ich diesen Fall gelöst habe, reise ich nach Australien. Beim Frühstück bedachte sie, was Grabowski gesagt hatte. Der bestellte pausenlos Essen und Kaffee nach, und während er alles in sich hineinstopfte, zog er über seinen früheren Chef her. »Ob ich ihn hätt' umbringen können? Klar doch. Ich kenn niemanden, der es nicht am liebsten getan hätte. Außer den Kunden natürlich. Denen ist er in den Arsch gekrochen.«

»Sie wollen sagen, er war geschäftlich geschickt?«

Einen Augenblick erstarrten die Kiefermuskeln, dann grinste er und nickte heftig. Er wischte sich den Mund ab, trank Kaffee und hielt dem Beamten an der Tür den leeren Becher hin. Als der mit mürrischem Blick losmarschiert war, sagte Grabowski: »Das stimmt. Er war geschickt. Aber manchmal war er zu geschickt …«

»Ach«, sagte Kranz mit gespieltem Erstaunen.

Grabowski warf ihr einen bewundernden Blick zu. »Manchmal war er am … Rand des Betrugs. Wo er einen Vorteil witterte …« Grabowski nickte dem Halbsatz nach. »Und die Versicherung hat sich auch nicht über ihn gefreut.«

»Inwiefern?«

»Was glauben Sie, was da alles als Transportschaden verbucht wurde? Und woanders landete?«

»Er hat Waren verkauft, die er als beschädigt gemeldet hatte?«

»Genau.«

Dieser Fall wurde immer rätselhafter. Wo sie auch ermittelte, taten sich mehr Fragen auf als Antworten. Grabowskis Schilderung zeichnete ein klares Bild Anderts. Er war einer dieser Vampire, die ihr Umfeld aussaugten. So jemand hatte gute Aussichten, umgebracht zu werden.

Auf dem Weg zum Präsidium fiel ihr ein: Es war ja wahrscheinlich, dass es sich nicht nur um einen Täter handelte. Und wenn sich ein paar von Anderts Opfern zusammengetan hatten?

Im Büro leierte sie Taut zwei Kollegen aus den Rippen. »Wir beschützen ihn verdeckt. Das sind wir Stachelmann schuldig. Vielleicht führt uns das auch auf eine Spur.« Letzteres hielt Taut für abwegig.

Springbein erschien mit einer Akte, in der er stehend blätterte. »Düngerbombe«, sagte er. »Nichts Besonderes. Kann jeder Idiot bauen. Baumarkt und Drogerie. Gezündet per Handy. Die KTU bezweifelt, dass der Typ eine Ahnung hatte, wie stark seine Bombe würde.«

»Warum?«

»Nicht sonderlich geschickt zusammengebaut. Hätte auch schief … äh gut gehen können. Eher ein Anfänger.«

»Hat aber funktioniert.«

»Das hat die KTU auch gemerkt«, sagte Springbein trocken.

Wieder im *Tokaja*. Warum eigentlich immer diese Kneipe? Sie war auch nicht anders als Dutzende anderer Lokale im Univiertel. Pasta, Salate, Wein, Bier. Nicht schlecht, nicht herausragend. Stachelmann war zu früh gekommen und nippte an seinem Rotwein. Es würde nicht der letzte sein. Nichts klappte. Mit Anne nicht. Die erste Vorlesung war gescheitert. Seine Mutter hatte er immer noch nicht zurückgerufen. Und dann war ihm vor dem Philosophenturm dieser Juniorprofessor über den Weg gelaufen, der mit seinem Lockenköpfchen dahinschwebte wie ein griechischer Halbgott und bestimmt anregend über Foucault, Derrida und die anderen Hirnhelden plaudern konnte. Zu seinem Überdruss hatte der Halbgott Stachelmann den Weg verstellt und ihn um einen Termin gebeten. »Aber, Herr Kollege, für Sie steht meine Tür doch immer offen.« Es war zum Kotzen.

»Ah, Sie haben schon angefangen!« Sie strahlte ihn an und setzte sich auf die Bank gegenüber.

Während sie auf ihre Bestellungen warteten, spürte Stachelmann, wie er verkrampfte. Die Stimme schien ihm belegt. Und das Lächeln, das sie jetzt aufsetzte, erinnerte eher an Zahnpastawerbung.

Der Kellner brachte zweimal Spaghetti Vongole. Sie trank Weißwein dazu. Stachelmann kam es so vor, als hätte er den Kellner in einer Uni-Veranstaltung gesehen. Vermutlich einer von fünf Millionen arbeitslosen Historikern. Die Unis waren ohnehin längst zu Fabriken verkommen. Lehr- und Drillanstalten für Schmalspurschlaumeier.

»An was denken Sie? Oh, Entschuldigung … das …«

Stachelmann lachte. »Sie sollten sich nicht immer entschuldigen. Mir gefällt es, wenn Leute nicht nur rumlabern. Ich dachte an die Uni. Wissen Sie, früher war das, was ich heute mache, der Inbegriff eines Traums. Meines Traums. Inzwischen finde ich den Unibetrieb zu oft zu nervig. Die Bachelor- und Masterstudiengänge sind eigentlich nur die Fortsetzung der Schule. Das Niveau geht in den Keller, die Studis pauken wie die Blöden. Niemand hat mehr Zeit und Lust, querzudenken. Originalität ist eine teure Ware geworden …«

»Ich hab davon gelesen.«

»Ich will Sie nicht weiter mit meinem Kram behelligen. Wir haben eine Leiche …«

Sie lachte. Zu laut. Und hielt sich die Hand vor den Mund.

Sie erzählte von ihrer verrückten Eingebung. Bombenanschlag als Ablenkung.

»Würde einen speziellen Täter voraussetzen. Überdurchschnittlich intelligent, risikobereit, fast verwegen. Die Frage ist, ob das zur Tat passt«, sagte Stachelmann.

»Wenn die Sie rausschmeißen oder Sie eine Aktenstauballergie kriegen, melden Sie sich bitte im Polizeipräsidium. Wir suchen einen Profiler.«

Stachelmann lächelte leise. »Das passt nicht zusammen. Das war ein leidenschaftlicher Mord. Offenbar geplant, aber dann mit Brutalität und ohne jede Hemmung ausgeführt.«

»Aber kann ein intelligenter und risikobereiter Mann nicht leidenschaftlich morden?«

»Wenn wir das gesammelte Geäst sortieren wollen, sollten wir bei der wahrscheinlichsten Variante bleiben.«

»Und die wäre?«, fragte Kranz lautlos lachend.

»Sie nehmen mich auf den Arm, und ich fall drauf rein, ich, der Amateurdetektiv.«

»Nein, nein. Ich habe über mich gelacht. Oder darüber, dass mir ein« – sie hob die Brauen – »Amateur die Leviten liest. Das find ich komisch. Sie sind doch Wissenschaftler, auf Ihrem Gebiet eine Art Kriminalist …«

»Jedes Fach hat seine Gesetze. Aber wir sollten tatsächlich beim Naheliegenden beginnen.« Warum rede ich immer so schwülstig daher, wenn mir jemand zu nah rückt?

»Was ist es, das Naheliegende?«

»Gäbe es den Bombenanschlag nicht, würde ich auf eine Beziehungstat tippen. Mit dem Bombenanschlag kommen zwei weitere Möglichkeiten dazu. Entweder der dient der Ablenkung. Oder er soll mich einschüchtern. Ich halte es nicht für unmöglich, aber unwahrscheinlich, dass jemand, der eine Beziehungstat begeht, eine Bombe hochgehen lässt, um die Polizei auf die falsche Spur zu schicken …«

»So jemand würde warten und darauf setzen, dass wir ihn nicht kriegen.«

»Genau. Der Typ, der die Bombe gelegt hat, ist oberschlau. Er weiß, was wir spekulieren. Handelt es sich um eine Geschichtssache, dann schreckt er mich und andere Kollegen ab. Handelt es sich um eine Beziehungssache, verschlechtert er seine Lage kein bisschen, sogar wenn wir nicht auf die falsche Spur gehen.«

Kranz trank etwas und winkte dem Kellner. Sie bestellten Wein und Wasser. Keiner sagte ein Wort, bis der Kellner mit dem Tablett zurückkehrte.

»Also handelt es sich doch eher um ein historisches Motiv«, sagte sie. »Aber ich werde Sie damit nicht befassen. Eigentlich dürften wir uns nicht einmal treffen. Wenn er Sie überwacht …«

»Die Bombengeschichte hat für den Täter einen Haken, den der nicht kennen kann: Wenn mir jemand so kommt, werd ich widerborstig.«

»Sie sind verrückt.«

»Keineswegs. Erstens kann ich richtig bockig werden. Zweitens lass ich mich nicht einschüchtern, und wenn ich noch so viel Angst hab. Drittens wäre es Schwachsinn, den Rest meines Lebens mit der Ungewissheit zu verbringen, ob mich nicht doch noch so eine Gestalt in die Luft sprengt, weil sie eine Eingebung hat oder was auch immer.«

19

»Was ist es, das dich immer wieder in solche … Geschichten verwickelt?« Eine Falte über den Brauen zeigte Gefahr an.

Aus dem Kinderzimmer hörte er gedämpft Rumoren. Als wollte Felix daran erinnern, dass er jederzeit das Chaos ausbrechen lassen könnte.

»Ich kann nichts …«

»Ich weiß.« Energisch. Das interessierte sie nicht.

»Die Polizei hat mich gebeten, Papierschnipsel anzuschauen. Mehr ist nicht.«

»Und deswegen ein Bombenanschlag?«

»Warum hast du meine Anrufe nicht angenommen?«

Schweigen, dann, mit Blick zum Kinderzimmer: »Ich musste mich um ihn kümmern. Muss es immer noch. Wir standen in der Haustür, dann brach das Inferno aus. Das verkraftet er nicht so einfach. Du übrigens auch nicht, obwohl du so tust. Aber du zeigst so was ja nicht.«

Wieder eine Pause. Klappern im Kinderzimmer.

»Es ist immer was«, sagte sie traurig.

»Gut. Ich zieh aus«, sagte er.

Von ihr nur ein Blick. Dann doch: »Und diese Polizistin?«

20

Kranz kaute auf dem Kugelschreiber, als Springbein eintrat. »Ich hab noch zwei.« Er wedelte mit einer Akte.

»Mitarbeiter? Her damit.«

»Einer ist schon da.«

Was war mit Springbein los? Er hätte den Vernehmungstermin mit ihr abstimmen müssen. Sie verzichtete auf eine Ermahnung. Die würde ihn nur demotivieren. Sie war ja froh, dass er in die Gänge kam.

»Sie sind« – ein Blick in die Akten – »Thomas Berger.«

Er nickte.

»Sie sind ... Rentner.«

Er nickte und zog sich an seinem Backenbart.

»Sie waren Fahrer bei Andert.«

Nicken.

»Wann?« Vielleicht kriegte er das Maul auf?

»Ende der Achtziger.«

»Was haben Sie transportiert? Spezielle Ware, spezielle Touren?«

Er setzte seine Brille ab und hielt die Gläser gegen das Deckenlicht. Sie waren verschmiert. Berger setzte die Brille wieder auf. Zwei Fenster im Mondgesicht.

»Welchen Wagen haben Sie gefahren?«

»Alle.«

»Herr Berger, ob Sie uns vielleicht genauer Auskunft geben könnten?«

Ein verständnisloser Blick.

»Wie war Ihr Verhältnis zu Herrn Andert?«

Die Andeutung eines Grinsens. »Nicht so, dass ich jetzt vor Mitleid überfließen würde.«

»Hat er Sie schlecht behandelt?«

»Er war ein Arsch.«

»Und was machte ihn dazu?«

»Keine Ahnung. Ich hab ihn nicht gezwungen.«

»Er hat seine Mitarbeiter schlecht behandelt?«

Schulterzucken. »Er war link. Hat dir heute was versprochen und konnte sich morgen nicht dran erinnern.«

»Zum Beispiel?«

»Er hat Urlaubsanträge genehmigt und sie dann kurz vor Urlaubsantritt einkassiert. Das war eine Masche bei ihm. Er hat seine Leute nur nach Tarif bezahlt, während die anderen Zulagen gegeben haben. Er hat seine Fahrer für jeden Kratzer an den Karren in den Senkel gestellt.«

»Und wenn jemand aufgemuckt hat, ist er geflogen«, sagte Kranz und erntete einen unwirschen Blick von Springbein.

Große Augen, dann: »So war es. Er war ein Schwein. Wir alle hatten genug Gründe, den Kerl umzubringen. Mich wundert es nicht, dass es dann jemand gemacht hat. Ich hoffe, Sie finden ihn nie.«

Kranz blickte ihn ruhig an. »Ich kann Sie verstehen. Nur klären wir unsere Streitigkeiten nicht mit Messer und Pistole …«

»Ist ja gut.«

»Ich verstehe auch, dass Sie seinem Mörder nicht böse sind. Wär ich an Ihrer Stelle auch nicht.«

Berger lehnte den Kopf zurück, dann zur Seite.

»Und trotzdem müssen wir alles tun, um den oder die Täter zu finden …«

»Dann gibt's eine Gehaltserhöhung«, sagte Berger.

»Hoffentlich. Ich fürchte, auf die muss ich noch ein bisschen warten.«

Berger grinste.

Kranz spürte Springbeins Ungeduld. »Such weitere Mitarbeiter und ehemalige Bekannte, Freunde … Du weißt schon«, flüsterte sie ihm ins Ohr.

Springbein guckte beleidigt und zog ab. Die Tür schloss zu laut.

»Sie filmen das doch«, sagte Berger im Tonfall eines Mannes, der jeden Trick durchschaute.

»Nicht ohne Ihre Genehmigung.« Sie tippte auf das Aufnahmegerät, das zwischen ihnen stand.

Er wiegte den Schädel.

»Wir haben hier nichts … Kritisches zu bereden. Ich möchte mich gern mit Ihnen darauf verständigen, dass Mord und Totschlag nicht ungestraft bleiben dürfen. Sind wir uns einig?«

Furchen über der platten Nase. Er nickte.

»Und dass Andert ein Ekel war, wird mildernde Umstände begründen, wenn der Täter verurteilt wird.«

Nicken.

»Gut. Gab es einen Vorfall, der Sie oder Ihre Kollegen noch zorniger gemacht hat als sonst schon?«

Nicken. Diesmal kaum merklich. »Nicht nur einen.«

»Fangen wir mit dem ersten an.«

»Der Herbert kam zu spät. Vielleicht fünf Minuten. Ist aber noch pünktlich vom Hof.«

»Aber Andert …«

»Der hatte sowieso einen schlechten Tag. Also noch schlechter als sonst.«

»Und?«

»Der hat dem Herbert eine runtergehauen.«

»Und der Herbert?«

»Was und?«

»Hat er zurückgeschlagen? Hat er ihn angezeigt? Ist er zur Gewerkschaft?«

»Der hat seine Tour gefahren. Und ist nie mehr zu spät gekommen.«

»Aber der hatte 'ne Wut …«

»Ich weiß schon, was Sie meinen.« Wieder dieses Ich-checke-alles-Nicken. Grinsend.

»Alles war wie vorher?«

»Schon. Aber auch anders. Der Herbert hatte vorher immer mal gern einen Witz gemacht und dem Chef sogar widersprochen. Nicht oft …«

»Und damit war es vorbei.«

Nicken. »Morgens kam er, machte seinen Job und ging.«

»Warum hat er sich nicht einen anderen Arbeitgeber gesucht?«

Fast hätte Berger gelacht. »Damals war Krise. Die war dann erst mit der Einheit vorbei. Die Spediteure haben Leute rausgeschmissen. Und in dem Gewerbe gibt es einen Haufen Arschlöcher. Der Herbert kam damit klar.«

»War er nachtragend?«

Große Augen, gemächliches Nicken. Berger schüttelte den Kopf. »Weiß ich nicht. Ich glaube … ach, lassen wir das.«

»Was wollen Sie lassen?«

»Einmal habe ich ihn auf dem Hof getroffen. Da kam er gerade von einer Tour in den Ostblock zurück. Irgendwas war vorgefallen. Keine Ahnung, was.«

»Aber?«

»Der Herbert hat gesagt, so ganz leise: Ich zahl es ihm heim.«

»Wem?«

»Weiß ich nicht. Andert, glaube ich. *Ich zahl es ihm heim*«, wiederholte er.

»Ging es um die Ohrfeige?«

»Möglich. Aber der Herbert ist dann gleich an mir vorbei. Er hat ohnehin kaum mehr geredet mit den Kollegen.«

»Hatte er einen Freund unter den Kollegen?«

»Mich nicht … also, der war okay, guter Fahrer, aber …«

»Hatte er einen?«

»Ach ja, den Martin. Freund kann man nicht sagen. Aber mit dem ist er manchmal weggegangen von der Arbeit. Wenn es sich ergab.«

»Um ein Bier zu trinken …«

»Nix da. Herbert trank keinen Alkohol. War wohl trockener Säufer.« Er zog die Mundwinkel hoch.

»Was haben die gemacht, der Herbert und der Martin?«

Achselzucken. »Keine Ahnung.«

»Und alle anderen Mitarbeiter kamen mit dem Chef klar?«

Ein Lachen, kurz, trocken. »Mit dem kam niemand klar.«

»Aber so ein Vorfall wie den mit der Ohrfeige …«

»Weiß ich nicht. Also, ich kann auch nur von meiner Zeit berichten.«

»Herbert Wenkowski«, sagte Springbein.

Den Namen hatte Kranz auf dem Zettel stehen. In der Mitarbeiterliste fand sie Martin Bade.

»Wenkowski hab ich schon. Der wohnt in Steilshoop. Hab ihn angerufen. Der kommt morgen.«

Springbein verschwand. Kranz setzte sich hinter ihren Schreibtisch, stöhnte laut und überlegte, was sie herausgefunden hatte. Eigentlich gar nichts. Dass Andert ein übler Zeitgenosse war, wusste sie längst. Sonst hatte sie Berger wenig aus der Nase ziehen können. Sie war erschöpft.

21

Er starrte an die Decke. Eine fremde Decke. Pseudostuck. Er hatte die Nacht kaum geschlafen und war müder als vor dem Zubettgehen. Die Schmerzen waren in den Lendenwirbeln entflammt, um sich dann zu den anderen Gelenken voranzuschleichen. Am Ende hatte ihm alles wehgetan. Noch mehr quälten ihn seine Gedanken an den letzten Abend.

»Ich will mich nicht von dir trennen. Nur so, wie es ist, geht es auch nicht weiter. Ich hab eine Heidenangst um Felix.«

Auf der Zunge lag ihm der Satz, dass es auf der Welt noch andere Dinge gebe als den eigenen Sohn. Aber dann wäre alles aus gewesen. Anne hatte sich immer mehr in ein Versorgungsunternehmen für Felix verwandelt. Felix hier, Felix da. Stachelmann fühlte sich manchmal, als komme er gar nicht mehr vor in ihrer Welt. Er lief irgendwie mit im Felix-Unternehmen. Musste Felix' Wütereien ertragen – »das ist typisch für dieses Alter«. Musste den Rest des Sexlebens beerdigen, weil Felix wünschte, dass die Tür seines Zimmers offen blieb. Wehe, er gab sich auch nur den Anschein, er könnte Felix und ihre Erziehungsmethoden nicht perfekt finden – »von Kindern verstehst du nichts«.

Einmal wandte er ein: »Die Logik entspricht der Behauptung: Wer den Nationalsozialismus nicht selbst erlebt hat, kann nicht über ihn urteilen.« Wütend machte sie ihn nieder: »Das ist etwas völlig anderes.« Und mit Verzögerung: »Diese ewigen Nazivergleiche gehen mir sowieso auf den Geist.« Seitdem hatte er sich nicht mehr geäußert zur Kindererziehung.

Meist hatte Felix bestimmt, wie sie die Wochenenden verbrachten. Genauer gesagt, hatte er so lange genölt und geschrien, bis Anne nachgab. Stachelmann wurde gar nicht mehr gefragt. »Wir fahren jetzt in den Zoo.«

Draußen summte ein Staubsauger. Stimmengemurmel, Klirren, gedämpftes Gelächter. Er blickte auf die Uhr und stand gleich auf. In der Dusche mühte er sich mit den Seifentütchen ab. Als er sie endlich aufgerissen hatte, stellte er sich lang unter den Wasserstrahl. Tausend Leute hatten hier schon geduscht. Ein Anflug von Ekel. Stachelmann hasste Hotels.

In seinem Büro steckte er die Notizen zu seiner Vorlesung in die Jacketttasche und ging in den Hörsaal. Er war brechend voll. Stachelmann bildete sich ein, ein leises Raunen zu hören, als er zum Katheder ging. Jeden Augenblick erwartete er, dass jemand irgendetwas rief. Aber niemand erhob sich, niemand wedelte mit einer Zeitung in der Luft. Seine Augen schweiften über die Reihen. Mehr als die Hälfte waren jenseits der Sechzig. Die alten Streber drängten sich in die Vorlesungen und zerstörten allein durch ihre Anwesenheit den Geist der Universität. Sie verlangten Ruhe statt Unruhe. Dabei war Unruhe die Studentenpflicht Nummer eins. Aber er war auch nur einer dieser Nostalgiker, welche die neuen Zeiten nicht verwanden.

Wiedergutmachung als Strategie der Westintegration. Er begann vorzutragen, obwohl eine Hälfte seines Hirns woanders war. Die Nazi-Opfer hinter dem Eisernen Vorhang interessierten die Adenauer-Regierung nicht. Dort waren die Feinde. Die Zwangsarbeiter, die Getto- und KZ-Häftlinge, die Kriegsgefangenen aus Polen und der Sowjetunion. Die politische und wissenschaftliche Elite Westdeutschlands begann gleich nach dem Krieg die Juden als die eigentlichen Opfer des Nationalsozialismus zu beschreiben. Aus der prominentesten Opfergruppe wurden die einzigen Opfer. Das war günstig. Es begrenzte den Schaden. Es enthob die Täter und deren Nachfahren von der Pflicht, sich um die Opfer im Osten zu bemühen. Man stelle sich nur vor, Bonn hätte Honecker als NS-Opfer entschädigt. Die Wiedergutmachung mit Israel ermöglichte den reuigen Sündern die Aufnahme in westliche Bündnisse. Diese Politik richtete sich nicht an dem Leiden der NS-Opfer aus, sondern am machtpolitischen Kalkül. Wie jede Politik. Am Schluss verwies Stachelmann darauf, dass diese Vereinseitigung der Wiedergutmachung in einer bizarren Diskussion mündete, deren Ergebnis in den brüchigen Beton der Holomem-Stelen gegossen sei.

Klopfen, aber nicht von allen. Er tat so, als blätterte er in seinen drei Seiten mit den Stichworten. Seine Augen beobachteten aber, dass die meisten Grau- und Weißhaarigen wie erstarrt dasaßen. Manche Mienen zeigten Missbilligung. Die meisten jungen Leute blieben sitzen und diskutierten oder überlegten. Viele gingen.

Stachelmann dachte auch nach. Aber darüber, ob er gleich zurückgehen sollte in sein Hotelzimmer. Er blickte aufs Handy. Drei Anrufe.

22

Immer diese Anrufe. Sie waren selten. Sie nervten trotzdem. Genaue Regeln. Was er tun durfte, was nicht. Auf was er achten musste. Dass er nichts sagen durfte. Der Triumph macht geschwätzig. Was ist er schon, wenn man ihn für sich behalten muss? Er hatte ja nicht mehr viel vom Leben. Aber musste der Typ einem das dauernd predigen? Kurt wusste es doch. Er hielt sich dran. Brauchte keine Ermahnung. Er war kein Schulkind mehr.

Immerhin hatte Robert berichtet, dass es Magda nicht schlechter ging. Das war schon das Beste, was man erwarten durfte.

Er lag auf dem Bett und rauchte. Das Wetter drückte. Und seine Nerven waren nicht die besten heute. Immer noch besser als die der meisten Menschen. Aber nicht die besten. Nur heute. Irgendwie hatte der Typ das gerochen. Dass Kurt schlecht drauf war. Hatte der Typ eine Kamera eingebaut, um ihn zu überwachen?

Er drückte die Zigarette aus und schloss die Augen. Das war ein Fehler. Statt zu dösen, kamen die Erinnerungen. Schemenhaft erst. Er wurde sie nicht los. Er mit seiner Schwester im Garten. Sonne. Die Eltern am Kaffeetisch. Gäste. Palavern, Lachen. Spielzeugautos. Der Formo-Baukasten. Magda liebte eine Puppe besonders. Ihr fehlte der Arm, und die Haare waren ihr auch fast ausgegangen. Sie freute sich, wenn man ihr neue Puppen mitbrachte. Aber am Ende landeten sie in der Ecke. An der Hecke war ein Sandkasten. Der Vater hatte ihn gebaut. Den Sand hatte er organisiert.

Kurt rieb sich die Augen und stand auf. Zeit für Strauss.

Es hat den Grafen nichts genützt,
Das Warnen und das Bitten,
Die Neugier ist in mir erwacht,
Ich bin hieher geritten!
's steckt was dahinter, das ist klar,
Den Grund muss ich erspäh'n!
Ich finde alles, wie es war,
So lieb, so traut, so schön!
Grüß dich Gott, du liebes Nesterl,
Wie du warst, find' ich dich noch,
So wie einst ich dich verlassen.

Beschwingt, dachte Kurt. Beschwingt in den Tag.

23

Laufen macht das Hirn frei. Eine gute halbe Stunde von ihrer Wohnung in der Barmbeker Lorichsstraße zum Präsidium. Zwar gab es schönere Umgebungen, aber sie hatte keine Wahl. Es war sowieso alles frustrierend. Sie fragten die Leute aus, und es kam nichts rum. Unterwegs überfiel sie die Idee, dass es heute vorangehen würde. Dass sie etwas fänden. Nur einen Schritt weiter, bitte. Taut war geduldig. Er kannte die Tücken des Gewerbes. *Der Erfolg lauert, wo ihn niemand vermutet*. Eine Dieselwolke zog über den Bürgersteig.

Sie hatte die Nacht kaum geschlafen, obwohl sie todmüde gewesen war. Das Gespräch kurz vor Dienstschluss. Taut hatte sich nicht nur geduldig gezeigt. Er hatte ihr auch den Bombenanschlag entzogen. »Das machen die Kollegen.« Ewald, der Anabolika-Affe, würde gleich nachher auftauchen, um die Akten zu holen. Das würde er sich nicht nehmen lassen. Frau Kollegin, wir könnten doch mal was trinken gehen. Fachsimpeln. Sie könnten mir Ihre Erfolgsgeheimnisse verraten. Und ich Ihnen meine. Wär doch echt kollegial. Der Typ war schmierig wie eine alte Autowerkstatt.

»Sie haben genug mit Ihrer Leiche zu tun. Ein ganz schwerer Fall. Sollte die Bombengeschichte was damit zu tun haben, überlegen wir neu. Aber das ist jetzt zu viel.«

Sie hatte nichts erwidert. Er hatte recht. Auf ihrem Schreibtisch wuchs ein Berg mit Akten. Die KTU fand immer neue Bombenreste. Die Kollegen befragten die Anwohner. Niemand hatte etwas gesehen oder gehört. Bis auf den Knall. Es kränkte sie. Aber sie wusste doch, dass sie einen zweiten Fall nicht packen würde. Zumal er noch aussichtsloser erschien als Andert.

»Das war ein Dreckskerl«, sagte Herbert Wenkowski, ohne eine Miene zu verziehen.

Sie kam sich klein vor gegenüber diesem Schrank. Um den Hals trug er ein Kettchen mit einem Kreuz.

»Aber natürlich helfe ich Ihnen«, brummte er.

»Sie kennen Thomas Berger?«

»Klar.«

»Näher?«

Er schüttelte den Kopf.

»Andert hat Sie geschlagen.«

Er nickte.

»Warum?«

»Er hat behauptet, ich wär zu spät gekommen und hätte unterwegs getrödelt. Ich habe ihm widersprochen. Das war er nicht gewohnt.«

»Und dann?«

»Versteh ich nicht.«

»Nachdem Andert Sie geschlagen hatte, waren Sie geladen.«

»Natürlich. Wären Sie auch, oder?«

»Und dann haben Sie mit Bade verabredet, Andert eins auszuwischen.«

Kopfschütteln. »Wie kommen Sie darauf?«

»Aber mit Bade haben Sie sich gut verstanden?«

»Klar. Bis heute. Wir gehen ab und zu auf die Bowlingbahn.«

»Und hatte Bade … unerfreuliche Erfahrungen mit dem Chef?«

»Klar. Wer hatte die nicht?«

»Können Sie sich vorstellen, dass jemand Andert so gehasst hat, dass er ihn umbringen wollte?«

»Klar.«

»Andert hat Herbert eine runtergehauen, stimmt.«

»Und dann?«, fragte Kranz.

Bade zupfte an seinem Oberlippenbart. »Was dann?«

»Haben Sie darüber mit Wenkowski gesprochen?«

»Natürlich.«

»Ja, und was?« Sie fragte zu laut.

Bade kümmerte es nicht. »Wir haben noch eine Weile zusammengesessen, und dann war es gut.«

»Wenkowski hat es einfach geschluckt.«

»Sicher. Herbert ist ein tiefgläubiger Mensch. Er lässt das nicht raushängen. Aber er hatte Andert schon verziehen, bevor er mit mir darüber gesprochen hat. Er betrachtet so was als Glaubensprüfung.«

»Das ist doch …«

»Sie mögen das für abwegig halten. Herbert hat eine klare

Haltung. Der Glaube muss sich bewähren. Billig ist er nicht zu haben. Der Glaube prägt deinen Alltag, oder er taugt nichts. Und dies nicht durch Frömmelei und Dauerbeten, sondern durch das, was du tust.«

Kranz war verdattert. Sie hätte Bade alles Mögliche zugetraut, nur nicht eine solche Abhandlung. »Sind Sie denn auch …?«

Bade nickte. »Ich verdankte Herbert den Job bei Andert. Vor allem verdanke ich ihm das Vorbild, das er gibt.«

Kranz überlegte, ob sie gerade Opfer eines teuflischen Verwirrspiels wurde. Gut, murmelte sie vor sich hin, unter diesen rauen Truckerhäuten steckt der Glaube an Jesus. Bade und Wenkowski waren schuldlos an dem Brechreiz, der sich in ihr ankündigte. In jeder Hinsicht schuldlos. Sie dachte an ihren Vater, der immer betete, bevor er zu ihr kam.

24

Das Handy blinkte. Drei Anrufe. Die Mutter. Er rief sie nur zurück, um ihr zu sagen, dass er sich spätestens morgen melden würde. Annes Nummer. Er überlegte, dann löschte er den Anruf. Die dritte Nummer kam ihm bekannt vor. Er blätterte in seinem Notizbuch. Es war die Nummer von Kranz. In diesem Augenblick spürte er eine ungeheure Anziehungskraft. Er dachte an die Abende im *Tokaja*. Er rief sie an. Aber sie hob nicht ab.

Er saß in seinem Hotelzimmer auf dem Bett und fühlte sich hundeelend. Stachelmann legte sich hin. *Ich habe alles erreicht, was ich wollte. Aber ich habe nichts gewonnen.* Er hatte sich Mühe gegeben. Immer und überall. Als er noch Dozent unter Bohming war, hatte er sich glücklicher gefühlt. Jetzt fehlte ihm der Trost, den die Aussicht auf den beruflichen Aufstieg einem vermittelte.

Alles blieb im besten Fall, wie es war. Und das war nicht auszuhalten.

Nachdem er im Frühstücksraum nur einen Tee getrunken hatte, lief er durch den Regen zur Uni. Sein Schirm stand in Annes Wohnung in der Flurecke neben der Tür. Kaum hatte er sich auf seinen Bürostuhl gesetzt, steckte der Halbgott seinen Kopf in den Türspalt. »Herr Stachelmann ...«

Der winkte ihn zum Besucherstuhl und bereute es sofort.

Was wollte Anne von diesem Lackaffen? Modersohn wusste, dass er gut aussah. Er unterstrich es durch auserwählte Kleidung. Der Mann würde nicht mal bei der Gartenarbeit Jeans tragen.

Modersohn blickte Stachelmann durch randlose runde Brillengläser an. »Herr Stachelmann, wir müssten doch einmal über meine Aufgaben am Seminar reden.«

»Haben Sie eine Idee?«, fragte Stachelmann.

Der Halbgott blickte ihn verständnislos an.

»Ich sitze auf dem Lehrstuhl und bin altmodisch.«

Der Halbgott runzelte die Stirn.

»Ich halte von diesen Bologna-Studiengängen weniger als nichts. Ich halte überhaupt nichts davon, dass hier Aufgaben zugeteilt werden. Ich finde, Sie sollten sich Ihre Aufgabe selbst suchen. Abgesehen natürlich von den wenigen Pflichten, die in Ihrem Arbeitsvertrag stehen. Sie müssen ein paar Stunden der Lehre opfern. Und den Rest überlasse ich Ihnen.«

Die halbgöttliche Stirn begann zu glänzen.

»Haben Sie denn kein Projekt, das Sie unbedingt verwirklichen wollen? Sie könnten sich vielleicht habilitieren, obwohl das ja nicht mehr vorgeschrieben ist. Aber es könnte Ihnen einen Vorteil verschaffen gegenüber anderen Kollegen.«

Modersohn zog ein Taschentuch hervor und putzte sich andächtig die Nase.

»Ja, dann überlegen Sie sich mal, was Sie wollen. Dann können Sie gern wiederkommen.«

Modersohn blickte auf den Boden, dann zu Stachelmann, dann an die Wand. Er erhob sich, nickte einmal. »Gut, ich komme dann …«

Abtritt.

Die Tür schloss sich leise, das Telefon klingelte.

Dobbert, Sonnenfallstiftung. »Herr Professor, haben Sie …?«

»Nein, ich bin noch nicht dazu gekommen …« Stachelmann kramte hektisch in den Stapeln auf dem Schreibtisch. Wo war dieser Brief von den Stiftungsfritzen? Er hatte ihn noch nicht einmal geöffnet. In diesem Augenblick überfiel ihn eine geniale Idee.

»Dafür habe ich vollstes Verständnis«, heuchelte Dobbert, »man hat ja einige Verpflichtungen als Professor.«

»So ist es«, sagte Stachelmann trocken. Sein Plan hob die Laune ein wenig. Allein schon deswegen war er gut.

»Ich habe noch einen zweiten Grund, Sie zu behelligen …«

Stachelmann sprach die Einladung zum Dauergelaber nicht aus, aber Dobbert ließ sich nicht verdrießen.

»Es gibt da in Berlin eine kleine, aber feine Veranstaltung. An der FU. Zu Ehren des Widerstands gegen den Stalinismus. Der Präsident will sprechen. Sie suchen noch jemanden, der – wie soll ich es sagen? – den Zusammenhang zwischen dem Widerstand gegen die Nazis und gegen den Stalinismus herstellt. Wir könnten da für Sie intervenieren. Das würde auch unserem Unternehmen nutzen. Wir haben da ein Projekt laufen …«

»Um was geht es genau? Wer soll geehrt werden?«

»Ein Rainer Maurer. Den haben die Russen erschossen. Gehörte zu einer Widerstandsgruppe in Dresden.«

»War das einer von der KgU?«

»Ach so, ja, stimmt, diese Kampfgruppe gegen Unmenschlichkeit. Ich glaube, der gehörte dazu. Mutige Leute.«

»Ich werde da nicht sprechen«, sagte Stachelmann.

Schweigen. Räuspern. »Schade. Es wäre eine Gelegenheit … aber ich will Sie da nicht beeinflussen. Natürlich nicht.«

»Sehr freundlich.«

Die Tür öffnete sich. Georgie trat ein. Kopfhörer unter der Kapuze. Es zischte leise. Ts-ta, ts-ta, ts-ta.

»Wann dürfte ich Sie aufsuchen, Herr Professor? Wir müssen ja noch unser Projekt besprechen. An dem sind übrigens die Leute beteiligt, die diese kleine Veranstaltung in Berlin ausrichten. Es wäre doch hilfreich, wenn wir sie nicht vergrätzten.«

»Ich dachte, Sie wollen nicht auf mich einreden. Außerdem ist es, wenn ich das richtig verstanden habe, Ihre Idee, dass ich in Berlin spreche.«

»Nun ja, ich habe …«

»Sie haben das denen schon in Aussicht gestellt?«

»Nun ja … nicht direkt. Ich habe nur gesagt, dass ich Sie fragen will. Die Herren waren begeistert …«

»Das kann ich mir vorstellen«, sagte Stachelmann.

»Ach ja!«

»Die erwarten, dass ich Ihnen erzähle, dass der Widerstand gegen die DDR im Prinzip das Gleiche war wie der Widerstand im Dritten Reich.«

»Ja?«

»Ich sehe das anders.«

»Ach so.« Erleichterung. »Dann sagen Sie das doch. Die Herren in Berlin erwarten bestimmt nicht, dass Sie mit Ihrer Meinung hinterm Berg halten. Wir leben in einer Demokratie.«

»Tatsächlich.«

Dobbert überhörte den Sarkasmus. »Die Herren in Berlin wollen doch nur, dass über die DDR und den Widerstand dort in der Öffentlichkeit und an den Schulen gesprochen wird. Dass es nicht in Vergessenheit gerät. Verstehen Sie?«

Stachelmann verstand. Es ging um das Geld der Sonnenfallstiftung. Mit dem er zum Beispiel den Vertrag mit dem Halbgott verlängern konnte. Da war er es sich schuldig, seine Animositäten gegen Modersohn zurückzustellen. Als Chef hatte er für jede Stelle an seinem Lehrstuhl zu kämpfen, ob ihm die Nase dessen, der darauf saß, passte oder nicht. Und um sich und vielleicht auch Anne seine Überparteilichkeit zu beweisen, musste er sich für Modersohn doppelt ins Zeug legen. Es war zum Kotzen. Er wollte Prof werden. Er hatte um seine geistige Freiheit gekämpft. Und jetzt war er Gefangener der Bürokratie.

Georgie popelte unterm Kopfhörer im Ohr. Ts-ta, ts-ta, ts-ta.

Diese Idee reifte nicht. Sie war einfach da. »Wissen Sie was, Herr Dobbert. Sie wissen, ich bin kaum in der Lage, meinen hiesigen Pflichten nachzukommen …

»Die Zeit, die Zeit, Herr Professor …«

»Aber ich habe eine Lösung unseres Problems. Hier gibt es einen Juniorprofessor, der sich perfekt eignet, die Zusammenarbeit zwischen unserem Lehrstuhl und Ihrer Stiftung zu pflegen. Der Professor Modersohn …«

»Was immer Sie vorschlagen, Herr Professor. Und über Ihre Ansprache in Berlin denken Sie vielleicht noch einmal nach?«

»Lust auf einen kleinen Rechercheauftrag?«

»Erfahrungsgemäß bringen mich solche Vorschläge in Lebensgefahr. Lieber Georgie, es ist nur eine klitzekleine Sache. Bitte guck doch mal … und schon stürzen sich fünf finstere Gestalten auf den kleinen Georgie, während Herr Professor sich den Genüssen des Lebens ergeben.«

»Bisher haben sich solche Finsterlinge eher nicht in der Stabi rumgetrieben«, erwiderte Stachelmann. »Aber wenn du dort auftauchst, wird es bestimmt das erste Mal sein.«

»Und was darf ich für Sie herausfinden, was Ihnen Ihr PC und dieses sogenannte Internet nicht verrät?«

»Was sie über die KgU hat.«

»Wen bitte?«

»Kampfgruppe gegen Unmenschlichkeit. Ich dachte, du hättest mal Geschichte studiert.«

»Ja, aber bei Herrn Professor Stachelmann. Da endet man als viertelgebildeter Versager. Mein Vorschlag: Du schaltest dieses Gerät ein« – Fingerzeig zum Notebook auf dem Schreibtisch – »und rufst den OPAC auf. In dem verrät die Stabi dir alle Geheimnisse, die sie in ihren Hallen hütet.«

»Und wer holt das Zeug?«

»Dein getreuer Adlatus, der liebe Georgie.«

25

Springbein schleppte einen Stapel Akten an. »Ich hab sie durchgesehen. Muss sie gleich zurückbringen. Der Ewald war so freundlich …« Er packte den Stapel auf ihren Schreibtisch.

Kranz blätterte den Deckel der oben liegenden Akte auf. Fotos mit Bombenteilen. »Handyzündung«, sagte Springbein.

»Ich kann lesen.«

Springbein hob die Hände. »Entschuldigung!« Er lehnte sich an die Wand und beobachtete, wie sie die Akten durchblätterte. Sie war fix. Am Ende schob sie den Stapel zu Springbein. »Der hat genau geguckt, wann er die Bombe hochgehen ließ. Der wollte niemanden umbringen. Es war eine Warnung. Eindeutig.«

»Der Kollege Ewald sieht …«

»Das ist mir egal!« Sie bereute ihre Schärfe gleich.

»Entschuldigung«, sagte Springbein, als bitte er dafür um Vergebung, dass es ihn überhaupt gab.

»Tut mir leid«, sagte Kranz. »Aber ich habe zu schlecht geschlafen, um die Erwähnung des besagten Kollegen zu ertragen.«

Prompt stand der in der Tür. Brusthaare sprossen aus dem einen Knopf zu tief geöffneten Hemdausschnitt, garniert mit einem Goldkettchen. Springbein erschrak und verzog sich, den Aktenstapel unterm Arm.

»Schon durch, Frau Kollegin?«

Kranz schnaufte einmal und zwang sich ein kühles Lächeln ab. »Ja, ist ja nicht viel.« Ein Haufen Fotos, der Bericht der Chemiker, eine Aufstellung der Sachschäden. Das Kind von Stachelmanns Freundin hatte eine Schramme, sonst keine Verletzungen.

»Aber es genügt, um Ermittlungen in eine bestimmte Richtung zu führen.«

»Aha.«

»Was Sie noch nicht wissen, ist nämlich, dass in dieser Straße ein Herr Amtmann wohnt.«

»Jetzt weiß ich es ja.«

»Und dieser Herr Amtmann war Vorsitzender Richter beim Prozess gegen Hermann Wuhlbein und Genossen. Erinnern Sie sich?«

Sie wühlte in ihrem Gedächtnis. Wuhlbein, Wuhlbein.

»Na, der hat vor dreieinhalb Jahren die Schanze aufgemischt. Zwölf Kollegen verletzt, reichlich Sachschaden, vor allem Autos und Schaufenster.«

Jetzt fiel es ihr ein.

»Und dafür ist er als Rädelsführer neun Monate eingefahren. Fuhlsbüttel.«

»Haben Sie ihn vernommen?«

»Abgetaucht.«

Es gibt so viele Gründe zu verschwinden. Aber Kranz sagte

nichts. Taut hatte dem Anabolika-Affen die Bombe zugeschoben. Sollte der glücklich werden damit.

»Dann noch einen schönen Tag, Frau Kollegin.«

»Tschüss«, nuschelte Kranz. Und dachte: Leck mich am Arsch.

Amtmann. Die These war nicht abwegig. Das hatte es schon gegeben. Richter als Zielscheibe der Rache, der Einschüchterung. Aber das war nicht ihr Problem. Und eigentlich war sie sich sicher, dass Stachelmann gemeint war und es um ihren Fall ging, die Leiche vom Reinbeker Redder.

26

»Hast du von dieser schlimmen Geschichte gehört? Die Leiche, die sie am Reinbeker Redder gefunden haben?«

Stachelmann saß auf dem Sessel, seine Mutter hatte sich aufs Bett gelegt. Kissen hinterm Kopf. Das Zimmer hatte einen Balkon, eine Tür führte zum Bad. Es war nicht gerade groß. Auf der Kommode stand eine Vase mit den Blumen, die er mitgebracht hatte. An der Wand Bilder. Vom Vater, von Stachelmann. Kindheit, Schule. Draußen zwitscherten Vögel. Der Blick vom Fenster ging in einen Park. Es war ein gutes Heim.

»Hast du das Haus endlich verkauft?«

Stachelmann schüttelte den Kopf.

»Du hattest viel zu tun, nicht wahr?«

Er nickte, aber er hätte in den vergangenen paar Jahren leicht einen Käufer gefunden. Stattdessen hatte er eine Hypothek aufgenommen, um das Heim der Mutter zu bezahlen.

»Willst du es denn behalten?«

»Nein.« Aber konnte man seine Kindheit und Jugend verkaufen? Er lachte innerlich über seine so dämliche wie teure Gefühlsduselei. Letztlich fehlte ihm der Wille, das Haus loszuwerden. Es stand leer. Er hatte einen Nachbarn gebeten, hin und wieder zu lüften, aber nicht geprüft, ob der es noch tat.

»Schön, dass du endlich gekommen bist. Hast immer so viel zu tun. Ein Professor hat viele Pflichten.«

Er hätte sagen müssen: Mit Anne ist es so gut wie aus. Jemand hat einen Bombenanschlag auf uns verübt. An der Uni geht mir so ziemlich alles auf die Nerven. Am liebsten wäre ich wieder sechzehn und hätte noch alle Illusionen. Doch dann fiel ihm Roswitha ein. In die Klassenkameradin hatte er sich so heftig wie aussichtslos verliebt. Der Schmerz war so stark gewesen, dass er Erinnerungsmoleküle in seinem Hirn hinterlassen hatte. Diese Gedanken an eine frühere Glückseligkeit waren Unfug. Du musst versuchen, dich mit deinem Leben zu befreunden, hatte Anne einmal gesagt. Psychoquark, hatte er innerlich erwidert. Aber vermutlich hatte sie recht. Er musste sich mit seinem Leben versöhnen. Irgendwie. Akzeptieren, dass er nicht in einem nordkoreanischen Lager saß, nicht in Afrika hungerte, nicht an europäischen Flüchtlingszäunen verreckte, nicht Hartz IV bezog. Er hatte keine materiellen Sorgen, die Pension war ihm sicher.

»Hast du Schmerzen?«

»Nein, nein.«

»Du schwindelst«, sagte sie lächelnd.

Er hatte immer Schmerzen. Mal mehr, mal weniger. Die Tabletten halfen. Mal mehr, mal weniger. Irgendwann würden sie ihn umbringen. Aber bis dahin hielt er es aus.

Sie hatten sich im *Abaton-Bistro* verabredet. Abwicklungsgespräch. Leute wie sie waren zivilisiert. Schlugen sich nicht, sondern teilten subkutan aus. Da blieben einem die Schmerzen länger. Und man hatte keinen Grund, dem anderen moralisch zu kommen. Sie hatten beide Cappuccino bestellt und schwiegen sich an. Natürlich war es Anne, die anfing.

»Vielleicht sollten wir eine Bilanz ziehen.«

Er erinnerte sich, als er sie zum ersten Mal gesehen hatte. Im Schlepptau von Bohming. Sie hatte ihn gleich umgehauen. Ein hintergründiges Lächeln. Die Augen. Bohming war anders gewesen. Sie hatte auch ihn ein wenig verzaubert. Sie hatte alle Männer verzaubert. Der Ton am Seminar hatte sich geändert. Vorher war er wurschtig gewesen, manchmal vulgär. »Komm mir nicht mit so 'nem Scheiß.« Seit sie da war, hieß es: »Das würde ich mir noch mal überlegen.« Oder: »Ob der Kollege das Thema auch in all seinen Facetten durchdacht hat?« Eine Bilanz also. Was war sein Beitrag? Dass er nie verstanden hat, warum sie sich ausgerechnet ihn ausgesucht hatte. Da gab es den schönen Kugler von den Politologen, der da immer noch jedem Rock nachhechelte. Sie hätte Bohming haben können. Der fand pausenlos Gründe, sie für sich einzuspannen, sodass sie kaum noch zu eigenen Projekten kam. Stachelmann hatte immer nur einen Grund gefunden, der für ihn gesprochen haben mochte: Mitleid. Der Krankenschwesterkomplex. Nur sah sie so ganz und gar nicht aus.

»Du sagst nichts?« Dann kraftlos: »Wieder einmal.« Ihr Blick wanderte von ihm zum Zuckertopf auf dem Tisch, als wäre der das Orakel von Hamburg.

»Das mit der Bilanz ist eine gute Idee«, sagte er endlich. »Aber schwierig.«

Sie lächelte fein. »Ja.«

Das Bild würde er nie auslöschen können. Wie sie in seinem Bett in Lübeck lag. Das Versprechen in ihren Augen. Und wie er sie enttäuscht hatte. Er war immer ein Feigling gewesen. Schon in seiner Kindheit war er jeder Rauferei ausgewichen. Zur Mutter gelaufen. Verspottet worden. Vermutlich wollte er nur Professor werden, um es allen zu zeigen. Dass doch etwas in ihm steckte.

»Du bist ja wieder so gesprächig wie eh und je.«

»Ich denke nach.«

»So ist es immer mit dir. Du denkst nach und sagst nichts.«

Ein warmer Wind blies durch die Straße. Junge Leute in Sommerkleidung. Schöne Frauen. Die das Leben noch vor sich hatten. Gut, dass sie nicht einmal ahnten, was auf sie zukam.

»Ich ziehe Bilanz. Das wollten wir doch.«

»Aber zusammen. Das ist typisch. Ich bitte dich, dass wir zusammen Bilanz ziehen. Und du verfällst in Grübeln. Die Schildkröte verkriecht sich in ihrem Panzer. Sogar in besten Zeiten habe ich nur das bekommen, was aus dem Panzer herausragt.«

Sie hatte ja recht. Immer.

»Vielleicht weil im Panzer gar nichts ist.«

»Das geht mir auch auf den Geist. Warum machst du dich immer selbst runter? Du hast dazu nicht den geringsten Grund. Du bist beruflich erfolgreich. Die Kollegen verehren dich fast schon. Du hast mehr Lebenskrisen bewältigt als der Rest des Seminars zusammen. Deine wissenschaftlichen Arbeiten werden wahrgenommen, zuletzt sogar in England.«

Ja, da hatte es eine lobende Besprechung seines Buchs über Buchenwald in einer englischen Fachzeitschrift gegeben. Eher Zufall. Oder weil der Rezensent beweisen wollte, dass er Deutsch konnte.

»Die kennen mich nicht. Du bist die Einzige, die mich kennt. Und jetzt schau dir an, was dabei herauskommt, wenn man es mit mir versucht.«

Sie lief rot an. Er beobachtete sie im Augenwinkel. Sie musste sich zusammenreißen. Sitzen bleiben, nicht aufspringen und gehen. Obwohl das vielleicht die sauberste Lösung gewesen wäre. Aber so was tat sie nicht. Sie zog ihre Dinge durch. Anne hatte ein Kind gewollt. Da mit ihm gerade mal wieder Auszeit war, hatte sie es von einem anderen gekriegt. Sie war konsequent. Er war vielleicht zäh, aber nicht konsequent. Er konnte sich in Dingen verbeißen wie ein Terrier. Aber vorher musste ihn jemand reizen.

»Diese Bombe hat mich zum Nachdenken gebracht«, sagte Anne.

»Wenn du so einen Knall dafür brauchst.«

Sie schüttelte den Kopf, kniff die Lippen zusammen, schnaufte und trank einen Schluck. »Das ist dir völlig egal, dass jemand einen Bombenanschlag auf uns begangen hat?«

Stachelmann hob die Brauen. »Wie kommst du darauf?«

»Weil du darüber Witze reißt, schlechte, wenn du gestattest.«

»Witze erzählen konnte ich noch nie.«

»O Gott!«

»Ach, den lass mal raus.«

Anne blickte zum Himmel.

»Hei!« Georgie stand am Tisch und lachte Stachelmann an. Er deutete mit dem Daumen auf seinen Rucksack. »Rat mal …«

»Bring's bitte ins Büro.« Stachelmann nestelte seinen Schlüsselbund aus der Tasche und warf ihn Georgie zu.

»Zu Befehl, Massa, zu Befehl!« Er verbeugte sich tief, bis ihm der Rucksack an den Hinterkopf prallte.

»Dem gibst du einfach den Schlüsselbund?« Sie konnte pissig sein, nicht zum ersten Mal.

»Dem würde ich alles geben.«

»Mir nicht.«

Stachelmann schüttelte verständnislos den Kopf. »Er hat mir mal das Leben gerettet. Und ich ihm, glaube ich, auch.«

»Du solltest Georgie heiraten.«

»Der ist als Braut keine Zierde.«

»Die Bombe …«

»Ich werde den kriegen, wenn er uns gemeint hat.« Sachlich. Kein Zweifel war möglich.

»Schon wieder!«

»Was willst du?«

»Ich will, dass du nichts mehr machst, das uns in Gefahr bringt.«

»Ich habe nichts gemacht, das uns in Gefahr bringt.«

»Du weißt genau, was ich meine. Du hättest diese … Bullin rausschmeißen sollen. Ich habe das Unglück gerochen, als ich die im Hörsaal gesehen hab. Da wusste ich noch nicht einmal, dass sie von *dem Verein* ist.«

Stachelmann hätte es nur wenig gewundert, wenn sie auf den Boden gespuckt hätte.

»Und sie hat dich in diese Scheiße reingezogen.«

»Sie hat mich gefragt, ob ich einen Papierschnipsel entziffern kann. Genauer gesagt, hat Taut ihr das aufgetragen.«

»Du verteidigst sie natürlich. Ich versteh schon.«

27

Kranz saß neben Springbein in ihrem Büro. Auf dem Tisch ausgebreitet die Bilder der Leiche. Kranz blätterte im pathologischen Gutachten. Sie nahm sich jedes Foto vor, las im Bericht, wieder ein Foto. Springbein ging um den Tisch herum und drehte ein paar Bilder zu sich.

»Es waren zwei«, sagte Kranz. »Mindestens.«

Springbein nickte.

»Wir streichen Eifersucht.«

»Ich weiß nicht.« Springbein kaute Luft.

»Zwei sind nicht eifersüchtig. Unwahrscheinlich.«

»Andert hat nicht nur eine betrogen. Der hat bestimmt seinen Seitensprung genauso beschissen wie seine Frau.«

»Dann hätten sich also Seitensprung eins und Ehefrau zusammengetan wegen Seitensprung zwei. Komm, hör auf.«

»Könnte …«

»Könnte auch sein, dass morgen der Himmel einstürzt.«

Springbein warf ihr einen wütenden Blick zu.

»Sorry. Aber wir sollten keine Zeit an Spuren verschwenden, die eher abwegig sind.«

»Ist ja gut.«

»Tut mir leid, wirklich. Wehr dich, Springbein.«

Springbein deutete einen Boxhieb an, sie wich aus. Sie lachten.

»Es geht um Stachelmann. Genauer gesagt, um die Papierreste bei der Leiche. Die sind der Schlüssel.«

»Die haben das arme Schwein …«

»Schwein stimmt«, sagte Kranz.

Springbein kicherte. »Die haben ihn systematisch …«

»Millimeterweise zu Tode gequält. Was muss einer anstellen, um sich diese Rache einzuhandeln?«

»Es gibt Psychopathen, Sadisten …«

»Ja, aber treffen sich zwei Sadisten und gehen quälen? In solchen Fällen haben wir es immer mit Einzeltätern zu tun. Es sei denn, es geht um Sex. Aber darum ging es hier nicht.« Sie deutete auf die Fotos. »Die Schnipsel …«

»Aber von der Presse kam nichts. Wir haben alle Zeitungen abgeklappert.«

»Vielleicht haben die nicht genau geguckt.«

Springbein zuckte mit den Achseln. »Die KTU sagt, das sei Zeitungspapier. Aber es wird ein Haufen anderer Kram auf Zeitungspapier gedruckt. Die können nicht mal sagen, aus welcher Gegend das Papier stammt. Nur dass es nicht aus der DDR kommt. Die hatten andere Mischungen.«

»Ich fahre diese Karre an die Wand«, stöhnte Kranz.

»Du fährst nichts an die Wand. Wenn jemand den Fall löst, dann wir. Du.«

Das rührte sie. Sie hatte ihm so oft eine rübergebraten, und dann so was. »Glaubst du das wirklich?«

»Logo.«

»Das sagt heute keiner mehr.«

»Außer Springbein.«

Sie nickte. »Außer Springbein.«

Er lachte.

Es änderte sich etwas zwischen ihnen. Springbein vertraute ihr. Er duckte sich nicht mehr weg. Das konnte ihr nur nutzen. Und wenn er jetzt noch ihre Launen ertrug.

»Was machen wir jetzt? Weiter Kadaver-Peepshow?«

Was war denn jetzt los? Springbein riss Witze.

»Nee, kannst den Hosenschlitz zuknöpfen.«

Springbein blickte sie entgeistert an und musste dann grinsen.

28

Er sagte nichts, als es klopfte. Es klopfte ein zweites Mal. Die Tür öffnete sich ein paar Zentimeter. Kranz.

Stachelmann mühte sich, aus sich herauszukriechen. So fühlte es sich an, wenn man am Boden war. Das hatte er gedacht, bevor es klopfte. Das Gespräch mit Anne hatte geendet, wie alle solche Gespräche mit Anne geendet hatten.

»Du verstehst mich nicht«, hatte sie gesagt. »Da taucht diese Kranz auf, und schon fliegt uns eine Bombe um die Ohren. Seitdem steht dieser Bodybuilderbulle alle zwei Minuten in der Tür und stellt blöde Fragen. Manchmal die gleichen, die er am Vortag gestellt hat.«

»Der ist scharf auf dich.«

»Scheiß drauf. Affären mit Bullen überlass ich dir.«

»Wir wollten Bilanz ziehen. Lass es uns abkürzen. Ich habe schon gesagt, dass ich ausziehe. Das ist doch ein Ergebnis, oder?«

Sie blickte ihn traurig an. »Das ist ein Ergebnis. Zweifellos.«

Georgie kam zurück und legte den Schlüsselbund auf den Tisch, ohne ein Wort zu sagen. Und war weg.

Stachelmann blickte auf die Straße, ohne etwas zu sehen als Bewegung und Farben. Die Gegenstände schienen keine Konturen zu haben. Sie klebten in einem Brei. Er wischte sich die Augen trocken.

»Das wäre ein Ergebnis, aber keine Lösung«, sagte sie leise.

»Ich werde es tun. Du bist der wandelnde Vorwurf. Auch wenn du kein Wort sagst, höre ich nur: Du bist schuld, du bist schuld, du bist …«

»Hör auf!«

Wieder Schweigen.

Vielleicht haben wir zu viel geschwiegen, dachte er. Und meinte zuerst sich. *Ich* habe zu viel geschwiegen. Nicht ausgesprochen, was mir auf der Zunge lag. Um den brüchigen Frieden nicht zu gefährden. Um keinen Streit anzufangen, dessen Ende er fürchtete. Er roch die Gefahr: Wenn sie begannen, auch nur über eine Kleinigkeit zu streiten, konnte es jederzeit auswachsen zur großen Debatte. Und deren Ergebnis kannte er schon. Sie hatte recht. Er verstand nichts von Kindererziehung. Jede Kritik an Felix war ein Kapitalverbrechen. Da sie alles ausklammerten, worüber sie hätten streiten können, hatten sie nicht mehr viel zu reden. *Unsere Liebe stirbt nicht wegen Streit, sondern wegen Feigheit.*

Er hatte nicht bemerkt, dass sich Kranz vor den Schreibtisch gesetzt hatte.

»Ich komme ungelegen?«

Stachelmann blickte sie an. Blaugraue Augen. Sie strahlten ihn an. Er spürte einen Zauber, ohne ihn beschreiben zu können. Wie ein Prickeln. Oder so ähnlich. »Nein, entschuldigen Sie. Ich war im Kopf woanders.«

»Ich hoffe, Sie sind nicht krank?«

»Warum? … Nein, nein.«

»Ich habe eine Frage, nein, eine Bitte … oder zwei …«

Er musste lächeln, obwohl ihm zum Weinen zumute war.

»Erstens … also dieses Gespräch bleibt unter uns?«

Stachelmann war froh über die Rätselnummer, die sie aufführte. Er nickte.

»Sie dürfen meinem Chef nicht sagen, dass wir miteinander gesprochen …«

»Aber Taut wollte doch …«

»Jetzt will er nicht mehr.«

»Versteh ich nicht.«

Kurz bevor sie mit Springbein zu Stachelmann hatte aufbrechen wollen, hatte Taut Kranz zu sich gebeten. Als hätte er gerochen, was sie vorhatte. »Sie müssen den Fall ohne Stachelmann lösen. Ich verstehe, dass das ärgerlich ist.«

»Aber wir haben jetzt doch keine andere Spur …«

»Das ist keine Spur, dass ist bestenfalls eine Ahnung.«

So streng hatte sie ihn nie erlebt.

»Was anderes haben wir jedenfalls nicht«, sagte Kranz, bereit, dafür hingerichtet zu werden.

Taut hatte erst mal den meditierenden Buddha gegeben. Dann sagte er: »Ich werfe Ihnen das nicht vor. Es ist nicht so, dass ich jeden Fall gelöst hätte in meiner Polizistenlaufbahn. Es gibt unlösbare Fälle. Oder welche, die sich später fast von allein lösen. Ein Zeuge taucht auf. Ein anderes Verbrechen öffnet eine neue Spur. Sie kennen das.«

Sie nickte. Und wusste: Das dicke Ende kommt gleich.

Und schon war es da. »Ich untersage Ihnen, den Herrn Stachelmann weiter mit diesem Fall zu befassen. Gerade wenn Sie glauben, der Bombenanschlag habe ihm gegolten, sollten Sie eigentlich von allein auf die Idee kommen, den Mann rauszulassen. Eine Leiche reicht.«

Sie hatte Springbein zu den Akten geschickt und war doch zu Stachelmann gefahren. Ohne sich anzumelden und auf Verdacht.

»Wegen der Bombe. Ist eigentlich klar … Entschuldigung …«

Stachelmann lächelte und war überrascht. Es gab nichts zu lächeln.

»Ich versteh schon. Aber wie kommt Taut darauf, dass ich sicherer wäre, wenn Sie mich aus den Ermittlungen raushielten?«

»Indem wir es auf einer PK verkünden. So nebenbei.«

»Raffiniert.«

Sie gluckste.

»Wir machen noch eine Pressekonferenz«, hatte Taut erklärt. »Der Druck der Journaille ist extrem. Und die Politiker springen drauf an. Ich hatte vorhin den Innensenator dran. Ich muss Ihnen nicht erzählen, was er gesagt hat. Was die halt immer sagen.«

Kranz hatte Taut angesehen, dass der sich ärgerte. Die Fritzen vom Senat hatten keine Ahnung von kriminalistischen Ermittlungen. Die wussten nur, wie man eine Elbphilharmonie im Schuldensumpf versenkte oder den Stadtmarathon eröffnete.

»Und bei dieser PK werden Sie verkünden, dass wir bei unseren Ermittlungen keine Hilfe vom Herrn Professor brauchen. Klar?«

»Zweitens?«, fragte Stachelmann.

»Zweitens brauche ich Ihre Hilfe. Bombe hin, Bombe her.« Sie lachte.

Die lacht sogar über Bomben, dachte Stachelmann. Aber sie hat ein schönes Lachen. Frei, unverstellt.

Das Lachen endete so abrupt, wie es begonnen hatte. »Die Wahrheit ist, ich seh kein Land.«

»Aber haben Sie nicht diese Spur …«

Sie winkte ab. »Normalerweise führt so eine Spur im Umfeld des Opfers fast immer zum Täter. Aber unsere Leiche passt nicht zu den möglichen Tätern.«

Stachelmann blickte sie erstaunt an.

»Ich habe mir das pathologische Gutachten noch einmal angeschaut und auch die Fotos. Vom Opfer aus gesehen, ergibt sich ein klares Bild: Es wurde systematisch gefoltert und getötet. Es waren zwei. Mindestens. Können Sie sich vorstellen, dass sich zwei eifersüchtige Leute, betrogene Geschäftspartner oder schikanierte Mitarbeiter zusammentun und ihr Opfer auf diese Weise umbringen? Das ist natürlich nicht völlig auszuschließen. Aber es ist so unwahrscheinlich, dass es verrückt wäre, sich weiter auf diese Strecke zu verlegen. Was anderes haben wir aber nicht.«

»Außer den Papierschnitzeln«, sagte Stachelmann.

Sie nickte. »Nur Schnipsel. Ich fürchte, daran hängt gerade der ganze Fall.«

»Dieser Andert muss jemandem etwas Furchtbares zugefügt haben. Und nicht nur einem. Wenn zwei oder vielleicht sogar mehr sich rächen …«

»… dann müssen sie gleichermaßen betroffen sein.«

29

Es war immer so gewesen. Er bestimmte, was sie taten. Von früh auf. Wenn die Eltern abends weggingen, spielte er sich als Diktator auf. Als Älterer sollte er darauf achten, dass nichts passierte. Er genoss das. Magda ließ er alles durchgehen, wie die Eltern auch. Aber Kurt war immer der kleine Bruder gewesen. Von der Mutter verhätschelt, vom Vater nicht für voll genommen. Robert war keine zwei Jahre älter, aber er würde bis zum Lebensende das Sagen haben. Wie selbstverständlich. Robert war erfolgreich. Er hatte einundneunzig eilig eine Maklerfirma gegründet und sie ein paar Jahre später an einen Konkurrenten verkauft. Dann stürzte er sich ins Anlagengeschäft. Finanzdienstleistungen. Nicht dass er damit protzte. Vermutlich hielt er den jüngeren Bruder ohnehin für zu dumm, um die Geheimnisse des Finanzmarkts zu verstehen. Robert hatte studiert, Kurt nur eine Lehre abgeschlossen. Sie hatten wenig miteinander zu tun. Außer dass sie dieselben Eltern hatten und dass die schon lange tot waren. Als Waisenkinder waren sie erst im Heim gelandet, bis sie getrennt an Pflegeeltern gegeben wurden.

Als Deutschland vereint war, machte sich Kurt auf die Suche nach seinem Bruder. Er fand ihn in Berlin, unter dem Namen seiner Pflegeeltern. Sie verabredeten sich in einer Lichtenberger Kaschemme. Vielleicht lag es an der Umgebung, aber Kurt bereute es gleich, dass er Robert gesucht hatte. Doch seitdem riss der Kontakt nicht mehr ab.

Magda fanden sie in einem Pflegeheim. Sie erfuhren die Diagnose. Hypoxischer Hirnschaden. Was man da machen könne, hatte Robert gefragt. Nichts, gar nichts, sagten die Ärzte. Die Verletzung sei zu alt, der Schaden zu schwer.

Robert und Kurt waren unterschiedlicher, als man es sich ausmalen konnte. Sie hatten nichts mehr miteinander zu tun. Aber da gab es etwas, das sie stärker miteinander verband als die gemeinsame Herkunft.

Magda. Und Hass.

30

Als Stachelmann den Koffer gepackt hatte, knackte die Tür. Er erschrak, aber vielleicht war es besser so.

»So, du willst dich einfach so davonstehlen?«

»Ich hol nur ein paar Sachen. Fang schon an zu müffeln.« Er rümpfte die Nase.

Ihr Gesicht zeigte kein Lächeln. Nur Traurigkeit. Sie war blass, ihre Augen rötlich, als hätte sie nicht geschlafen und nur geweint.

»Wie lang willst du im Hotel bleiben?«

»Bis ich eine Wohnung gefunden habe.«

»In Hamburg? Das ist schwierig. Sogar für einen Professor.«

Nicht mal jetzt kann sie es lassen. »Ich geh vielleicht zurück nach Lübeck.«

Ein entgeisterter Blick. »Du bist verrückt.«

»Meine Mutter wohnt dort.«

»Seit wann kümmerst du dich um deine Mutter?«

»Ich will es versuchen. Den Streit hatte ich ja eigentlich mit meinem Vater.«

»Dass du das schon gemerkt hast!« Gespieltes Erstaunen. Allerdings die trostlose Variante.

Wie er es hasste. Sie fand auch jetzt noch Mittel, ihm mitzuteilen, dass sie ihm in allen Dingen voraus war. Nur nicht beruflich. Dafür in jeder anderen Hinsicht umso mehr, seit er auf dem Lehrstuhl saß.

»In Lübeck sind die Wohnungen billiger«, sagte er.

»Als würde das eine Rolle spielen. Du verdienst doch genug.«

31

Zurück im Büro, fand er eine Essensrechnung. Ein Fünfgangmenü im abgefahrensten Franzosen an der Elbchaussee. Hundertfünfundsiebzig Euro. Daran klebte ein Zettel. *Für meine Bemühung!* Plus Smiley. Georgie hatte sich was Neues einfallen lassen. Botschaft: Okay, ich hol deine Scheißbücher, aber ich bin nicht dein Laufbursche. Klar? Außerdem: Das kannst du dir jetzt leisten, Herr Professor.

Georgies Bücherstapel war nicht gerade hoch. Um die KgU hatten sich die Historiker wenig gekümmert. Eine Episode des Kalten Kriegs. Stachelmann erinnerte sich an alte Wochenschauberichte über Schauprozesse in der DDR. Angeklagte, die schlimmste Verbrechen gestanden, die sie im Auftrag des US-Imperialismus und der westdeutschen Faschisten gegen den friedliebenden Arbeiter-und-Bauern-Staat begangen hätten. Scharfe Urteile, Zuchthaus, die Todesstrafe. Er betrachtete die Titel. Ein Buch stammte von einem KgU-Mitkämpfer. Er blätterte. Apologetentum: Freiheitskämpfer gegen den Stalinismus. Dann lag da eine alte Dissertation. »Kalter Krieg als antikommunistischer Widerstand« – ein merkwürdiger Titel. Zwei neuere Titel, beide vom selben Autor. Enrico Heitzer, den kannte Stachelmann nicht. »›Affäre Walter‹. Die vergessene Verhaftungswelle« und, viel dicker: »Die Kampfgruppe gegen Unmenschlichkeit (KgU): Widerstand und Spionage im Kalten Krieg 1948–1959«. Er las hier und dort. Offenbar unterschieden sich die Interpretationen. Heldenhafte Kämpfer, die große Opfer brachten für die Demokratie, oder Altnazis, die nun im Auftrag westlicher Geheimdienste gegen den Kommunismus wühlten. Mit Brand- und Stinkbomben, politischer und militärischer Spionage, Flugblättern und Zersetzungsaktionen.

Eine erstklassige Gelegenheit, sich zwischen alle Stühle zu setzen. *Einen besseren Platz gibt es nicht für mich.*

»Na, Holmes, hast du dich schon schlau gemacht?« Georgie hatte sich ins Zimmer geschlichen. »Die Kohle kannst du auch überweisen, wenn du grad nicht flüssig bist.«

»Danke, dass du nicht auch noch den Chauffeurservice benutzt hast.«

»Mist, hab nicht dran gedacht. Beim nächsten Mal.«

Ich hab ihm nie was bezahlt für seine Hilfe. Und es ging immer um meine Projekte. Vielleicht ging es auch immer ein bisschen um Brigitte, die sie zusammengeführt hatte. Stachelmann hatte ihren Anblick vor Augen: ein bisschen schlaksig, kurze blonde Haare und unglaublich lebhafte Augen. Sie war ihm aufgefallen, als sie ihm in einem Seminar von Strebern heftig Kontra gab.

»Und?«, fragte Georgie.

»Was und?«

»Mann, bist du langsam in der Birne.« Er deutete auf die Bücher.

»Undurchsichtig. Der Kampf zweier Linien, hätte Mao gesagt.«

»Schön, dass du immer so tolle Zitate parat hast. Demnächst Stalin? Oder der Führer?«

»Ich weiß nicht, ob ich diesen Vortrag in Berlin halten soll. Die Stiftungsleute drängen. Die wittern Kohle.«

»Kohle? Die kriegen doch nichts dafür.«

»Die wollen den Kultusministern ein Konzept mitsamt Lehrmaterialien verkaufen. Damit die Schüler künftig wissen, dass Adenauer nicht Generalsekretär der SED war.«

»So ein Scheiß.«

»Klar. Aber der Lehrstuhl kriegt Geld. Damit können wir eine Stelle finanzieren, die ich sonst streichen müsste.« Am liebsten würde ich den Halbgott feuern. Aber ich muss die Stelle verlängern. Weil das meine Pflicht ist und der Halbgott sich nichts hat zuschulden kommen lassen, außer Halbgott zu sein. Das zählte aber nicht als Straftatbestand. Außerdem würde Anne ihm Absicht unterstellen, wenn er die Sonnenfall-Typen auflaufen lassen würde.

»So toll ist das Leben im Professorenparadies also doch nicht. Ich dachte immer, euersgleichen wärt umschwirrt von dienstbaren Geistern, die euch jeden Wunsch von den Lippen ablesen. Und wenn ihr Lust habt, könnt ihr eure Assis scheuchen, die schärfsten Studentinnen verführen und jeden Abend in Nobelschuppen futtern.«

»Das hatte ich auch gehofft. Ist ein Reinfall, das Ganze.«

Georgie hatte eine Nase. Und die hatte gerochen, dass Stachelmann sich mies fühlte. Georgie verstand es wie niemand sonst, einen abzulenken und auf andere Gedanken zu bringen. Gab es einen besseren Psychologen? Stachelmann bewunderte das Einfühlungsvermögen und das Geschick, die der Freund zeigte.

»Die Polizistin war hier. Die glaubt, es könnte doch um die Schnipsel gehen.«

»Warum?«

»Weil sie keine anderen Spuren hat.«

»Ah, das gefällt dir. Die Sherlock-Holmes-Methode. Alle nicht zutreffenden Möglichkeiten ausschließen. Und schwups, schnappen die Handschellen zu.«

»So ungefähr.«

»Hast du in den Kram mal reingeguckt? Wenn ich das Zeug schon herschleppen musste.«

Er nahm sich einen schmalen blauen Band und blätterte ihn im Stehen durch. Als er etwa die Mitte erreicht hatte, klappte er das Buch zu, ließ aber einen Finger zwischen den Seiten stecken.

»Was ist?«, fragte Stachelmann, mehr um nicht an Anne zu denken.

»Ich hab die Lösung aller Probleme. Also gut, fast aller.«

32

Springbein saß an Kranz' Schreibtisch und blätterte in Akten.

»Wo warst du?«

Kranz setzte sich auf den Besucherstuhl. »Frische Luft schnappen.«

»Seit wann geht das im Auto?«

Springbein wurde vorwitzig, dachte sie. »Wenn es die Papierstücke sind und wir keinen Historiker befragen dürfen, weil der sonst in die Luft gesprengt wird, was machen wir dann?«

»Ich habe schon eine Aufstellung gemacht, wo Papiererzeugnisse vorkommen.«

Sie lachte. »Was für ein schönes Wort.«

Er blieb stocksteif. »Wir folgen der Spur des Papiers. Zeitungspapier, sagen die Chemiker.« Es klang fast feierlich.

Vielleicht freute er sich, dass Stachelmann aus den Ermittlungen ausscheiden musste. Vielleicht hatte Springbein sich zurückgesetzt gefühlt und lebte jetzt auf.

»Und wenn es Werbung für Heimgärtner ist?« Es zu fragen und sich hilflos zu fühlen, waren eins.

Das Telefon klingelte. Springbein hob ab und reichte den Hörer an Kranz weiter.

»Stachelmann hier. Wir haben etwas gefunden. Wollen Sie kommen?«

Sie überlegte.

»Können Sie frei sprechen?«

»Nein«, sagte sie. Wie hatte er das bemerkt?

»Heute Abend gegen acht im *Tokaja*?«

»Gut.«

Sie legte auf.

»Ich dachte, der ist raus.«

»Ist er auch. Aber's Telefonieren kann ich ihm nicht verbieten.«

»Wollen wir?« Ott, der Pressesprecher, stand in der Tür.

Verflucht, dachte Kranz. Die PK.

33

»Wenn wir den oder sonst jemanden umgebracht hätten, dann wäre der Teufel los. Sie würden alles aufbieten, um uns zu kriegen. Vor allem wüssten sie, wen wir warum treffen wollen. So weiß der, den wir meinen, dass er gemeint ist. Und alle anderen tappen im Dunkeln.«

»Das reimst du dir zusammen, Robert. Du bist weit weg.«

»Die glauben, dass wir den Richter einschüchtern wollten. Hatte ich doch gesagt.«

»Ja, ja, du weißt immer ganz genau, wie es ist.«

»Im Radio haben sie gerade erzählt, dass dieser Stachelmann raus ist aus dem Fall. Sie haben eine andere Spur. Dazu kann man die Bullen nur beglückwünschen. Und du siehst, es klappt.«

»Das glaub ich erst, wenn sie behaupten, der Arsch habe sich selbst umgebracht.«

»Seit wann hast du Humor? Du bist ein Schisser.«

»Was machen wir, wenn es schiefgeht?«

»Dann bringen wir ihn um, den Historiker.«

»Wollen wir alle Historiker umbringen, die sich auf die Sache einlassen?«

»Vor den anderen Eierköpfen hab ich keine Angst. Die haben noch nie was mit Ermittlungen zu tun gehabt. Dieser Stachelmann dagegen schon.«

»Warum sagst du das jetzt erst?«

»Du hättest dir doch nur die Hosen vollgemacht.«

Nachdem Kurt aufgelegt hatte, erfasste ihn widerwillig ein

Gefühl der Bewunderung für Robert. Das war früher manchmal auch schon so gewesen. Er hasste dieses Gefühl. Es zeigte ihm seine Unterlegenheit. Robert hatte alles im Griff. Immer. Und er sorgte mit seinem Geld für Magda. Das zeigte Kurt die eigene Zweitklassigkeit umso mehr.

Und: Er hätte darauf kommen können, dass Robert diesen Stachelmann nach allen Regeln der Kunst ausgeforscht hatte.

Kenne deinen Feind, sonst bist du verloren.

34

Die Kneipe war voll. Er hatte Kranz zufällig vor der Tür getroffen. Seitdem mühte er sich, die Beklemmung loszuwerden. Er hatte sie unbeholfen umarmt, ohne es zu wollen. Sie hatte da gestanden, und er hatte es getan. Ihr machte es offenbar nichts aus. Er verstand sich selbst nicht. Dabei war nichts daran, jemanden zu umarmen. Jeder umarmte jeden. Viele empfanden einen Händedruck als steif. Jetzt saßen sie eng nebeneinander am Tisch mit einem Pärchen, das sich pausenlos befummelte.

Er griff in seine Tasche und zog ein Buch hervor. Etwa in der Mitte steckte ein Lesezeichen. Er schlug das Buch dort auf und zeigte es ihr.

»Ach, du lieber Himmel!« Sie starrte das Faksimile an. »Wie …?«

»Zufall. Mein Freund Georgie hat es aus der Stabi geholt. Ich will einen Vortrag in Berlin halten. Dazu brauch ich das.«

Sie legte das Lesezeichen zurück und blätterte. »Gruselig«, sagte sie und tippte auf die Abbildung eines Plakats. »Rattenbekämpfung ist nationale Pflicht«, zitierte sie. »Waren das Nazis?« Sie blätterte. »Kampfgruppe gegen Unmenschlichkeit. Schon der Name klingt schaurig.«

»Nationale Front – Kampfgruppe – Stürzt die Adenauer-Regierung – Nieder mit dem Ulbricht-Regime – Alle Wege des Marxismus führen nach Moskau – Mit klingendem Spiel durchs Brandenburger Tor – USA-Imperialisten und Bonner Revanchisten. Der Sound des Kalten Kriegs.«

Sie lachte. Für einen Augenblick lag ihre Hand auf seiner. Dann tippte sie auf ein Symbol auf derselben Seite. Ein großes serifenloses K über einem U aus Stacheldraht.

»Wir haben diesen – wie sagt man? – Boden des U. Und ein Abschlussstück von oben.«

»Das ist das Logo der KgU.«

»Warum stopft jemand einem Menschen das Abzeichen der KgU in den Mund?«, fragte sie leise.

Der Kellner erkundigte sich nach Bestellungen. Zwei Gläser Chianti. Nichts zu essen. Obwohl Stachelmann sich am Morgen nur ein Marmeladenbrötchen gegönnt hatte.

»Was heißt das?«, fragte sie.

»Dass es erst recht kompliziert wird.«

»Andert war ein Feind der KgU. Das wäre Möglichkeit Nummer eins«, sagte sie.

»Die hat sich 1959 aufgelöst. Ein bisschen lang her für alte Rechnungen.«

Sie sinnierten. »Andert war bei der KgU. Ein Stasi-Typ zahlt ihm was heim. Das wäre Variante zwo.«

»Möglich. Vor 1990 hätte der Stasi-Typ Andert nicht erwischen können. Hatte der eigentlich Touren durch die DDR?«

»Seine Mitarbeiter schon. Ob er, weiß ich nicht.«

Stachelmann beobachtete wie sich ihre Mimik änderte. »Was ist?«

»Ich dachte gerade, dass ich eine schlechte Polizistin bin.«

»Ich denke immer, dass ich ein schlechter Historiker bin. Kennen Sie den: Treffen sich zwei Versager …«

Sie lachte. »Sie müssen mich duzen«, platzte es aus ihr heraus.

»Wenn ich es muss, musst du es auch. Das ist eine Frage der Gerechtigkeit.« Er streckte ihr unbeholfen die Hand hin. Sie nahm sie und hielt sie fest. Er beugte sich zu ihr, küsste sie auf die Wange und erschrak.

»Entschuldigung. Ich bin gerade geistig nicht ernst zu nehmen.«

»Schade«, erwiderte sie.

»Beziehungsstress. Ich brauch eine Wohnung. Möglichst in Lübeck.«

»Möglichst weit weg«, sagte sie lächelnd.

»Da wohnt meine Mutter.«

»Zwei Fliegen mit einem Schlag.«

»Ist wohl so. Ein bisschen. Gehen wir ein paar Schritte?« Die Kneipe war voll, der Geräuschpegel hoch, und er wollte mit ihr allein sein. *Kaum hast du Beziehungsstress, kommt eine andere Frau ins Spiel. Das hatten wir doch schon.* Stachelmann erkannte das Schema. Er verhielt sich immer gleich, beging immer die gleichen Fehler. Als wäre das sein Schicksal. Aber es gibt kein Schicksal, es gibt nur Entscheidungen. Richtige und falsche. Und er traf immer die falschen. Und wusste es, während er es tat. *Willst du deine Liebe mit Anne retten? Natürlich will ich das. Aber ich tue das Gegenteil.*

Draußen war es lau. Sie hakte sich ein. Sie gingen zum Campus, vorbei an der Mensa.

»Wenn Taut mich so sieht, schlachtet er mich.«

»Kranzbulette«, sagte er.

Sie kicherte. »Aber ohne dich kommen wir nicht weiter. Ich muss diesen Fall lösen. Ich muss. Es ist mein erster eigener. Wenn ich scheitere, kann ich mir alles Weitere abschminken. Die Kollegen werden Verständnis heucheln. In Wahrheit denken sie: Die hat's vergeigt.«

Sie fühlte sich gut an. »Du hast auf der Pressekonferenz erklärt, dass ich raus bin. Das ist gut. Aber ich will das jetzt wissen. Zumal wir eine Spur haben.«

»Die erste, die was verspricht.«

»Und wenn es doch an dem üblichen Scheiß liegt? Eifersucht, Neid …«

»Wir haben in einem Fall zwei ehemalige Fahrer, die befreundet sind und beide einen Grund gehabt hätten, Andert umzubringen. Aber das sind keine Sadisten. Der eine glaubt ganz fest an den lieben Gott.«

»Könnte Tarnung sein. Außerdem: Wer hat die Inquisition erfunden?«

Sie lachte laut. Es hallte wider von den Betonklötzen des Campus. »Es ist nicht unmöglich, aber unwahrscheinlich. Äußerst unwahrscheinlich. Wir sind nur zu zweit im LKA …«

»Das zeigt das ganze Engagement der Kripo in diesem Fall …«

»Klar«, sagte sie. »Ich hab mich am Anfang gefreut, dass Taut mir den Fall gegeben hat. Inzwischen sieht es fast aus, als wäre es eine Falle. Aber Taut traue ich so eine Schweinerei nicht zu.«

»Was passiert, wenn er rauskriegt, dass du mich keineswegs abserviert hast?«

»Dann krieg ich ein Disziplinarverfahren an den Hals. Und bin den Fall los.«

Sie standen vor dem Philosophenturm. Irgendwo grölte jemand im Rausch. Kein Mensch zu sehen. Sie lehnte sich an ihn, und er nahm sie in den Arm. So standen sie lang.

»Guten Abend«, sagte Anne. Sie sahen ihr nach, wie sie in Richtung ihrer Wohnung ging.

35

»Lass dich nicht erwischen«, sagte Springbein.

Was der sich inzwischen traute. Einen Augenblick überlegte sie, ob sie an Autorität verloren hatte. Aber eigentlich war es ein gutes Zeichen. Er fasste Vertrauen. Doch wie hatte er herausgefunden, dass sie den Kontakt zu Stachelmann nicht abgebrochen hatte? Die Antwort lag auf ihrem Schreibtisch. Der schmale blaue Band aus der Stabi. Nicht schlecht kombiniert, Herr Kollege.

»Wenn du mich nicht verpfeifst …«

Als er empört gucken wollte, hob sie die Hand. Sie schlug das Buch auf und zeigte ihm das Bild.

»Shit.«

»Ohne den Herrn, dessen Name hier tabu ist, wären wir nie darauf gekommen.«

»Es handelt sich also um das … Symbol dieser … Kampfgruppe. Was heißt das?«

»Jemand hat unserem Herrn Andert ein Blatt Papier in den Mund gestopft, auf dem dieses Logo abgebildet war. Das könnte Zufall sein. Oder auch nicht.«

»Wie lang hat es diesen Verein gegeben?«

»Bis neunundfünfzig, sagt Stachelmann.«

»Dann war der schon dreißig Jahre weg vom Fenster, als Andert umgebracht wurde. Wer hat gerade so ein Papier in der Hand, wenn er jemandem das Maul stopfen will?«

»Richtig«, sagte sie. Sie war der Boss, sie verteilte Noten. »Also gehen wir davon aus, dass es bei dem Mord um die KgU geht. Ja?«

Springbein nickte.

»Wir brauchen aber einen Ansatzpunkt für die Ermittlungen.«

In der Wohnung roch es nach Fett und Kaffee. »Das passt mir jetzt aber gar nicht«, sagte Frau Andert. »Ich hab was auf dem Herd stehen.«

»Wir setzen uns in die Küche, ja?«

Andert blickte sie missmutig an und marschierte zur Küche, die Polizisten im Schlepptau. Neben dem Herd stand eine Fritteuse. Krapfen dampften auf einem Teller. Die Kaffeemaschine blubberte. Auf dem Tisch ein Transistorradio. Werbung für einen Baumarkt plärrte.

»Sagt Ihnen der Name Kampfgruppe gegen Unmenschlichkeit oder KgU etwas?«

»Was?«

Kranz schaltete das Radio aus und wiederholte die Frage.

Andert blickte sie an, als stammte Kranz vom Mars. »Kampfgruppe, KgU«, murmelte sie. »Keine Ahnung.«

»Herr Andert hat früher in Berlin gelebt. Kannten Sie ihn da schon?«, fragte Springbein.

»Ich hab ihn in Hamburg kennengelernt. Er machte eine Tour von Berlin hierher. Und in einer Kneipe … ach, Scheiß drauf. Pech gehabt. Also ich.«

»War Ihr Mann politisch aktiv?«

Andert blickte sie an, als hätte Kranz ihr einen unsittlichen Antrag gemacht. »Sie meinen, er wär in einer Partei oder so gewesen?«

»War er?«, fragte Kranz.

Andert schüttelte den Kopf und holte Krapfen aus der Fritteuse.

»Hat er nie über Politik gesprochen?«

»Über Politik?« Sie schubste einen Krapfen vom Tellerrand in die Mitte. »Geschimpft hat er immer. Vorm Fernseher.«

»Über was?«

»Über alles!«

»Welche Politiker mochte er?«

Sie stützte sich mit den Händen auf die Tischplatte und überlegte. »Den Kohl. Den hat er gemocht.«

»Was hat er über Kohl gesagt?«

Es dauerte wieder eine Weile. »Der hat es den Drecksäcken so richtig gegeben.«

»Wer waren die Drecksäcke?«

»Die Kommunisten … Sozis …«

»Und was hat er über die gesagt?«

Denkpause. »An die Wand stellen! Zusammenschlagen! Ins Gefängnis. Wenn er so einen Typen im Fernseher gesehen hat, also diesen Gysi oder wie der heißt oder den … Lafon…«

»Lafontaine«, warf Kranz ein.

»Genau, den Laffontin. Die hat er gehasst. Die hat er gesehen und gebrüllt. So wütend.« Sie schüttelte den Kopf. »So wütend.«

»Hat er Zeitung gelesen?«

»Manchmal.«

»Welche?«

»Weiß nicht.«

»Hatte er ein Zeitungsabo?«

Langes Schweigen. »Ja, da kam immer mal was.«

»Täglich?«

»Nein.«

»Haben Sie das aufbewahrt?«

Sie kratzte sich an der Nase. »Weiß nicht.«

»Und wenn, wo könnten Sie es finden?«

»Aufm Dachboden.«

Staub wirbelte auf. Springbein hustete. Unten, in der Wohnung, lärmte es. Anderts Gäste. »Gehen Sie doch einfach. Wenn noch was da ist …«

Und Kranz dachte: Ich habe schon wieder einen Fehler gemacht. Ich habe mir nicht gleich alles vorgenommen, was das Opfer hinterlassen hat.

Eine Holztruhe, Pappkartons, ein Stuhl auf drei Beinen, Plastiktüten. Während Springbein die Holztruhe ausräumte, nahm sich Kranz einen Karton vor. Klamotten, alte Servietten, Micky-Maus-Hefte, Schallplatten, Freddy Quinn, eine räudige Puppe ohne Augen. Während sie in dem Kram wühlte, wunderte sie sich, dass sie kein schlechtes Gewissen hatte. Sie hatte erlebt, wie Stachelmann ein paar Sekunden erstarrt war. Er schluckte und sagte nichts, während er seiner Freundin nachschaute. Die ging betont lässig. Wie sie auch auffällig freundlich gegrüßt hatte. Als wäre es das Normalste der Welt, den Lebensgefährten in den Armen einer anderen Frau anzutreffen. Sie verstand beide nicht. Was für eine Beziehung war das? Innig kam sie ihr nicht vor. Aber wenn sie sich an Stachelmanns Schweiß erinnerte und daran, wie er sich plötzlich abgewandt hatte … »Ich muss jetzt ins Bett.« Sagte er und ließ sie stehen.

Aber sie fühlte sich nicht schuldig. Überhaupt nicht. Und sie würde es sich auch nicht einreden. Sie kämpfte Zeit ihres Lebens gegen die Gewohnheit, sich die Schuld für alles Mögliche zu geben. Auch dann, wenn niemand sie belastete.

Aber sie fühlte sich beschissen.

36

Draußen das Rauschen der Stadt. In der Ferne heulte ein Krankenwagen. Er lag mit Kleidung und Schuhen in der Dunkelheit auf dem Bett und starrte an die Decke. Das Bild würde er nie vergessen. »Guten Abend«, hatte sie gesagt und war fast beschwingten Schritts weggegangen. Als wäre er ein entfernter Bekannter. Sie hatte ihn mit Rebekka gesehen. Wie sie sich umarmt hatten. Sie hatte Rebekka schon im *Tokaja* beäugt, als sie dort mit dem Halbgott erschienen war. Was das mit Rebekka war, wusste er nicht. Aber er wusste, was das mit Anne war. Die Krise im Endstadium. Ob die Liebe schon verloren war? Und er merkte es nur noch nicht?

Anne würde sich ihren Teil denken. Er versuchte ihre Gedanken zu erahnen. Immer wenn es kriselte, flüchtete er in die Arme einer anderen. Weil er so erbärmlich war, den Streit nicht auszuhalten.

Aber sie ließ ihn nicht zu Wort kommen. Und wenn doch, tat sie ab, was er sagte. Sie nahm es nicht ernst. Alles hatte sich ihrer Rolle als Mutter zu unterwerfen. Was gut war für Felix, war gut für die Beziehung. Denn ging es Felix gut, ging es Anne gut, ging es Stachelmann gut. So dachte sie. Sie waren zu dritt, aber er war das fünfte Rad am Wagen.

Er stand auf und ertastete die Minibar. Er stellte alle Schnaps- und Weinflaschen auf den Tisch. Das Licht des kleinen Kühlschranks glitzerte auf dem Glas und warf Riesenschatten an die Wand. Wie Geister, die sich sammelten, um ihn in den Wahnsinn zu treiben. Er schloss die Tür, die Schatten verschwanden. Die Angst blieb. Er stand am Rand des schwarzen Lochs. Dessen Anziehungskraft verstärkte sich mit jeder Sekunde. Er schraubte eine größere Flasche auf und setzte sie an. Wie zur Untermalung erklang draußen das einsame Dröhnen eines auf Krawall getrimmten Motorrads.

Er überlegte, wann er glücklich gewesen war. Selten, viel zu selten. Da erklang eine innere Stimme: Du wirst nicht wahnsinnig. Du bist es längst. Du hast alles erreicht. Du hast deinen Traumjob, aus dem dich niemand mehr vertreiben kann. Du lebst in einer großartigen Stadt. Neunundneunzig Prozent der Menschheit würden dich beneiden, wenn sie deine Sorgen hätten. Du lebst mit der wunderbarsten Frau zusammen, die du dir vorstellen kannst. Ein paar Reibereien, mein Gott, das gehört dazu. Sie verzeiht es dir sogar, wenn du ihr untreu bist. Du warst ihr untreu, schon vor Rebekka, mit der noch gar nichts passiert ist. Denk an Ines, die im Lübecker Knast vermodert. An die Lehrerin in Gotha. Vergiss deine Untreue in Gedanken nicht. Anne hat dich nie hintergangen. Sie hat mit Engelsgeduld alle deine Launen ausgehalten. Du bist ein schwieriger Fall. Wer dich richtig kennengelernt hat, rennt schreiend weg. Du bist der einmalige Fall eines erfolgreichen Versagers. Erfolg ist deine Fassade, dahinter steckt der größte Verlierer.

Dann schwieg die Stimme, und sein Hirn war leer. Das Vakuum.

»Scheiß drauf«, murmelte er und setzte die Flasche an.

37

»Kennst du das?«, fragte Springbein und nieste.

Von unten zog der Dunst von Kaffee und Öl in den Dachboden und mischte sich mit Staub.

»Das *Ostpreußenblatt*.« Er hielt eine verknitterte Zeitung hoch.

»Ach, du lieber Himmel.«

Springbein griff wieder in die Truhe. »Heute neu im Angebot: die *Deutsche National- und Soldatenzeitung*.«

»Mein Opa hat die auch gemocht«, sagte Kranz.

»Aufschlussreich.«

Springbein wurde ja richtig frech. *Vielleicht gewöhne ich mich doch an ihn*.

»Ja, der war bei der SS. Da gab es Sauberkeit. Da wurde der Spind nicht abgeschlossen.«

»Und Oma konnte durch den Stadtpark laufen, ohne dass Kanaken über sie herfielen und ihr Handtasche und Unschuld raubten.«

Kranz lachte laut.

»Mein einer Großvater gehörte auch zu der Sorte. War Goldfasan.«

Wieder hatte er Papier in der Hand. »*Die Tarantel*«, las er vor. Er blätterte und setzte sich auf den Boden. »So, das hätten wir dann ja. Das Ding stammt von wem?«

»Der NPD?«

»Nein, der KgU.«

Frau Andert lag breit im Sessel. Ein Paar hatte es sich auf dem Sofa bequem gemacht. Eine Frau mit Ohrringen saß auf dem zweiten Sessel. In der Mitte stand eine Schüssel mit Krapfen. Sie glänzten vor Fett. Es roch nach Qualm und Parfüm. Vier Gesichter wandten sich Kranz zu. In der Hand hatte sie die Zeitschriften. Der Mann auf dem Sofa trug eine dicke Brille.

»Was'n das?«, fragte er unfreundlich.

»Frau Andert, es tut mir leid. Wir müssen noch einmal mit Ihnen sprechen.«

»Aber Sie sehen doch …«

»Wenn wir jetzt anfangen, sind wir in einer halben Stunde fertig. Es hängt ganz von Ihnen ab.«

»Geh mal«, sagte der Mann. »Wir hamja genuch zu futtan.« Ein dumpfes Lachen.

Andert quälte sich hoch und führte die Polizisten in die Küche.

»Kennen Sie das?«, fragte Kranz und schob die Zeitungen zu Andert.

»Weiß nicht.«

»Er hat also Zeitung gelesen.«

»Aber das ist doch nicht die Zeitung.«

»Ihr Mann hat es gelesen.«

Sie blickte sich hilflos um. »Ja, wird er wohl.«

»Sie wissen wenig über Ihren Mann.«

Andert blickte Kranz verständnislos an.

»Hat er mit Leuten gesprochen über so was?« Ein Fingerzeig zum Stapel, die Nazizeitung zuoberst.

Achselzucken.

Springbein klopfte mit den Fingerkuppen auf den Tisch. »Wenn Sie uns nicht helfen, werden Ihre Gäste lang ohne Sie auskommen müssen. Vielleicht sollten wir Sie mit ins Präsidium nehmen. Es grenzt an Behinderung unserer Ermittlungen. Das ist eine Straftat.« Springbein blickte ihr überstreng ins Gesicht.

Andert riss die Augen auf. »Aber ich weiß doch nichts.«

»Sie wollen nichts wissen. Sie wollen nicht mehr an Ihren Mann denken müssen. Sie wollen von der ganzen Sache nichts mehr hören. Das wird Ihnen aber nichts nutzen. Wir werden Sie so lang befragen und immer wieder aufsuchen oder vorladen, bis Sie uns alles gesagt haben, was Sie wissen.« Kranz blickte nicht weniger energisch als Springbein.

Eine Wolke aus Schweiß und Parfüm wehte über den Tisch.

»Wir möchten wissen, mit wem sich Ihr Mann getroffen hat. Wir meinen nicht die Frauengeschichten. Hatte er Freunde … Gesinnungsgenossen?«

»Kam da mal jemand?«, fragte Springbein.

»Ach, übrigens, Sie werden ja nichts dagegen haben, wenn wir die Sachen Ihres Mannes auf dem Dachboden ins Präsidium bringen lassen.«

Während Andert noch zu begreifen versuchte, telefonierte Kranz die Kollegen herbei.

»Da waren der …« Sie schloss die Augen. Auf den Lidern Tusche, verschmiert von Schweiß.

»Haben Sie keine Notizen Ihres Mannes aufgehoben?«

Ihre Hand klatschte an die Stirn. Sie stemmte sich an der Tischkante hoch und watschelte hinaus.

»Ist die krank?«

»Kreislauf«, sagte Kranz. »War bei meiner Oma …«

»Aber die war nicht …?

»Nein, die nicht. Die andere.« Wie viel Angst musste Springbein plagen, dass er seine Persönlichkeit so vollkommen versteckte? Er war wie ein neuer Mensch. Unfassbar.

Andert kehrte zurück, ein abgegriffenes Büchlein mit Kartondeckeln. Sie legte es vor Kranz. »Das hab ich noch.«

»Was haben Sie denn sonst noch?«, fragte die, während sie im Buch blätterte.

»Nichts.«

»Sie erzählen uns immer, dass Sie nichts wissen und nichts haben. Und wenn wir nachbohren, finden Sie dies oder entdecken wir was auf dem Dachboden.«

Andert blickte sie blöd an.

Kranz hatte nie einen Menschen erlebt, der so dumpf war. Sie musste sich zügeln, ihre Ungeduld nicht zu zeigen.

Günter Anderts Handschrift war gut lesbar. Die Buchstaben waren ausgeprägt. Er machte viele Rechtschreibfehler. Banales Zeug. Technisches, wohl Ersatzteile für einen Lkw, Uhrzeiten ohne Notiz, Städtenamen. Telefonnummern. Auch Namen. Er hatte das Buch nur als Gedächtnisstütze benutzt. Ein Wort, eine Ziffer, eine Zeitangabe schienen ihm genügt zu haben. Kranz und Springbein erwartete ein Puzzlespiel, bei dem ein Haufen Teile fehlte.

38

»Herr Professor Stachelmann, wenn ich Sie bitten dürfte.«

Stachelmann hatte das Hotel schon fast verlassen, als er die Stimme hörte. Es war der Mann am Empfang. Er wedelte mit einem Umschlag.

»Tut mir leid, die Direktion …« Der Mann reichte Stachelmann den Umschlag. Der öffnete ihn und fand eine Rechnung.

»Wo ist das Problem?«, fragte Stachelmann.

»Normalerweise bezahlen unsere Gäste selbstverständlich erst beim Auschecken. Aber …«

»Sie meinen, wenig Gepäck …«

Der Hotelbedienstete verzog das Gesicht. »Es ist mir peinlich.«

Stachelmann blickte an sich hinunter. Die Hose hatte Sehnsucht nach der Reinigung. Das Jackett war verknittert. So sah ein Professor natürlich nicht aus. Jedenfalls nicht in der Welt des Hotelpersonals. Stachelmann konnte sich vorstellen, wie die Herren aussahen, die im Hotel verlangten, mit »Herr Professor« angesprochen zu werden.

»Das ist kein Problem.« Er gab dem Mann seine Kreditkarte.

Der schien erleichtert und beeilte sich, den Betrag abzubuchen. »Es ist …«

»Ist gut«, sagte Stachelmann. »Und sagen Sie Ihrem Direktor bitte, dass er schon morgen diesen dubiosen Gast loswird.«

»Das ist …«

»Das ist so.«

Wo soll ich hin?, dachte er, während er über den Campus lief. So schnell findet man keine Wohnung. Schon gar nicht, wenn man noch nicht mal gesucht hat. Im Büro warf er sich auf den Schreibtischstuhl, sodass der gegen das Regal krachte. Sein Körper reagierte schneller als sein Hirn. Es gab nur zwei Möglichkeiten. Ein anderes Hotel. Aber das war ihm verleidet, auch durch die Rechnung. In eine Kaschemme ging er nicht, da würde das Elend ihn restlos erdrücken, wo er sich schon im besseren Quartier einsam und fremd fühlte. Er zog den Schlüsselbund aus der Hosentasche. Es war der mit dem blauen Gummiüberzug. Schon sein erster eigener Schlüssel hatte einen blauen Überzug gehabt. Er könnte ein ganzes Haus für sich allein haben. Ruhig gelegen. Praktisch gehörte es ihm schon. Seine Mutter wäre glücklich, er würde dort einziehen. Ihr Heim lag zwischen Reinbek und Lübeck. Weit hatte er es nicht dorthin. Er stellte sich vor, wie er in das Haus zog. In den Staub und den Geruch seiner Kindheit.

39

Eine Kiste stank nach Schimmel. An den Rändern war sie schwarz angelaufen. Sie hatten sie im Keller gefunden. Sie standen an der Wand von Springbeins Büro, das er mit einer Kollegin vom Typ graue Maus teilte.

Springbein hatte Gummihandschuhe angezogen und räumte eine Umzugskiste aus, die einen Baumarkt-Aufdruck trug. Kranz stand daneben und fühlte sich, als räumten sie einen Kühlschrank aus, in dem ein Käse ein halbes Jahr gereift war.

»Ich verlange Gefahrenzulage«, sagte Springbein.

»Und ich Sonderurlaub«, schnappte die graue Maus, das Gesicht hinterm Monitor verborgen.

Springbein sortierte das Papier auf einen Stapel, Klamotten, Nippesfiguren, Spielzeugautos und Blechkisten warf er zurück in den Karton. »Später.«

Sie fanden weitere Veröffentlichungen aus der rechten Ecke. Broschüren, in denen die Berliner Mauer verurteilt wurde. Ein Zeitungsausschnitt, in dem die DDR-Regierung als Verbrecherbande beschimpft wurde, die nur durch besondere Umstände dem Zugriff des Rechts entzogen sei, aber ihrer Strafe nicht entgehen würde. Broschüren gegen die Bonner Regierung, die dem Ostberliner Regime nichts entgegensetze. Die SED-Diktatur sei so totalitär wie das NS-Regime.

Kranz warf Springbein einen verschwörerischen Blick zu. »Wir brauchen Expertenrat«, sagte sie.

Springbein grinste.

»Ich komm mir vor wie in einer Bude, die mit Gerümpel vollgestopft ist und die seit hundert Jahren keiner mehr gelüftet hat«, schimpfte die graue Maus.

40

Ihm war es, als hörte er die Stimme des Vaters. Sie war nie laut gewesen, und er hatte meist wenig gesagt. Die Mutter hatte das Sagen. Seine letzten Gespräche mit dem Vater bedeuteten den Bruch. Nicht wie man sich das vorstellt. Nicht mit Geschrei und Türknallen. Das Geständnis des Vaters, als Hilfspolizist KZ-Häftlinge beim Bombenräumen bewacht zu haben. Erst als Stachelmann auf Antworten bestand. Die verspätete Wahrheit ist billig. Der Vater hätte es früher sagen müssen. Wie oft hatten sie am Abendbrottisch über Politik und Geschichte gesprochen. Wie viele Gelegenheiten hatte der Vater verstreichen lassen. Doch Stachelmann gestand sich ein, dass er hätte fragen müssen. Dass er zu feig gewesen war, es zu tun. Mehr unbewusst hatte er gefürchtet, dass seine heile Welt durch ein Geständnis des Vaters zerstört würde. Das war seine Schuld am Bruch. Früher hätte er die Wahrheit vielleicht irgendwann verkraftet. Zeit gehabt, sich mit dem Vater auszusprechen. Er hatte ihn im Ohr, wie er sagte: *Du hast nicht in dieser Zeit gelebt, du kannst es nicht verstehen.*

Wie im Museum. Nur dass es ein Stachelmann-Museum war. Das Haus. Ihm schien alles älter als früher. Die Wohnzimmergarnitur verschlissen. Die Tapeten gelb. In der Küche roch es muffig. Wie in einem aufgeräumten Sperrmülllager. Er stieg die Treppe hoch und öffnete das Elternschlafzimmer. Die Betten waren gemacht. Nachttischlampen. Eine Zeitschrift auf der Seite, wo die Mutter geschlafen hatte. Gespenstisch. Erst jetzt fiel ihm auf, dass sie alles gelassen hatte, wie es war. Sie schlief weiter im Bett, das sie Jahrzehnte mit dem Vater geteilt hatte.

Er kämpfte gegen den Unwillen, sein altes Zimmer zu betreten. Die Mutter hatte es unverändert gelassen. Das wusste er, und das erschreckte ihn. Warum hatten sie kein Bügel- oder Gästezimmer daraus gemacht? Seit er studierte, hatte er nicht mehr bei seinen Eltern geschlafen. Das letzte Mal, als er sein Zimmer betreten hatte, lebte der Vater noch.

Er zwang sich, die Tür zu öffnen. Es roch muffig. Der Scheibenschmutz dämpfte das Licht. Trüb. Alles erschien ihm klein. Der Schreibtisch, auf dem noch ein Mäppchen lag. Er öffnete es. Patronenfüller, Bleistift, Anspitzer, Radiergummi. In die passenden Gummibandeinschübe gesteckt. War er so ordentlich gewesen? Kaum. Vermutlich hatte die Mutter nicht widerstehen können. Sie hatte ihm immer alles nachgeräumt. Was am Morgen herumlag, war am Abend sortiert. Er hatte es bald als übergriffig empfunden. Er hatte nichts für sich gehabt, nicht mal ein bisschen Unordnung. Das war die Liebe seiner Mutter, ihre Fürsorge. Er wäre fast erstickt daran. Deswegen hatte er das Elternhaus bei der ersten Möglichkeit fluchtartig verlassen.

Das Bett war bezogen. Er öffnete den Kleiderschrank. Die Hemden auf Kante gefaltet, die Hosen hingen an Bügeln. Unten die Schuhe. Die Sandalen erkannte er sofort. Es stank nach Mottenpulver.

Es war ein Grab, schoss es ihm durch den Kopf. Eine Gruft. In der seine Jugend bewahrt war. Ihm schauderte. Seine Mutter kam ihm gespenstisch vor. Ein Leben in der Vergangenheit. Die Aufzucht des Sohns blieb ihr Leben.

Stachelmann setzte sich an den Schreibtisch. Staub stieg auf. Er blickte hinaus. Der Garten. Irgendjemand schien wenigstens den Rasen zu mähen. In der Ecke ein kleiner Teich. Darin hatte er früher Fische überfüttert. Spätestens im Winter waren sie regelmäßig eingegangen.

Und hier sollte er jetzt wohnen?

Das Telefon klingelte.

41

Sie legte ihm Blätter auf den Tisch, jedes in Plastikfolie geschützt. »Das haben wir bei Andert gefunden.«

Stachelmann betrachtete die Zeitungen, Zeitschriften, Broschüren. »Rechts bis rechtsaußen. War der irgendwo Mitglied?«

»Keine Ahnung«, sagte Kranz.

Springbein nickte.

Stachelmann war verwundert gewesen, dass sie zu zweit auftauchten. »Darf ich wieder?«

»Nein«, sagte sie. »Dich gibt's nicht.«

»Keine schlechte Idee«, erwiderte er trocken.

Sie lachte laut.

»Habt ihr Frau Andert gefragt, ob ihr Mann in so einem Verein war?« Fingerzeig auf die Blätter.

»Die weiß gar nichts. Die ist entweder strohdumm oder Weltmeisterin im Versteckspielen. Ich hab im Wettbüro auf die erste Möglichkeit gesetzt.«

Springbein setzte sich auf einen Stuhl in der Sitzecke. Kranz stand vor dem Schreibtisch.

»Dann haben wir noch ein Notizbuch.« Sie legte es auf Stachelmanns Schreibtisch. »In dem steht meistens kryptisches Zeug. Wir haben gerade einen Kollegen darangesetzt, alle Telefonnummern abzuklappern. Vielleicht gibt es ja jemanden, der was weiß. Obwohl es ewig her ist. Wahrscheinlich sind alle tot, umgezogen oder beides.«

»Tod führt immer zum Umzug. Im Zweifelsfall nach Ohlsdorf«, sagte Springbein. Es klang wie eine Stimme aus dem Off.

»Danke für die Aufklärung, Kollege. Wir müssen Anderts Kontakte prüfen«, sagte Kranz.

»Das wäre der erste Schritt. Sonst finden wir nie heraus, um welche Organisation oder Partei es sich handeln könnte. Die KgU würde ich auf Platz eins der Liste setzen. Wegen der Papierfetzen«, sagte Stachelmann.

»Klar, steht schon da. KgU ganz vorn in der Hitliste. Was kann der Zusammenhang konkret sein? Haben die sich gegenseitig die Köppe eingeschlagen?«, erwiderte Kranz.

»Schön wär's gewesen«, sagte Georgie. Plötzlich stand er in der Tür. Offenbar schon eine Weile. »Darf ich mich der Vollversammlung anschließen?«, fragte er und setzte sich auf den anderen Stuhl in der Sitzecke. Stachelmann hätte ihn fast nicht erkannt. Er hatte sich einen Halbirokesenschnitt verpassen und, weil das nicht reichte, die traurigen Reste seines Schopfes auch noch Pink färben lassen.

Kranz warf Stachelmann einen verblüfften Blick zu.

Der grinste breit. Endlich mal was Lustiges. »Glückwunsch, Georgie«, sagte er. »Besser sahst du nie aus.«

»Ich such 'ne Bleibe. Der Vermieter hat mich rausgeschmissen.

Fristlos. Wenn ihr Bullen mal was Richtiges machen wollt …« Er schlug die Faust in die Hand. »Ich bin obdachlos. So eine Sauerei. Nur wegen einer kleinen Party.«

Stachelmann fiel es nicht schwer, sich die kleine Party vorzustellen. »Warum, waren weniger als hundert volltrunkene Kiffer da?«

Georgie winkte ab. »Du hast doch keine Ahnung.«

Kranz mühte sich, nicht zu lachen, gluckerte aber doch.

»Wir klären deine Wohnungsprobleme später, ja? Jetzt müssen wir mal schnell einen Mord aufklären.«

»Immer noch nicht fertig mit der Gammelleiche?«

»Die KgU gab es längst nicht mehr, als …«, sagte Stachelmann.

»Ich weiß«, sagte Kranz.

»Du meinst, da wurde eine alte Rechnung beglichen?«

»Wer weiß?«

»Da hat sich einer aus der Führung abgesetzt damals, von der CIA zu den Briten. Und der hat seine Spione und Saboteure einfach mitgenommen. Die dachten immer noch, sie spionierten für die Amis beziehungsweise die heldenhafte KgU, dabei waren die Briten nun am Ruder«, sagte Georgie im Tonfall gelassenster Überlegenheit.

»Schön, dass du auch mal was Sinnvolles von dir gibst«, sagte Stachelmann.

»Könnte doch auch sein, dass sich ein V-Mann verarscht gefühlt hat. Nicht nur wegen der Nummer mit den Tommies.« Georgie steckte sich ein Kaugummi in den Mund. Pinkfarbener Halbiro und Kaugummis. *Morgen wird er sich eine Kuhglocke an den Pimmel piercen.*

»Naheliegend …«

»Ach Gott, der Mönch«, sagte Georgie.

»Der hätte dir verraten, dass man aus der Wohnung fliegen

kann, wenn man seine Nachbarn vierundzwanzig Stunden am Tag einer akustischen Schocktherapie aussetzt.«

»Danke für die tiefgründige Analyse. Also, der Mönch, Holmes ...«

»Wenn ich mich richtig entsinne, habe ich vor ein paar Jahren in einem Aufsatz gelesen, dass die Kampfgrüppler ...«

»Keineswegs nicht unschlecht«, murmelte Georgie. »Also, die Wortschöpfung ...«

»Halt mal die Klappe.«

»Jawoll, Herr Professor!« Georgie schlug die Hacken aneinander. Ungelenk. Zum Aufstehen reichte der Respekt aber nicht.

»Diese KgU hat offenbar Leute verheizt. Schüler, denen sie Material gegen die Sowjets gab. Die zusammen mit einem Lehrer eine Gruppe gründeten. Natürlich haben die Besatzer schnell herausgekriegt, wer das war. Ab ins Lager. Sibirien, zwanzig Jahre und so weiter.«

»Ich stelle mir vor, so jemand kommt zurück aus Russland ...«

»Das ist aber auch schon lang her«, sagte Stachelmann.

»Stell dir vor, so einer kommt zurück aus Russland in die DDR. Der schiebt doch Rachegefühle gegen alle, die er für sein Schicksal verantwortlich macht. Auch gegen die Typen in der KgU, die sie ins Unglück geschickt haben. Und 1990 passiert, was das Opfer sich all die Zeit vorgestellt hat: Er kann rüber in den Westen. Er kann den Mann suchen, der ihm Material und Auftrag gegeben hat ...«

»Ich weiß nicht, ob die Opfer nicht gleich in die BRD geschickt wurden«, sagte Stachelmann.

Klopfen, Breuer in der Tür. »Ihr Hauptseminar, Herr Stachelmann. Das findet doch statt, oder?«

Stachelmann nickte erschrocken.

»Und die Leute von der Stiftung fragen nach einem Termin ...«

42

»Bleib ruhig. Es läuft alles besser, als man es sich wünschen kann.«

Kurt hatte schlecht geträumt. Eine Panikattacke. Es wurde ihm zu viel. Weniger, was geschah, als was nicht geschah. Was er sich aber ausmalte. Nein, er wollte nicht den Rest seines Lebens im Knast verbringen. Was ihn auch aufregte, war Roberts Gleichmut. Der ließ den kleinen Bruder zappeln. Bestimmt hatte Robert Pläne für alle Gefahren, die auftreten konnten.

»Und wenn dieser Professor Lunte riecht, obwohl er offiziell nicht mehr für die Bullen arbeitet? Wenn er sich von dem Bums nicht einschüchtern lässt? Hast du daran auch gedacht?«

»Natürlich«, sagte Robert. »Das ist kein Problem.«

»Und warum?«

»Du musst das nicht wissen.«

Als Kurt schwieg, sagte Robert noch: »Ich kümmere mich drum. Wirklich.«

Kurt war stinksauer. Robert erriet seine Gedanken. Er behandelte ihn wie einen Grundschüler. Ich weiß schon, was gut ist für dich.

43

»Du kannst das haben«, sagte Stachelmann. Sie standen in seinem alten Zimmer.

»Wie eine Gruft.«

»Mach mit dem Zeug, was du willst. Im Keller und auf dem Boden findest du bestimmt Möbel, wenn du noch welche brauchst.«

»Und einen Internetanschluss.«

»Kümmer dich drum«, sagte Stachelmann.

»Und eine Musikanlage?«

»Im Wohnzimmer gibt's einen Dual-Plattenspieler mit Verstärker und Boxen.«

»Ich werd irre. Dazu eine Harfe und Trommeln mit Ziegenfell«, sagte Georgie. »Außerdem ist das Mobilfunknetz hier echt für'n Arsch.«

»Kümmer dich drum«, wiederholte Stachelmann. »Ich bin dein Vermieter, nicht deine Mutti.«

»Schade.« Georgie setzte sich aufs Bett. »Mann, die Matratze hängt voll durch.«

»Kauf dir eine neue.«

»Und zur S-Bahn ist es eine Weltreise.«

»In der Garage findest du ein Fahrrad. Reifen aufpumpen und los.«

»Pfft.«

44

»Ich war gerade in der Gegend, und da wollte ich mal fragen ...« Dobbert verzog schuldbewusst das Gesicht. Vermutlich hatte er nur die Nase voll. Breuer hatte ihm wieder keinen Termin nennen können. Da kam er eben einfach so.

»Nehmen Sie Platz«, sagte Stachelmann. Sofort überfiel ihn der Unwille, den er schon beim ersten Treffen gespürt hatte. Aalglatter Typ, stets die Höflichkeit in Person, in Wahrheit aber beinhart, wenn es um seine Interessen ging.

»Ich wollte Ihnen das gleich erzählen. Die Herren in Berlin sind begeistert. Einer sagte, wenn der Professor Stachelmann referiert, dann wird das ein voller Erfolg. Niemand wäre besser geeignet, die Kontinuität der beiden deutschen Diktaturen herauszuarbeiten und den Widerstand in die Tradition von Stauffenberg zu stellen.«

Das hast du aber schön auswendig gelernt, dachte Stachelmann.

»Und es wäre der perfekte Einstieg in die Kooperation mit den Berlinern und mit uns. Wir werden didaktische Konzepte erarbeiten, Lehrmaterialien erstellen, Videos, Applikationen, Schautafeln, Bücher, Internetseiten. Das ist ein revolutionäres Konzept. Und Sie sind dabei.«

Hätte noch gefehlt, Dobbert wäre aufgesprungen und hätte sich die Hand aufs Herz gelegt.

Stachelmann schwieg. Er überlegte verzweifelt, wie er seine Laune daran hindern könnte, in den Keller zu rauschen.

Dobbert ließ sich nichts anmerken. »Ich habe mit unserem Vorstand gesprochen. Die wollen das zu einem Signalprojekt machen. *Leuchtturm* hat unser Doktor Worm gesagt. Ein Leuchtturm. Eine Oase in der Bildungswüste.«

Ach, daher kommen all die bekloppten Metaphern, dachte Stachelmann.

Es klopfte an der Tür. Anne trat ein.

»Frau Kollegin, gut, dass Sie kommen. Schicken Sie mir doch bitte mal den Herrn Modersohn vorbei.«

In Annes Gesicht spiegelte sich nichts außer ihrer Absicht, ihn bei nächster Gelegenheit mit einem Schlachtermesser zu bearbeiten. Aber sie verschwand. Tatsächlich erschien nach zwei Minuten der Halbgott. Dobbert hielt einen Augenblick die Klappe.

»Herr Kollege, nehmen Sie sich einen Stuhl und setzen Sie sich zu uns.« An Dobbert gewandt: »Das ist Professor Modersohn, unser bester Mann am Seminar.«

Modersohn strahlte.

»Der Herr Professor Modersohn ist noch nicht so lang bei uns. Ich denke aber, er ist der Richtige für dieses Projekt.«

Stachelmann wandte sich an den Halbgott, der sein Glück immer noch nicht fassen konnte.

»Herr Modersohn, wenn Sie einverstanden sind, dann koordinieren Sie mit Herrn Dobbert dieses große Projekt. Es ist für den Lehrstuhl von zentraler Bedeutung.«

In diesem Augenblick begriff Stachelmann, dass er um den Vortrag nicht herumkommen würde. »Vielleicht notieren Sie ein paar Stichworte für meine Ansprache in Berlin?«

Jetzt war er schon wie Bohming.

Der Halbgott strahlte wie ein leckes Atomkraftwerk.

45

Stachelmann hatte selten einen solchen Finsterling gesehen. Der Mann saß in seinem Sessel. Die Wampe wölbte sich, das Gesicht glänzte. Er rauchte gierig. Nicht die erste, wie der Aschenbecher verriet. Mürrisch hatte er sie eingelassen in sein Aussiedlerhaus am Rand von Harburg. Das Wohnzimmerfenster zeigte zur Stadt. Betonklötze, auf der Straße viel Verkehr. Im Haus war es stickig.

Wehmeyer bot Kranz und Stachelmann nichts an. »Um was geht's?«, fragte er.

Stachelmann setzte sich aufs Sofa, Kranz neben ihn.

An der Wand über dem Fernseher ein gerahmtes Foto vom Hafen. Die Standby-LED glomm gelb. Kein Regal, keine Bücher. Auf einer Kommode an der Fensterwand lagen Zeitschriften.

»Kannten Sie einen Günter Andert?«, fragte Kranz.

»Der Tote vom Redder«, sagte Wehmeyer lakonisch. Seine Stimme war zu hoch. »Und warum wollen Sie das wissen?«

»Ich könnte jetzt sagen, dass wir die Fragen stellen, aber ich erklär es gern. Andert hatte politische Kontakte …«

»Der ist doch schon zwanzig Jahre tot. Stand in der Zeitung ...«

»Mord verjährt nicht.«

»Ja, ja. Außer bei Stasi-Schweinen und Mauerschützen. Wenn ich Sie abknalle, dann sitz ich lebenslang. Wenn ich einen an der Zonengrenze abgeknallt hätte, würden sie mich mit Blasmusik aus dem Gerichtssaal tragen. Hören Sie doch auf.«

»Ich hab noch gar nicht angefangen«, sagte Kranz. »Wir wollen nur wissen, ob Sie Andert kannten. Wir wollen herausfinden, wer ihn ermordet hat. Und der, der's war, der wird sitzen.«

»Ja, ja«, sagte Wehmeyer. »Man kann doch schon froh sein, wenn der keinen Urlaub auf Staatskosten kriegt.«

»Darum geht es jetzt nicht.«

Wehmeyer lächelte und steckte sich eine neue Zigarette an.

Stachelmann war der Mann zuwider. Von der ersten Sekunde an. Ein überheblicher Dummkopf. Wusste alles und kannte nichts.

»Und wenn den einer von den Kommischweinen umgebracht hat, dann kriegt der noch einen Orden. Wenigstens mildernde Umstände. Es ist zum Kotzen.«

»Wollen Sie aufs Präsidium kommen? Sagen wir morgen früh um acht Uhr. Bitte pünktlich.« Kranz deutete an, dass sie gleich aufstehen würde.

Wehmeyer blies die Backen auf, pfiff die Luft aus. »Fragen Sie.«

»Sagt Ihnen KgU etwas?«

Wehmeyer nickte. »Helden. Haben für die Freiheit gekämpft. Bis sie vom Staat in die Pfanne gehauen wurden.«

»Woher kannten Sie Andert? Von der KgU?«

»Ach, du lieber Himmel. Den hab ich viel später getroffen. Wir waren zusammen in einer ... Partei.«

»Welcher Partei?«

Er zögerte. »NPD.«

»Sind Sie immer noch Mitglied?«

»Nein. Die sind doch auch weich gespült. Und Kinderficker.«

»Sie waren mit Andert hier in Hamburg in der NPD?«, fragte Stachelmann.

Wehmeyer warf ihm einen erstaunten Blick zu. Kranz hatte Stachelmann als Kollegen vorgestellt.

»Ja.«

»Wann war das?«

»Ende der Achtziger, Anfang der Neunziger. Da wollten wir uns mit den Kameraden aus dem Osten zusammentun. Nun ja …«

»Welche Rolle spielte Andert?«

»In der Partei?«

»In und außerhalb.«

»Er war ein guter Mann.«

»Was hat er getan?«

»Nicht so viel, aber die Gesinnung …«

»Hat er mitdemonstriert?«, fragte Stachelmann.

»Manchmal.«

Kranz notierte etwas.

»Für oder gegen was?«, fragte Stachelmann.

»Ausländer. Deutschland den Deutschen. Die überschwemmen …«

»Hat es da Ärger gegeben?«

»Mit den roten Ratten gibt es immer Ärger.«

»Hat es Ärger in der Partei gegeben?«

»Nicht viel.«

»Auch mal so richtig ernsthaft?«

Er schüttelte den Kopf.

»War Andert in der KgU?«

»Hat er mal erzählt. Ob's stimmt …«

»Was hat er noch erzählt von damals?«

»Nicht viel.«

»Versuchen Sie sich zu erinnern. Irgendwas wird er doch gesagt haben.«

»Dass sie den Russenknechten die Hölle heißgemacht haben.« Er gluckste mit geschlossenem Mund. »So richtig.«

»Beispiele?«

»Weiß ich nicht mehr so genau. Sie haben irgendwelche Sachen bestellt. Oder falsche Briefe verschickt. Um die Kommunisten zu stören. Je mehr Schaden, desto eher bricht der Laden zusammen.«

»Das hat ja nun nicht geklappt.«

»Die Tat allein zeigt den Deutschen.«

»Ohne Zweifel«, sagte Stachelmann. »Man kann von der Tat auf den Täter schließen.«

Wehmeyer guckte ihn an, erwiderte aber nichts.

Kranz hüstelte. »Hatten Sie denn außerhalb der Partei Kontakt zu Andert?«

»Wir sind mal was trinken gegangen. Manchmal allein, manchmal mit Kameraden.«

»Schreiben Sie mir doch bitte die Namen der Kameraden auf. Also jene, die Kontakt mit Andert hatten.«

Seine Augen verengten sich. Er kratzte sich am Kopf. »Nachher ...«

»Wir fragen die nur, ob ihnen was aufgefallen ist.«

»Ja?«

»Ja.«

Er schüttelte den Kopf, nickte, kratzte sich wieder.

»Ich weiß nicht.«

»Sie sollten das tun. Meine Kollegen werden stinksauer, wenn Sie die Namen nicht sagen. Und wenn die sauer sind, dann fangen die an zu wühlen.«

Wehmeyer erhob sich und verschwand. Sie hörten ihn sprechen. Er telefonierte.

»Ist doch schön bei Nazis«, sagte Stachelmann. »Geschmackvoll, sauber.« Er wischte mit dem Finger über den Tisch und zeigte ihr schwarzen Abrieb. »Und gegen Verbrecher sind die auch.«

»Weshalb sie der Polizei gern helfen, sie zu fangen.« Kranz mühte sich, leise zu lachen.

Wehmeyers unterdrückte Stimme. Dann eine Pause, wieder die Stimme.

»Die streiten sich«, sagte Stachelmann.

Sein Handy klingelte. Erstaunt blickte sie ihn an. Er blickte aufs Display und drückte Georgies Anruf weg. Wahrscheinlich hatte er das Haus angezündet, dann war es sowieso zu spät.

»Fetzig«, sagte sie.

Er hatte in der Nacht nicht geschlafen und mit dem Handy gespielt. Was man so macht, wenn die Dumpfheit einen überfällt. Ein neuer Klingelton. *Start Me Up* von den Stones.

»Wenn auch ein bisschen altmodisch.«

»Historiker leben im Gestern.«

46

Das Dröhnen hörte er schon vor der Haustür. Ein infernalischer Lärm aus dem Wohnzimmer, als er im Flur stand. Als er es betrat, traf ihn der Schlag. Georgie hatte bis auf zwei Sessel und den Tisch alle Möbel an die Wand geschoben. In der Ecke stand ein riesiger Lautsprecher, der den Untergang des Hauses Stachelmann musikalisch begleitete. Wenn man das Musik nennen mochte, was Georgie abspielte. Schlagzeug und Bass und elektronisches Gequietsche. Georgie saß in einem Sessel mit dem Rücken zur Tür.

Stachelmann schlich sich zum Lautsprecher und zog den Stecker.

Georgie erstarrte zu Stein.

»Spinnst du?«, schnauzte Stachelmann. »Du beschallst das ganze Kaff. Hast du eine Meise? Und was soll das hier?« Er zeigte auf die Möbel.

Der Stein bewegte sich doch. »Ach, das. Da kommen morgen ein paar Kumpel, und wir bringen das auf den Dachboden und in den Keller.«

Stachelmann setzte sich in den freien Sessel.

»Außerdem hab ich einen Internetanschluss bestellt. Superschnell. Du wirst begeistert sein.«

»Und das soll hier so leer bleiben?«

»Nee, in die Ecke da kommt eine Hausbar. Hab ich schon geordert. Mit eingebautem Kühlschrank. Und dann hab ich eine scharfe Sitzgarnitur entdeckt. Du wirst begeistert sein. Stahl und Leder.«

»Schön«, sagte Stachelmann. Gar nicht mal so schlecht, was Georgie trieb. Ausmisten. Den Muff aus dem Haus treiben. Seinen Erinnerungen den Ort rauben. Dass er nicht immer an früher dachte, wenn er einen Tisch oder eine Kommode sah. Alles raus. Und irgendein geschmackloses Zeug rein. »Dann streich doch gleich die Wände noch.«

»Gut, dass du es sagst. Der Maler kommt morgen. Und das Bad sollten wir auch renovieren. Da hat ja schon Hindenburg geplanscht.«

»Schön, dass du wenigstens diesen Namen behalten hast vom Studium.«

»Das verdanke ich nur deinen überragenden didaktischen Fähigkeiten.«

»Und dein Zimmer oben?«

»Das kommt nächste Woche dran.«

»Und wer bezahlt die Rechnung?«

Stirnrunzeln. »Der Vermieter. Wer sonst?«

47

»Du könntest auch mal zurückrufen«, sagte Anne. »Ich hab den Vermieter informiert, dass du ausziehst. Vielleicht schaffst du es, ihm das zu bestätigen.« Sie war sauer. Da brauchte Stachelmann nichts zu interpretieren. Sie baute keine Floskel ein, um die Wirkung abzumildern. Ihr Ton war so scharf, dass es schmerzte. »Außerdem will ich dir noch sagen, dass ich nicht dein Laufmädchen bin. Wenn du einen Mitarbeiter sprechen willst, ruf ihn selbst.«

»Aber du hattest dich doch für Modersohn verwandt!«

»Ja, aber nicht als Dienstmädchen.«

Stachelmann blickte auf die Uhr. Er hatte nur seine Aktentasche im Büro abstellen wollen.

»Es ist nicht leicht, dich zufriedenzustellen.«

»Du sollst mich nicht zufriedenstellen, sondern anständig behandeln.«

Nachdem sie das Gespräch abgebrochen hatte, dämmerte ihm eine Idee. Vermutlich hatte seine Berufung auf den Lehrstuhl ihrer Beziehung den Todesstoß gegeben. Nicht die Bombe, von der sie gar nicht gesprochen hatte. Nicht ihre Scharmützel wegen Felix. Sie ertrug es nicht, dass er ihr Chef war und dass er es sein würde, solange sie am Seminar arbeitete.

»Ja, ja, der Wehmeyer, der ist ein ganz scharfer Hund«, sagte Körting. Sie saßen in der Küche seiner Mietwohnung in Altona. Der Lärm des Bahnhofs gab ihrem Gespräch den akustischen Untergrund. »Hat er also meinen Namen genannt.«

»Kannten Sie Andert?«, fragte Kranz.

Körting neigte seinen knöchernen Schädel zur Seite. »Klar. Mein Vater hatte mit ihm zu tun. Später hat er versucht, mich für die … nationale Sache zu begeistern.«

»Sie waren in der NPD?«

»Ach, du lieber Himmel. Mit den Spinnern hab ich nichts zu tun.«

»Sie kannten ihn über Ihren Vater.«

»Er war ein paarmal bei uns zu Hause. Da ging es um Aktionen gegen den Osten. Daran kann ich mich erinnern. Mein Vater war Sozi und hat für dieses … Ostbüro gearbeitet. Nicht lang, vielleicht ein, zwei Jahre. Weiß ich aber nicht mehr so genau.«

»Wenn Ihr Vater bei den Sozialdemokraten war und Andert bei der NPD – wie passt das zusammen?«

»Hat es ja nicht. Andert und mein Vater kannten sich von früher …«

»Von der Kampfgruppe gegen Unmenschlichkeit«, warf Kranz ein.

Ein erstaunter Blick, ein Nicken. »Ich weiß nicht mehr, was sie getan hatten. Aber Andert wollte meinen Vater überzeugen, bei neuen Aktionen gegen die Kommunisten mitzumachen.«

»Versuchen Sie sich zu erinnern«, sagte Stachelmann. »Was für Aktionen? Das könnte für uns extrem wichtig sein.«

»Kaffee? Tee? Wasser?« Körting erhob sich und ging zwei Schritte zur Tür.

»Wasser«, sagte Stachelmann. Mehr, weil er glaubte, dass Körting ein paar Augenblicke für sich sein wollte.

»Wenn Sie einen Kaffee hätten«, sagte Kranz.

Körting verließ den Raum.

»Erstaunlich, welche Leute sich manchmal zusammentun«, sagte Stachelmann leise. »Nazis, Sozis.«

»Diese KgU war ja ein dubioser Verein. Hauptsache gegen die Roten. Scheißegal mit wem.«

»Gehen wir heute Abend was trinken?«

Sie lächelte ihn an. »Klar.« Und streichelte seine Hand. Flüchtig, aber ihn durchfuhr es. Wann hatte Anne ihn das letzte Mal zart berührt? Nur beiläufig. Wie selbstverständlich.

48

Was weiß sie von mir, von all meinem Schmerz,
Von der Sehnsucht, die mich verzehrt.

Die Töne wehten von der Küche ins Schlafzimmer. Wo er auf dem Bett lag und rauchte. Feuchte Augen. Er war bei Magda gewesen, zum ersten Mal seit Langem. Oft redete er sich ein, dass sie ihn sowieso nicht erkannte. Dass sie grunzte und sabberte, ob er da war oder nicht. Robert war öfter bei ihr. Einmal hatte er behauptet, Magda habe ihm zugelächelt. Aber das war Unsinn. Sie hatte immer den gleichen Gesichtsausdruck. Sie lebte in ihrer Welt, abgekapselt vom Außen. Sie zu sehen, schmerzte Kurt. Es zerriss ihm das Herz. Die hübsche Schwester, die im Garten spielte. Der niemand böse sein konnte. Die alle verzauberte. Magda hatten sie blutüberströmt aus dem Auto gezogen. Nach dem Unfall, der Mord war. Vielleicht hatten die Retter den Schaden verschlimmert. Das wusste man nicht. Sicher war nur: Von einer Sekunde auf die andere war ihr Leben zerstört.

49

Stachelmann hörte das Stöhnen schon, als er im Flur stand. Es kam aus seinem alten Zimmer, das er Georgie überlassen hatte. Er ging ins Wohnzimmer. Dort stand eine neue Wohnzimmergarnitur. Stahl und Leder. Wie hatte Georgie es geschafft, sie so schnell zu besorgen? Andere Leute warteten Monate. Die Möbelindustrie hatte eine Menge von den DDR-Autobauern gelernt. Der Kunde sollte glücklich sein, wenn er überhaupt was bekam. Die alten Möbel waren verschwunden. Die Tapeten waren geweißt, und alles war sauber. Sogar die Fenster hatten ihren Schmutzschleier verloren. Stachelmann staunte, wie drastisch sich der Raum verwandelt hatte. Hier hingen die Erinnerungen höchstens noch hinter der Wandleiste. Auf dem Tisch lag ein Briefumschlag, handschriftlich adressiert an ihn. Er öffnete den Brief.

Sehr geehrter Herr Dr. Stachelmann,

nachdem Ihr Haus offenbar wieder bewohnt wird, ist meine Hilfe gewiss nicht mehr vonnöten. Den Hausschlüssel werfe ich in den Briefkasten. Ich darf vielleicht noch höflich darum bitten, dass Sie darauf achten, Ihre Nachbarn nicht mit Lärm zu traktieren. Man versteht zum Teil sein eigenes Wort nicht mehr, trotz geschlossener Fenster. Ich bin sicher, dass wir nach so vielen Jahrzehnten der Nachbarschaft auch weiterhin in freundlichem Einvernehmen hier leben werden.

Mit besten Grüßen,
Ihr Dr. Brecht

Brecht war ein Freund seines Vaters gewesen. Einer der wenigen. Sie hatten sich gern über Politik und Blumenbeete unterhalten. Meist über die Hecke hinweg, manchmal auch beim Kaffee auf der Terrasse.

»Was machst du denn hier?« Georgie stand hinter ihm. In der Tür grinste ein schmaler Typ mit Hüfthose und blond gefärbten Haaren.

»Ich wohne hier, also zumindest bis jetzt.« Er reichte Georgie den Brief.

Der las ihn und lachte. »Mein Gott, so ein Spießer.«

»Pass mal auf, mein erstes und letztes Wort dazu: Wenn du die Nachbarn terrorisierst, fliegst du raus.«

Georgie riss die Augen auf. »Um Himmels willen, reg dich bloß nicht auf.«

»Ich wiederhole es nicht. Bei der nächsten Beschwerde …«

Georgie hob die Arme und drückte beidhändig einen Kubikmeter Luft auf den Teppich. »Tief durchatmen, ruhig ausatmen. Das ist Kevin, übrigens.«

Kevin winkte aus Bauchhöhe und grinste verlegen.

»Und woher kommen diese Möbel?«

»Ja, woher wohl? Aus dem Möbelhaus. Die standen da rum, und ich hab denen gesagt, wir legen hundert Euro drauf, wenn sie den Kram gleich liefern. Menschen sind käuflich, sag ich doch immer.«

»Außer dir natürlich«, erwiderte Stachelmann.

»Genau. Die Rechnung liegt auf dem Küchentisch.«

Plötzlich war Kevin verschwunden. Georgie tischte in der Küche auf. Er hatte Tomaten, Käse, Brot und Wein besorgt. Als sie saßen, berichtete Stachelmann von den Vernehmungen. Dabei spürte er immer noch Rebekkas Berührung.

»Sozis und Nazis Hand in Hand. Hübsch.«

»Die waren offenbar so besessen vom Kommunistenhass …«

»Und dieses SPD-Ostbüro? Du als Professor kannst mir Normalsterblichem das bestimmt erklären.«

»Blödmann. Das wurde nach der Vereinigung von KPD und SPD in der sowjetischen Zone …«

»Ah, die Zwangsvereinigung!«, verkündete Georgie.

»Ich weiß bis heute nicht, ob das eine war, obwohl Zwang eine riesige Rolle spielte. Viele Sozis wollten aber die Vereinigung. Sie glaubten, die Nazis hätten nur an die Macht kommen können, weil die Arbeiterbewegung gespalten war in SPD und KPD. Aber das hat die Russen nach dem Krieg nicht daran gehindert, Sozis massenhaft unter Druck zu setzen, wenn sie von

Stalin nicht begeistert waren. Ist zu kompliziert für Schlagworte.«

»Danke, Herr Professor, dass Sie meine Verwirrung noch gesteigert haben.«

»Bitte schön, und es geht weiter: Das Ostbüro sollte sich um Sozis kümmern, die in der SED nicht mitmachen wollten und nun unter Druck gerieten, verfolgt wurden. Außerdem wollte man Parteistrukturen retten. Es war ja noch nicht klar, wie das mit Deutschland weiterging.«

»Es ist doch ein besonderes Privileg, mit dir einen Tisch teilen zu dürfen.«

»Das glaube ich dir sofort«, sagte Stachelmann und tippte auf die Möbelhaus-Rechnung, die neben seinem Teller lag.

Georgie tat so, als hätte er es nicht gesehen. »Und was hat nun das Ostbüro mit den Nazis zu tun? Ich bin echt gespannt.«

»Erst mal gar nichts. Aber in der KgU wimmelte es von alten Nazis. Und das Ostbüro wurde zu einer Filiale der CIA. Ich weiß nicht, ob Andert schon damals Nazi war. Aber wenn er zur KgU gehörte, hat sich sein Antikommunismus wohl nicht so schrecklich von dem der Altnazis unterschieden.«

»Aber die Fritzen in Berlin halten die doch für heldenhafte Widerstandskämpfer ...«

»Ja, das wird lustig. Ich hab meinen Juniorprof gebeten, sich was einfallen zu lassen.«

»Du wirst auch immer schlimmer.«

»Auf jeden Fall«, sagte Stachelmann und schob sich eine Tomate in den Mund.

50

Er hatte gleich ein blödes Gefühl, als er die Blätter auf seinem Schreibtisch sah. Das war zu schnell. Stachelmann setzte sich und begann zu lesen. *Kontinuitäten des Widerstands – Thesen zur Opposition gegen Nazis und Kommunisten.* Aufgeblasen. Er sah das Gesicht des Halbgotts vor seinem inneren Auge. Selbstzufrieden, dass er in solchem Tempo ein paar fetzige Zeilen aufs Papier gezaubert hatte.

Stachelmann überflog es. Der Mann hatte tatsächlich herausgefunden, dass das Dritte Reich und die DDR Diktaturen waren. Und Widerstand gegen Diktaturen war natürlich heroisch. Am Ende seiner Darlegungen beglückwünschte er Stachelmann tatsächlich dazu, diesen Vortrag in Berlin halten zu können. Das werde auch die Aufarbeitung des SED-Unrechts voranbringen.

Er lehnte sich zurück, die Hände im Genick verschränkt. Was lernten diese Leute eigentlich? Spuckten die Unis nur noch Spinner aus? Halbgebildete, angepasste Dutzendhistoriker, die nicht mal mehr ahnten, was vor ihrer Zeit geklärt schien. Es hatte seitdem nichts gegeben, was nur den Verdacht hätten schüren können, dass das Wissen über den Nationalsozialismus brüchig geworden sei. Und doch hatte sich etwas geändert.

Anne trat ein. »Hast du Zeit?«

Stachelmann schrak auf.

»Was überlegst du?«

Er schob die halbgöttlichen Aufzeichnungen zu ihr rüber.

»Liest sich gut. Oder?«

»Das ist gequirlte Scheiße.«

»Bist du etwa eifersüchtig, weil du mich mit Sven gesehen hast?«

Er schüttelte den Kopf. »Ich kann das schon trennen.«

»Ja, wirklich?«

Er nickte. »Und du fängst nun auch an mit dem Quark von den beiden deutschen Diktaturen?«

»Warum, die gab's doch.« Sie legte die Blätter auf den Tisch. Ihre Augen hingen noch an ihnen, als sie sagte: »Nicht dass mich das … also, was ist mit dieser …?«

»Rebekka meinst du?«

»Frag nicht so dumm.« Die Falte über der Nasenwurzel.

»Was soll sein?«

»Na ja, eng umschlungen auf dem Campus. Ist 'ne Art Demo.«

»Ach, du lieber Himmel. Manchmal möchte ich gern umarmt werden. Wurde ich schon lange nicht mehr.«

51

Diesmal trafen sie sich bei einem Italiener in Barmbek. Als er sich aus der Umarmung lösen wollte, hielt sie ihn noch einige Sekunden fest.

»Hoffentlich erwischen dich deine Kollegen nicht«, sagte er mehr, um seine Verklemmung zu lösen.

»Was ich nach Feierabend mache, geht die nichts an.«

Sie sagten nichts, bis der Kellner die Bestellung aufnahm.

»Und Springbein verpfeift dich nicht?«

»Nein, warum sollte er?«

»Vielleicht weil er sich unwohl fühlt. Und mich als Konkurrenz sieht.«

»Er würde sich doch selbst in die Pfanne hauen.«

»Ich fürchte, ich muss mich näher mit der KgU beschäftigen. Körting hat auch nicht viel gebracht.«

Der hatte Kaffee und Wasser ins Wohnzimmer getragen, aber nichts für sich selbst. »Wissen Sie, ich war immer skeptisch gegenüber dem, was mein Vater getrieben hat. Zeitweise hat das Ostbüro mit der KgU zusammengearbeitet. Tillich, der Kampfgruppenchef, war ja Sozi, bis die ihn rausgeschmissen haben.«

»Aber irgendwann ist Ihr Vater ausgestiegen?«

»Genau«, sagte Körting.

»Warum?«

»Ich hab ihn gefragt, woher er diesen Andert kannte. Mir war der von der ersten Sekunde an unsympathisch. Da hat er gesagt, der Andert sei bei der KgU gewesen. Aber die seien immer radikaler geworden. Sabotage, Zersetzung, wollten sogar einen Personenzug entgleisen lassen. Haben Scheunen angezündet.«

»Sympathische Leute.«

Er lächelte. »Am Ende hat die SPD Tillich rausgeschmissen. Und selbst die konservative Bundesregierung hat denen die Mittel gestrichen. Nur die CIA hat bis zum Ende gezahlt.«

»Und warum haben die dann aufgehört, wenn die Amis weiter geblecht haben?«

»Es ist immer das Gleiche. Erfolglosigkeit facht Streit im Inneren an. Streit macht Erfolg unmöglich.«

»Warum erfolglos?«

»Weil die Stasi die gnadenlos zersetzt hat. V-Leute der KgU wurden vor Gericht zu Extremstrafen verurteilt. Es gab Schauprozesse und Todesstrafen. Gefangene wurden gefoltert. Stasi-Spitzel in der KgU lieferten Informationen. Die Propaganda blies die Siege über die Handlanger der Bonner Ultras und US-Imperialisten über alle Kanäle. Das schüchterte Leute ein. Viele hatten das Gefühl: Wenn ich mich für die KgU oder das Ostbüro und so weiter engagiere, kann ich mich gleich auf die Anklagebank setzen.«

»Und die Bundesregierung?«

»Denen wurden die kalten Krieger irgendwann lästig. Sabotage und Zersetzung passten nicht mehr in die Zeit. Es war ja auch lächerlich, die Zonenwirtschaft wegen ihrer Unzulänglichkeiten anzuprangern und gleichzeitig alles dafür zu tun, dass sie noch schlechter wurde. Spätestens mit dem Mauerbau wäre der ganze KgU-Spuk sowieso vorbei gewesen.«

»Was willst du noch recherchieren, wenn du schon alles weißt?«

»Ach, du lieber Himmel, das gehört zur Allgemeinbildung für Zeitgeschichtler, Lektion Kalter Krieg. So wie bei euch das Erschießen von Verdächtigen auf der Flucht.«

»Guter Vergleich.« Sie grinste.

»Wenn es überhaupt was bringt, muss ich herausfinden, ob Anderts KgU-Connection überhaupt was mit seinem Ende zu tun hat.«

»Das Ende eines Ekels. Der Mord kann so viele Gründe haben. Der Mann hatte mehr Feinde, als die Polizei erlaubt.« Sie lachte. Leute an den Nachbartischen warfen ihr tadelnde Blicke zu.

»Ich muss sowieso nach Berlin, einen Vortrag halten.«

»Ach den!«

Spaghetti Marinara, zweimal. Zweimal Pinot Grigio. Wasser. Fehlt noch der Partnerlook, dachte Stachelmann. Elegant kringelte sie Nudeln auf ihre Gabel. Stachelmann schaffte es nur mit Löffel.

»Und der Vortrag. Schon fertig?«

»Bin noch nicht mal offiziell eingeladen. Habe einen Kollegen darauf angesetzt.«

»Praktisch«, sagte sie trocken.

»Der hat genörgelt, dass er kein Projekt hat. Jetzt hat er eines.«

52

»Das sehe ich aber anders, Herr Stachelmann.« Der Halbgott strich sich eine schwarze Locke aus der Stirn, die dort gar nicht hing. »Vielleicht haben Sie das nur überflogen …«

»Das würde in diesem Fall genügen«, erwiderte Stachelmann verärgert. Und bereute die scharfe Antwort gleich.

Modersohn blickte ihn resigniert an.

»Ich achte Ihre Meinung. Aber wir haben ein besonderes Problem. Sie waren freundlicherweise bereit, mir bei meinem Vortrag zu helfen. Sie haben ja gesagt, Sie hätten Veröffentlichungen von mir gelesen. Sie fanden sie sogar gut, wenn ich mich recht entsinne.«

In Wahrheit war das Lob aus dem halbgöttlichen Mund gesprudelt wie Kohlensäuregeblubber aus einer Mineralwasserflasche in der Sahara.

»Ja … natürlich …«

»Ich bilde mir ein, Sie haben mir zu meiner Antrittsvorlesung gratuliert.«

»Gewiss.«

Stachelmann zuckte gerade noch davor zurück, Inhalte seines Vortrags abzufragen. »Stellen Sie sich vor, im Hafen liegt ein Flugzeugträger der US-Navy, und ein winziges Schlauchboot müht sich ab, um ihn herumzupaddeln. Wie würden Sie die Szene beschreiben?«

Modersohn blickte ihn verzweifelt an. »Was meinen Sie?«

»Sie und noch ein paar andere Kollegen würden sagen: Oh, zwei Überwasserfahrzeuge.«

Der Halbgott blinzelte. Stachelmann begriff, was Modersohn gerade dachte. Dieser Prof da ist in Wahrheit durchgeknallt. Ein Irrer. Schlauchboot, Flugzeugträger, Hafen, Überwasserfahrzeuge.

»Entschuldigung, Herr Stachelmann, ich verstehe nichts mehr. Ich fände es jetzt … fair, mich darüber aufzuklären, was Sie mir mitteilen wollen.« Er versuchte energisch zu blicken.

»Ich vertrete nur Ihre Haltung, zugegebenermaßen übertragen auf eine andere Situation. Der NS und die DDR waren beides Diktaturen, so, wie ein Flugzeugträger und ein Paddelboot zweifelsfrei Überwasserfahrzeuge sind.«

Der Mann hatte wirklich gut gepflegte Zähne.

»Aber finden Sie die Beschreibung *Überwasserfahrzeug* hilfreich oder gar richtig?«

Wirklich, wirklich. Vielleicht sollte ich ihn nach seinem Zahnarzt fragen.

»Seit 1945 debattieren Historiker, ich meine natürlich deren seriöse Mehrheit, darüber, was der Kern des Nationalsozialismus sei. Ich dachte, wir sind uns inzwischen weitgehend einig, dass Massenterror, Rassismus, Krieg und Vernichtungskrieg das Wesen des Dritten Reichs ausmachen.«

»Natürlich. Selbstverständlich.« Endlich verstand er etwas und freute sich, zustimmen zu können.

»Die DDR begann als Diktatur mit terroristischen Zügen, den Ausläufern der Stalin-Zeit. Es gab bis in die Fünfzigerjahre auch Antisemitismus. Aber seitdem wandelte sie sich in das, was manche eine Erziehungsdiktatur nennen. Ich übrigens auch. Das verkennt nicht Unterdrückung. Aber Honecker steht nicht für Massenterror, Rassismus, Krieg und Vernichtungskrieg. Verstehen Sie, was ich meine?«

Er nickte. »Sie meinen die Einzigartigkeit des Nationalsozialismus …«

»Ich finde den so einzigartig wie Maos China, Stalins Sowjetunion oder Pol Pots Kambodscha. Und wie die BRD der Adenauerzeit. Alle historischen Ereignisse sind einzigartig, ausnahmslos.«

Jetzt verstand er wieder nichts. »Aber Sie haben doch …«

Stachelmann überlegte, ob er genauso willfährig auf Bohming reagiert hatte. Nein, hatte er nicht. »Was manche dazu verleitet, den NS einzigartig zu finden, macht sein Wesen aus. Aber man muss ihn nicht einzigartig finden, um seinen Kern zu beschreiben.«

»Worauf wollen Sie hinaus?«

»Das hab ich in meiner Antrittsvorlesung gesagt … zu erklären versucht. Wenn es Unfug ist, von zwei deutschen Diktaturen zu sprechen, dann gibt es auch keine Kontinuität vom antifaschistischen zum antistalinistischen Widerstand.«

»Ja, natürlich. Das …«

»Und warum schreiben Sie es dann?«

»Ich dachte …«

53

Sie klopfte nicht an. Stachelmann hatte nicht gewusst, dass man eine Tür aufknallen konnte. »Was. War. Denn. Das?« Anne stand vor dem Schreibtisch und verschränkte die Arme vor der Brust. Das Kinn nach vorn geschoben, die Augen gifteten.

»Was?«

»Deine Abreibung für Sven vielleicht? Tu nicht so. Es ist eine Sauerei, dass du einen Kollegen niedermachst, nur weil du eifersüchtig bist.«

»Wenn ich eifersüchtig wäre, würde ich ihn behandeln wie eine Vase aus chinesischem Porzellan.«

Sie stemmte die Hände in die Hüften. »Kaum sitzt du auf dem Lehrstuhl, bist du arroganter, als Bohming es je gewesen ist.«

»Hat der Kollege Modersohn sich bei dir beschwert? Warum nicht bei mir?«

»Weil man mit dir nicht reden kann.«

»Lies das mal genauer!« Er schob ihr Modersohns Notizen zu.

»Kenn ich schon! Warum?«

»Weil nicht ich den Herrn Kollegen fertiggemacht habe, sondern er sich selbst. Und er beklagt sich nicht über mich, sondern über sich. Ich bin nur der Bösewicht, weil ich ihn drauf gestoßen habe. Der Kollege neigt dazu, Geschichtswissenschaft mit Geschichtspolitik zu verwechseln.«

Ein unwirscher Blick, aber sie nahm den Text und las ihn noch einmal. »Was ist daran nun so schlimm?«

»Vor Kurzem wärst du ausgerastet, wenn du so einen Blödsinn gelesen hättest. So was könnte von einem dieser Regierungsknechte stammen, die sich freuen, dass der Totalitarismus im Eimer und nun endlich alles, alles gut ist. Vielleicht sollte der Kollege sich bei dieser Berliner SED-Stiftung bewerben. Ich würd ihm ein tolles Zeugnis schreiben.« *Anne, was ist aus dir geworden? Du hättest doch früher über so einen Stuss wie den vom Halbgott gelacht. Oder wärst explodiert. Da hätte weniger genügt.*

»Du greifst ihn aber nicht an, weil er …«

»Ich greife ihn nicht …«

»Lass mich ausreden.«

Stachelmann lehnte sich zurück und hob die Hände.

»Du nutzt das« – ein Blick auf das Geschreibsel, das inzwischen wieder auf dem Schreibtisch lag –, »du nutzt es aus, um ihm so richtig eine reinzuwürgen, weil du ihn mit mir im *Tokaja* gesehen hast, als du mit deiner Bullin dort getechteltmechtelt hast …«

»Gut, ich kann jetzt sagen, was ich will …«

»Gib's einfach zu. Fänd ich fast sympathisch, wenn du ihn deswegen angegangen hast. Nur ein bisschen ehrlicher …«

Es klopfte, und Kranz trat ein. »Oh, ich störe.«

»Gar nicht«, sagte Stachelmann.

Anne wandte ihr Gesicht nicht zur Tür. Sie stand vor ihm und war wütend. Dann machte sie kehrt und rauschte hinaus. Die Tür ließ sie offen stehen.

Kranz blickte ihr verdattert nach. »Ich stör doch.« Als sie gehen wollte, sagte er: »Bleib. Ob du bleibst oder gehst, ist jetzt egal. Sie hat dich gesehen, das reicht.«

Sie verharrte, aber endlich schloss sie die Tür und setzte sich vor ihn. »Ich will dich nicht …«

»Das hat ursächlich nichts mit dir zu tun. Es hat noch nie geklappt zwischen uns. Von Anfang an.«

»Aber es muss einen Grund geben …«

»Nur meine Feigheit.« Er dachte an die Nacht in Lübeck, als Anne in seinem Bett eingeschlafen war. »Hast du was herausgefunden?«

Sie legte zwei Fotos auf den Tisch. »Wir haben Filme und Fotos von NPD-Demos ausgewertet. Genauer gesagt, Springbein. Auf zwei Bildern finden wir unseren Freund Andert.«

54

Georgie betrachtete die Fotos, die Andert zeigten. »Deutschland den Deutschen«, flüsterte er vor sich hin. »Und so Typen wie mich ins KZ.« Sprang auf und rannte zu der Kommode, die gerade geliefert worden war. Darauf lag ein Papierstapel. Georgie wühlte, fand ein Blatt und setzte sich mit dem zurück auf den Sessel. »Hier steht, dass die Alliierten fünfundvierzig leider auch die Falschen aus den KZ befreit hätten. Das fiel mir gerade ein. Der meinte aber wohl nicht Schwule, sondern Kommunisten. Er fand offenbar, dass die Nazis die Roten zu Recht eingesperrt hätten. Überhaupt seien die Kommunisten viel schlimmer als die

Nazis gewesen, die DDR übler als das Dritte Reich und die Stasi schrecklicher als die Gestapo.«

»Schön«, sagte Stachelmann. »Verrätst du auch, wen du hier zitierst?«

»Ach so, Tillich, den Chef der KgU.«

»Sympathischer Zeitgenosse«, sagte Kranz. »Komisch, seit wann pafft er?«

Springbein stand auf der Terrasse und rauchte. Georgie drehte sich eine und gesellte sich zum Polizisten.

»Wir müssen die KgU checken«, sagte Stachelmann. »Vielleicht finden wir eine Geschichte mit Andert …«

»Und wer macht das? Ich verstehe davon zu wenig. Weiß nicht mal, wo ich was finden sollte. Und wenn ich es wüsste, hätte ich keine Ahnung, was ich mit den Akten anfangen sollte. Du weißt doch schon so viel über diesen Verein …«

»Nachtigall, ick hör dir trapsen.« Stachelmann lachte. »Ich könnte frühestens in den Semesterferien. Aber er …« Sein Daumen wies zur Terrasse.

»Versteht der …«

»Der ist Historiker, auch wenn er sich alle Mühe gibt, den Analphabeten zu spielen.«

»Er ist … witzig.«

»Interessante Beschreibung. Georgie ist eine Intelligenzbestie, der fünfzig Prozent seiner Hirnkapazität darauf verschwendet, den Blöden zu spielen.«

Sie lachte laut. Hand vor dem Mund.

»Ich werde ihn bearbeiten. Vielleicht lässt er sich drauf ein«, sagte Stachelmann.

»Und wenn er was übersieht?«

»Der nicht.«

»Zurück zu den Fotos. Wir haben außer Andert drei Personen identifiziert, genauer gesagt der Staatsschutz.«

55

»Ach ne, eine Ordnungshüterin.« Er hätte auch gleich sagen können: Frauen bringen es nicht. »Immerhin haben Sie einen Kollegen mitgebracht.«

Stachelmann widersprach nicht.

»Wir haben ein paar Fragen«, sagte Kranz.

Kramer grinste sie breit an. Er stand in der Tür und machte keine Anstalten, sie hineinzulassen.

Kranz hielt ihm ein Foto unter die Nase. Es zeigte Andert und Kramer auf einer Demo. Im Hintergrund ein Transparent, das Dollarscheine und eine Figur zeigte, deren übergroße Nase sie als Juden anprangern sollte. »Kennen Sie den?« Sie tippte auf Andert und blickte zu Kramer.

Der zuckte mit den Achseln. »Natürlich nicht. Wenn ich ihn kennen würde, erführen Sie nichts von mir. Kameraden verpfeift man nicht.«

»Er ist tot.«

Kramer warf ihr einen scharfen Blick zu. »Wirklich?«

»Gehört von der Leiche vom Reinbeker Redder?«

»Ach, du lieber Himmel.«

Drinnen stand Stachelmann kurz vor einem Brechreiz. *Stukas greifen an*. Ein Plakat der SS-Division Charlemagne. *SS marschiert in Feindesland*. Fotos von Paraden. In einem Regal neben dem Fernseher Nazibücher. Stachelmann las die Rücken. Alles zwischen Hitler und Voigt. Kriegsschinken. Riefenstahl. Über dem Fernseher ein Brett mit Videos. Wehrmacht, SS, Partei.

»Natürlich unterstütze ich die Polizei, wenn es darum geht, den Mord am Kameraden Andert aufzuklären«, sagte Kramer. Er sah aus wie ein mausgrauer Beamter. Eichmann, dachte Stachelmann. Kramer nahm seine Brille ab und putzte die Gläser mit einem Taschentuch. Danach faltete er es zusammen und steckte es zurück in die Tasche. Hielt die Brille gegen das Licht, zog das Taschentuch erneut hervor, rieb noch einmal. Diesmal war er zufrieden. Tuch gefaltet und in die Tasche gesteckt.

»Wann haben Sie Andert das letzte Mal gesehen?«

Kramer kniff die Augen zusammen. »Ist schon ein paar Jahre her.«

»Und es ist Ihnen nicht aufgefallen, dass er nicht mehr …«

»Ich war nicht mehr da. Die Partei ist bieder geworden. Hat ihren Kampfgeist verloren.«

»Aber Andert blieb drin?«

»Weiß ich nicht.«

»So dicke waren Sie aber nicht mit ihm.«

»Geht so.«

»Hatte er Feinde?«

»Sie meinen, ob ein Kamerad ihn hasste?«

»So etwa.«

»Den einen galt er als Held. Er hatte die Kommunisten wirklich bekämpft und nicht nur Sprüche geklopft.«

»Und?«

»Manchmal hat er das auch gesagt …«

»Er hat es raushängen lassen«, sagte Stachelmann.

»Kann man so sagen. Wenn die Stimmung stieg und die Krakeeler laut wurden. Maulhelden …«

»Und Andert hat sie abgebürstet«, sagte Stachelmann.

»Und ob!« Kramer grinste.

»Und Sie fanden es richtig?«

»Maulhelden sind das Letzte. Wenn es ernst wird, kneifen sie.«

»Andert nicht.«

»Andert nicht.«

»Was hatte er vor?«

»Er drängte auf Aktionen.«

»Demos und so?«

»Nein, das bringt doch nichts. Zeichen setzen …«

»Sie wollen sagen, dass Andert … militante Aktionen plante.«

Kramer linste seinen Besucher misstrauisch an. Er überlegte, dann nickte er, als wollte er sagen: Er ist ja tot.

»Ja. Andert wollte den Kampf wiederaufnehmen.«

»Den er in der KgU geführt hatte …«

Kurzes Erstaunen. »Ja. Er sagte: Ich hab noch 'ne Rechnung offen.«

Stachelmann überlegte. Kranz blickte ihn an, dann fragte sie: »Hat er über die Rechnung gesprochen?«

Kopfschütteln.

»Wissen Sie, gegen wen es ging?«

»Na, junge Frau, gegen wen wird es wohl gegangen sein?« Jovial. Von oben herab.

»Das will ich von Ihnen wissen.«

»Nach dieser Wende sind die Kommunisten doch mit breitem Grinsen und wackelndem Arsch durch die Gegend gezogen.«

»Ja, und?«

Er beugte sich vor. »Ja, und! Diese Schweine haben unsere Landsleute unterdrückt. Und jetzt kriegen sie dicke Renten dafür. Das hält man doch nicht aus. Außer man ist selbst Kommunist.« Zur Bekräftigung schniefte er. Das Taschentuch war offenbar für die Brille reserviert.

»Ging es gegen die Stasi? Also das, was Andert vorhatte?«, fragte Stachelmann. In seinem Hirn entstand ein Bild, unklar noch, aber vielversprechend.

»Ja, ja. Die Stasi. Die Russenknechte.«

»Und Andert hatte eine Rechnung mit der Stasi offen.«

»Glaub schon.«

»Und die stammte aus seiner KgU-Zeit.«

»Vermutlich«, sagte Kramer.

»Er hat sich da nie konkret geäußert?«

Kramer bearbeitete wieder seine Brille. Taschentuch raus, putzen, Taschentuch weg. Blick durch die Gläser, die seit der letzten Politur kaum befleckt worden sein dürften. Nicht mal durch den braunen Blödsinn, den der Mann erzählte. Dann fixierte er Stachelmann. »Doch. Ich kann Ihnen das ja erzählen … Es ging um einen Spitzel.«

»In der KgU?«

»In der KgU. In Ostberlin. Die Stasi hatte einen umgedreht, und der hat die Kameraden ans Messer geliefert. Gab sogar Todesstrafen.«

»Und Andert, was hatte der damit zu tun?«

»Das war seine Gruppe. Die hatte er betreut. Und als es passiert war, haben sie ihn zuerst verdächtigt. Er wurde isoliert, bis sie ihm endlich glaubten. Nachdem die Stasi den Spitzel als Kronzeugen vorzeigte. Aber Andert hat nie wieder ein Bein auf den Boden bekommen in der Kampfgruppe. Ist der Verdacht mal da …«

»War das der Grund, dass Andert aus Berlin wegging?«

»Kann sein.«

»Wie hieß der Spitzel?«

56

»Lust auf Berlin?«

Georgie blickte ihn neugierig an. »Wo ist der Haken?«

»Archive. Bundesarchiv, Stasi.«

Warum saßen sie wieder im *Tokaja*? Und wenn Anne auftauchte? Mit dem Halbgott? *Ich lauf nicht weg*. Das hatte er sich schon gesagt, als Rebekka die Kneipe vorgeschlagen hatte.

»Wenn der Nazi recht hat, gab es einen Verratsfall. Anderts

V-Leute sind aufgeflogen. Die Stasi hat sie einkassiert. Angeblich hat es auch Todesurteile gegeben.«

»Das erste handfeste Motiv«, sagte Rebekka.

»In den Akten findest du die Geschichte vermutlich. Mit Namen. Und die genauen Umstände.«

Georgie nippte an seinem Wein. »Du meinst, Andert wollte sich den Verräter schnappen, aber der Verräter ist ihm zuvorgekommen?«

»Kann doch sein.«

»Wohnt der Verräter in Hamburg?«

»Vielleicht.«

»Könnte doch sein, dass die sich verabredet haben, weil Andert ihm eine Falle stellte. Nur dass es nach hinten losging«, sagte Rebekka.

Stachelmann schüttelte den Kopf. »Sie waren zu zweit. Sie haben Andert gefoltert. So was bereitet man vor.«

»Aber wenn Andert eine Möglichkeit gefunden hatte, den Verräter nach Hamburg zu locken. Und der hat sich einen alten Stasi-Kumpan dazugeholt. Sie haben den Spieß umgedreht und Andert rangenommen. Das ist doch möglich«, sagte Kranz.

»Sie haben ihn gefoltert, damit er auspackt, was er weiß und wer noch was weiß«, sagte Georgie.

»Möglich, möglich«, sagte Stachelmann. »Auf jeden Fall musst du den Namen des Spitzels rauskriegen. Das ist der erste Punkt. Und dann sehen wir weiter.«

»Das heißt, du hast meine Reise schon beschlossen, Holmes.«

»Ich setze nur auf deine Fähigkeit, eins und eins zusammenzuzählen.«

»Ich hatte in Mathe ’ne Sechs. Prost!«

Sie stießen an.

»Und wenn es doch ein eifersüchtiger Ehemann oder ein betrogener Kunde war?«, fragte Georgie.

»Wir arbeiten mehrgleisig. Die Bullen grasen das persönliche Umfeld ab, wir checken die historischen Umstände«, sagte Stachelmann.

Beim Wort »Bulle« stupste ihm Rebekka den Ellbogen in die Seite. Stachelmann krümmte sich, als hätte er Schmerzen. »Ein klarer Fall von Polizeigewalt. Ich dachte, ihr verprügelt nur Schwarze, Inder und so weiter.«

»Bei dir machen wir eine Ausnahme.«

»Noch mal und fester«, sagte Georgie.

Kranz holte aus, aber Stachelmann legte seine Hand auf ihren Arm. Sie fasste seine Hand und hielt sie fest.

Georgie grinste frech. »Deswegen soll ich nach Berlin. Damit ihr's ungestört treiben könnt.«

»Du musst grad was sagen«, schimpfte Stachelmann.

Rebekkas Gesicht lief rot an. »Wir machen Arbeitsteilung«, sagte sie bemüht sachlich. »Wir Bullen führen unsere Ermittlungen im Umfeld weiter, ihr Eierköpfe wühlt im Aktenstaub.«

»Und am Ende stellen wir fest, dass es Sterbehilfe war und der Herr Andert diese Folternummer bestellt hatte.« Georgie winkte nach dem Kellner.

Dann öffnete sich die Tür. Anne und der Halbgott traten ein. Sie waren so sehr mit sich beschäftigt, dass sie ihre Umgebung nicht wahrnahmen. Sie kicherten wie Oberschüler. Dann blickte Anne auf und sah ihn. Schlagartig hörte alles Lachen auf. Sie sagte etwas zum Halbgott. Dann kehrten sie um, und die Tür fiel zu.

»Wo ist eigentlich dieser Springbein?«, fragte Georgie.

Nichts war Stachelmann gleichgültiger als diese Frage.

57

»Tut mir leid«, sagte Taut. »Ich habe auch mit dem Präsidenten beraten, welchen Ausweg es geben könnte. Aber wir haben keinen gefunden.«

»Wir kommen mit den herkömmlichen Mitteln nicht weiter«, sagte Kranz. Ihr war zum Heulen zumute. »Wenn wir diesen Fall lösen wollen, müssen wir so arbeiten.«

»Das ist Ihre Meinung. Ich respektiere sie, aber ich teile sie nicht. Selbst wenn, ändert es nichts daran, dass Sie eine Dienstanweisung grob missachtet haben. Sie hätten Herrn Stachelmann nicht wieder in die Ermittlungen einbeziehen dürfen. Das wäre ein Grund für ein Disziplinarverfahren. Dieses könnte Ihren beruflichen Werdegang ruinieren. Beförderungssperre, Versetzung in die Asservatenkammer … Sie kennen das. Und aus diesem Loch kommt man schwer wieder raus. Insofern haben wir eine halbwegs elegante Lösung gefunden.«

»Um mich loszuwerden.«

»Ja«, sagte Taut.

»Und wer soll die Ermittlungen nun leiten? Die Leiche können Sie ja schlecht auch vom Fall abziehen.«

Taut grinste tatsächlich. »Springbein kennt den Fall. Es wird Zeit, dass er …«

»Er hat mich verpfiffen«, sagte Kranz.

»Ich will dazu nur sagen, dass es zu seiner Dienstpflicht gehört, darauf zu achten, dass die Vorschriften eingehalten werden.«

»Soweit ist das also klar.«

Taut musterte sie eine Weile. Als suchte er eine Antwort auf die Frage: Wie verkraftet sie einen Rückschlag? Ist sie belastbar? Kämpft sie sich aus der Niederlage heraus?

Warum hat Springbein das getan? »Die Kollegin verpfeifen, das ist nicht sehr fein.«

»Sie beschwören einen Korpsgeist, den es in der Polizei nicht geben sollte. Gerade wir müssen uns zweifelsfrei an Recht und Gesetz halten. Was soll sonst der Radfahrer denken, dem wir ein Bußgeld verpassen, weil er auf dem Bürgersteig gefahren ist?«

»Kollegialität meine ich. Er hätte mir abraten können.«

»Besser einem schlägt das Gewissen spät als nie.«

»Da geht es weniger um das Gewissen«, erwiderte Kranz wütend.

58

»Es war Springbein, dieses Arschloch. Ich war so naiv.« Sie verbarg ihre Augen mit den Händen. Sie war auf Verdacht zu ihm gefahren, nachdem die Sekretärin am Seminar ihr verraten hatte, der Herr Professor arbeite heute zu Hause. Kranz konnte jetzt nicht allein sein. Sie hatte Angst gehabt, ihn anzurufen. Vielleicht hätte er gesagt: Stör mich bitte nicht. Ich hab was Dringendes. Ab und zu brauchen auch meine Studenten mich. Oder meine Mitarbeiter. Oder Anne. Stachelmanns Hand in ihrer hatte sich schlagartig verkrampft und war schweißnass geworden, als Anne das *Tokaja* betreten hatte. Dann hatte er seine Hand zurückgezogen.

Als sie jetzt weinend in seiner Tür gestanden hatte, nahm er sie in die Arme. Sie zitterte. »Ich hätte dich doch abgeholt. Du darfst in so einem Zustand nicht Auto fahren.« Sie drängte sich gegen ihn, bis er sie hineinführte. Er sah noch den Blick seines Nachbarn. Den würde es kaum noch wundern, Stachelmann würde einen Swingerklub mit angeschlossenem Technotempel eröffnen.

Sie setzten sich aufs Sofa und sagten lange nichts. Sie saß nach vorn gebeugt, er streichelte ihr über den Kopf.

»Vielleicht ist es gar nicht so schlecht«, sagte er. »Also nicht, dass ich …«

»Du spinnst«, flüsterte sie.

»Bist du jetzt suspendiert?«

»Nein, die haben mich in eine andere Mordkommission versetzt. Zu Ewald. Das ist ungefähr das größte Rindvieh, das es in Norddeutschland gibt. Mindestens.« Sie wandte ihm das Gesicht zu. Ihre Augen waren gerötet. Eine feine Salzspur zog sich von den Augenwinkeln über die Wangen.

»Kein Disziplinarverfahren?«

Sie schüttelte den Kopf.

»Dann hast du ja Glück gehabt.«

»Ein bisschen. Aber zu wenig.« Sie blickte sich um. »Wo ist Georgie?«

»In Berlin. Hat er jedenfalls gesagt. Ich hab mit den Archiven telefoniert, damit es schneller geht.«

»Und geht es schneller?«

Stachelmann musste grinsen. Die Abteilungsleiterin vom Bundesarchiv hatte gezwitschert: »Es ist nicht viel los derzeit. Wenn es diesmal ohne Leiche abgeht, Herr Professor, wollen wir nicht so bürokratisch sein.« Beim Stasi-Archiv wollte er noch einmal nachhaken. »Hängt jetzt eher davon ab, ob Georgie im Berliner Nachtleben versackt und wenn ja, wie lang.«

Sie musste lachen.

»Anne mag Georgie nicht. Im Grunde ihres Herzens ist sie eine Spießerin. Sie weiß immer ganz genau, was für andere Leute gut ist. Darüber kann man auch nicht diskutieren. Und für mich ist Georgie nicht gut.«

»Ich mag ihn«, sagte Rebekka. »Er ist ehrlich und loyal. Im Gegensatz zu Springbein, zum Beispiel.«

»Der hatte bestimmt nur Schiss.«

»Auch wenn du mich für übergeschnappt hältst, der war eifersüchtig. Er konnte es nicht verknusen, dass du immer wichtiger wurdest, auch persönlich. Er fühlte sich zurückgesetzt. Vielleicht hat er sich auch Hoffnung gemacht.«

»Hätte er immerhin einen guten Frauengeschmack.«

»Machoarsch!«

Er lachte. Sie krabbelte allmählich heraus aus dem Loch.

»Und du hörst jetzt auf und holst Georgie zurück?«

»Ich denk nicht dran. Das will ich nun wissen. Nach einer Bombe, einem Beziehungsbruch und sonst noch Theater hör ich nicht auf.«

»Du bist auch so ein Sturkopf.« Sie küsste ihn vorsichtig auf die Schläfe.

»Hat meine Mutter auch immer gesagt.« Er erinnerte sich gut, wie er sie in den Wahnsinn getrieben hatte, wenn er keine Lust gehabt hatte, sein Zimmer aufzuräumen, Hausaufgaben zu machen, die Schuhe auszuziehen.

»Komisch, im Elternhaus zu wohnen. Da vergehen die Erinnerungen nie.«

»Na ja, Georgie arbeitet dran. Zerstörer meiner Erinnerung.«

Sie mussten lachen.

»Was machen wir morgen?«, fragte sie.

»Du fährst brav zum Kollegen Ewald. Ich versuch meine Studenten zu domestizieren. Und den Halbgott zu beruhigen.«

»Halbgott?«

Er erklärte es ihr, und sie begann zu prusten.

59

»Vielleicht gefällt Ihnen das jetzt besser«, sagte Modersohn. Er war blass und demütig. Womöglich hat er was kapiert, dachte Stachelmann. Er überflog die beiden Seiten, nickte, übersah zwei schwächere Passagen, fand es aber passabel. Am Ende musste er seinen Vortrag ohnehin selbst erarbeiten.

»Danke, so kommen wir weiter. Ich hoffe, Sie nehmen mir meine Kritik nicht übel.«

»Nein, nein. Ich will ja etwas lernen. Und wenn man die Chance hat, von einer Koryphäe wie Ihnen zu profitieren.«

Was ist denn mit dem los? Stachelmann hatte damit gerechnet, dass Anne ihn aufgehetzt hatte. Aber es war das Gegenteil. Fehlte noch, dass der Halbgott fragte, ob er Stachelmanns Büro aufräumen dürfe.

Das Telefon klingelte. Eine fremde Stimme, hallig, beunruhigend. »Spreche ich mit Professor Stachelmann?«

»Ja.«

»Mir liegt die Patientenverfügung von Georg Schumann vor. Kennen Sie ihn?«

»Georgie«, sagte Stachelmann nur. Ihm wurde eiskalt.

»Er liegt bei uns auf der Intensivstation. Es ist unsere Pflicht, Sie darüber zu unterrichten.«

»Wie geht es ihm?«

»Er hatte einen Unfall. Wie sein derzeitiger Zustand ist, kann Ihnen nur der behandelnde Arzt mitteilen.«

Stachelmann legte auf. *Bleib ruhig. Denk nach.* Der Halbgott starrte ihn an.

»Können Sie mein Hauptseminar übernehmen?« Widerspruch unmöglich. Er schob ihm seine Unterlagen zu.

»Ja, natürlich«, stammelte Modersohn.

»Dafür bin ich Ihnen sehr dankbar.«

60

»So ist das, wenn man in Sachen wühlt, die einen nichts angehen.« Robert lachte einmal, aber wohl mehr, um Stress abzubauen.

»Ist er tot?«

»Weiß nicht. Ist egal.«

»Die werden uns jagen.«

»Wen wollen sie denn jagen? Und wie? Für die sind wir unsichtbar.«

»Wenn du dich da mal nicht vertust.«

»Du immer mit deiner Angst. Wir wissen alles über die. Und die wissen nichts.«

»Sie werden drauf kommen. Jetzt, mit dem Unfall …«

»Ja, und? Das hilft ihnen gar nichts.«

»Deine Nerven möchte ich haben.«

»Das wär gut, stimmt.«

Zögern, dann doch: »Wie hast du's gemacht?«

»Das willst du nicht wissen.«

61

Stachelmann trieb seinen alten Golf über die Autobahn. Lichthupe, Hupe. Nach fünfzig Kilometern begann er nachzudenken. Wenn es ein Unfall war, konnte es Zufall oder Absicht sein. Wenn es Zufall war, war es Pech. Georgie hatte nicht aufgepasst oder war Opfer eines Verkehrsrowdys geworden.

Ein Laster scherte abrupt aus. Stachelmann bremste scharf und hupte.

War es kein Zufall, dann wusste jemand, was sie planten. Wie konnte jemand das wissen? Gab es einen Spitzel? Wer sollte das sein? Springbein? Der war eine verängstigte Beamtenseele. Hatte mehr Schiss als den Mut, den Verräter zu geben. Wanzen. Vielleicht war das Haus verwanzt. Wer konnte das prüfen?

Er rief Rebekka auf dem Handy an, schilderte kurz, was vorgefallen war, ließ keine Rückfrage zu, sondern bat sie, darüber nachzudenken, wie man Wanzen finden konnte.

»Kein Problem. Da gibt es eine Firma, die manchmal für uns arbeitet. Oder du suchst dir einen Privatdetektiv.«

»Darauf hätt ich selbst kommen können.«

Sie zögerte. »Es war schön gestern Nacht.« Sie hatte nicht ein einziges Mal an früher gedacht. Als *das* passiert war. Erst am Morgen war ihr aufgefallen, dass *das* etwas weiter weggerückt war.

»Ja, war es.« Er fühlte sich beschissen. Nicht nur wegen Georgie. Er war so glücklich aufgewacht. Er roch sie, spürte sie, hörte sie atmen. Sie lag so selbstverständlich neben ihm. Als wäre sie schon ewig bei ihm zu Hause. Und das im Bett seiner Eltern. Die Vorstellung, darin mit ihr zu schlafen, hatte ihn verkrampft. Aber ihr war es gelungen, den Krampf zu lösen. Ihr war noch viel mehr gelungen. Eine kurze Zeit Glück. Unbezahlbar. Und dann der Gedanke, was Anne machte. Ob sie allein und todtraurig war. Ob sie sich vom Halbgott trösten ließ. Der Gedanke stach im Herz.

»Fahr vorsichtig!«

»Klar.« Er trat das Gaspedal durch, während der Lastwagen nach rechts zog.

Er mühte sich, nicht zu weinen. Georgie war verkabelt. Der Mund bedeckt von einer Sauerstoffmaske. Monitore zeigten Herzfrequenz, Blutdruck und andere Daten. Um die Stirn lag ein Verband. Neben Stachelmann wartete ein Arzt, klein, dunkelhäutig, schwarze Locken, Brille. Die Ruhe selbst.

»Er kommt durch«, sagte der Arzt.

»Bleibt was?«

»Glaub ich nicht.«

Der Prototyp des Weißkittels hätte sich da nicht festgelegt.

»Er hatte Schwein«, sagte der Arzt. »Hätte tot sein können.«

»Wann wacht er auf?«

»Nicht vor morgen. Wir haben ihm ein Sedativum gegeben. Der Körper braucht Ruhe.«

»Was ist passiert?«

»Fragen Sie die Polizei.« Er kramte in einer Tasche und zog eine Visitenkarte heraus. »Schreiben Sie sich das ab.«

Polizeiabschnitt 53, Friedrichstr. 219 …

»Kreuzung Mehringdamm/Yorckstraße«, sagte der Polizist. »20 Uhr 44. Herr Schumann wurde auf dem Fußgängerüberweg von einem Fahrzeug erfasst.«

»Bei Grün?«

»Das Fahrzeug hatte Rot.«

»Haben Sie Zeugenaussagen?«

»Ja.«

»Und?«

»Und was?«

Stachelmann versuchte nicht wütend zu werden. Immerhin gab der Mann Auskunft, ohne nach dem Personalausweis, einer Heiratsurkunde oder dem Ariernachweis gefragt zu haben.

»Was sagen die Zeugen?«

»Dass das Kfz gewartet hat, bis Herr Schumann den Fußgängerüberweg betreten hatte. Dann ist es mit quietschenden Reifen gestartet …«

»Mordversuch also.«

»Fragen Sie das die Kollegen von der Kripo. Die haben übernommen.«

»Wurde der Fahrer erkannt oder sogar gestellt?«

»Nicht dass ich wüsste …«

Die Mordkommissionen des LKA saßen in der Keithstraße in einem Backsteinbau aus Kaisers Zeiten. Dort fand er eine Kriminalbeamtin, die ihn entfernt an Rebekka erinnerte. Nur war sie kleiner und ihr Gesicht grober geschnitten. Aber sie schien ähnlich quirlig und wach im Kopf.

»Es handelt sich zweifellos um einen Mordversuch.«

Ihr hatte er Georgies Patientenverfügung präsentieren müssen, bevor sie nach einer Denkpause Auskunft gab. Glücklicherweise war es ihm gelungen, sie dem Arzt abzuschwatzen. »Er hat keine Angehörigen, nur mich.«

»Haben Sie den Täter?«, fragte er.

Kopfschütteln.

»Gibt es eine Täterbeschreibung?«

»Ja.« Sie lächelte. »Es war Wowereit.«

»Wie bitte?«

»Der Fahrer trug eine Maske. Laut Zeugen sah er aus wie Wowi, der Exbürgermeister.«

»Das beweist geradezu, dass es Absicht war.«

»Gewiss.«

»Und kriegen Sie den Mann?«

Sie blickte ihn erstaunt an. »Wir tun, was wir können. Das Auto haben wir sichergestellt. Es war gestohlen. Keine verwertbaren Spuren. Was wir nicht kennen …«

»Ist das Motiv«, sagte Stachelmann.

Sie nickte.

»Herr Schumann sollte für mich Akten beschaffen, die vielleicht Indizien liefern zur Aufklärung eines Mords.«

»Wie bitte?«

»Ja, die Hamburger Kripo hatte mich gebeten, ihr zu helfen.

Es geht um die Leiche, die man nach zwanzig oder mehr Jahren in Hamburg ausgegraben hat.«

»Ach so … und was ist Ihr Beruf?«

»Ich bin Historiker.«

»Aha.«

62

»Seien Sie froh. Den Täter findet sowieso niemand. Und jetzt schon gar nicht.« Ewald stand dicht neben ihr. Sie saß auf ihrem Schreibtischstuhl und roch seinen Schweiß. Er war schon dreimal bei ihr gewesen, aus nichtigem Anlass. Und er würde immer wieder kommen. Er berührte sie nie, aber sie empfand es so. Der Mann war übergriffig, ohne dass irgendjemand es hätte beweisen können.

Sie las seit ihrer Versetzung die Akten des Bombenfalls, um sich auf den Stand der Dinge zu bringen. Und in der Hoffnung, diesem öligen Arschloch nachweisen zu können, dass er einen Trampelpfad zum Täter übersehen hatte. Aber sie musste zugeben, dass der Typ ein guter Bulle war. Leider, verdammt.

Springbein war in seinem Büro abgetaucht. Sie hatte sich vorgenommen, ihn zu übersehen.

Ihr Handy klingelte. *Josef* auf der Anzeige. Ewald guckte neugierig. Sie drückte das Gespräch weg. Sie fühlte sich plötzlich weich. Hatte vor Augen, wie er sie am Morgen angeschaut hatte. So hatte sie noch niemand angesehen. Zärtlich, ernst und so ruhig. Kein Falsch, keine Berechnung. Ein wenig ängstlich vielleicht.

»Das wollte ich Ihnen noch geben, Frau Kollegin.« Er legte einen Ordner auf den Tisch. »Sie sollen ja alles haben. Übrigens, in unserer Abteilung duzen sich alle … Siegfried.« Er streckte ihr die Hand entgegen.

Sie übersah die Geste. »Ich glaube, ich gehöre noch nicht so richtig und vielleicht auch nicht auf Dauer zu Ihrer Kommission. Ich bin sehr für kollegialen Respekt.«

Er wurde tatsächlich bleich. Nickte energisch und verschwand.

Das Handy piepste. Eine SMS: *Ruf mich an! Josef.*

63

Bitte um Anruf! Stachelmann erschrak. Es war Anne. Tatsächlich, da war ein Eintrag in der Anrufliste. In den drei Worten ihrer SMS war ein Haufen Ärger verpackt.

»Du hast dich einfach so davongeschlichen und gehst nicht ans Telefon. Unter zivilisierten Menschen redet man über Krisen.« Sie klang energisch. Er kannte das. So war sie, wenn sie sich vorgenommen hatte, knallhart zu sein.

»Ich bin in Berlin. Mordanschlag auf Georgie …«

»Die Bombe hast du schon vergessen …«

»Dich interessiert es gar nicht, wie es Georgie geht?«

»Interessiert es dich, wie es mir geht …? Also, wie geht es Georgie?«

»Er liegt auf der Intensivstation. Der Arzt sagt, er wird wohl durchkommen.«

Die Leitung rauschte. Dann sagte sie: »Tut mir leid. Ich war ganz … gefangen …«

»Wir werden reden, wenn ich zurück bin. Ja?«

»Wo wohnst du eigentlich? Immer noch im Hotel?«

»Im Haus meiner Eltern.«

»Ach, du lieber Himmel. War das nicht das, was du auf jeden Fall vermeiden wolltest?«

Nachdem er in der Nähe des Krankenhauses eine Pension gefunden hatte, ging er zum Landwehrkanal und setzte sich auf eine Bank. Das Wetter war das Gegenteil seiner Laune. Blauer Himmel, fast windstill. Spaziergänger. Pärchen, eng umschlungen. Der süßliche Duft von Cannabis. Irgendwo zupfte einer auf einer Gitarre. Er vermisste Rebekka. Und Anne. Oder die Illusion, die er sich über sie machte. Er hatte immer eine Vorstellung von ihrer Beziehung gehabt. Wenn er sich mühte, sie zu begreifen, begann er bei der Nacht in Lübeck vor so vielen Jahren. In dieser Nacht, in der nichts Körperliches geschehen war außer seiner Anspannung. Vielleicht habe ich damals schon gespürt, dass die Einbildung besser sein wird als die Wirklichkeit. Dass ich Möglichkeiten in dieser Liebe sehe, die es nicht gibt. Dass ich von Anfang an gesponnen habe. Deswegen bin ich immer wieder ausgebrochen. Andere Frauen. Anne hat mir stets verziehen ohne Theater. Sie hat die Untreue fast so genommen wie schlechtes Wetter.

Das Handy. Endlich.

»Wie geht's ihm?« Statt einer Begrüßung. Rebekka war wunderbar.

»So eine Scheiße«, nachdem er die Lage zusammengefasst hatte.

»Soll ich die Kollegen …?«

»Halt dich da raus, sonst versetzen die dich auf den Mond.«

Sie lachte bitter. »Und jetzt?«

»Erstens: Ich vermisse dich. Zweitens: Ich muss Wowereit finden. Drittens: Ich finde Andert in den Akten. Entweder im Bundesarchiv oder bei der Stasi. Vielleicht.«

»Du weißt aber, dass das gefährlich ist.«

»Papierstaub?«

»Nimm mich nicht auf den Arm. Wer einen Menschen absichtlich umfährt, nimmt dessen Tod in Kauf oder will ihn sogar. Der kennt keine Skrupel. Und wenn der merkt, dass du ihm auf den Fersen bist, dann …«

»Hoffentlich«, sagte Stachelmann.

»Du bist völlig verrückt.«

»Weißt du was Besseres?«

»Wann lässt du dein Haus entwanzen?«

»Gar nicht.«

»Warum das?«

»Ich lass jemanden nach Wanzen suchen. Und wenn er die findet, weiß ich, wie ich den Mörder erreichen kann. Ist fast wie telefonieren.«

»Du bist ein ausgebufftes Kerlchen. Ich sollte mich in Acht nehmen vor dir.«

»Ganz bestimmt.«

»Ich liebe dich.« Sie legte auf.

Er lief ein Stück. Durch den Görlitzer Park. »Alles klar?« – »Wie geht's?« – »Was zu rauchen?« Schwarze standen in Trauben herum. Er schlängelte sich durchs Spalier, bis er endlich auf der Straße war. Dann stand er vor einem Restaurant. Draußen Bänke und Tische. Über dem großen Fenster stand *Nest*. Eine Frau mit Zopf eilte hinaus, ein Tablett in den Händen. Ein hektischer Blick zu Stachelmann. Der vielleicht sagen sollte: Steh nicht im Weg rum. An einem Tisch saßen junge Leute. Amerikaner. Sie kreischten und schrien durcheinander.

Drinnen war es fast leer. Er setzte sich an den Tisch, ohne zu wissen, ob er essen oder trinken oder beides tun sollte.

Als die Frau mit Zopf vor ihm stand, sagte er: »Rotwein. Und eine Grappa.«

Die Frau stutzte, als guckte sie auf ihre innere Uhr. Es war noch keine fünf. Dann verschwand sie um die Ecke und tauchte hinterm Tresen wieder auf. Stachelmann schien es, als musterte sie ihn. Vielleicht fragte sie sich, ob er Alki war und später den Aufstand proben würde. Ja, vielleicht wäre das nicht die schlechteste Idee.

Sie brachte die Getränke. Er trank den Schnaps in einem Zug aus.

Fenster und Tür waren offen. Die Ami-Touristen liefen allmählich zur Höchstform auf. Am Nebentisch im Gästeraum saßen vier Leute, zwei Männer mit Bärten und Basecaps. Die Frauen dünn, eine brünett, die andere blond. Auf dem Tisch lagen zwei Fotoapparate und ein Reclamband. Ein Bettler stellte sich neben den Tisch und streckte die Hand aus. Stachelmann schüttelte den Kopf. Lass mich in Ruhe. Lasst mich alle in Ruhe. Der Bettler trug einen verschlissenen Anzug, der braun gewesen sein mochte. Er stank nach Schweiß. Dann sagte er etwas, das Stachelmann nicht verstand. Als Stachelmann nicht reagierte, griff der Mann nach seiner Schulter. Stachelmanns Faust knallte auf den Tisch. Die Frau mit Zopf erschien und schnauzte den Bettler an. Der rief irgendwas und trottete hinaus. Am Tisch mit den Amis blieb er stehen und streckte die Hand aus.

Stachelmann leerte sein Weinglas und bestellte wieder Wein und Grappa. Während er wartete, wirrten Gedanken durch sein Hirn.

Wer wollte Georgie umbringen? Nein, erst fragen: Warum sollte Georgie dran glauben? Wilhelm von Ockham hatte darauf eine klare Antwort: einer, der wusste, was Georgie in Berlin vorhatte. Oder hatte Georgie sich sonst einen Feind gemacht? Einen verschmähten Liebhaber? Stachelmann kramte ein Notizbuch samt Kugelschreiber aus der Tasche und schrieb *Arbeitshypothesen*:

1. G. fragen wg. Liebhaber/Eifersucht als Motiv.

Ich geh mal davon aus, dass es die falsche Spur wäre. Also hat jemand erfahren, dass Georgie in Archiven nach der KgU sucht.

2. Wanzen checken.

Wenn es welche gibt: Wie könnte man den, der sie versteckt hat, aus der Deckung locken? Ankündigen, dass man nach den Dingern suchen lassen will? Und dann herumposaunen, dass man vorher noch verreist? Eine Kamera installieren? Fällt einer, der sich mit Wanzen auskennt, auf eine Kamera herein? Und wenn der die Kamera entdeckt, weiß er dann nicht, dass ich ihm auf der Spur bin? Und würde er dann nicht abtauchen? Dein einziger Vorteil ist, dass der Feind glaubt, er sei dir drei Schritte voraus. Es sind nur zwei, wenn die Wanzenhypothese stimmt.

3. Der die Wanzen versteckt hat, hat auch die Bombe gelegt.

Das ist wahrscheinlich. Beide Aktionen richteten sich gegen Stachelmann. In beiden Fällen ging es um Andert. Jedenfalls konnte er auch den Bombenanschlag so interpretieren.

4. Der die Wanzen versteckt und die Bombe gelegt hat, wollte Georgie umbringen.

Wenigstens hat er Georgies Tod in Kauf genommen. Wie ist das zu verstehen? Letzte Warnung? Warum bringt er nicht mich um? Warum nur Angriffe aufs Umfeld?

5. Ein Mordanschlag auf mich wäre der Beweis, dass die Mörder von Andert die Akten zu fürchten haben.

Aber genügt da der Angriff auf Georgie nicht? Die Bombe? Die Wanzen, wenn es sie denn gibt? Für ihn genügt es, aber es beweist gar nichts. Alle Angriffe können andere Gründe haben. Nur ein Anschlag auf ihn würde Klarheit schaffen.

Ja?

Er hatte gar nicht gemerkt, dass neue Getränke vor ihm standen. Er kippte die Grappa hinunter. Und eine Indometacin mit dem ersten Schluck Rotwein, weil er spürte, wie sich der Schmerz auf den Weg machte.

6. Anderts Mörder und der Typ, der die Bombe gelegt und Georgie umgefahren hat, sind ein und dieselbe Person.

»Du willst nichts essen?« Die Bezopfte beäugte die beiden Gläser. »Vielleicht eine Lasagne … wir haben heute Veggie-Day.«

»Na gut …«

»Wie bitte?«

»Die Lasagne … und noch mal so was.« Er zeigte auf die Gläser.

Die Bezopfte hob die rechte Augenbraue und zog ab.

Er schaute ihr nach, ohne sie zu sehen. Er sah Georgie im Krankenbett. So schmal, schwach, irgendwie klein, kindlich. Mit dem Iro auf der Halbglatze. *Ich hab ihn nach Berlin geschickt. Meinetwegen wäre er fast gestorben. Wegen mir waren Anne und Felix in Lebensgefahr. Ich bin für andere Menschen eine Bedrohung. Gewiss, ich bin es nicht mit Absicht. Aber ich bin es.*

Wahrscheinlich bin ich auch für Rebekka eine Gefahr.

64

»Das in Berlin war kein Unfall. Die haben den Herrn Schumann einfach umgefahren. Das war ein Mordversuch.«

»Ja, natürlich, Frau Kollegin. Das mag alles stimmen. Nur, was hat das mit uns zu tun?« Ewald saß bräsig hinter seinem Schreibtisch und blickte sie an. Sie stand in der Tür. Im hinteren Teil des Büros hackte ein Schnösel auf seine Tastatur ein. Er trug eine Fliege. Sie war perplex, als sie es sah.

»Das hat womöglich was mit der Bombe zu tun.«

»Womöglich hat das auch was mit dem jüngsten Kuhmassaker in Indien zu tun?«

Kranz riss sich zusammen. Am liebsten wäre sie diesem Arschloch ins Gesicht gesprungen. »Wir bitten Stachelmann …«

»Sie bitten Stachelmann …«

»Ich bitte Stachelmann, sich Spuren im Fall Andert anzuschauen. Unser großartiger Pressesprecher kann die Klappe nicht halten. Prompt explodiert eine Bombe in der Straße, wo Stachelmann bei seiner Freundin wohnt. Und wenig später wird Herr Schumann fast totgefahren, weil er in Stachelmanns Auftrag etwas zum Fall Andert nachschauen will.«

»Niemand hat Herrn Stachelmann oder diesen Schumann gebeten, sich um diesen Fall zu kümmern. Sie wurden von diesem Fall abgezogen. Sie sollten jetzt nicht versuchen, ihn sich durch die Hintertür wieder vorzunehmen. Verstehen Sie, was ich meine?«

»Ich verstehe immer, was Sie meinen und was Sie wollen.« Sie hielt seinem Blick stand. Innerlich war sie kälter als eine Gefriertruhe.

Ein giftiger Blick, ein überhebliches Grinsen. »Dann ist ja gut.«

»Es ist ohne Belang, ob jemand Stachelmann und Schumann

gebeten hat, in Archiven was nachzuschauen. Entscheidend ist, dass auf beide Anschläge verübt wurden.«

Er lächelte. Allein dafür hätte sie ihm in die Eier treten können. »Frau Kollegin, Ihr Eifer« – *noch ein Tritt* – »in allen Ehren. Aber bitte ein bisschen präziser, wenn es geht. Es kann ein Zufall gewesen sein, dass in der Straße, in der dieser Herr, dem Ihr besonderes Interesse gilt« – *Springbein, du Arschloch. Verräter!* – »ein Sprengkörper detonierte. Wir wissen noch nicht einmal ...«

»Er steckte unter dem Auto von Herr Stachelmanns Freundin. Zufall?«

»Der Anschlag galt wohl dem Richter. Somit wäre es Zufall. Aber natürlich folgen wir auch der anderen Spur. Wir haben sogar auf die Mitarbeit des Herrn Professors verzichtet, weil wir nicht ausschließen können, dass es so ist, wie Sie so gern unterstellen. Wir haben aber nicht das geringste Indiz gefunden.« Er zog ein Blatt Papier aus einer Akte und hielt es in ihre Richtung.

Sie zögerte, dann trat sie an seinen Schreibtisch und nahm das Blatt. Eine eher schlechte Zeichnung versuchte eine Bombenexplosion darzustellen. Darunter ein kurzer Text.

Letzte Warnung an Amtmann!
Wir werden das Terrorurteil gegen unsere Genossen rächen. Wenn das Urteil gegen Wuhlbein und unsere Genossen nicht aufgehoben wird, wird die nächste Bombe treffen.
Die Stadtguerilla Hamburg

Sie legte das Blatt auf seinen Schreibtisch. »Das liest sich wie eine hundsmiserable Karikatur auf alte Terrorzeiten. Das ist keine Spur. Das sind Spinner. Die tun so als ob.«

»Mag sein, dass es Trittbrettfahrer sind. Aber wenn wir der Spur nicht folgen und sich herausstellt, dass es keine waren, dann möchte ich Ihr Gesicht mal sehen.«

Sie merkte jetzt erst, dass der Fliegen-Schnösel aufgehört hatte zu tippen. Er saß da und grinste in seinen Flaumbart.

Ewald zog ein weiteres Blatt hervor und reichte es ihr. Es war eine Mitteilung des Berliner LKA. Kranz überflog sie. Auto gestohlen, keine Spuren. Wowereit-Maske. Das wusste sie schon.

»Wenn einer ein Auto stiehlt, eine Maske aufsetzt und jemanden umfährt, spricht alles für Absicht. Oder?«

»Oder dafür, dass einer dieser Irren in Berlin, von denen gibt es dort einen Haufen, sich vollgekifft hat, ein nicht abgeschlossenes Auto fand, in dem diese bekloppte Maske lag, und sich einen Spaß machen wollte, dabei aber in seinem verwirrten Hirn eine grüne Ampel sehen wollte, wo alle Rot sahen ...«

»Warum werde ich den Eindruck nicht los, dass Sie diesen Fall nicht aufklären wollen?«

»Das müssen Sie tief in sich selbst herausfinden. Warum werde ich den Eindruck nicht los, dass es Ihnen weniger um Kriminalfälle geht als um diesen Professor?«

65

»Hi, brother!«

Anne schnauzte ihn an, Felix schrie und schlug mit einem Holzhammer auf den Tisch. Stachelmann presste die Hände auf die Ohren.

»Hi, brother!«

Anne schüttelte ihn zornig.

»Hi, brother!«

Stachelmann schlug die Augen auf und blickte in zwei schwarze Augen mit dem weißesten Augenweiß. Er zuckte zurück und schlug mit dem Hinterkopf gegen etwas Hartes.

»You're alright?«

Eine Hand fasste ihn vorsichtig an der Schulter.

Stachelmann blickte an dem fremden Körper vorbei. Wiese, Bäume, weitab ein flaches Gemäuer. Es dämmerte.

»Wo bin ich?«

Weiße Zähne strahlten ihn an. »You're in the Görli …«

Alles tat ihm weh. Alles. Er blickte an sich hinunter. Er lag auf einer Bank. Im Kopf drehte sich alles. Der Mann stand gebückt vor ihm. Er hatte eine komische Mütze auf, eine Art gestrickten Zylinder in Regenbogenfarben. Um den Hals trug er Perlenketten.

Ein paar Meter weiter saßen Menschen. Sie redeten und rauchten. Cannabis. In der Ferne leuchtete der Fernsehturm vom Alex.

»Come on, man.« Der Schwarze zog ihn an der Schulter hoch. Stachelmann saß und krümmte sich vor Schmerz. Er wühlte in der Tasche, bis er eine Tablette fand.

»Pills are fuck.« Eine kräftige Hand zog ihn hoch, dann schob sie ihn zu der Gruppe.

Der Mann drückte Stachelmann sanft auf den Boden.

Um Himmels willen. Diese Schmerzen. Der Kopf. Ihm war übel. Es waren Schwarze, alles Männer. Hin und wieder traf ihn ein Lächeln. Sonst schien sich niemand groß für ihn zu interessieren. Der Typ rechts neben ihm reichte ihm einen Joint. Als Stachelmann ihn abwies, hielt der Mann ihm die Selbstgedrehte unter die Nase. »It's good against pain and despair.«

Woher weiß der, wie es mir geht? Träum ich noch? Er zwickte sich am Arm. *Wahrscheinlich träum ich das Zwicken auch.* Er nahm den Joint, zog und hustete. »Slowly«, sagte sein Kumpel. »Try again.« Stachelmann atmete durch und zog vorsichtig. Diesmal hustete er nur wenig. Er gab den Joint an den linken Nebenmann weiter. Die Männer unterhielten sich leise. Manchmal lachte einer gedämpft. In der Häuserreihe in der Görlitzer Straße leuchteten wenige Fenster. Ein Licht-Schatten-Mosaik.

Er begann es zu genießen. Ruhe. Die Typen waren gelassen, kümmerten sich nicht groß um ihn. Außer dass ihm der Nebenmann den Joint wieder reichte. Diesmal schmeckte er ihm. Er fühlte sich leicht. Die Schmerzen schwanden. Er lehnte sich zurück, stützte sich auf die Ellbogen. Normalerweise hätte er das nicht ausgehalten. Er fühlte sich ausgeglichen. Es drehte sich nichts mehr. Er war wach und auf angenehme Weise matt. Er legte sich hin und starrte in den Himmel. In ihm spiegelte sich das Licht der Stadt, gebrochen und gedämpft. Eine Bongotrommel, leise, gemächlicher Rhythmus, präzise Schläge. Von der Straße drang Grölen in den Park. Blaues Blitzen an den Häuserwänden. Polizei. Weit weg. Alles weit weg. Als er aufwachte, blendete ihn die Sonne. Er kniff die Augen zusammen. Ein Tuscheln. Dann ein Gesicht über ihm. Breites Grinsen mit braun gefleckten Zähnen. »Good morning, brother.«

Ein Lachen.

»Have fun.« Das Gesicht verschwand. Stachelmann hob den Kopf. Seine nächtlichen Kumpane erhoben sich und zogen davon. Einer wandte sich um und winkte lässig.

Stachelmann war schmerzfrei, müde, aber klar. Auf dem Handy waren drei Anrufe. Zweimal Rebekka, einmal Anne.

66

Als sie Ewalds Büro verließ, stand Springbein vor ihr. Er war aschfahl. Sein Blick wich aus. Er machte einen Bogen um sie und betrat das Büro.

»Feiges Schwein«, flüsterte Kranz.

Zurück an ihrem Schreibtisch, versuchte sie Stachelmann zu erreichen. Er nahm nicht ab. Kranz fluchte und legte das Handy auf den Tisch. Sie starrte es an, als könnte es verraten, was sie jetzt tun sollte. Sie musste zugeben, dass Ewald sie geschickt verhungern ließ. Er informierte sie immerhin, wenn seine Erklärungen auch abwegig waren. Sie hätte am liebsten alles hingeschmissen. Was waren ihre Möglichkeiten?

Sie konnte kündigen. Was dann? Sicherheitsdienst? Empfangsdame? Sie konnte Urlaub beantragen. Der würde ihr sofort genehmigt. Die wollten sie loswerden. Aber dann war sie von den Ermittlungen völlig abgeschnitten. Sie konnte ein Versetzungsgesuch einreichen. Das dauerte und würde die Nerverei eher fördern.

Aber wenn die Bombe wirklich etwas mit dem Mordanschlag auf Georgie zu tun hatte und beides mit der Leiche vom Reinbeker Redder? Dann durfte sie nicht gehen. Dann musste sie helfen, die Täter zu finden. Obwohl Ewald sie von allem fernhielt. Dann musste sie weiter mit Stachelmann und Georgie zusammenarbeiten. Denen schien klar, dass der Täter in irgendwelchen Akten stand. Nur dürften in denen Zehntausende von Namen stehen. Aber wenn es gelang, bei den Kripo-Ermittlungen Verdächtige zu finden, und wenn man deren Namen in Akten entdeckte? Das wäre was.

Zuerst aber würde sie die Wanzen suchen. Sie hatte sich in der Nacht an einen alten Kollegen erinnert, der unter merkwürdigen Umständen aus dem Dienst ausgeschieden war. Es gab Gerüchte über Unregelmäßigkeiten in der Asservatenkammer. Manipulation von Beweismitteln. Etwas, das Kranz manchmal auch gern getan hätte. Wenn man eines dieser frech grinsenden Arschlöcher am Haken hatte, die zu überführen nur ein kleines Indiz fehlte. Möller hatte der Versuchung vielleicht nachgegeben. Es hatte Gerüchte gegeben, aber das Einzige, was feststand, waren Disziplinarverfahren und Möllers Kündigung, die ihm immerhin die Pensionsansprüche bewahrt hatte. *Wenn Sie freiwillig gehen, verzichten wir …* Wann würde es bei ihr so weit sein? Bald, wenn sie noch lange unter Ewalds Fuchtel arbeiten musste.

Sie fand die Nummer im Telefonbuch. *Private Ermittlungen Theobald Möller.* »Möller, ich bin's, Kranz.«

»O Gott, eine Stimme aus der Hölle.« Er lachte. »Immerhin eine wohlklingende. Es gibt ja Leute, die glauben, Satan krächze. Das ist hiermit widerlegt.«

»Danke, zu viel der Ehre. Kannst du Wanzen finden?«

67

»Hast du was zu rauchen?« Georgie verzerrte das Gesicht beim Sprechen.

»Das ist ein Krankenhaus.«

»Aber du hast geraucht.«

Dass Georgie das roch! Stachelmann hatte geduscht und die Kleidung gewechselt.

»Bist du unter die Kiffer gegangen?«

»Nur für eine Nacht.«

»So fängt's immer an.« Er versuchte zu grinsen, doch es schmerzte ihn noch mehr.

»Kannst du dich an irgendwas erinnern?«

Georgie überlegte mit geschlossenen Augen. »Der Wowereit ist ein schlimmer Finger. Er hat den Flughafen verkackt, ist mit seiner Wowi-Gedächtnisbibliothek gegen die Wand gefahren und kümmerte sich einen Scheiß um Flüchtlinge. Dass er jetzt auch noch Leute auf dem Zebrastreifen umnietet …«

Stachelmann hatte sich immer gefragt, wie Georgie all die

üblen Sachen wegsteckte. Er erinnerte sich, wie oft Georgie in Gefahr gewesen war. Einmal hatten ihn Gangster entführt, und Georgie befreite sich mit einem geradezu selbstmörderischen Sprung ins Ungewisse. Der Freund klebte nicht so am Leben wie andere. Und jetzt machte er Witze auf der Intensivstation. Wo entsorgte er all die Verletzungen, Herabsetzungen, Beleidigungen und Ängste?

»Ich glaube, der Bombenanschlag und dein Unfall, der keiner war, hängen zusammen. Irgendwer weiß genau, was wir planen und tun.«

Das Handy vibrierte. Er stellte sich ans Fenster. »Ja, Rebekka.«

»Darf ich bei dir einbrechen?« Sie erklärte knapp, warum.

Er musste lachen. »Nur mal los. Und nimm dir dann einen Hausschlüssel mit. Hängt am Brett neben der Tür.«

»Das war die schönste Liebeserklärung, die ich je bekommen habe.« Klick, weg war sie.

Ihm war kläglich zumute. Er stand eine Weile da. Draußen lagen Leute am Kanalufer. Ein Ausflugsdampfer schob eine Bugwelle vor sich her. Schwäne gondelten umher, die Menschen immer im Blick. Futterlieferanten.

»Hallo«, sagte Georgie.

»Rebekka durchsucht die Wohnung nach Wanzen.«

Georgie nickte und verzog das Gesicht vor Schmerz. »Die ist zwar Bullin, aber in Ordnung.«

Stachelmann grinste.

Aber ihn irritierte etwas. Das mit Rebekka lief so glatt. Viel zu glatt. Sie steuerte eine Liebesbeziehung an. Keine Umwege, absolute Klarheit. Energisch. Was fand sie an ihm?

»Was findet so eine Frau an mir?«

Georgie kicherte. »Rebekka leidet am Krankenschwestersyndrom und an einer besorgniserregenden Geschmacksverirrung. Außerdem neigt sie zum Masochismus.«

»Ohne deine genialen Erklärungen wär ich aufgeschmissen.«

»So isses.«

»Der Mordanschlag hat dich auch nicht netter gemacht.«

»Wenn Wowi dich umgenietet hätte, deine Laune hätt ich nicht erleben wollen.«

»Wenn nicht die Wanzen, dann die Telefone.«

»Oder beides«, sagte Georgie. »Vielleicht steckt auch ein Geheimdienst drin. Dann können wir annehmen, dass jeder Furz registriert wird.«

»Geheimdienst, warum?«

»Ich weiß nicht, inwieweit du dich mit der KgU befasst hast, Herr Professor. Ich habe gelesen, dass die eine Art Filiale der CIA war. Jetzt stell dir mal vor, damals ist die ganz große Sauerei passiert.«

»Und die wollen um jeden Preis verhindern …«

»Dass was rauskommt. Denk an die Geschichte mit der flächendeckenden Telefonüberwachung in der BRD.«

»Du hast recht«, sagte Stachelmann. »Da gibt es mit Sicherheit noch Geschichten, die nicht enthüllt wurden. Also, wir unterstellen eine Sauerei. Die KgU hat eine Aktion durchgeführt, über die wir uns heute aufregen würden. Und die unser Bild von der KgU und der CIA beschädigen …«

»Was gibt's da noch zu beschädigen?«

»Dass die CIA geringe Chancen hat, in deinen Freundeskreis aufgenommen zu werden, hab ich schon verstanden. Aber es gibt Leute, die halten die Amis immer noch für so was wie eine Schutzmacht. Ist ja Staatsdoktrin.«

»Und wenn man sich anschaut, wie feige die sich in der Snowden-Sache wegducken, könnte man denken, wir seien noch Besatzungsgebiet …«

»Unser Justizminister hat Snowden geraten, sich den US-Behörden zu stellen. Er sei ja noch jung.«

»Platz Nummer eins auf der Hitliste der Erbärmlichkeiten.« Stachelmann merkte endlich, dass er im Zimmer umherlief, verfolgt von Georgies Blick. Rebekka, Wanzen, Geheimdienst …

»Könnte heißen, dass uns der Verfassungsschutz und/oder die CIA im Genick sitzt«, sagte Georgie.

»Bringen die Leute um?«

»Wär nicht das erste Mal, jedenfalls, was die CIA angeht. Folter, Mord und Totschlag, alles im Angebot.«

»Aber warum sollte ein Geheimnisdienst Andert auf diese Weise foltern? Die sind ja nicht rachsüchtig, sondern arbeiten professionell. Da wäre doch ein Unfall weniger spektakulär.«

»Vielleicht deswegen, damit so einer wie du solche dummen Fragen stellt. Mann, Holmes, ich weiß es doch auch nicht.« Georgie klang müde.

»Willst du pennen?«

»Quatsch.«

68

»Erkennen Sie Spuren am Schloss?«

Möller holte eine Lupe aus der Tasche und betrachtete das Haustürschloss. »Nichts zu sehen«, brummte er.

Sie musste hinunterblicken auf den Detektiv im verwaschenen Blaumann. Er reichte ihr bis zur Nase, höchstens. War so breit wie kurz und trug krauses graues Haar auf einem Quadratschädel.

»Wir spielen Einrichtungshaus, okay?«

»In so was bin ich nicht so gut.«

»Dafür kann ich reden wie ein Wasserfall. Sie sagen einfach nur Ja oder Nein. Wie Sie wollen.«

Er nickte wenig überzeugt.

»Wenn wir die Schweigenummer abziehen und ich gegen was stoße, dann ahnen die doch, dass wir die Wanzen suchen.«

»Ja, ja.«

Er ratschte die Tür mit einem Elektrodietrich auf. Kranz blickte sich nach allen Seiten um. Würde noch fehlen, irgendein Nachbar würde die Kollegen rufen. Im Flur atmete sie auf.

»Lassen Sie uns mal gucken, wie wir die Einrichtung hinkriegen. Mein Freund ist verreist, wenn er zurückkommt, soll es perfekt aussehen.«

»Wie lange bleibt der Herr Professor denn weg?«, brummte Möller.

»Nur ein paar Tage.«

»Na, so schnell wird's kaum gehen.«

»Aber wir versuchen alles, ja?«

»An mir soll's nicht liegen.«

Möller stellte seinen Koffer auf den Tisch und öffnete ihn. Er war vollgestopft mit Elektronik. Kranz plapperte drauflos. Ihr Wunschzettel ans Einrichtungshaus war anspruchsvoll, um es zurückhaltend zu sagen. Sie gab mit Kopfschütteln oder Nicken vor, was Möller antwortete. Der suchte systematisch mit einem Gerät, aus dem eine plumpe Antenne ragte. Als er unter der Deckenlampe angekommen war, fiepte das Gerät leise. Möller deutete zur Lampe und nickte.

Alle Zimmer waren verwanzt. Glücklicherweise fand er keine Kamera. Aber das hatten sie vermutet. Wenn sie die Gespräche abhörten, erfuhren sie alles, was sie brauchten. Warum unnötig ein Risiko eingehen?

Kranz nahm den Hausschlüssel vom Hakenbrett, bevor sie gingen. Es rührte sie, als sie ihn in der Hand hielt. Als sie wieder draußen waren und Rebekka abgeschlossen hatte, steckte sie ihn ein. *Du bist jetzt hier zu Hause.* Sie schluckte, fast hätte sie geweint.

»Was ist?«, brummte Möller.

69

»Das Haus ist komplett verwanzt«, sagte sie.

»Ihr habt aber nichts geändert.«

»Nein.«

»Gut, dann sind wir ihnen einen Schritt voraus.«

»Eine optimistische Sicht der Dinge«, sagte Kranz.

»Na gut, nicht mehr hundert Schritte hinterher, sondern fünfzig.«

»Josef, ich hab den Schlüssel.«

»Klar, hab ich doch gesagt.«

»Es fühlt sich …«

»Es fühlt sich an, wie es ist.«

Sie saß in ihrem Auto, Möller war längst nach Hause gefahren. Die Straße vor ihr verschwamm. Es gab jemanden, der für sie da war. Sie war nicht mehr allein. Dieses Gefühl hatte sie kaum gekannt. Bisher hatte sie sich um die Nöte der Kerle kümmern müssen. Deren Ärger mit dem Chef, Selbstzweifel und Machogehabe, Saufereien. Immer Verständnis zeigen, weil es ihr normal schien, dass Männer eben so waren. Rätselhafte Wesen, die nach den ersten Monaten allmählich verstummten. Die aufhörten zu reden. Die nach Hause kamen und sich mit einem Bier vor die Glotze setzten. Mal einen Spruch über das, was auf dem Bildschirm lief. Das war es dann schon. Auch der Sex wurde selten, und wenn sie mit einem schliefen, dann schnell, hastig. Ein paar Alibiberührungen vorab. Es war immer so gewesen. Eine innere Stimme sagte ihr, dass sie nicht wissen konnte, ob es mit Stachelmann nicht ebenso mau würde. Aber das fand sie unvorstellbar. Er war so sensibel, zweifelnd, strahlte solch eine Wärme aus. So ein Bedürfnis danach, als hätte er Jahre in der Kälte gelebt. Irgendwie hatte er das auch. Sie erinnerte sich ihrer Nacht, die so anders gewesen war als mit allen anderen Männern. So erfüllt wie nie.

Sie trocknete sich die Augen und musste lächeln. Er war schon ein Kauz, irgendwie. Aber hatte sie jemals etwas anderes gewollt als einen Kauz? Diesen Kauz?

70

Als Stachelmann ins Krankenhaus zurückkehrte, war Georgie in ein normales Krankenzimmer verlegt worden. Die Schläuche waren weg.

»Wunderheilung«, sagte Georgie.

Danach sah er allerdings gar nicht aus. Ein Bein hing vergipst in einer Schlaufe. Der neue Verband um die Stirn sah aus wie ein Turban.

»Alles nicht so schlimm, wie sie dachten.«

»Besser als die Pathologie.«

»Dein Mitgefühl rührt mich«, sagte Georgie. »So, jetzt mal Butter bei die Fische. Wie kriegen wir die Kerle am Arsch?«

»Akten, Akten, Akten«, sagte Stachelmann.

»Das erinnert mich an so einen kleinen Dicken, der ...«

Stachelmann winkte ab.

»Du wirst beliebige Mengen von Namen und Geschichten über die KgU finden.«

»Und mit jeder Geschichte auf Leute stoßen, die geschädigt wurden oder sich das wenigstens einbilden.«

»Hat es dann überhaupt einen Sinn, in den Akten zu wühlen, wenn wir nicht den geringsten Anhaltspunkt haben?«

Eine Schwester stieß die Tür auf, bewaffnet mit einer Spritze.

»O nein!«, maulte Georgie.

»Die kommt ins Gesäß! Bitte freimachen!«

»Was ist da drin? Salzsäure?«

»Das hilft gegen die Schmerzen.«

»Ich habe keine Schmerzen.«

»Sie sind ja richtig komisch. Außerdem hemmt es die Entzündung.«

»Welche Entzündung?«

»Noch komischer. Grad von der Intensiv hierher verlegt und schon gesund, was?« Sie lachte. »Hose runter!«

»Sie will mir an die Wäsche … Ich bin schwul.«

»Das ist mir so was von egal. Solange Sie einen Hintern haben, in dem ich diese schöne Spritze versenken kann, können Sie sein, was Sie wollen.« Sie wandte sich an Stachelmann. »Sie sehen vergleichsweise vernünftig aus. Ob Sie vielleicht …«

»Hose runter!«, kommandierte Stachelmann.

Georgie wendete sich stöhnend auf die Seite. »Mehr geht nicht mit dem einbetonierten Bein«, maulte er.

»Das reicht doch schon«, flötete sie. Sie beugte sich hinunter.

»Nun rammen Sie mir den Dolch schon rein.«

»Längst passiert. Sie haben gar nichts gemerkt, stimmt's?«

»Bis gerade eben hatte ich nur ein paar Schrammen, jetzt …«

»Bis nachher!«

»Weiche von mir, Satan!«

Sie lachte fröhlich und verschwand.

»Also Akten, Akten, Akten«, sagte Georgie.

»Aber das hat nur einen Sinn, wenn ich Andert darin finde.«

71

Ein Historiker, der sich in Archiven auskennt, hat ein Gefühl für Quellenbestände. Oft ahnt er nach einer Übersicht schon, ob es sich lohnen wird, den Papierberg gründlich zu lesen, der vor ihm liegt. Das könnte die Arbeit verkürzen. Allerdings findet sich manchmal wider Erwarten in einem Stapel der Ödnis ein Dokument, das einen umhaut. Stachelmann hatte das erlebt. Da wühlt man sich durch langweiliges Zeug und müht sich, die Augen aufzuhalten. Wenn man einmal nicht aufpasst, einmal zu schnell umblättert, verpasst man den Scoop des Jahrhunderts. Mindestens.

Dass er gleich ins Bundesarchiv kommen durfte, verdankte er Frau Bestler. Sie hatten gewissermaßen eine gemeinsame Leiche, wenn auch nicht im Keller, dann doch in ihrer Erinnerung. Sie hatten sich näher kennengelernt, nachdem Stachelmann im Kopierraum des Bundesarchivs einen Toten gefunden hatte. Als er jetzt zum Aufenthaltsraum ging, schauderte es ihn doch. Er hatte sich nicht an das Bild gewöhnen können. Aber wenige Meter von hier arbeiteten Frauen in dem Raum, in dem die Leiche gefunden worden war. Was hatten sie für ein Gefühl, wenn sie morgens die Tür ihres Büros öffneten? Ob man sich daran gewöhnte?

Frau Bestler strahlte ihn an, als sie ihm auf dem Flur begegnete.

»Danke, dass es so schnell geklappt hat.«

Sie winkte ab. »Ist wenig los zurzeit. Bevor es den Kollegen langweilig wird …« Ihr Daumen zeigte zum Lesesaal. »Der Bestand liegt schon auf Ihrem Tisch.«

»Großartig, danke. Vollständig?«

»Glaub ich nicht. Die Leute von der KgU haben die Akten gesäubert, bevor sie die ins Archiv gaben.«

Darauf hätte ich selbst kommen können, dachte Stachelmann. Sie haben alles rausgenommen, was ihnen Ärger bereiten könnte. Wie die Stasi. Die hatte auch die große Schnipsel-und-Scheiterhaufen-Orgie veranstaltet, als es ihr an den Kragen ging. Und wenn Andert gerade in den Akten gestanden hatte, die vernichtet worden waren? Es hatte keinen Sinn zu spekulieren.

Er setzte sich an den Tisch und begann. Tempo. Der Termin mit der Stasi-Akten-Behörde drängte. Dort warteten weitere Meter Papier auf ihn.

72

Ein Stapel Akten lag vor Ewald. Teambesprechung. Auf dem großen Bildschirm an der Wand Fotos von Beweisstücken. Teile des Zünders. Stichworte zum Explosivstoff. Eine Lageskizze. Bilder von Amtmann und Wuhlbein. Mögliche Komplizen von Wuhlbein, Leute aus seiner Gruppe.

Kranz betrachtete die Beweisstücke und Indizien. So, wie sie zusammengestellt waren, führten sie unweigerlich zu einem Schluss: Wuhlbein war es. Oder einer aus seiner Gruppe. Linksextremisten. Das passte ins Bild. Der Typ vom Staatsschutz lungerte nun immer auf Besprechungen herum. Aber die politische Polizei übernahm nicht. Noch nicht. So richtig überzeugt waren die bisher nicht. Ließen sich alle Möglichkeiten offen. Wenn sie übernahmen und es war doch kein politisches Motiv, konnte es peinlich werden. Teile der Medien hatten die Staatsschützer auf dem Kieker. Hyperaktiv. Das rechte Auge blind. Sogar dem *Hamburger Abendblatt* war in einem lichten Moment aufgefallen, dass es Quatsch war, von *Opfern extremistischer Gewalt* zu reden. Gehörte es doch zum Alltag, dass Rechte Ausländer jagten und verprügelten. Wogegen durchgeknallte Autonome sich am liebsten mit der Polizei schlugen oder ihr antikapitalistisches Heldentum beim Zertrümmern von Schaufenstern bewiesen, was den Finanzkapitalismus natürlich an den Rand des Untergangs trieb. Es war eher eine theatertaugliche Live-Performance als eine Politstrategie.

Kranz nahm sich vor, mit Stachelmann darüber zu diskutieren. Sie kannte niemanden, mit dem sie es besser gekonnt hätte. Sie mochte seine spöttischen Bemerkungen, seinen erhellenden Sarkasmus, seine bösen Witze. Zusammen mit Georgie lief er zur Höchstform auf. Oft überraschte er sie mit seinem bitteren Realismus. Er witterte üble Motive, wo andere Hosianna riefen. Die Welt, die er sah, war ihm Oberfläche. Darunter eine Schlangengrube.

»Die Kollegin Kranz hat bestimmt auch eine Meinung dazu?« Ewalds Stimme aus dem Off.

Sie sah aller Augen auf sich gerichtet. Ewald lächelte so, dass sie ihm hätte eine reinhauen können. »Arschloch«, murmelte sie.

»Haben Sie etwas gesagt?«

»Ich finde, dass wir allen Spuren folgen und die Ermittlungen nicht von vornherein auf eine Hypothese begrenzen sollten.«

Ewald hob die Brauen. Er saß ihr gegenüber, selbstzufrieden. Wenn er nicht an seinen Fingernägeln kaute, beglotzte er sie. »Natürlich. Gewiss. Aber welche anderen Spuren?« Sein Daumen wies zum Bildschirm.

»Die nicht darauf sind. Der Monitor zeigt, was manche hier im Raum glauben. Das nennt sich Voreingenommenheit.« Sie stockte und schalt sich. Dumm, so aggressiv zu sein.

»Aha«, sagte Ewald.

Die Kollegin an der Tischecke kicherte in ihre Hand.

»Ich hatte Ihnen das ja schon gesagt.« Blick zu Ewald, angestrengt sachlich.

»Ja, der Herr Professor.« Ewald blickte in die Runde. Er ließ sich anmerken, dass er ein Lächeln unterdrückte.

Bleib ruhig, bleib ruhig. Unterm Tisch presste Kranz die Nägel in die Handfläche.

»Damit Sie verstehen, was die geschätzte Kollegin meint, will ich das gern erklären. In der Straße wohnt auch der Herr Professor Stachelmann. Sie werden über ihn gelesen haben. Die Kollegen« – ein Blick zu Kranz – »hatten ihn kurzzeitig als … Experten hinzugezogen. Und nun glaubt die Kollegin, die Bombe habe dem Herrn Professor gegolten.«

Allein wie er *Herr Professor* sagte. Der aufgeblasene Wicht. Nichts wünschte sie sich mehr, als dass Ewald seine ganze beschissene Ermittlung gegen die Wand fuhr. Den Bombenleger würde sie eben allein suchen müssen. Zusammen mit Josef. Der Gedanke an ihn stimmte sie schlagartig friedlich. Sie lächelte. Hatte seinen erstaunten Blick vor Augen, als er morgens im Ehebett seiner Eltern aufwachte und sie ansah. Die sich auf den Ellbogen gestützt und ihm beim Schlafen zugesehen hatte. Dann lächelte er, wie einer lächelt, der glücklich ist. In diesem Augenblick. Und nickte wieder ein.

»Die Bombe lag unter dem Auto von Frau Derling« – der Name ging ihr locker über die Lippen, erstaunlich. »Das … ist die Lebensgefährtin von Stachelmann. Dessen Name stand in der Zeitung, weil ein besonders kluger Kollege ihn ohne zu fragen herausposaunt hatte. Ist das keine Spur? Wir haben die Leiche im Reinbeker Redder, wir engagieren einen Historiker wegen der Papierreste, die Bombe unterm Auto von Frau Derling …«

»Wir kennen das, Frau Kollegin. Und das Motiv?«

»Einschüchterung, was sonst? Eine Warnung.«

»Aha.«

Gekicher.

Ein Blatt erschien auf dem Monitor. Rechts oben groß, fast drohend, Hammer und Sichel, gekreuzt von einer Kalaschnikow. Überschrift in Großbuchstaben: *BEFREIT WUHLBEIN!* Darunter: *Kampf dem Bullenstaat!* Den Text konnte Kranz nicht entziffern.

»Ich zitiere nur kurz aus dem Bekennerschreiben: ›Die Bombe war die letzte Warnung. Beim nächsten Mal ist der Richter dran.‹«

Ewald blickte wieder in die Runde. Selbstzufriedenheit triefte aus allen Poren. »Was meinen Sie, Frau Kollegin Kranz? Vielleicht genügt das sogar Ihnen als Indiz?«

73

»Ich halte das nicht mehr aus«, sagte sie.

Stachelmann hörte ihrer Stimme an, dass sie den Tränen nah war. Er wurde zornig. Warum musste dieser Scheißkerl Rebekka demütigen? Vor den Kollegen. Wenn es einen Knigge für Vorgesetzte geben sollte, stand in dem als erstes Gebot: Machen Sie niemals einen Mitarbeiter zum Gespött der Kollegen. Wahrscheinlich hatte Ewald nicht mal den Hauch einer Ahnung, wie man mit Kollegen umging. Vor allem mit Kolleginnen.

Er hatte gerade das Bundesarchiv verlassen und wollte zum Hotel Morgenland, als das Telefon klingelte. Bisher hatte er nur gefunden, was sorgfältige KgU-Aktenfilzer übrig gelassen hatten. Warum sollten sie auch Beweise für Aktionen hinterlassen, die kriminell gewesen waren, auch nach westlichen Maßstäben? Stachelmann hatte Verständnis für Leute, die sich den Strick nicht selbst um den Hals legten.

In der Nacht hatte er die Erinnerungen eines ehemaligen KgU-Spitzenmanns gelesen. Heldensagen. Sogar die gesäuberten Akten im Bundesarchiv widersprachen dieser Schönfärberei. Den Suchdienst für die Insassen von sowjetischen Internierungslagern und für Stasi-Verschleppte hatten KgU und CIA bald nur noch als Tarnung für Spionage und Sabotage betrieben. Emsige Frauen verwalteten die Listen, während kälteste Krieger den Kommunisten einheizten. Mit Bomben, Brandsätzen, Verwaltungsstörungen, Beschädigung von Maschinen und Fahrzeugen. Lautstark klagten sie die Kommunisten an, die nicht mal in der Lage seien, ihre Bevölkerung mit dem Nötigsten zu versorgen. Gleichzeitig sabotierten sie Fabriken und Produktionsgenossenschaften, um tatkräftig mitzuhelfen, dass der beklagte Zustand verschlimmert wurde. Alles, was den Kommunisten tatsächlich oder vermeintlich schadete, war gut genug. Ein Kampf mit allen Mitteln.

War das Widerstand?

»Und wenn du Urlaub beantragst?«

»Ich kneife nicht.«

»Und das Bekennerschreiben? Das ist doch wirklich eine Spur.«

»Fragt sich nur, wohin. Wenn es Trittbrettfahrer sind? Oh, da ging eine Bombe in der richtigen Straße hoch. Welch schöner Zufall.«

Ein Mann an der Ecke der Seitenstraße vor dem Hotel. Er fiel ihm auf, weil er stand wie jemand, der auf keinen Fall auffallen wollte. Basecap, Turnschuhe, Lederjacke, Kinnbart. In der Hand eine Zigarette.

»Bist du noch dran?«

»Ja … ja.« Er linste vorsichtig zu dem Typ. Der blickte überallhin, nur nicht zu Stachelmann. »Ich glaube, ich werde verfolgt.«

»Wie bitte?«

»Das steht ein Mann, der alles sehen will, nur mich nicht.«

Sie lachte. »Vielleicht bist du nicht sein Typ.«

Er staunte, wie schnell sie umschaltete von depressiv auf fröhlich. Wenn er das nur könnte. »Vielleicht spinne ich ja. Aber der hat auf mich gewartet. Ich prüfe es nachher.«

»Wie willst du das prüfen … pass auf dich auf.«

»Das ist ein Anfänger«, sagte Stachelmann. »Blöd, dass Georgie im Krankenhaus liegt. Wir hätten ihn in die Zange nehmen können.«

»Und wenn da noch ein Verfolger ist, den du nicht siehst?«

Jetzt wurde ihm doch mulmig. Er überlegte einen Augenblick. »Du meinst, der Typ, den ich sehe, das ist ein Provokateur?«

»Vielleicht soll er dir Angst machen.«

»Vielleicht frag ich ihn mal.«

Als wäre dies das Stichwort gewesen, schnipste der Kerl seine Zigarette auf die Straße, machte kehrt und trottete weg.

»Jetzt marschiert er los. Der hat vielleicht doch nur auf seine neueste Flamme gewartet.«

»Aber halt die Augen auf. Trotzdem.«

»Ja, ja, Mutti.«

Sie platzte los. Nachdem sie sich beruhigt hatte: »Hast du was gefunden?«

»Alles finster, in jeder Hinsicht.«

»Ist ja toll. Das wird wohl nichts.«

Ihre Enttäuschung traf Stachelmann. »Ich suche nach Geschichten, die so was wie Rache hergeben. Das Problem ist nur, dass so ziemlich alles, was die KgU-Fritzen getrieben haben, irgendjemanden bis zur Weißglut gereizt haben dürfte. Ab welchem Aggregatzustand zieht jemand tausend Jahre später los und bringt den Übeltäter von einst um?«

»Du musst nach Tötungsdelikten suchen.«

»Ich weiß. Vielleicht finde ich bei der Stasi was. Da sind ja die Verfahren gegen diese Leute protokolliert.«

»Und wenn es kein Verfahren gab, weil sie den Täter nicht gekriegt haben?«

»Dann sind wir in den Po gekniffen.«

»Aber die Taten werden ja aufgenommen worden sein, oder? Sorry, dass ich so blöd frage. Ich habe noch nie eine Stasi-Akte gesehen.«

»Du hast recht. Die haben fein säuberlich alles aufgeschrieben, was passiert ist. Aber ich ahne schon, dass es ein Berg von Vorgängen ist. Vielleicht ist das alles umsonst.«

»Gut, dass du nicht aufgibst.«

»Aussichtslose Dinge sollte man ruhen lassen.«

»Aber erst, wenn man sicher ist …«

»Wann ist man das?«

74

»Dieser Ewald macht Rebekka fertig«, sagte Stachelmann. Er erzählte Georgie von seinem Gespräch mit ihr.

»Vielleicht sollten wir ihn auch ein bisschen foltern.«

»Gute Idee«, knurrte Stachelmann.

»Stell dir vor, der vergurkt seine Ermittlung. Und dann schleppt Rebekka den Mörder an, schön verpackt. Das wär doch was.«

»Wenn es keinen Grund gäbe weiterzumachen …«

Georgie grinste. Der Verband um seinen Kopf war dünner, aber das Bein hing noch in der Schlinge. Am Nachttisch lehnten Krücken. Immerhin.

»Nur kann ich dir jetzt schon sagen, was ich in den Akten finde …«

»Tausend Fälle, einer schöner als der andere.«

»Und dann?«

Georgies Handy klingelte. *Won't get fooled again*. Woher kannte der das?

»Ja, danke … gut … prima. Tschüss!« Das kürzeste Telefonat der Geschichte, die Mafia ausgenommen: *Schlitz ihn auf, Silvio. Okay, Boss*. Georgie schaffte es immer wieder, ihn vor Rätsel zu stellen. Gerade wenn er glaubte, ihn ganz und gar zu kennen.

»Eine Chance hätten wir, wenn Andert in den Akten auftauchte. Entweder weil sie ihn erwischt hatten. Oder weil sie seinen Klarnamen herausgefunden hatten«, sagte Stachelmann.

»Wie hoch ist die Wahrscheinlichkeit?«

»Egal. Spekulieren nutzt nichts.«

»Jawohl, Holmes.«

»Halt's Maul!«

»Oh, Holmes ist angefressen. Also, ich find Rebekka auch toll. Ich bin ja schwul, aber …«

Stachelmann deutete einen Schlag an.

In dem Augenblick knallte die Tür auf, die Krankenschwester erschien mit einem Tablett. »Mittagessen!«, flötete sie.

»Der will mich schlagen.«

»Recht hat er«, sagte die Schwester. »Immer zu.«

»Sie haben sich mit diesem Subjekt zusammengetan«, maulte Georgie. »Und wollen mich vergiften mit dem Fraß.« Er verzog das Gesicht zur jämmerlichsten Grimasse aller Zeiten.

75

Gift, Überlegungen, wie man es verabreichen könnte. Geliefert von Chemielabors in Westberlin. Und von den Amerikanern. Die Wunschvorstellung, eine Kompanie Sowjetsoldaten kollektiv kotzen zu lassen. Drohschreiben an Funktionäre. *Der Tag der Abrechnung wird kommen. Verhalten Sie sich danach.* Zersetzung. *Wussten Sie, dass Ihr Mann in Berlin eine andere Frau trifft?* Während Stachelmann sich an seinem letzten Tag im Bundesarchiv durch die Akten wühlte, hatte er die Erinnerungen des KgU-Manns im Kopf. Des Manns, der sich nach dem Fall der Mauer als Freiheitskämpfer feierte und feiern ließ. Erinnerung ist tückisch. Sie hatte in diesem Fall eher mit Vergessen zu tun.

Die Frühabendsonne färbte das Papier dezent rosa. Stachelmann rieb sich die Augen. Vor ihm saß eine dürre junge Frau mit kurz geschnittenen Haaren. Sie zupfte sich unentwegt am Ohr. Am Tresen neben dem Eingang flüsterte ein Nutzer mit einem bezopften Archivmitarbeiter. Die elektrische Glastür schwang lautlos auf. Herein trat ein untersetzter Mann mittleren Alters. Wichtig, wichtig. Stachelmann hätte gern einen Tag Nutzer studiert. Viele waren sofort einzuordnen. Präpotente Jungakademiker, welche die Arroganz ihrer Professoren verabscheuten, aber insgeheim bewunderten und nachäfften. Hektische Doktorandinnen, getrieben von der Zeit und ihrem Ehrgeiz. Bauchige Herren in Kordhosen, deren Erstaunen über Quellenfunde längst eitler Behäbigkeit gewichen war.

»Na, kommen Sie voran?«

Frau Bestler hatte sich von hinten angeschlichen und tippte ihm auf die Schulter.

»Jein«, sagte er. »Ich finde lauter Geschichten, die ich nicht suche.«

»Ist das nicht immer so, im Archiv und im Leben?«, sagte sie und grinste.

Er blickte ihr nach, wie sie wiegenden Schritts den Lesesaal verließ. Sie zeigte ihm noch ihre Silhouette hinter Glas, als sie die Treppe hochzusteigen begann.

Akten, Akten, Akten. Und dann *Andert*.

76

Vollmer grinste breitmäulig. Kranz musterte ihn und wusste, dass der keine Bombe gelegt hatte. Und mit Andert hatte er schon gar nichts zu tun. Kurze Locken, Backenbart, verschmierte Brillengläser, müde Augen. Sie saß neben Ewald, Vollmer fläzte sich auf seinem Stuhl gegenüber. Offenbar versetzte er sich gerade in die Heldenrolle. Opfer der Bullengewalt. Eine Zierkerbe in der Biografie. Keinerlei Unsicherheit in den geröteten Augen. Lange Nacht gehabt, gekifft. Von ihr aus hätte man das Verhör gar nicht führen müssen.

Ewald schien nichts zu merken. Dabei stand längst fest, dass er den Kampf verlieren würde. Sie würden Vollmer laufen lassen, und der würde ihnen den Mittelfinger zeigen. Und noch breiter grinsen.

Aber warum hatte Ewald ausgerechnet sie zum Verhör hinzugezogen? Eine weitere Demütigung? Gedankenlosigkeit? Um sie neben sich zu haben? Er hatte nur kurz in Kranz' Büro reingeschaut: »Kommen Sie gleich mit?« Frageform, aber keine Frage.

»Ich weiß gar nicht, was Sie wollen«, sagte Vollmer. Er lachte.

Ewald startete das Aufnahmegerät, sprach den Formalkram auf und fixierte Vollmer. Dann hob er den Aktendeckel und schob Vollmer eine Kopie des Bekennerschreibens zu. »Kennen Sie das?«

»Klar.«

»Was klar?«

»Ich kenne es.« Wieder das Grinsen.

»Wer hat das verfasst?«

»Keine Ahnung.«

»Woher kennen Sie es?«

»Lag in einer Kneipe rum.«

»Ich welcher?«

»Im *Rimini*. In dem Aussteller, wo Veranstaltungsankündigungen, Postkarten, Flyer und so weiter liegen.« Er genoss jedes Wort.

»Sie kennen Wuhlbein?«

»Klar. Der sitzt, weil Bullen Beweise gefälscht und gelogen haben.«

Ewald warf Kranz einen Blick zu.

»Wir suchen den Bombenleger«, sagte Kranz. »Finden Sie Bombenlegen gut?«

»Kommt drauf an.«

»Auf was?«

»Auf die Situation.«

»Wann würden Sie denn eine Bombe legen?«

»Heute nicht.«

»Wie freundlich. Vielleicht weihen Sie uns ein, wann Sie Bomben für sinnvoll halten.«

»Kennen Sie Georg Elser?«

»Wen?«, fragte Ewald. Es klang so, als wollte er gleich die Fahndung auslösen.

»Der neununddreißig versucht hat, Hitler in die Luft zu sprengen. Diese Bombe find ich gut. Und die vom 20. Juli auch, obwohl die Typen ...« Er winkte ab.

»Und in jüngster Zeit?«, fragte Kranz.

Vollmer zuckte die Achseln.

»Die Bombe gegen Richter Amtmann finden Sie aber richtig?«

»Das kann man so oder so sehen.«

»Und Sie sehen das eher so«, sagte Kranz.

Endlich ein bisschen Verwirrung in Vollmers Blick. »Nein, so.« Das war's mit der Verwirrung.

Ewald stoppte das Aufnahmegerät. »Ich geb Ihnen eine Chance. Wir haben Ihre Fingerabdrücke am Tatort gefunden«, sagte Ewald. Er zog ein weiteres Blatt aus der Akte.

Falten auf Vollmers Stirn. Die Hand fuhr durch die Haare. »Sie wollen mich reinlegen.«

»Nein. Das ist nicht so oder so, sondern so. Wir kriegen dich am Arsch, Vollmer.«

Er legte das Papier zurück und klappte den Aktendeckel zu.

77

Er schloss die letzte Akte und brachte den Stapel zurück, verabschiedete sich am Haustelefon bei Frau Bestler und verließ das Archiv.

Diesmal lehnte er neben dem Schaufenster des kleinen Ladens gegenüber dem Eingang des Bundesarchivs. Basecap, Turnschuhe, wie gehabt. Sonnenbrille. Er kaute an irgendwas und starrte hinüber. *Der will, dass ich ihn sehe.*

Warum?

Stachelmann ging gemächlich die paar Meter zum Hotel. Plötzlich drehte er sich um. Der Typ schlenderte auf der anderen Straßenseite, die Daumen in die Hosentaschen gehakt.

Ich bin auf der richtigen Spur. Warum sollte sonst jemand versuchen ihn zu … ja, was?

Was hatte der Typ mit Andert zu tun? Mit dem Mord? Mit der Stasi? Viel zu jung. Was könnte er sonst wollen? Soll ich ihn einfach mal fragen?

Stachelmann wechselte die Straßenseite und ging dem Mann entgegen. Der machte kehrt, beschleunigte und bog in eine Seitenstraße ein. Als Stachelmann an der Ecke ankam, war der Typ verschwunden. Dafür sah Stachelmann einen anderen Mann. Auch jung. Ähnlich gekleidet, halblange Haare. Er war mindestens zweihundert Meter weg und entfernte sich weiter.

Im Hotelzimmer legte er sich aufs Bett. Rebekka hatte angerufen, verriet ihm das Handy. Was konnte er ihr berichten? Er hatte Andert gefunden. Der war wenigstens zwei Jahre KgU-Mitarbeiter gewesen, 1955 bis 1957. Das bewies eine Aktennotiz, in der Anderts Name in einer Randnotiz auftauchte. Mehr gab es nicht. In der Quelle ging es um Zersetzungsaktionen gegen die Wirtschaft, *Administrative Störungen* oder kurz *AS* genannt. Falsche Bestellungen an Lieferanten von Glühbirnen, Milch.

Preissenkungsverordnungen, dazu Flugblätter, die den Eindruck erweckten, sie stammten von der HO, der DDR-Handelsorganisation. Die KgU-Agenten organisierten ein Desaster. Nur wer sollte Andert deshalb ermorden? Weil die Milch billiger wurde? Oder in Halle die Glühbirnen ausgingen, weil zu viele nach Ostberlin geschafft worden waren?

»Der Typ ist wieder aufgetaucht.«

Rebekka überlegte. »Der will, dass du es mitkriegst.«

»Klar. Ich wollte ihn stellen, aber da ist er abgehauen.«

»Es gibt nur noch Helden. Hast du was gefunden? Pass auf dich auf.«

»Andert taucht tatsächlich in einer Akte auf. In einer Randnotiz. Da hat jemand nicht aufgepasst und den Klarnamen notiert.«

»Irgendein Motiv zu wittern?«

»Ich hab keins gefunden.«

»Vielleicht sind wir auf dem Holzweg.«

»Wahrscheinlich. Aber ich gehe ihn tapfer bis zum Ende.«

»Mein Held.«

»Endlich erkennst du das.« *Wie hat sie es so schnell geschafft, dass ich mit ihr vertraut bin?*

»Wir tappen auch im Dunkeln. Ewald hat versucht, einem Typen die Bombe anzuhängen.«

»Wie das?«

Sie erzählte es. Ewald hatte geblufft. Verboten, gegen die Regeln. Was Kranz am meisten ärgerte, war, dass Ewald stillschweigend darauf setzte, dass sie ihn nicht verpfiff. Wenn sie es nicht tat, hing sie mit drin. Wenn sie es tat, konnte sie sich schon mal nach einer Putzstelle umsehen. Natürlich gab es keine Fingerabdrücke von Vollmer am Tatort. Und natürlich fiel Vollmer nicht herein auf den Schwachsinn. Der hatte sich an die Stirn getippt. »Sie können mich mal kreuzweise.« Dann war er aufgestanden und hatte den Verhörraum verlassen. Kein Wort hatte Ewald gesagt. Erst als die Tür zufiel. Dann nur: »Scheiße!« Packte seine Sachen, ohne Kranz eines Blicks zu würdigen, und verzog sich.

»Der wär zu blöd als Schülerlotse.«

»Da stehen wir beide ja richtig auf dem Schlauch.«

»Wie geht's Georgie?«

»Er terrorisiert das Krankenhaus, also besser. Er hat von mir verlangt, dass ich ihm eine Pulle Wein mitbringe.«

Sie lachte. Und schaffte es wenigstens für Augenblicke, ihm alle trüben Gedanken aus dem Hirn zu pusten.

78

»Lauwarme Plörre«, schimpfte Georgie. »Mach sie schnell auf, bevor sie überkocht.«

Stachelmann öffnete die Flasche, holte zwei Gläser aus dem Bad und goss ein. Sie stießen an. Natürlich betrat in diesem Augenblick Georgies Lieblingskrankenschwester das Zimmer. »Ach ja«, sagte sie. »Sie wissen aber schon, dass Alkohol im Krankenhaus …«

»Holen Sie sich ein Glas«, sagte Georgie.

Die Schwester blickte sich nach allen Seiten um, kicherte, verließ das Zimmer und kehrte mit einem Glas zurück. »Aber ganz schnell.« Ein Blick zur Tür.

»Dann schlucken Sie's in einem Zug runter, Sie Vampir.«

Stachelmann schenkte aus, sie stießen an. Die Schwester trank ihr Glas hastig leer und verschwand.

»Ich wollte den Typen, der mir folgt, ansprechen, da ist er abgehauen. Dafür latschte ein anderer Typ rum. Gleiches Alter. Die sind zu zweit.«

Georgie blinzelte. »Zufall, glaub ich. So wichtig biste nun auch wieder nicht.«

»Bisher konnte ich mich auf mein Gefühl verlassen …«

»Bisher«, erwiderte Georgie trocken.

Stachelmann überlegte einen Augenblick. »Welchen Sinn hat eine Verfolgung, die der Verfolgte gleich entdeckt?«

»Dass der Verfolgte sie entdeckt. Sie wollen nicht wissen, wohin du gehst …«

»Weil sie es ohnehin wissen.«

»Bestimmt. Sie wollen, dass du nervös wirst. Dass du glaubst, das wäre der Anfang. So nach dem Motto: Wir zeigen dir mal, dass wir wissen, was du treibst. Und wenn du so weitermachst …«

Stachelmann fröstelte. *Warum muss ich immer in so eine Scheiße geraten?*

Das Telefon vibrierte. Renate Breuer. »Die Herren von der Sonnenfallstiftung wollen Sie unbedingt sprechen. Wann sind Sie wieder in Hamburg? Es eilt offenbar sehr.«

Er hatte die Stiftungsfritzen vergessen, ganz und gar. Sobald er nach Hamburg zurückkehre, werde er sich darum kümmern.

»Und dann hat noch ein Herr Doorf von der FU angerufen. Der ist von diesem Forschungsverein oder wie die heißen.«

»Ja, und?«

»Er würde Sie gern treffen. Jetzt, wo Sie doch sowieso …«

Stachelmann ließ sich die Nummer von Doorf geben.

»Kennst du einen Doorf mit Doppel-O?«, wollte er von Georgie wissen. Noch während er fragte, fiel ihm ein, den Namen schon gelesen zu haben. Natürlich, da gab es Studien über Inoffizielle Mitarbeiter der Stasi. Und dieser Doorf entlarvte die noch im Sarg.

»Klar, der hat immer Schaum vorm Mund. Gehört mit dem Fritzen von der Gedenkstätte Hohenschönhausen zu den letzten kalten Kriegern. Die besiegen die DDR jeden Tag aufs Neue. Über die gibt's immer was zu lachen. Was hast du mit denen zu tun?«

»Das sind doch die mit dem Vortrag.«

»Bist du irre?« Georgie blickte ihn mit aufgerissenen Augen an. »Dieser Doorf ist weniger Historiker als Möchtegern-Scharfrichter. Hast du das nicht gelesen? Wie der Doktoranden juristisch auf die Pelle rückt, wenn sie nicht spuren. Ich habe auch gehört, dass er wegen einer Rezension eines seiner Bücher klagen wollte. Es gibt halt Leute, die haben ein spezielles Verhältnis zur Wissenschaftsfreiheit. So ein bisschen wie in der DDR. Nur brauchten die keinen Rechtsanwalt.«

»Nun übertreib mal nicht.«

Georgie leerte sein Glas und tat so, als würde er weinen. Ein Lächeln, als Stachelmann nachschenkte.

»Außerdem ist es absurd, IM noch nach fünfundzwanzig Jahren zu verfolgen. Die Stasi-Behörde prüft immer noch, man glaubt es nicht. Noch ist der letzte Kindergarten-IM nicht angeprangert. Alles ist verjährt bis auf Mord und Spitzelei. Einfach absurd.«

»Wahrscheinlich machen die das auch, um die Existenz dieser Einrichtungen zu stützen.«

»Wär ein gutes Argument, um die Notwendigkeit zu begründen, Giftgas zu produzieren. Schafft hoch qualifizierte Arbeitsplätze. Und so was wie Giftgas produzieren die ja auch ...«

»Nun ist es aber gut«, sagte Stachelmann.

»Und dieser Doorf, werter Holmes, hat eine interessante Biografie. Ich werde mal forschen. Du wirst staunen. Vielleicht schreibe ich eine Diss bei dir: Herr Doorf und wie er die Welt sah.«

»Untersteh dich!«

»Na, so eine Diss wie der Doorf krieg ich auch hin.«

»Woher weißt du das alles? Oder sind das die üblichen Verdächtigungen?«

»Ich bin eben ein umfassend gebildeter Mensch.«

»Und ich geh jetzt ins Bett.«

79

Sie lag auf dem Bett und starrte an die Decke. Das Licht war ausgeschaltet, von der Straße her dämmerte es. Sie ärgerte sich. Ewald hatte sie in diese Scheiße verwickelt. Mit Absicht. Er hatte sie mit zur Vernehmung zitiert, um sie vor die Wahl zu stellen: Entweder du machst mit, oder du gehst durch die Hölle. Der Korpsgeist war zu stark. Dagegen konnte sie nicht einmal Taut schützen, obwohl der von dieser archaischen Form des Zusammenhalts nichts hielt. Ewald hatte die Regeln gebrochen. Wenn ein Strafverteidiger es herausfand, würde ein Prozess gegen Vollmer ein echter Spaß. Außer für den Staatsanwalt. Der würde sich bei Ewald und ihr mit einem Disziplinarverfahren bedanken, das sie noch in ihren finstersten Träumen quälen würde.

Ihr ging auch nicht aus dem Kopf, dass Stachelmann verfolgt wurde. Oder bildete er es sich ein? Nein, er war kein Paranoiker. Wenn er das so schilderte, stimmte es. Sie war lang genug Bullin, um Gefahr zu wittern. Wer eine Bombe legte, um zu warnen, war vermutlich auch zu härteren Maßnahmen fähig. Mord hieß lebenslang Knast. Um das zu verhindern, wäre ein weiterer Mord angemessen. Sie erschrak. Aber sie durfte sich ihren Gefühlen nicht ausliefern. Angst macht blind. Sie spürte, wie die Angst um Stachelmann ihr Denken zu beherrschen suchte. Doch sie musste eiskalt bleiben. Im Kopf.

Sollte sie Ewald unterrichten? Die Bombe, dann die Beschattung. Obwohl, Beschattung? Bedrohung. Auflauern, sichtbares Auflauern war eine Bedrohung. Stachelmann sollte es als solche empfinden. Und das hieß: Wenn du so weitermachst, passiert dir was.

Außer Angst fühlte sie noch etwas anderes. Wenigstens genauso stark. Sehnsucht. Danach, wie er sie berührte. Zärtlich, mit Verständnis für ihren Körper. Wenn die Anspannung sich löste. Ob er ihr jemals von Anfang an unverkrampft begegnen könnte? Ob er immer diese Minuten brauchen würde, bis er sich seinen Gefühlen überließ? Die Selbstkontrolle verlor? Ach, egal. Sie liebte ihn auch wegen seiner Unsicherheit. Ja, sie liebte ihn. Und sie wünschte, er wäre bei ihr. Im Bett.

Draußen kreischte ein Motorrad vorbei.

80

Ein Lastwagen oder Bus dröhnte draußen. Aber er hatte schon wach gelegen. Mitten in der Nacht waren ihm die Schmerzen in den Rücken gefahren wie ein Blitz. Er lag erst starr, überwältigt von der Schmerzattacke. Dann quälte er sich aus dem Bett, schluckte eine weitere Indometacin-Kapsel und begann im Zimmer umherzugehen. Den Schmerz aus den Gelenken laufen. Warten, bis die Tablette wirkte. Er überlegte, ob er die Minibar anzapfen sollte. Bis ihm einfiel, dass es so etwas nicht gab in diesem spartanischen Hotel. Er zog sich an und verließ das Haus.

Auf der Straßenseite gegenüber stand ein Typ mit weißer Basecap. Sie leuchtete fast in der dunstigen Nacht. Stachelmann querte die Straße, direkt auf den Mann zu. Der marschierte los in Richtung Bundesarchiv. Stachelmann folgte ihm. Aber der Typ hielt Abstand. Wenn Stachelmann schneller ging, tat es auch der Typ. Wenn Stachelmann stehen blieb, stoppte auch der Typ.

»Komm her, du Arschloch! Oder bist du zu feige?«, schnauzte Stachelmann.

Der Typ reagierte nicht.

»Was willst du von mir?« Stachelmann folgte dem Mann. Knie und Knöchel taten weh, doch das Laufen tat ihm gut. Und die Wut überdeckte den Schmerz.

Ein Hupen hinter ihm. Er drehte sich um und sah einen zweiten Mann. Etwa so alt wie der erste, Strickmütze auf dem Kopf. Das Weiß der Turnschuhe leuchtete. Der Mann folgte Stachelmann. Der machte kehrt und eilte auf den neuen Typen zu, doch der drehte ab und begann zu laufen. Geschmeidig, keine Chance, ihn einzuholen. Der erste Typ hatte ebenfalls kehrtgemacht und folgte Stachelmann. Es war zum Kotzen.

Wenn Georgie gesund wäre, sie würden sich diese Kerle schnappen. Und sie kriegen, wenn Rebekka mitmachen würde.

Zurück ins Hotel, wo er sich auszog und lange auf der Bettkante saß. Da lauerte etwas. Und das hatte mit Andert zu tun. Und vielleicht auch mit der KgU.

Aber wenn alles Unsinn war? Wenn er auf dem Holzweg war? Aber würde er verfolgt, wenn er sich verrannt hatte? Vielleicht wussten seine Verfolger gar nicht, welche Bestände er durchsuchte. Vielleicht fürchteten sie andere Enthüllungen. Er verwarf den Gedanken. Er war auf Anderts Spur und recherchierte in KgU-Beständen. Also hatten die Typen sich deshalb auf seine Fährte gesetzt. Sie sollten ihn einschüchtern.

Obwohl der zweite Mann vielleicht gar nichts zu tun hatte mit dem anderen. Irgendwie schienen die unabhängig voneinander zu agieren. Fast kam es ihm so vor, als beschatte der zweite Typ nicht Stachelmann, sondern den ersten Typen. Aber wie ließ sich das erklären?

81

»Man kann nicht mal in Ruhe seinen Kater genießen. Das Zeug, das du gestern angeschleppt hast …«

»Sei dankbar«, sagte Stachelmann.

»Du wolltest doch ins Archiv.« Georgie musterte ihn aus geröteten Augen.

Wie hatte er es geschafft, sich ein Einzelzimmer zu besorgen? Im obersten Stock, im Komfortbereich. Auf den Tischen vor den Aufzügen lagen russische und arabische Zeitungen. Das hatte ihn schon bei seinem ersten Besuch verblüfft.

Stachelmann berichtete von der Nacht.

»Ich glaub, nur dieser eine Typ verfolgt dich. Oder will dich einschüchtern. Was der andere treibt, keine Ahnung. Aber wahrscheinlich hast du recht. Der kümmert sich um den Verfolger.«

»Warum?«

Georgie guckte ratlos aus der Wäsche. »Ich liege hier. Außerdem kann ich nicht alle Probleme für dich lösen. Hin und wieder …«

»Spinner.«

»Du, ich bin schwer krank. Ein bisschen Rücksicht wär schon angebracht.«

»Jetzt plötzlich.«

»Immer. Aber du hast ja das Gemüt eines Holzfällers.«

Georgies Handy klingelte. Er nahm ab, hörte zu, sagte »Ja« und legte das Telefon weg.

»Wenn alles anders ist?«, fragte Stachelmann.

»Wenn Andert Stasi-Spitzel in der KgU war?«

»Zum Beispiel. Und wenn er KgU-Leute an die Stasi verpfiffen hat? Die saßen elend lang und unter elenden Bedingungen im Knast, wenn sie nicht umgebracht wurden. Das wär doch ein schönes Motiv für Rache.«

»Klar, dann wär der Typ auf der Straße ein Stasi-Junior, der dich erschrecken soll.«

»Könnte sein.«

»Könnte auch ganz anders sein.«

»Tröstlich.«

»Es ist wie immer. Ich denke für dich. Und wenn das große Jammern anhebt, tröste ich dich. Wie hast du eigentlich überlebt, bevor es mich in deinem Leben gab?«

»Vegetiert hab ich, was glaubst du?« Brigitte fiel ihm ein, deren Tod sie zusammengebracht hatte. Ihm war es, als hielte Brigitte sie immer noch zusammen. Ihr Name fiel nie, aber Stachelmann zweifelte nicht, dass Georgie wenigstens so oft an sie dachte wie er. »Wenn Rebekka hier wär und du dem Typen nicht vors Auto gelaufen wärst, könnten wir den Basecap-Typen grillen.«

»Dann wär der nicht da.«

»Und wenn es andersherum ist. Die Stasi hatte ein Hühnchen mit Andert zu rupfen ...«

»Wir können noch ewig fantasieren. Ab ins Archiv.«

82

Ewald räumte auf. Sein nächstes Opfer war ein schlanker Intellektuellentyp, siebenunddreißig Jahre alt. Kurze blonde Haare, glatt rasiert, Jeans, Hemd, Turnschuhe. Und wieder musste Kranz mit zum Verhör.

»Wir räuchern sie aus«, sagte Ewald. Und Kranz dachte nur, dass er es mit Metaphern nicht so habe. Gleiche Konstellation, sie neben Ewald, gegenüber Paul Wandel, freier Journalist, wie er erklärte. Aber Ewald und Kranz kannten keines der Blätter, für die er schrieb.

»Es geht um die Bombe und Amtmann, ist schon klar«, sagte Wandel. Er war gelassen, zumindest spielte er es gut. »Wir können die Sache abkürzen. Ich weiß gar nichts. Ich habe damit nichts zu tun, meine Gruppe hat damit nichts zu tun. Das ist es doch, was Sie wissen wollten. Fertig. Kann ich jetzt gehen?«

Ewald schaltete das Aufnahmegerät ein und sprach seinen Text auf.

»Vergessen Sie nicht hinzuzufügen, dass Herr Wandel nicht auf solche dummen Tricks hereinfällt, wie Sie es mit meinem Genossen Vollmer versucht haben. Sie haben weder von ihm noch von mir am Tatort Fingerabdrücke gefunden.« Er deutete aufs Aufnahmegerät. »Das war fürs Protokoll.

Ewald lehnte sich zurück und fixierte Wandel. »Sie fangen ja schon mit Lügen an, bevor wir die erste Frage gestellt haben.«

Wandel lächelte.

»Was halten Sie denn von der Bombe? So als Mitbürger?«

Kranz wär am liebsten davongelaufen.

»Ist niemand zu Schaden gekommen. Was soll die Aufregung?« Seelenruhig.

»Es hätte aber jemand zu Schaden kommen können. Zufall, dass es nicht geschah«, erwiderte Ewald. Gar nicht seelenruhig. Kranz spürte dessen Frust.

»Seit wann untersuchen Sie Verbrechen, die es hätte geben können?«

»Ein Bombenanschlag ist ein Verbrechen, so oder so«, warf Kranz ein. Um sich nicht fremdschämen zu müssen.

Wandel blickte sie fast freundlich an. »Gewiss. Aber woher wollen Sie wissen, dass …«

»Wir stellen die Fragen«, schnappte Ewald.

»Ich hatte gehofft, wir können die Unstimmigkeit diskursiv ausräumen.«

Kranz hätte fast losgelacht. Der Typ begann ihr zu gefallen.

Ewald offenbar nicht. Sie spürte, wie er sich zwang, ruhig zu bleiben. Wenigstens solange die Aufnahme lief.

»Müssen Sie diese Aufzeichnungen eigentlich speichern? Ich frag das nur wegen Vollmer und seiner Fingerabdrücke, die von Zauberhand …«

»Halten Sie den Mund«, sagte Ewald.

»Das wollen Sie nicht wirklich.«

»Was halten Sie von Herrn Amtmann?«, fragte Kranz. Vor allem um die Vernehmung zu versachlichen.

»Nichts«, antwortete Wandel. »Ein verknöcherter Reaktionär, der zu jeder Zeit Richter hätte sein können. Wobei, zum Chef vom Volksgerichtshof hätte es nicht gereicht.«

»Und wäre es da nicht angemessen, dem Mann so richtig Angst zu machen?«

»Unbedingt«, sagte Wandel. »Meine klammheimliche Freude will ich gar nicht verbergen.«

»Und deswegen haben Sie die Bombe gelegt.« Ewald zog das Bekennerschreiben hervor.

»Sie müssten mir jetzt noch meine Unterschrift zeigen«, sagte Wandel. »Dieses literarische Meisterwerk haben Sie doch selbst verfasst. Beim nächsten Mal helfe ich Ihnen, damit es echt klingt.« Er lächelte, wie einer lächelt, der den Rest der Menschheit für eine Anhäufung von Deppen hält. Wenigstens die beiden Bullen im Vernehmungszimmer.

Nach der Vernehmung saßen Ewald und Kranz noch am Tisch.

»Arrogantes Arschloch«, sagte Ewald.

»Wenn ich zu Unrecht eines Verbrechens beschuldigt würde, wäre ich auch nicht begeistert«, sagte Kranz.

Ewald schnaufte. »Dass Sie auf solche Typen stehen, ist mir klar. Sie wollen sich doch nur Ihrem Professor …«

»Jetzt ist es genug, Kollege Ewald. Sie marschieren in eine völlig falsche Richtung. Sie haben bis auf dieses dubiose Bekennerschreiben nichts in der Hand, um Ihre Ermittlungsrichtung zu rechtfertigen …«

»Erzählen Sie mir nicht …«

»Doch, das muss ich. Sie vergeuden Arbeitskraft und Material, weil Sie sich verrannt haben. Sie hören nicht zu. Sie lassen sich durch nichts beirren, nicht mal durch Tatsachen.«

»Gut, dass wir mal Klartext reden.« Er erholte sich schnell von seiner Überraschung. »Welche Tatsachen?«

»Es ist geradezu abwegig, dass Sie die Stachelmann-Spur einfach abtun …«

Er grinste breit. »Was Sie in Ihrer wohlverdienten Freizeit …«

»Unter uns, wenn hier jemand ein Arschloch ist, dann Sie«, sagte Kranz und verließ den Raum.

83

Je besser wir Diktatur begreifen, desto besser können wir Demokratie gestalten. Das stand neben dem Eingang der Stasi-Akten-Behörde in der Karl-Liebknecht-Straße. Stachelmann kannte den Spruch und fand ihn jedes Mal hirnloser. Niemand konnte demnach Demokratie besser als die Deutschen, da die die meisten Erfahrungen mit Diktatur hatten. Die Deutschen hatten mit dem Nationalsozialismus die übelste Diktatur hingekriegt, dann waren sie Weltmeister der Reue und Aufarbeitung geworden, und schließlich maßten sie sich an, den Rest der Welt über Demokratie zu belehren.

Es war sowieso absurd, welchen Unfug sich Behörden ausdachten, um ihre Existenz zu rechtfertigen samt den Steuergeldern, die sie verbrieten, um die Menschheit vor der Wiederkehr des Bösen zu bewahren. Das Gelaber von den beiden deutschen Diktaturen, die Alarmschreie, weil Wissenslücken die stündliche Wiedererrichtung einer Diktatur befürchten ließen. Das hysterische Geraune über die Verharmlosung der DDR, als winkte der Teufel mit Hammer und Sichel.

Am Tresen saßen Uniformierte, die der Behördenleiter schon längst hatte versetzen wollen, weil Stasi-Hausmeister und -Wachleute Opfern nicht zuzumuten seien. Was dem Behördenleiter gut zwanzig Jahre nach dem Untergang der DDR eingefallen war. Stachelmann versuchte das Böse in den Augen der Männer zu entdecken, fand es aber nicht.

Er drehte sich noch einmal um. Draußen stand der Basecap-Typ, der ihm in einigem Abstand gefolgt war. Und auf der anderen Straßenseite, vor der riesigen Bayernkneipe, wartete Typ Nummer zwei. Eine merkwürdige Art und Weise, einem Angst zu machen.

Sein Tisch im Lesesaal war überhäuft mit Akten. Der für ihn zuständige Mitarbeiter hatte ihm weitere Akten gezeigt, die im Regal an der Stirnwand auf ihn warteten. Er setzte sich und überlegte, ob er verzweifeln sollte. Wenn alles anders war? Wenn Andert von einem eifersüchtigen Ehemann ermordet worden war? Der Typ war ein Ekel gewesen. Ekel machten sich Feinde. Wahrscheinlich hatte Andert mehr Leute verärgert, als Rebekka und er jemals finden würden. Außerdem: Wenn sein Tod mit der Stasi zu tun hatte, gab es tatsächlich nur zwei Varianten. Erstens: Andert hatte einem Stasi-Fritzen was angetan, und der wollte sich rächen. Zweitens: Andert war ein Spitzel der Stasi in der KgU, und eines seiner verpfiffenen Opfer hatte die Rechnung beglichen. Wie sollte er Anderts Opfer finden, wenn es sie gab?

Vielleicht gab es aber auch KgU-interne Gründe? Eine missratene Operation, mit Toten und Gefangenen? Angehörige von Schauprozessopfern? Eltern, Geschwister jener Schüler etwa, welche die KgU verheizt hatte? Hatte Andert etwas damit zu tun? Oder glaubte jemand, er habe etwas damit zu tun? Es ging ja nie um Tatsachen, sondern darum, was jemand für Tatsachen hielt.

Die Fenster waren offen, trotzdem war es schwül und stickig. Ihm war, als klebte alles. Er verfluchte die Idee, sich auf diese Recherche eingelassen zu haben. Aber er war es Anne schuldig. Er musste die Leute kriegen, die Bomben legten. Erst dann konnte er sicher sein, dass Anne und Felix nichts geschehen konnte.

84

Der Angriff kam von hinten. Er dauerte keine Sekunde. Ein Stoß, und Stachelmann stürzte auf die Straße. Der Typ hatte ihm aufgelauert und ihn auf dem Fußgängerüberweg von der Karl-Liebknecht-Straße zum Alexanderplatz angerempelt. Mit Absicht, wie ein Fußballer. Hatte sich noch einen Augenblick hinuntergebeugt, als wollte er ihm helfen. Dann war er wortlos weggelaufen. Jeans, Turnschuhe. Keine Basecap, kurze schwarze Haare. Nicht mal schnell. Kein Passant kümmerte sich um Stachelmann. Er stand auf. Schrammen an den Händen, ein Riss in der Hose. Die Autos gaben Gas. Es begann ein Hupkonzert. Stachelmann humpelte zum Bürgersteig. Er bewegte Beine und Arme. Nichts gebrochen. Aber die Schürfwunde an der Hand schmerzte.

Er fand ein Taxi. Dessen Fahrer musterte ihn misstrauisch, ließ ihn aber einsteigen. Kein Wort, nachdem Stachelmann die Hoteladresse genannt hatte.

»Herr Professor, was ist …?«, fragte der Mann am Empfang.

Stachelmann winkte ab. »Gestürzt, nichts passiert.«

»Ihre Frau wartet auf dem Zimmer auf Sie.«

Rebekka lag in seinem Bett. Sie blinzelte, als er die Zimmertür geschlossen hatte.

»Haben Sie dich rausgeschmissen?«, fragte Stachelmann. Er starrte sie an.

»Noch nicht. Beurlaubt. Was ist dir passiert?«

Er erzählte es, während sie aufstand und die Verletzungen anschaute. Per Telefon orderte sie Verbandszeug beim Empfang. Als Stachelmann versorgt war, sagte sie: »Du bist auf der richtigen Spur. Irgendjemand ist so blöd, uns das zu verraten.«

»Blöd? Ich weiß nicht. Auf weitere Intelligenztests habe ich offen gesagt nicht so recht Lust. Wahrscheinlich glauben die, dass ich mich in die Sache verbissen habe und nicht einfach so aufhöre, wenn es langweilig wird. Beurlaubt, warum?«

Nach ihrem Abgang bei Ewald hatte Taut sie bald zu sich gerufen. Er hatte sie gezwungen, Urlaub zu nehmen. »Ich will hier keine Eskalation. Sie haben sich verbissen. Sie urteilen nicht objektiv. Ich will keine Vermutungen über die Gründe anstellen. Aber klären Sie erst Ihre … Dinge. Und dann kommen Sie zurück.«

Sie widersprach. Erklärte, dass Ewald die Ermittlungen in die falsche Richtung führe. Es half nichts. »Außerdem verdächtigt mich Taut, dass ich parteiisch sei. Beziehungsweise auf einem Auge blind.«

»Na ja, wer hier blind ist, ist doch klar.«

»Keine Ahnung, was Ewald Taut erzählt hat. Wahrscheinlich, dass er brav allen Spuren folgt. Natürlich bin ich als Frau sofort verdächtig, dass die Hormone den Verstand ausschalten.«

»Stimmt das etwa nicht?«

»Da tut es doch nicht weh, oder?« Sie trat ihm in den Hintern.

»Doch«, sagte Stachelmann. »Gerade und jetzt noch mehr.«

»Hoffentlich.«

Er nahm sie in die Arme, küsste sie und gab ihr einen Klaps auf den Po.

»Revanchist«, sagte sie. »Ist natürlich verwerflich, aber ein gutes Gefühl. Und was hast du geschafft, bevor du Prügel bezogen hast?«

Er hatte sich bald gefühlt wie ein Aktenleseautomat. Tatsächlich war er auf Andert gestoßen. *Raschke*. So sein Deckname. Die Stasi hatte seinen Klarnamen herausgefunden, sogar seine Privatanschrift. Sie hatten sein Telefon angezapft. Es gab einen Plan, ihn nach Ostberlin zu entführen. Alkohol und Pillen in einer Kneipe namens *Zum Kutscher* in Moabit. Aber sie hatten Gangster beauftragt, und die beiden verloren die Nerven. Sie fürchteten, dass Andert den Versuch durchschaut hatte und sie hinhielt, damit die Polizei sie erwischte. Plötzlich fiel ihnen ein, dass sie fast eine andere Verabredung verpasst hätten, und verdrückten sich. Der Stasi-Mann, der die Aktion vom anderen Bürgersteig aus überwacht hatte, stellte fest, dass tatsächlich kurz nach dem Verschwinden der Kidnapper Polizei auftauchte. Durchs Fenster beobachtete er, wie die Beamten mit Andert sprachen.

Dann gab es Aussagen von V-Männern in Stasi-Haft, die Andert belasteten. Aber sie wollten ihm natürlich möglichst viel Schuld aufbürden, um die eigene zu vermindern. Zwei von drei V-Männern gaben zu, in der SS gewesen zu sein, der eine auch beim Sicherheitsdienst. Offensichtlich wurden die Gefangenen gefoltert. Die Verhöre gingen oft die ganze Nacht. Der eine widerrief das Geständnis, einen Bombenanschlag auf einen Personenzug geplant zu haben, um es dann wieder zu gestehen. Es gab einige Unstimmigkeiten. Stachelmann kannte das: Die Beschuldigten wurden so massiv unter Druck gesetzt und auch misshandelt, bis sie gestanden hätten, dass ihre Großmutter eine Hexe war. Nach dem Verhör wurde manchem klar, dass er sich auf dem Weg unters Fallbeil befand. Und er widerrief, obwohl er wusste, dass ihn neue Folter erwartete. Verzweiflung und Brutalität offenbarten sich zwischen den Zeilen. Nicht weniger deutlich als das Getippte.

»Kein Hinweis, dass Andert für die Stasi gearbeitet hat. Das heißt aber nichts.« Sie hatten sich aufs Bett gesetzt und hielten sich an den Händen.

»Ich mach mir Sorgen um dich«, sagte sie. »Erst wurde Georgie umgefahren, dann du umgestoßen. Das sind Warnungen. Getarnt als Unfälle.«

85

»Wir hätten ihn umbringen sollen. Dann wär Ruhe.«

Kurt hatte so lange gedrängt, bis Robert sich bereitgefunden hatte, ihn zu treffen. Sie saßen bei einem Schnellabfüll-Italiener in der Mönckebergstraße, wo man nicht auffiel. Robert hatte eigentlich verlangt, dass sie nie zusammen gesehen wurden, bis die Sache ausgestanden war. Sie fanden einen Tisch am Fenster. Draußen zogen Passanten vorbei, viele trugen Plastiktüten. Zwei Frauen mit Kinderwagen, eine mit Hund dazu. Schüler tobten durch die Fußgängerzone, ein Klassenausflug offenbar.

»Du verlierst die Nerven«, sagte Robert. »Es gibt keinen Grund zur Unruhe. Alles läuft nach Plan.«

»Der Plan war, dass niemand die Leiche findet.«

»Das ist jetzt Plan B. Und der funktioniert. Die haben nicht mal den Hauch einer Ahnung.«

»Aber der Typ schnüffelt in den Akten. Auch die schwule Sau ist in Berlin.«

»Na und?«

»Und wenn der was findet? Ich habe im Internet gesucht. Der Stachelmann ist geradezu verrufen …«

»Ich weiß. Aber was soll er finden?«

»Wenn es so harmlos ist, warum die Bombe?«

»Um auf Nummer sicher zu gehen.«

»Aber der wird das als Bestätigung sehen.«

»Das soll er doch, du Blödmann.«

Kurt versuchte seinen Zorn zu beherrschen. Dieses überhebliche Arschloch. So war er immer gewesen.

Robert lächelte. So hatte er stets gelächelt, wenn er auf *Okay, dann will ich es dem kleinen Bruder mal erklären* umschaltete. Er saß da in seinem feinen Anzug, den feinen Schuhen, mit der randlosen Brille und seinen grau melierten Haaren, die sichtbar nicht der Haarschneider von nebenan trimmte. »Niemand wird auf die Idee kommen, dass wir etwas mit der Bombe zu tun haben. Und mit den … Geschichten in Berlin haben wir schon gar nichts zu tun. Wir haben damit nichts zu tun, verstanden!« Plötzlich energisch.

Kurt starrte ihn an.

»Es gibt nicht den geringsten Beweis. Es kann keinen Beweis geben. Jeder wird glauben, dass der Herr Stachelmann an Paranoia leidet. Es *waren* Unfälle. Kapiert?« Er lachte.

»Es kann keinen Beweis geben? Was ist mit den Leuten, die diese … Unfälle …«

Robert hob die Hände, ließ sie einen Augenblick über der Tischplatte schweben und faltete sie vor dem Bauch. »Merkst du nicht, dass alles perfekt läuft? Das Schicksal meint es gut mit uns. So gut, wie ich es mir nicht hätte erträumen können.«

Jetzt verstand Kurt gar nichts mehr. Aber das war früher auch so gewesen. Manchmal hätte er Robert umbringen können. Er hatte davon geträumt. Dass er alle Demütigungen tilgen könnte. Mit einem Schlag. Buchstäblich.

86

Den hab ich doch schon mal gesehen. Stachelmann schaute dem Mann nach, der aus Georgies Zimmer gekommen war und jetzt gemächlich den Flur in Richtung Fahrstuhl ging.

»Was ist?«, fragte Rebekka.

»Das werd ich gleich Georgie fragen.«

»Aha.«

Georgie beschäftigte sich mit seinem Smartphone. Auf einem an den Nachttisch montierten Tablett lagen die Reste des Frühstücks.

»Wer war der Typ, der gerade aus deinem Zimmer geschlurft ist?«

Georgie blickte auf. »Das heißt erst mal: Guten Morgen, lieber Georgie! Hast du gut geschlafen?« Als Stachelmann nicht drauf einging: »Guten Morgen, liebe Rebekka. Guten Morgen, lieber Josef. Danke für die Nachfrage. Ich habe sehr gut geschlafen. Sieht man davon ab, dass um halb sieben eine von diesen Blutsaugerinnen an mir rumgefummelt hat …«

»Also, der Mann, der gerade aus deinem Zimmer gekommen ist. Das war der zweite Typ auf der Straße gewesen.«

Georgie tippte sich an die Stirn. »Du solltest mal zum Optiker gehen.«

»Wer also war das?«

»Ein Kumpel.«

»Sonst nichts?«

»Wenn du glaubst, ich umgebe mich nur mit solchen traurigen Gestalten wie dir …«

Stachelmann winkte ab.

Rebekka rückte zwei Stühle ans Bett. Sie setzten sich. Stachelmann ging der Typ nicht aus dem Kopf. Litt er schon an Verfolgungswahn?

»Und der, der dich am Alex …?«, fragte Rebekka.

»Woher die Pflaster?« Georgie blickte Stachelmann streng an. Pflaster an beiden Händen.

»Mich hat einer umgerempelt.«

»Und so ein Tattergreis wie du stürzt natürlich gleich.«

Stachelmann unterdrückte den Ärger.

»Es war Absicht«, sagte Rebekka. »So, wie dich einer mit Absicht umgefahren hat.«

Schweigen.

Georgie räusperte sich. Ein Summer ertönte. Lang, nervig. »Drück mal den Knopf da.«

Stachelmann drückte einen Knopf neben der Tür. Das Generve hörte auf.

»Hast du was bei der Stasi gefunden?«

»Andert arbeitete tatsächlich bei der KgU. Aber das wussten wir schon. Deckname Raschke.«

»Als Stasi-Spitzel?«

»Glaub ich nicht. Die Akten geben dazu nichts her. Es gab einen Entführungsversuch, der ist aber gescheitert. Dilettanten am Werk.«

»Wie wir«, sagte Georgie. »Pardon, ausgenommen Rebekka natürlich.«

Sie lächelte, war aber gleich wieder ernst.

»Wir kommen so nicht weiter«, sagte Stachelmann. »Natürlich gehe ich in den kommenden Tagen wieder ins Stasi-Archiv, aber da wird sich kein Hinweis finden, wer Andert umgebracht hat.«

»Warum gehst du dann überhaupt?«, fragte Rebekka.

»Weil ich das ahne, aber kein Hellseher bin.«

»Ist ja gut.« Sie drückte ihm kurz die Hand.

»Au, das tut weh!«

»Der Herr ist aus Porzellan«, sagte Georgie. »Apropos Gesäß …«

»Wie bitte?«

»Ach so, ihr seid ja gebildet, apropos verfolgt. War der Typ euch heute Morgen auch an den Hacken?«

Stachelmann überlegte. »Ich hab niemanden gesehen. Du?«

Rebekka schüttelte den Kopf. »Vielleicht taucht er nach der Attacke von gestern erst mal ab.«

»Oder er hat gesehen, dass ihr zu zweit seid, und ist euch vorsichtig gefolgt. Er wusste, dass ihr Turteltäubchen nur Blicke füreinander habt.«

»Rindvieh«, sagte Stachelmann. »Vielleicht hat er sich nur einen Ort für einen Angriff ausgesucht.«

»Wir hören auf damit. Wir fahren nach Hause. Sollen doch die werten Kollegen ermitteln«, sagte Rebekka. »Das wird zu gefährlich. Und wir kriegen doch nichts raus. Wir haben keine Befugnisse. Es war von Anfang an eine Spinnerei.«

»Da kennst du Holmes aber schlecht. Wenn der sich mal verbissen hat … ist wie eine Zecke.« Georgie schnappte Luft und ließ das Gebiss klacken.

»Fahr du wieder nach Hause«, sagte Stachelmann.

»Du bist verrückt.«

»Nein. Da hat jemand eine Bombe gelegt. Und wie du bestätigst, hat sich dein Kollege Ewald verrannt. Das wird bis zur nächsten Eiszeit dauern, bis der kapiert, dass er falschliegt.« Er kratzte sich am Kopf. »Oder bis die nächste Bombe hochgeht. Die werden uns nicht ewig warnen. Irgendwann wird es ernst.«

87

»Wir sind ohnehin in Berlin. Da können wir uns doch gleich mit Dr. Doorf und seinen Mitarbeitern treffen. Nägel mit Köpfen machen!« Dobbert lachte verklemmt. Stachelmann beschloss, Renate Breuer vom Dach des Philosophenturms zu stürzen. Warum hatte sie seine Handynummer rausgegeben? Die haben mich bedrängt, würde sie sagen. Und Sie sind ja nie da. Na schön, also nur zehnmal schreiben: Ich darf Stachelmanns Handynummer nicht verraten. Ich darf …

Sie hatten ihn auf dem Rückweg zum Hotel erwischt. Der Basecap-Typ hatte vor dem Krankenhaus gewartet. Er hatte also keine Angst, dass Stachelmann und Rebekka ihn stellen könnten. Und er hatte recht, weil Kranz auf sich allein gestellt wäre. Mit arthritischen Knien bricht man keine olympischen Rekorde. Der Typ folgte ihnen zum U-Bahnhof Prinzenstraße, kam aber nicht mit hoch zum Bahnsteig.

Er wartete dann schon vor der Stasi-Akten-Behörde und entfernte sich, als Stachelmann mit Rebekka kam. Typ Nummer zwei saß vielleicht dreihundert Meter weiter weg auf einer Bank. Als genösse er die Sonne und den warmen Wind, der die Karl-Liebknecht-Straße entlang blies. »Es sind immer dieselben Figuren«, sagte Stachelmann.

Rebekka blieb stehen und starrte den Basecap-Typen an. Dann rannte sie los. Der Typ stutzte, lachte und lief weg. Er war schneller als sie. Und querte die Fahrspuren zwischen Autos. Gehupe. Auf der anderen Straßenseite blickte er sich um und grinste. Dann trabte er in Richtung Alex davon. Rebekka stand am Straßenrand und blickte ihm nach.

Der zweite Mann war verschwunden.

Andert hatte viele V-Männer verloren. Manchmal waren ganze Gruppen aufgeflogen. Nicht in allen Fällen verrieten die Akten, warum. Meistens war es Verrat. Die Stasi hatte es immer besser verstanden, in die KgU einzudringen. Zersetzungsarbeit West, Zersetzungsarbeit Ost. Einige KgU-Aktivisten konnten sich in den Westen absetzen. Nicht immer mit Billigung ihrer Leiter. Die Schauprozesse in der DDR wirkten. Brutale Urteile schreckten ab. Die Verfahren mochten den Eindruck verbreitet haben, dass die Stasi früher oder später alles herausfinden würde. Deren Sicht: Sabotage, Gift mischen, Mordpläne. Das war die KgU. Alte Faschisten, die einfach weitermachten. Die Stasi entdeckte genug Beweise, um diese Anklagen plausibel zu machen. Oder sie fabrizierte die Beweise durch Folter und Lüge.

Rebekka saß am Tisch neben ihm. Die Aufsicht führte eine schlanke junge Frau. Sie warf ihnen einen strengen Blick durch die Brillengläser zu, wenn sie tuschelten. Um sich dann wieder dem Papierstapel zu widmen, der vor ihr lag. Einmal blickte sie in gespielter Verzweiflung an die Decke und schüttelte den Kopf.

»Wir sollten Fälle sortieren, die infrage kommen«, flüsterte er.

»Aha, und wie stellst du dir das vor?«

»Alle Fälle, in denen ein Motiv stecken könnte, Andert später zu ermorden.«

»Witzbold. Jeder, den es erwischt hat, könnte ein Motiv haben.«

Sie hatte recht. Es ging ja auch nicht darum, wie etwas war. Sondern was die Beteiligten glaubten, dass es war.

88

»Ich hatte Torte bestellt, wenn ihr euch vielleicht erinnert?« Georgie hielt den Kopf schräg. Er saß auf einem Stuhl am Fenster, das vergipste Bein von sich gestreckt.

Rebekka stellte den Teller und die Gabel auf den Tisch. Stachelmann packte aus, was er in der Hand hielt. »Mecker nicht rum, dieses edle Stück Schokotorte stammt aus dem *Café Eliza*, in ganz Berlin findest du keine bessere.«

»Und mein Cappuccino?«

»Kommt sofort, Majestät«, sagte Rebekka und marschierte zum Aufenthaltsraum, wo es für nur durch eigene Arbeit reich gewordene Russen, in Öl ertrinkende Araber und alle sonstigen besseren Kranken eine Kaffeemaschine gab.

Als Georgie endlich zufriedengestellt war, ließ er es sich natürlich nicht anmerken. Den Cappuccino beäugte er äußerst kritisch. Von der Torte stach er ein Eckchen ab, musterte es und schob es in den Mund mit einen Gesichtsausdruck, als handelte es sich um eine Zyankalikapsel. Nach dem zweiten Stück ohne Gemecker zog endlich Harmonie ein.

»Ich hab mich ein bisschen mit dieser Truppe beschäftigt«, sagte Georgie. »Ihr kennt doch diesen Hildebrandt …« Er zeigte auf einen Tablet-Computer auf dem Nachttisch.

»Wen?«, fragte Rebekka.

»Der das Mauermuseum am Checkpoint Charly verbrochen hat.«

»Das Museum ja, den Typ nein.«

»Diese jungen Menschen von heute laufen ahnungslos durch die Landschaft. Hoffnungslos.«

»Danke«, sagte Rebekka.

»Also, dieser Hildebrandt ist Anfang der Fünfzigerjahre aus dem Laden rausgegangen. Es gibt Gerüchte, die Amis hätten ihn aus der KgU rausgedrängt. Finanzielle Unregelmäßigkeiten, wie es schnell heißt in solchen Fällen. Außerdem hätten die Amis Hildebrandt die Antifa-Biografie nicht geglaubt. Was immer daran stimmen mag. Jedenfalls übernahm ein Herr Tillich das Ruder. Und mit ihm die CIA. Und die KgU wurde immer radikaler. Ein Typ, Heitzer heißt er, schreibt, dass die humanitäre Hilfe für die Gefangenen in ostdeutschen Lagern und Knästen nur noch Tarnung gewesen sei. Und zwar für Militärspionage und Sabotage.«

»Wir sollten öfter einen Grund dafür schaffen, dich ins Krankenhaus zu befördern«, sagte Stachelmann.

»Danke für dein Mitgefühl.«

Kranz blickte beide an und grinste.

»Dann hab ich noch gelesen, dass unser Herr Doorf die KgU supertoll findet. Freiheitskämpfer, Widerstandskämpfer. Der schreibt, als wäre noch Kalter Krieg. Wird lustig, weiß ich jetzt schon.«

»Um was geht es?«, fragte Stachelmann.

»Geduld, Holmes, Geduld.«

89

Dobbert und Schmalfuß warteten im S-Klasse-Benz vor dem Hotel und taten so, als wären sie nie glücklicher gewesen. Nachdem Stachelmann eingestiegen war, fuhren sie zur Freien Universität. Empfangen wurden sie im Büro von Dr. Doorf. Der stellte seinen Besuchern weitere Herren mit den Namen Schmidt und Karfunkel vor. Mitarbeiter am Seminar. Doorf höchstpersönlich servierte Kaffee und Kekse.

Stachelmann fühlte sich von der ersten Sekunde an unwohl. Er hätte nicht beschreiben können, woran es lag. Vielleicht an

Georgies Andeutungen. An den Gastgebern konnte es nicht liegen. Die schienen erfreut und tauschten Höflichkeiten mit ihm aus. Dass sie seine Arbeiten gelesen hätten und sehr beeindruckt seien. Dass es großartig wäre, wenn der Kollege Stachelmann mit an Bord komme. Zumal die Sonnenfallstiftung für das FU-Seminar schon ein gutes Paket geschnürt habe. Das natürlich noch der Abrundung bedürfe. Und wenn er Gründe sehe, alles anders zu machen, dann würden sie sich den besseren Argumenten beugen. Mit Vergnügen. Natürlich. Dobbert lächelte und lächelte. Schmalfuß zog eine Miene wie ein Katholik im Petersdom.

»Kann ich denn davon ausgehen, dass Sie diesen Vortrag halten werden? Es wäre eine große Ehre.« Doorf blickte ihn fast unterwürfig an durch eckige Brillengläser unter einem weißhaarigen Pagenschnitt.

»Ich bin mir noch nicht sicher«, sagte Stachelmann endlich. »Vielleicht verstehen wir unter Widerstand nicht das Gleiche.«

Stachelmann sah, wie es in Doorf arbeitete. »Das halten wir aus«, sagte Doorf. »Es gibt keinen größeren Verfechter der Meinungs- und Wissenschaftsfreiheit als mich, also uns. Man kann ja nicht gegen totalitäre Systeme sein und gleichzeitig den Pluralismus verdammen.« Es gefiel ihm, was er gesagt hatte.

Stachelmann erinnerte es an eine Bemerkung von Georgie, die er fast schon vergessen hatte: »Es sieht so aus, als würde der Herr gern Doktoranden verklagen, wenn sie seine Pfade kreuzen. Der hat gewissermaßen eine Kampfgruppe gegen DDR-Verharmloser gegründet. Beziehungsweise gegen Leute, die er dafür hält. Das ist natürlich besonders tapfer, weil Doktoranden im Geld schwimmen und so einen Prozess durch sechsundzwanzig Instanzen bis zum Europäischen Gerichtshof locker durchhalten.«

»Und wenn Sie dann noch in Hamburg und wir hier das didaktische Material über die beiden deutschen Diktaturen erarbeiten, das die Stiftung großzügig sponsern will …«, sagte Doorf.

Stachelmann wäre am liebsten aufgestanden und geflohen. »Vielleicht haben wir aber unterschiedliche Vorstellungen davon, was junge Leute wissen und lernen sollten.«

»Kein Problem!« Doorf wischte alle Bedenken weg. Sein Arm bewegte sich raumgreifend wie beim Alten Fritz, wenn er dem rechten Flügel vorzurücken befahl. »Sie übernehmen den NS, wir die DDR. Dann machen wir daraus ein Paket …«

Bin ich bei der Post?, fragte sich Stachelmann. Was hat der nur immer mit Paketen? »Ich berate mich mit meinen Kollegen in Hamburg. Die müssen ja mitziehen …« Er dachte daran, dass besser der Halbgott hier säße. Nur, was würde der aushandeln?

»Genau, genau«, sagte Dobbert.

»Gut«, sagte Doorf. Er sah für wenige Augenblicke nicht aus, als fände er es gut. »Kommen wir zum Vortrag, wenn Sie einverstanden sind.«

Stachelmann nickte.

»Wenn ich das so sagen darf: Wir haben einen weiten Begriff des Widerstands. Wenn Sie so wollen, alles zwischen Eigensinn und … militanten Aktionen«, erklärte Karfunkel. Ein kleiner, schlanker Mann mit einem Kinnbart. »Ist nicht eigentlich schon Widerstand, was der Diktatur schadet, sie also schwächt?«

90

»Wir wollten katalogisieren«, sagte Rebekka. »Ordnung wäre echt nicht schlecht. Ein bisschen wenigstens.« Sie saßen in einem Italiener am Alex. Draußen zogen Staubwolken vorbei. Es war schon zu lang heiß und zu trocken. »Ich fang mal an.« Eine Nudel hing in ihrem Mundwinkel. Sie wischte sie weg. »Andert schickt jemanden in den Kampf …«

»Jetzt wird's martialisch ...«

»Ruhe. Und der kommt um. Gibt es also Ehepartner, sonstige Verwandte und Freunde, die sich vielleicht rächen wollten?«

»Und woher wissen die, dass Andert der Auftraggeber war?«

»Keine Ahnung. Ist jetzt auch egal.« Sie schlug ihm auf die Hand, wie er es von der Schule kannte.

»Das wäre Fall eins.«

»Fall zwei wären Angehörige von Leuten, die Opfer von KgU-Anschlägen wurden ...«

»Aber du hast doch erzählt, die wären geradezu sanftmütig gewesen. Hat das nicht dieser Doorf erzählt?«

»Nee, der andere.«

»Karfunkel, ein märchenhafter Name. Aus solchem Mund kann nichts Böses entweichen.«

»Man merkt dir die langjährige Erfahrung als Kriminalistin an.«

Sie streckte ihm die Zunge heraus.

»Fall drei wären Stasi-Leute, die sich revanchieren wollten«, sagte er.

»Was aber zu alldem überhaupt nicht passt, ist die Folterorgie. Wenn ich auf mein kriminalistisches Gespür hören darf. Das ist was Persönliches. Und wir suchen am falschen Ende.«

»Und warum die Bombe, der Anschlag auf Georgie, der Rempler?«

»Könnte man alles anders erklären. Die Bombe galt Amtmann. Georgie wurde von einem bekifften Arschloch umgefahren, der Rempler gehört zur Alex-Folklore. Da wird ja gern mal geprügelt und gestochen.«

Stachelmann spürte den Gedanken mehr, als dass er ihn greifen konnte.

»Was ist?«

»Ich denke nach.«

»Gute Idee.«

Da war etwas. Es war logisch. Eigentlich war es glasklar. Warum kam er so spät darauf? »Andert hat doch nur Aufträge erteilt. Leuten Material gegeben. Bomben, Gift, Stinkbomben, Reifentöter, Flugblätter, Broschüren und so weiter.«

»Worauf willst du hinaus?«

»Überleg doch mal. Zu einer Aktion gehörten zwei, jedenfalls immer dann, wenn Andert beteiligt war.«

»Und wenn die einfach so losgeschlagen haben in der DDR?«

»Dann haben sie Andert danach berichtet. Aber Andert war für diese Aktion nicht verantwortlich. Höchstens allgemein, dass er die Leute angestachelt hat, um die DDR-Behörden, die Partei, die Versorgung zu stören.«

Sie blickte ihn fragend an.

»Es gibt eine zweite Leiche. Vielleicht gibt es sogar drei.«

»Wie bitte?«

»Gut, folgende These: Jemand hat sich an Andert gerächt. Doch Andert hat die betreffende Aktion verantwortet, aber nicht ausgeführt. Er durfte ja nicht rüber. Die Folter könnte dazu gedient haben, den oder die Namen zu bekommen, die die Sache vor Ort gedeichselt haben. Verstehst du?«

Sie nickte nachdenklich. »Dann hätte die Folter einen Sinn.«

»Sie hat einen doppelten. Wie lange, glaubst du, braucht man, um aus mir alles herauszufoltern, was ich weiß?«

»Josef!«, schnauzte sie.

»Es handelt sich um ein Gedankenexperiment. Ich stehe für alle möglichen Leute.«

»Dann nehmen wir Mister X!«

Stachelmann tippte sich mit dem Finger an die Stirn. »Wir stellen uns vor, Mister X ist ein ganz harter Kerl …«

»So wie du!« Sie lachte, schlug die Hand vor den Mund.

Er winkte warnend. »Um alles herauszukriegen aus Mister X, wie lange brauchst du?«

»Okay, du hast recht. Die haben gefoltert, um etwas herauszukriegen. Und um Andert zu bestrafen. Dafür spricht auch die Leichenschau. Sie haben ihn systematisch langsam umgebracht.«

»Was haben die mit dem gemacht, der die Aktion ausgeführt hat?«

»Okay, okay …« Ihre Hand spielte mit ihrem Glas. »Ist aber alles Spekulation.«

»Klar, wir spekulieren die ganze Zeit. Wir haben ja keine Wahl. Aber wir haben eine Chance, Boden unter die Füße zu kriegen.«

»Aha, toll.«

91

Natürlich war er intelligenter. Gerissener. Aber er war ein überhebliches Arschloch. Ein sadistisches Schwein. Kurt erinnerte sich gut, wie Robert früher Tiere gequält hatte. Er hatte es so lange hingezogen, wie es nur ging. Bei einer Katze hatte er es auf zwei Tage gebracht. An die Scheunenwand genagelt. *Gekreuzigt wie unseren Herrn*. Er hatte gelacht dabei. Gar nicht irre wie diese Leute in Filmen. Leise, so vor sich hin. Befriedigt. *Das ist besser als Sex*. Niemand sah es Robert an, dass er gestört war. Es hatte seinen Weg nach oben nicht behindert. Eher hatte es ihm geholfen. Der Mangel an Mitleid. Die Freude an den Qualen anderer. Dieses Mal hatten die Qualen einen Sinn. Kurt hatte jedenfalls geglaubt, dass sie für ihn Erlösung bedeuteten. Dass sie ihm die Last nahmen, die ihn seit damals niederdrückte. Aber es war nicht geschehen. Damals war binnen weniger Minuten sein Leben zerstört worden. Und nichts, was er tun konnte, würde es wiedergutmachen. Nichts. Das hatte er nun begriffen.

Was hatte Robert alles versprochen? Sie müssten es tun. Für sich selbst. Weil diese Ungerechtigkeit ihr Leben versaut hatte. Ja, was Robert alles versprach. Er tat es nur, um Kurt zu überreden. Um ihn in seine Pläne hineinzuziehen. Er benutzte ihn nur. So war es immer gewesen. Inzwischen bezweifelte Kurt, dass es Robert nur um die Sache von damals ging.

Kurt saß auf seinem Platz auf dem Balkon. Hin und wieder fuhr ein Auto vorbei. Die Mülltonnen standen an der Straße. Die Müllabfuhr war am frühen Morgen da gewesen.

Vielleicht hatte ihn Robert mehr verletzt als diese alte Geschichte. Besser sollte er seine Wut gegen Robert richten. Die Erlösung darin suchen. Seit er denken konnte, hatte er unter dem Bruder gelitten. Seinen Quälereien. Seiner Hinterlist.

In seinem Kopf reifte eine Idee.

Er ahnte, welche Erleichterung es ihm bereiten würde, Robert zu töten.

92

Georgie kam ihnen entgegengehumpelt. Unbeirrbar wie ein Kampfpanzer bahnte er sich seinen Weg durch den Gang. Wahrscheinlich versuchte er gerade den Weltrekord im Krückenhumpeln zu brechen.

»Platz da, ich trainiere.«

Sie setzten sich ins Zimmer und warteten. Eine bildhübsche Krankenschwester steckte ihren Kopf durch den Türspalt. »Ach, Entschuldigung, wo ist denn Georgie?«

»Der übt für die Olympischen Spiele«, sagte Stachelmann.

Sie hatte zwei Piccolo in den Händen.

»Dann später.«

Als die Tür geschlossen war, lachte Rebekka los.

»Der hat sie alle in die Tasche gesteckt«, sagte Stachelmann. »Und lässt sie springen. Dafür verwöhnen sie ihn mit Sekt und Pralinen.«

Auf dem Nachttisch lag eine halb leere Pralinenschachtel.

»Finger weg!«, sagte Georgie, als er das Zimmer betrat. »Das ist Arznei.«

Rebekka versuchte sich zu beherrschen. »Natürlich, hatte nie was anderes geglaubt.«

»Dann ist es ja gut.« Nicht einmal die Andeutung eines Grinsens.

Georgie kroch ins Bett. »Wie war's bei Herrn Doorf?«

»Toll«, sagte Stachelmann.

»Hm«, sagte Georgie, nachdem Stachelmann berichtet hatte. »Da hast du dich ja schön in die Scheiße manövriert. Die Gier nach Drittmitteln …«

»Die Sippschaft ist wirklich eine der letzten Enklaven des Kalten Kriegs. Und das an der FU, man glaubt es nicht.«

»Weißt du eigentlich schon, wer Doorf ist?«

»Wie meinst du das?«

»Du solltest dir mal seine Dissertation angucken.«

»Keine Lust. Anno Tobak.«

»Lasst uns über was Ernstes reden«, sagte Rebekka.

»Und das wäre?«, fragte Georgie.

»Eine neue Hypothese über den Mordfall.«

»Ach nee. Seid ihr etwa ohne meine Mitwirkung auf eine Idee gekommen?«

»Könnte sein«, sagte Stachelmann. »Wenn an der KgU-Geschichte was dran ist, müsste es eine zweite Leiche geben.«

93

»Frau Kollegin, erholen Sie sich. Vielleicht fahren Sie in den Süden und legen sich an den Strand.«

»Es kann doch nicht so schwierig sein …«

»Bitte!« Taut klang genervt. Bisher hatte sie gedacht, sein Gemüt sei durch nichts zu erschüttern.

Nach dem Telefonat blieb sie auf dem Bett liegen. Sie hätte gern mit Josef gesprochen, aber der saß im Lesesaal der Stasi-Akten-Behörde.

Sie überlegte, wie sie es schaffen könnte. Dass Taut mauerte, hatte sie befürchtet. Der glaubte, sie laufe neben der Spur. Zeigte Verständnis, wollte sie aber nicht im Präsidium sehen. Ewald war gar keine Option. Der nahm sich vermutlich jeden Sympathisanten seiner »Terrorgruppe« vor. Vielleicht fand er einen, der sich aus Wichtigtuerei mit der Bombe brüstete. Hatte es schon gegeben. Woran es nie mangelte, das waren die Verrückten. Aufschneider, einmal groß rauskommen, Held der Szene werden, welcher auch immer.

Sie hatte wirklich keine Freunde bei den Bullen. Niemanden, dem sie vertrauen konnte. Zu den Berliner Kollegen konnte sie auch nicht gehen. Nicht zuständig. Und die würden gleich die Hamburger Bullen informieren. Nein, der Schuss ginge nach hinten los.

Sie stellte sich ans Fenster. Bäume, deren Blätter die Hitze gebräunt hatte. Parkende Autos. Einfamilienhäuser, mittlere Preisklasse. Ruhige Gegend. Sie überlegte, nahm ihr Handy und schickte Stachelmann eine SMS. Noch einmal nachdenken, dann nickte sie, klopfte mit den Fingerknöcheln dreimal auf den kleinen Schreibtisch. Packte ihre Sachen, verließ das Hotel und bestieg in Lichterfelde Süd die S-Bahn.

94

Georgie blinzelte. Durch den Vorhangspalt fiel ein Strahl auf den Nachttisch. Er schloss die Augen und genoss das Aufwachen. Rekelte sich. Er hatte entschieden, in dem zwangsverordneten Krankenhausaufenthalt ein Glück zu sehen. Er konnte mit bestem Gewissen pennen. Hatte Personal, das er mit ein paar Kniffen bei Laune hielt. Ließ sich Essen von einem Lieferservice bringen, nachdem er der Komfortversorgung für Erste-Klasse-Patienten eine faire Chance gegeben hatte. Aber Sushi hatten sie nicht. Auch keine Wachteln an reduziertem Balsamicojus. Und die Piccolos der hübschen Schwester trank er nur aus Höflichkeit und weil Alkohol noch nie geschadet hatte. Ein Zugeständnis ans Personal, das seine Menschenkenntnis bewies. Im Kühlschrank in der sogenannten Küche wartete eine Pulle Champagner auf die Nacht. Er war stolz auf sich.

Georgie hatte aber nicht nur die Logistik und sein Personal im Griff. Er betrachtete sein Krankenbett als Kommandostand. Dort zog er an den Fäden und plante seine Züge. Die natürlich entscheidend waren. Mochten Josef und Rebekka hektisch umherirren, er hatte den Blick auf die Dinge.

Es wurde Zeit, dass er den nächsten Schritt tat.

Eine Schwester betrat das Zimmer und öffnete die Vorhänge. Ein Lichtschock. Georgie knurrte. Aber die Schwester hatte in ihrem vorigen Leben offenbar als Raubtierdompteurin gearbeitet. Sie verzog keine Miene, kramte Georgies Arm unter der Bettdecke hervor, stülpte die Manschette des Blutdruckmessgeräts drüber und zog sie fest.

»Das ist eine Menschenrechtsverletzung. Wenn Sie so weitermachen, schicken die Amis eine Drohne und erschießen Sie.«

»Keine Sorge, die sind gerade damit beschäftigt, Hochzeitsgesellschaften in die Luft zu sprengen.«

Als sie gegangen war, schloss Georgie die Augen und überlegte. Was wusste er? Oder bildete sich ein zu wissen? Was musste er tun? Am besten wäre es, er ließe die Sache erst mal weiterlaufen. Womöglich musste er bald zu härteren Mitteln greifen. Aber die anderen waren auch nicht zimperlich. Josef würde er weiterhin nichts verraten. Der sollte mal sehen, wie weit er ohne Georgies Hilfe kommen würde. Wenn er Josef jetzt sagte, was er tat, würde der womöglich den Rappel kriegen. Und dann war der Plan im Eimer.

Alles klar.

Georgie lächelte und nickte ein.

95

Im ICE nach Hamburg rief sie Werner an. Den Lokalredakteur vom *Abendblatt*, der sich mit der Polizeiarbeit beschäftigte. Und Rebekka anhimmelte. Er nahm nicht ab, also sprach sie ihm eine Nachricht auf den Anrufbeantworter.

Sie saß im Großraumwagen und blickte hinaus. Auf dem Hauptbahnhof waren ihr Bedenken gekommen. Ob Josef sich im Stich gelassen fühlte? Warum hatte sie nicht gewartet, bis er aus dem Archiv zurückkam? Sie war wieder viel zu impulsiv. Er hatte verstanden, dass sie nicht mehr mitwollte. Sie hatte gesagt, dass sie sich hilflos fühle angesichts der Mengen von bedrucktem Papier. Die Bürokratensprache war abschreckend. Da wurden Menschen verwaltet. Verhaftet, *zugeführt*, verwahrt, von ihren Liebsten getrennt, tagelang verhört, gefoltert, sonst wie misshandelt. Rebekka hatte das Gefühl, dass die Kälte der Stasi-Gefängnisse sie erreichte. Sie hatte zu frieren begonnen. Verhöre in der Nacht. Bedrohungen, die sich zwischen den Zeilen lesen ließen. Todesurteile. Vollkommen kalt. Ein Verwaltungsakt. Dürres Protokoll. Dabei war Blut geflossen. Viel Blut. Wenn man einem Menschen den Kopf abschlägt. Er wird gepackt, von den Helfern des Henkers auf die Guillotine geschnallt, unters Beil geschoben, das fällt und den Kopf abschlägt. Das traf auch Leute, deren Anklagen Stasi-Vernehmer und Staatsanwälte zusammengezimmert hatten. Erpresste Geständnisse galten als Beweise. Mittelalter pur, die Wiederauferstehung der Inquisition unter Hammer und Sichel. Die Sprache kannte sie. Sie fand sich auch in ihren Akten. Diese grausame, kalte, jeder Menschlichkeit fremde Sprache der Justiz. *Mord zum Nachteil von …*

Der Service rumpelte durch die Waggontür. Sie nahm einen Kaffee und ein paar Kekse. Der Kaffee war erstaunlich heiß, obwohl er aus der Thermoskanne kam.

Ich hätte Josef fragen müssen. Warum muss ich immer gleich loslegen?

Ihr Telefon vibrierte. Werner war dran. Klar wollte er sie treffen. Und sie hatte doch ein schlechtes Gewissen. Sie benutzte ihn. Allerdings, wenn sie recht hatte, dann fiel für Werner ein Brocken ab. Ein großer Brocken.

96

Ideen fliegen einen an, fliegen weiter, verwehen wie Staub im Wind. Manche Idee aber bleibt im Hirn hängen wie ein Ast am Flussufer. Hat sie das einmal getan, beginnt sie sich aufzudrängen. Manch einer träumt von ihr. Andere weckt sie. Sie stört bei der Arbeit. Sie raubt sich Raum im Kopf. Ungefragt, ohne Rücksicht, aber mit wachsender Überzeugungskraft. Bis sie das Denken erobert hat und zum Handeln drängt.

So war das mit der Idee, Robert zu töten. Moralisch sprach

nichts dagegen. Robert hatte viele Verbrechen begangen. Kurt wusste, dass er kein Genie war. Aber selbst sein beschränkter Verstand verriet ihm, dass dieser Andert nicht Roberts erstes Opfer war. Wie er die Sache geplant und ausgeführt hatte, verriet Erfahrung. Kurt hatte Andert ausgeguckt, aber dann hatte Robert übernommen. Und wie!

Kurt beglich nicht nur eine Rechnung, die seit frühester Kindheit offen war. Er befreite die Welt auch von einem Monster. Und rettete Leben. Robert würde weiter morden, solange es ihn gab. Kurt hatte seine Augen gesehen, als das Messer in das Fleisch ihres Opfers eindrang. Schnitt um Schnitt. Langsam, mit einem Lächeln. Und immer wieder hatte Roberts Blick die Augen des Opfers gesucht. Wie um ihm zu sagen: Das war noch nicht alles, aber es macht schon viel Spaß.

Kurt hatte bald gebeten, der Marter ein Ende zu setzen. Er hatte sich übergeben müssen. Zwar wetteiferte seine Übelkeit mit der Lust am Quälen, mit dem Gefühl absoluter Macht, das nur einer haben kann, der über Leben und Tod entscheidet. Aber was Robert tat, war sogar ihm zu viel. Und es hatte Robert überhaupt nichts ausgemacht: der Gestank, das Blut, das Stöhnen, das Menschenfleisch. Ganz im Gegenteil.

Er setzte sich in die Küche und löste die Pause-Taste des Küchenradios mit CD-Teil.

Klänge der Heimat, ihr weckt mir das Sehnen,
Rufet die Tränen ins Auge mir!
Wenn ich euch höre, ihr heimischen Lieder,
Zieht mich's wieder, mein Ungarland, zu dir!
O Heimat so wunderbar, wie strahlt dort die Sonne so klar!
Wie grün deine Wälder, wie lachend die Felder,
O Land, wo so glücklich ich war!
Ja, dein geliebtes Bild meine Seele so ganz erfüllt,

Und bin ich auch von dir weit, ach weit,
Dir bleibt in Ewigkeit doch mein Sinn immerdar
Ganz allein geweiht!
O Heimat, so wunderbar, wie strahlt dort die Sonne so klar!
Wie grün deine Wälder, wie lachend die Felder,
O Land, wo so glücklich ich war!

97

Endlich tauchte Andert auf. Einer seiner V-Männer saß in Stasi-Haft und gestand. Vermutlich auch Taten, die er nicht begangen hatte.

Berichten Sie, welchen Auftrag Ihnen Andert alias Raschke erteilt hat.
Rauhbein: *Andert hat mir den Auftrag gegeben, die* Garnison Heide *der Sowjetarmee zu überwachen.*
Was bedeutete das genau?
Rauhbein: *Ich sollte Anzahl und Kennzeichen der Fahrzeuge aufschreiben, welche die Kaserne verließen und in sie hineinfuhren.*
Auf was sollten Sie im Besonderen achten?
Rauhbein: *Ich sollte darauf achten, ob Panzereinheiten verlegt wurden.*
Auf was sollten Sie noch achten?
Rauhbein: *Ich sollte aufschreiben, welche Panzertypen sich in der Garnison befanden.*
Hatte Andert alias Raschke Ihnen den Auftrag gegeben, auf besondere Panzertypen zu achten?
Rauhbein: *Andert hat mich beauftragt, darauf zu achten, ob neue Panzertypen in Dienst gestellt wurden.*

Welche Panzertypen hat Andert alias Raschke genannt?
Rauhbein: *Panzer vom Typ T-54.*
Woran sollten Sie neue Panzer erkennen?
Rauhbein: *Andert hat mir bei einem Aufenthalt in der KgU-Zentrale in Westberlin Bilder des Panzers T-54 gezeigt und erklärt, worin die sichtbaren Unterschiede zum Typ T-34 bestehen.*
Hat Andert Ihnen erklärt, was er mit den Informationen anfangen will, die Sie ihm bringen sollten?
Rauhbein: *Nein, Andert hat dazu nichts erklärt.*
Was haben Sie sich vorgestellt, wem Andert diese Informationen geben wollte?
Rauhbein: *Dem Geheimdienst CIA der USA-Imperialisten.*

Stachelmann lehnte sich zurück. An der Decke hatte sich ein Falter verirrt. Er krallte sich fest. Welcher Konflikt ergab sich aus so einer Konstellation, wie sie sich in diesem Verhör spiegelte? Hatte Rauhbein einen Grund, sich an Andert zu rächen?

Das Handy vibrierte. Er las die SMS.

Bin nach Hamburg gefahren. Suche die zweite Leiche.
Ich liebe dich, Rebekka.

Warum hat sie mich nicht gefragt? Vielleicht wär ich mitgekommen. Doch ihm kam die Idee einer zweiten Leiche jetzt reichlich verschraubt vor. Ihnen fehlten Tatsachen, Beweise. Deswegen suchten sie ihr Heil in Spekulationen. Nichts war koordiniert. Jeder folgte Eingebungen. Und Georgie gab das rätselhafte Mastermind. Sie hatten längst den Boden unter den Füßen verloren.

Sollte er jetzt die Akten weiter nach solchen Geschichten durchsuchen? Namen, Namen, Namen. Was verrieten die Aufzeichnungen außer der Sicht, welche die Stasi auf die Dinge hatte? Was die Stasi nicht sah, konnte sie nicht aufschreiben.

Keine Ahnung, wie viel ihr durch die Lappen gegangen war. Wahrscheinlich war die Geschichte, die er suchte, eine von denen, welche die Stasi nie auf dem Radar hatte. Was bekam sie heraus in den Fünfzigerjahren? Sie war doch weitgehend angewiesen auf Verrat. Sagten Verräter die Wahrheit? Wusste man nicht längst, dass die meisten Aussagen unter Folter unwahr waren? Folter war sinnlos, sogar wenn man alle Bedenken gegen sie übersah. In den meisten Fällen logen die Opfer, weil sie die Qual so schnell wie möglich beenden wollten. In stalinistischen Systemen wurden Geständnisse als Beweise gewertet. Auch Geständnisse unter der Folter. Also gesteht man jeden Unsinn, nur damit der Schmerz aufhört. Den Prozess haben viele als Erleichterung erwartet, bis sie ihn erlebten. Psychoterror. Absurde Strafen. Misshandlungen in der Haft. Das Willkürregime der Schließer. Und Stachelmann sollte die Wahrheit finden in diesem Knäuel aus Lügen, Halbwahrheiten, Behauptungen und Wahrheiten, die sich keineswegs als solche zu erkennen gaben.

Es war hoffnungslos. Und dann sah er auf der Handyanzeige auch noch, dass Anne angerufen hatte.

98

Die Bude stank nach Zigarettenrauch wie eine Kneipe. Der Mann saß mit vorgewölbter Wampe in seinem Sessel. Auf dem Wohnzimmertisch lagen Stapel von Büchern. Viel Lokalgeschichte. An der Wand Fotos. Altona in den Zwanzigern. Der Hafen, natürlich. Der Michel. Rebekka fand es gewöhnlich, langweilig.

Norbert Gehrig war Jahrzehnte lang Lokalredakteur des *Hamburger Abendblatts* gewesen. Hatte Axel Springer persönlich gekannt, wie Werner am Telefon erzählt hatte. Der war gleich bereit gewesen, einen Draht zum Vorgänger zu knüpfen. »Ist ein Sturkopf, weiß aber wirklich alles über Hamburg. Wenn du die Räucherhöhle überlebst, bist du schlauer … Gehen wir mal was essen?«

»Das machen wir.«

Gehrig wohnte allein in einem kleinen Einfamilienhaus in Ahrensburg in der Nähe des Gymnasiums und des Bahnhofs. Er genoss den Besuch. »Früher ging ich bei euch ein und aus. Und Ihre Kollegen haben auch zugehört, wenn ich was gesagt habe.«

Sie nippte an dem Tee, den er ohne zu fragen aufgetischt hatte. Er schmeckte nach Billigteebeutel. Sie nahm noch einen Löffel Zucker.

»Zucker muss in den Tee. Und Rum … wollen Sie einen?« Er machte keine Anstalten, sich hochzuwuchten.

»Nein, nein.«

»Im Dienst, ja, ja.«

»Ich bin nicht im Dienst. Und ich wär Ihnen dankbar, Sie würden meinen Besuch gegenüber den Kollegen nicht erwähnen. Geht das?«

Er lächelte. Im Unterkiefer fehlte ein Zahn. Die anderen waren braunschwarz. »Dann wollen wir das mal … geheim halten. Der Herr Albers sagte, es sei wichtig. Eine Polizistin, nicht im Dienst, wichtig. Hm.«

»Die Leiche vom Reinbeker Redder, Sie haben …«

Er nickte und kniff die Augen zu einem Spalt zusammen.

»Hat es in Ihrer Zeit einen ähnlichen Fall gegeben?«

Er blähte die Backen auf wie ein Hamster. »Ich weiß gar nicht, mit wie vielen Mordfällen ich zu tun hatte.«

»Folter dürfte die Ausnahme gewesen sein«, erwiderte sie.

»Da waren die Kämpfe auf der Reeperbahn. Mucki Pinzner, aber an den erinnern Sie sich bestimmt nicht.«

»Doch, das war ein Killer. Vierzehn Tote, mindestens. Und ein Autokorso, nachdem er seine Frau, den Staatsanwalt und sich umgenietet hatte. Der Mann war ein Held in der Szene.«

»Gut gelernt«, sagte Gehrig. Er grinste.

»Aber er hat nicht gefoltert.«

Gehrig nickte. »Es gab andere. Manche haben gefoltert. Zigaretten ausdrücken, Finger abschneiden, Nasen brechen. Das ganze Sortiment.« Er beugte sich vor, kramte in einem Stapel, fand eine angebrochene Schokoladentafel und brach einen Riegel ab. Den Rest schob er zu Kranz. »Sie können es sich leisten. Bei mir ist alles verloren.« Er lachte. Es klang falsch. Er starrte sie an.

»Das Opfer vom Reinbeker Redder haben zwei Leute gefoltert. Mindestens. Über mehrere Tage. Denen ging es vermutlich darum, etwas herauszukriegen. Aber nicht nur. Sie wollten den Mann quälen. Und sie hatten Freude daran. Verstehen Sie?«

Er nickte. Wieder dieses schmierige Grinsen. Der Kerl wusste, was sie wollte. Aber er stellte sich dumm, um sie in seiner Wohnung festzuhalten. Es war ein Übergriff. Seine Augen fraßen sie auf. Sie hätte Josef mitnehmen sollen. *Das hast du davon. Immer alles gleich und ohne Plan.*

»Es gibt furchtbare Menschen ...«

Fast hätte sie erwidert, dass sie an autobiografischen Erkenntnissen nicht interessiert sei.

Ein Zischen. Sie blickte sich um.

»Das kommt vom Bahnhof. Wenn Schnellzüge durchrauschen. Hier hält ja nur die Bimmelbahn.«

»Können Sie sich erinnern?«

»Warum kommen Sie ... inoffiziell?«

»Ich fürchte, meine Kollegen halten diese Ermittlungsrichtung für ... falsch.«

Er grinste. »Mir gefällt sie. Immerhin hat sie mir Ihren Besuch eingebracht.«

Ein Lichtstrahl traf die verschmutzte Scheibe des Fernsehers.

»Soll ich mal mit dem … ach, der ist ja inzwischen Kriminalrat …«

»Bloß nicht«, sagte sie scharf.

»Ich könnte ihm beibiegen, dass Sie da einer wichtigen Spur folgen.«

»Ich hatte Sie vorhin gebeten, gegenüber der Polizei nichts zu erwähnen von meinem Besuch. Okay?«

Er nickte vor sich hin, während seine Augen sich an ihrer Brust festsaugten.

»Wenn ich mit Ihrer Hilfe weiterkomme, werde ich gern sagen, wem ich das verdanke. Auch gegenüber den Medien.«

Wieder dieses Nicken. »Na gut.«

99

»Das bringt alles nichts«, schimpfte Stachelmann. »In den Akten steht alles Mögliche, Rebekka ist auf dem Egotrip …«

»Nun komm mal wieder runter«, sagte Georgie. »Ich habe ’nen guten Bordeaux …«

Stachelmann besorgte Gläser. Sie tranken und schwiegen. Der Wein war überragend. Er sollte sich betrinken, und am Morgen wäre alles gut.

»Ich finde Andert immer mal wieder in den Akten, aber es bringt gar nichts. Im Kalten Krieg gab es tausend Gründe, sich rächen zu wollen. Ein Fass ohne Boden.«

»Das war mir von Anfang an klar.«

»Warum hast du das nicht gesagt?«

»Weil du dann noch sturer gewesen wärst und bis ans Ende deiner Tage in Archiven rumgelungert hättest.«

Stachelmann musste lachen. Georgie hatte recht. Seine Hartnäckigkeit oder Sturheit oder Konsequenz oder Beharrlichkeit war manchmal eine Plage. So, wie Rebekka gern wild durch die Landschaft hüpfte, übertrieb er es auch oft. Blieb an Dingen hängen, die sich längst erledigt hatten. Er konnte nicht aufhören.

»Und ist dir der Typ gefolgt?«

»Ja. Da ist auch noch ein zweiter. Der scheint Typ Nummer eins zu überwachen.« Die Typen hatten großen Abstand gehalten. Am Fußgängerübergang zum Alex hatte Stachelmann sich nach allen Seiten abgesichert. Niemand hatte eine Attacke versucht.

»Klar.« Georgie schien gar nicht erstaunt zu sein.

»Das ist doch nicht normal.«

»Dass dir einer folgt?«

»Erstens. Zweitens, dass der Typ, der mir folgt, auch verfolgt wird.«

Georgie trank einen Schluck.

»Vielleicht soll Typ zwei aufpassen, dass Typ eins dir nichts tut?«

»Von wem hat er den Auftrag bekommen?« Während er fragte, dämmerte es ihm. Einerseits rührte es ihn. Andererseits hasste er Geheimniskrämerei. »Warum?«

»Weil du allein aufgeschmissen bist. Und ich …«

»Und warum hast es mir nicht gesagt?«

»Weil du einen Affentanz veranstaltet hättest. Der Typ, der dir auf den Fersen ist, sollte wissen, dass er beobachtet wird. Er hat versucht, es zu verhindern. Meinen Freund zu stellen, ihn abzuschütteln, was auch immer. Bis er aufgegeben hat.«

»Wenn wir den Auftraggeber des Verfolgers kennten, könnte ich mir weitere Aktenkramereien ersparen«, sagte Stachelmann.

»Ich war gespannt, wie lange du brauchst, um darauf zu kommen.«

»Das Leben ist ein Quiz. Vielen Dank, dass ich teilnehmen durfte.«

Georgie tippte sich an die Stirn. »Ich habe denen gesagt, dass ich einen Elastikverband und einen Rollstuhl will. Das Gefährt muss ich mir selbst besorgen, gegen den Verband sträuben sie sich noch. Zu früh. Zu riskant. Dabei will ich ja nur auf Verbrecherjagd gehen.«

»Du spinnst.«

»Ich bin doch der Einzige, der nicht den Durchblick verloren hat.«

»Ich dreh die Verfolgung um«, sagte Stachelmann.

»Warte, bis Rebekka zurück ist …«

»Ich weiß nicht, ob die zurückkommt. Vielleicht bleibt sie in Hamburg und sucht die zweite Leiche. Ich mach das allein.«

»Du bist sauer, weil sie einfach abgedüst ist.«

100

Er war nicht so gerissen wie der ältere Bruder. Aber dumm war er nicht. Er hatte seinen Verstand nur immer abgeschaltet, wenn er mit Robert zusammen war. Der hatte sich nie was sagen lassen. Am Ende liefen die Dinge immer, wie Robert es wollte. Und Kurt hatte mitgemacht.

Robert war es gewohnt, dass alles nach ihm ging. Er hatte schon die Mutter nach Belieben gesteuert. So lange Ärger gemacht, bis er seinen Willen bekam. Hatte immer eine Freundin gefunden, die ihn bewunderte. Er sah gut aus, besser als gut. Männlich, ein fein geschnittenes Gesicht und große unschuldige Augen.

Robert würde nie auf die Idee kommen, dass Kurt aus dem

Ruder laufen könnte. Das war Kurts Vorteil. Die Überraschung. Er hatte ein paar Sekunden, um Robert zu überwältigen. Das war wenig, aber es würde reichen. Überraschung und Entschlossenheit waren seine Trümpfe.

Er spürte die Erregung. Wenn er das schaffte, war er frei. Er brauchte einen Plan. Einen einfachen Plan, um die Möglichkeit von Fehlern gering zu halten. Er würde diesmal den Treffpunkt bestimmen. Das klappte nur, wenn er überzeugend vorgab, dass er Robert etwas zeigen wollte. Etwas, das Robert bedrohen konnte. Eine Spur zu seinen Verbrechen, die sie zusammen tilgen mussten. Gefahr lockte Robert aus seinem Bau. Kurt musste nur noch einen Ort finden, wo er die Tat begehen konnte.

101

»Es sind zwei«, sagte Gehrig.

»Zwei?«

Gehrig erhob sich ächzend. Als er stand, verharrte er schnaufend ein paar Sekunden. »Der Kreislauf.« Dann watschelte er aus dem Wohnzimmer. Als er zurückkehrte, hatte er eine Ledermappe in der Hand. Er legte sie vor Kranz auf den Tisch.

»Noch einen?«

»Danke nein, nein.« Sie nahm die Mappe. Sie enthielt Zeitungssausschnitte. Die waren speckig von Handschweiß und anderem, das sich Kranz nicht vorstellen mochte. Offenbar blätterte Gehrig gern in eigenen Artikeln. In der Ledermappe hatte er offenbar seine größten Werke gesammelt. Alt ist man, wenn man sein Selbstbewusstsein aus der Vergangenheit bezieht. Kranz fiel ihr Vater ein, der die Familie genervt hatte mit seinen Geschichten von der guten alten Zeit, die mit jedem Erzählen noch ein bisschen besser wurde. Er war Versicherungsvertreter gewesen in der guten alten Zeit, bis sie ihn entlassen hatten, weil er oft krank geworden war. Damals hielt man Parkinson noch für eine Spinnerei, bis die Symptome nicht mehr mit Dummheiten wegerklärt werden konnten.

Gehrig in der *Ritze*, ein Bild zeigte ihn mit einem Boxer in Ausgangsstellung.

»Blättern Sie weiter. So in der Mitte.«

Aber er wollte schon, dass sie seine Heldentaten sah.

Warum hat er es nicht einfach herausgesucht, der Wichtigtuer?

Sie blätterte weiter durch Milieumorde, Promischeiß, bis sie endlich den ersten Fall hatte.

Wer ist die Leiche vom Hohenwischer Schleusenfleet?

Darunter ein dürrer Artikel: Leichenfund. Das Opfer war nahe einer Bushaltestelle begraben. Bei Straßenarbeiten waren Arbeiter auf sie gestoßen. Der Bagger hatte ein Bein abgetrennt. Die Leiche hatte erst wenige Wochen dort gelegen. Der Mann war gefoltert worden.

Neben dem Artikel war ein Foto. Polizeiabsperrung, Spurensicherung, Rechtsmediziner, Polizisten. Ein Polizist war korpulent.

22. Nov. 1992. Das hatte Gehrig dereinst an den Rand gekritzelt.

Er beugte sich nach vorn. »Das ist ihr Chef. Damals war er ein kleines Licht.«

»Wer hat die Ermittlungen geleitet?«

»Der Hauptkommissar Husemann, der landete später beim BKA. War ein fähiger Kriminalist. Nur, den Fall hat er nicht gelöst. Und auch sonst niemand.«

Warum, verdammt, hatte ihr Taut nichts erzählt?

»Blättern Sie weiter!«

Eine Reihe von Artikeln über den Fall. Gefoltert, mindestens zwei Täter.

»Haben Sie herausgefunden, wer das Opfer war?«

»Ein Ralf Weber. Der hatte eine Schwester in Düsseldorf. Die hat ihn identifiziert.«

»War er als vermisst gemeldet?«, sagte sie mehr vor sich hin.

Er überlegte. »Ich glaube nicht. Und den oder die Mörder haben sie auch nicht gefunden. Vielleicht könnte man heute mit DNS-Spuren …«

»Dafür braucht man Vergleichsproben. Sonst nutzt es gar nichts.«

»Ich sag seit Jahr und Tag, dass man von jedem Deutschen und jedem, der einreist, Fingerabdrücke und am besten noch DNS-Proben nehmen sollte. Aber diese Scheißregierung …«

Kranz notierte *Husemann*.

Spiegelten die Artikel die Wirklichkeit, dann war der Fall versickert. Die Akte war natürlich nicht geschlossen, weil Mord nicht verjährte. Dafür lag sie in irgendwelchen Stapeln, an die sich niemand erinnerte. Es sei denn, es tauchte eine Spur auf. Aber es gab doch eine neue Spur. Alle Indizien sprachen dafür, dass die Mörder zweimal zugeschlagen hatten. Einmal bei Weber, ein zweites Mal bei Andert. Wie groß ist die Wahrscheinlichkeit, dass verschiedene Menschen Morde begehen, die sich in allen wichtigen Zügen gleichen?

»Blättern Sie weiter.«

Fast genau ein Jahr später fanden Passanten eine männliche Leiche im Bergedorfer Rathauspark. Verscharrt unter einem Busch. Ein Hund hatte gewühlt. Das Opfer war gefoltert worden. Es hatte nur ein paar Tage dort gelegen. Es fehlte alles, was eine Identifizierung hätte ermöglichen können. Eine Vermisstenanzeige lag in diesem Fall nicht vor.

8. Sept. 1993.

»Um Ihrer Frage zuvorzukommen: Ja, der Taut gehörte zur zuständigen Mordkommission.«

Sie lehnte sich zurück und starrte auf die Artikel, ohne etwas zu lesen.

»Da sind Sie platt, was?«

102

»Du bist noch in Berlin?«

»Ja.«

»Am Seminar gehen die wildesten Gerüchte um. Modersohn hat sich schon beklagt. Es ist ja eigentlich auch nicht seine Aufgabe, dich zu vertreten. Und der Dekan …«

»Dem hast du doch gesagt, dass ich auf der Jagd nach Drittmitteln bin?«

»Klar, aber ewig beruhigt den das nicht.«

»Ich brauch nicht mehr lang.«

»Dein Wort in Gottes Ohr.«

»Und dem Kollegen Modersohn kann ein bisschen Lehrpraxis nicht schaden.«

Sie sagte erst mal nichts, verkniff sich eine Antwort. »Wir müssen auch noch reden.«

Diesmal wartete er. »Natürlich. Aber erst finde ich den Bombenleger.«

»Den haben die doch. Hast du das nicht mitgekriegt?«

»Was?«

»Es soll einer von dieser Anarchogruppe sein. Stand im *Abendblatt*.«

Als er nicht antwortete, sagte sie: »Du bist also nicht schuld. Tut mir leid. Aber wenn Felix gefährdet ist …«

»Ich glaub kein Wort.«

»Was glaubst du nicht?« Sie klang schon wieder so erregt. Bevor sie Felix hatte, war sie die Gelassenheit selbst gewesen.

»Dass diese Leute die Bombe gelegt haben.«

Wieder schwieg sie ein paar Augenblicke. »Du glaubst immer noch, sie galt dir?«

»Ja.«

Pause. »In der Zeitung las es sich anders. Ziemlich plausibel ... Erspar mir jetzt bitte den Spruch von der Plausibilität als Falle.«

»Ist aber so. Du hast einen fiesen Richter. Der verknackt einen Anarcho. Die anderen Anarchos sind sauer. Eine Bombe geht hoch, ausgerechnet in der Straße, wo der fiese Richter wohnt. Also sind es die Anarchos gewesen. Gibt's ein Geständnis?«

»Na, wenn dir das Bekennerschreiben nicht genügt ...«

»Ein Bekennerschreiben kann jeder Idiot verschicken. Ich meine ein Geständnis des Täters.«

»Davon hab ich nichts gelesen. Oft sind Dinge nicht nur plausibel, sondern auch wahr. Die meisten Wahrheiten sind plausibel. Hast *du* denn Beweise? Historiker ist Kriminellen auf der Spur. In der Straße, wo der Historiker wohnt, detoniert eine Bombe. Also haben die Gangster, denen der Historiker auf die Pelle rücken will, die Bombe gezündet. Fast so plausibel wie die Anarchothese. Ich finde, du bist auf dem Trip, dass die Bullen grundsätzlich falschliegen und du der Einzige ... Sorry, ich will nicht vergessen ... und was macht denn diese ...?«

»Weiß ich nicht«, sagte er. Und bereute es sofort. Es war doch eine Lüge, obwohl er es im Detail nicht wusste.

»Aha.« Nach einem Zögern.

Was für ein verkrampftes Gespräch.

»Wir sollten bald mal reden«, wiederholte sie.

»Ja, wenn ich zurück bin. Und wenn du dann nicht vom Gejammer des Halbgotts absorbiert bist.«

103

»Wir müssen uns treffen«, sagte Kurt.

»Schon wieder?«

»Unbedingt.«

»Warum? Geht's um Magda? Die hab ich gerade besucht.«

»Die Bullen waren da.«

»Was? Willst du mich verarschen?«

»Wegen einer anderen Sache. Ein Verkehrsunfall, hier an der Kreuzung. Von dem ich nichts mitbekommen habe. Ich habe im Internet gesucht. Da hat es keinen Unfall gegeben. Es ist ein Vorwand. Überhaupt kamen mir die Bullen merkwürdig vor.«

Robert schwieg eine Weile. »So eine Scheiße. Oder bist du wieder panisch?«

»Für wie blöd hältst du mich?«

»Und was gibt es da zu reden?«

»Einer hat mich gefragt, ob ich Andert kenne.«

»Du nimmst mich auf den Arm!« Dann: »Andert? Warum sagst du das nicht gleich?«

Kurt war sauer auf sich, weil er die Geschichte nicht schlüssig erzählt hatte. Er hätte gleich mit Andert kommen müssen. Wenn er Pech hatte, roch Robert den Braten.

»Ich bin durcheinander. Die haben mich überfallen. Zugetextet. Ich hab gar nicht alles verstanden.«

»War ja schon immer so.«

»Also, was machen wir jetzt?«

»Du musst mir das alles ganz genau schildern. Dann sehen wir weiter.«

Als Kurt auflegte, hatte er das Gefühl, dass die Sache völlig anders laufen würde, als er es sich vorstellte. Er kam sich entlarvt vor. Wahrscheinlich wusste Robert längst, dass er ihn töten wollte. Und würde den Spieß umdrehen.

Kurt war sauer auf sich. Er hatte es vermasselt, bevor es richtig angefangen hatte. Aber die Lüge war ausgesprochen.

104

»Er hat versucht mich zu kriegen. Aber ich bin schneller. Georgie weiß schon, wen er um was … bittet.«

Jeans, T-Shirt, beides hauteng. Ein Typ aus Muskeln und Sehnen.

»Und der Kerl hat dich nicht beobachtet?«

»Nein, der arbeitet nachts nicht. Soll dich offenbar nur verunsichern.«

Det saß auf dem Bett und blickte Stachelmann unter dem Schirm seiner Basecap an. »Nenn mich Det«, hatte er gesagt.

Det war aufgetaucht, weil Stachelmann und Georgie sich einen Plan ausgedacht hatten. *Wir kriegen die Schweine, wenn wir die Verfolgung umdrehen. Vielleicht sind die Schweine auch Anderts Mörder?*

»Der kommt mit der S-Bahn. Auto wär ja auch unpraktisch. Ab acht Uhr morgens wartet er da drüben.« Der Daumen zeigte grob in die Richtung des Tante-Emma-Ladens auf der Finckensteinallee.

Sie beredeten, wie sie den Verfolger verfolgen könnten. Erörterten kurz, ob Det versuchen sollte, ihn zu schnappen. Aber wahrscheinlich würde er dann gar nichts sagen. Und die Spur wäre unbrauchbar.

»Er rechnet nicht damit«, sagte Det. Er zupfte an seinem T-Shirt, als säße es falsch. Er benutzte ein Männerparfüm. Dezent, aber nicht zu überriechen. »Ich könnte mich verkleiden und ihm folgen, wenn er abends nach Hause geht.«

»Dann wissen wir, wo er wohnt. Aber nicht, für wen er arbeitet.«

»Stimmt.« Wieder Zupfen.

»Wir müssen etwas unternehmen, das ihn veranlasst, seine Auftraggeber aufzusuchen.«

Det blies die Backen auf. »Puh. Die telefonieren doch. Oder mailen.«

»Kannst du sein Mailpostfach knacken?« Er wischte die Frage gleich wieder weg.

Det schüttelte nur den Kopf.

Verdammt, die Idee war so gut. Und jetzt stellte sich heraus, dass sie so keinen Schritt weiterkamen. Wenn der Typ mit seinem Auftraggeber nur per Mail oder Telefon Kontakt hielt, waren sie aufgeschmissen. »Scheiße.«

Det zupfte, Stachelmann überlegte. »Ich hab's.« Er erzählte Det, was er sich ausgedacht hatte. Det dachte einen Augenblick nach, dann schlug er sich aufs Knie. Zu fest, er verzog das Gesicht.

105

»Warum hat Taut niemandem erzählt, dass es zwei ähnliche Fälle gab? Haben Sie dafür eine Erklärung?«, fragte Kranz.

Gehrig brummte irgendwas.

»Und der Täter wurde nie gefunden?«

»Nein. Die werden es ja nicht geheim gehalten haben.«

»Sie haben nicht nachgefragt?«

Gehrig lächelte, wie einer lächelt, der einer Minderbemittelten mit unendlicher Geduld die Welt erklärt. »Natürlich. Ich bin Journalist. Aber Ihre Kollegen haben nur erklärt, dass sie keine Spuren hätten.«

»Was bedeutet, dass der Fall noch offen ist«, sagte sie.

»Und dass Taut weiß, dass er offen ist.«

Ja, dachte sie. Warum hatte er keinen Hinweis gegeben? Kein einziges Wort darüber verloren, dass es zwei ähnliche Fälle gab? Dass es sich möglicherweise um dieselben Täter handeln könnte? Und hätten sie von Anfang an von den anderen beiden Fällen gewusst, Kranz hätte die Ermittlungen anders aufgezogen. Warum, verdammt, hatte Taut geschwiegen? Ein weiterer Verdacht keimte in ihr. Mit ihm Ärger und Verletztheit. Womöglich hatte er ihr den Fall aufgetragen, weil er sie für unfähig hielt. Weil er so verhindern konnte, dass die alten Fälle wieder auf den Tisch kamen. Wollte er verbergen, dass er versagt hatte, damals, als er in der zuständigen Mordkommission saß?

»Warum?«

»Ich weiß es nicht. Wenn ich noch aktiv wäre, würde ich darüber berichten. Das gäbe einen Sack Fragen, an denen die was zu kauen hätten.«

»Sicher, dass Sie es täten? Sie würden Ihre Quellen verärgern.«

Eine Falte auf der Stirn. »Ich würde es mir überlegen.«

»Werden Sie Werner was stecken?«

»Da muss er selbst drauf kommen.«

Noch so ein eitler alter Sack. Der Nachfolger sollte möglichst versagen. Nur so blieb der alte Glanz ohne Flecken. *Als der alte Gehrig noch da war, da lief es richtig rund.*

106

Der nächste Copyshop lag in der Tulpenstraße. Das schaffte er gut zu Fuß. Wie bestellt, stand der Verfolger bereit. Stachelmann mühte sich, ihn nicht zu beachten. Er hatte einen Stapel Akten im

Rucksack. Det war in der Nacht nach Hamburg und zurück gerast und hatte im Philosophenturm Aktenkopien aus Stachelmanns Büro besorgt. In der Nacht war zum Glück kein überfleißiger Kollege dort gewesen. Det hatte es sogar noch geschafft, sich umzukleiden. Er trug einen eher altmodischen Anzug, glücklicherweise ohne Hut. Das hätte Stachelmann albern gefunden. Wichtig erschien ihm aber, dass sich Det die Haare getönt und eine Spießerfrisur zugelegt hatte. Ordentlich gescheitelt und rasiert.

Stachelmann lief die Drakestraße in Richtung S-Bahnhof Lichterfelde West. In der Nähe lag laut Google Maps der Copyshop. Er musste sich nicht umdrehen, und doch juckte es ihn, nach dem Verfolger Ausschau zu halten. Dem folgte in großem Abstand der renovierte Det.

Im Copyshop musste er ein paar Minuten warten, bis er drankam. Dann legte er den Aktenstapel in den Einzugsschacht des Kopierers. Im Augenwinkel sah er durchs Schaufenster den Verfolger. Det konnte er nirgends entdecken. Während er kopierte, ging er ihren Plan noch einmal durch. Es sollte klappen.

Wenn Rebekka hier wäre, hätten sie noch mehr Chancen. Warum war die einfach abgehauen? Er hatte sich vorgenommen, sie anzurufen. Aber dann fürchtete er Enttäuschung und Ärger. Vielleicht versaute er am Telefon alles, weil ihr Verhalten ihn kränkte. Lieber warten.

Diese modernen Kopiermaschinen waren wunderbar. Sie zogen ganz allein einen Papierstapel Blatt für Blatt ein und spuckten ihn mitsamt Kopien wieder aus. Binnen weniger Minuten hatte man einen Haufen Akten verdoppelt. Er zog eine Jutetasche aus dem Rucksack und packte die Kopien hinein. Die Originale steckte er in den Rucksack. Er überlegte einen Augenblick, dann bezahlte er und verließ den Kopierladen. Von Det immer noch keine Spur. Hoffentlich hatte Det recht und der Verfolger kein Auto in der Nähe. Das wäre ein Reinfall.

Einen Aktenstapel kann man nicht mailen oder telefonieren. Und so, wie ich den Typen einschätze, weiß der nicht mal, was Akten sind.

Stachelmann kam diese Einschätzung inzwischen viel zu optimistisch vor. Aber da musste er jetzt durch.

Verdammt, wo war Det? Und noch mal verdammt, warum war Rebekka nach Hamburg gefahren? Sie hatten jetzt eine Chance, den Fall zu klären, aber die Bullin reiste durch die Landschaft. *Gerade sie hätten wir jetzt brauchen können.*

Nahe der Kreuzung mit der Holbeinstraße war die Bushaltestelle, die Stachelmann benutzen sollte. Er setzte sich auf einen Sitz im Wartehäuschen. Auf den Sitz daneben legte er die Tasche. Als der Bus kam, erhob er sich, ließ die Tasche liegen und stellte sich an. Er bestieg den Bus. Jetzt half nur hoffen.

Als er sich zur Mitte des Busses gedrängt hatte, wagte er einen Blick nach draußen. Er sah gerade noch, wie der Typ mit der Tasche abzog.

107

Der Teich am Newmans Park. *Nein, nicht in der Kneipe. Da könnte jemand was mitkriegen.*

Robert schien amüsiert. Das hasste Kurt auch an ihm. Diese Scheißarroganz. *Wir machen einen Fehler. Warum kommt der Bulle darauf, mich nach Andert zu fragen?*

Das hatte Robert doch nachdenklich gemacht. Kurt hatte einen Treffpunkt ausgesucht, den er mit dem Bus erreichen konnte. Taxi war ihm zu gefährlich. Unwahrscheinlich, dass sich jemand an ihn erinnerte.

Er stieg schon in der Elbschloßstraße aus, eine Haltestelle zu früh. Er würde nach der Tat ein langes Stück laufen in Richtung

Stadt und dann auf krummen Wegen nach Hause zurückkehren. Er malte sich den Triumph aus. Die Erlösung. Er hätte es schon viel früher erledigen sollen. Wenn es je einen Mord gegeben hat, der berechtigt war, dann diesen. Kurt hatte sich das eingebläut. Nicht weil er noch Zweifel gehabt hätte. Er wollte nur verhindern, dass er zögerte. Dass ihm sein Hirn einblies, es sei doch der Bruder. Kain und Abel. Er hatte die Geschichte in der Nacht gelesen. Kain war neidisch auf Abel, weil Gott dessen Opfer mehr schätzte als seines. Kain erschlug Abel. Gott verstieß Kain, aber offenbar verzieh er ihm auch. Er ließ ihn nicht nur am Leben, sondern schützte ihn durch das Kainsmal vor Verfolgung. Kurt hatte lange nachgedacht. Er verstand, dass Mord geächtet war. Aber doch verziehen wurde, wenn es einen Grund gab. Er fand, dass Kain weniger Grund hatte, Abel zu töten, als Kurt Grund hatte, Robert zu töten. Kurt war nicht neidisch auf Robert. Wenn, dann nur wenig. Nicht genug, um ihn umzubringen. Es war die Jahrzehnte währende Qual, die ihm keine Wahl ließ, wollte er in Frieden leben. *In Frieden leben*. Wenn das kein Grund war.

Kaiserwetter. Blauer Himmel, weiße Wölkchen, eine milde Brise. Ein bisschen salzig. Vielleicht bildete er es sich nur ein. Aber das war egal. Hamburger Sommer. Sein bester Sommer.

Er hatte noch eine gute Stunde Zeit.

108

Rebekka verriet die Anzeige. Er drückte den Anruf weg. Er war nur eine Station gefahren und hatte die Jacke gegen einen grauen Pulli getauscht und sich eine Strickmütze aufgesetzt. Er hatte sogar überlegt, eine Sonnenbrille zu tragen, die Idee dann aber als lächerlich verworfen. Das Taxi wartete schon an der Haltestelle.

Alles klappte. Det hatte eine SMS geschickt. Am Bahnhof Julius-Leber-Brücke erwischte Stachelmann die S-Bahn. *Drittletzter Wagen.* Er stieg ein und übersah Det absichtlich. Dann drängelte er sich durch eine Gruppe kreischender amerikanischer Touristinnen und stellte sich wie zufällig neben Det. »Der Typ sitzt im Wagen vor uns.« Jetzt sah Stachelmann ihn auch. Er saß auf einer Seitenbank, sodass sie sein Profil im Blick hatten. Der Jutebeutel lag auf dem Schoß. Er hielt ihn mit beiden Händen fest. Sein Gesicht glänzte.

Det hatte es schlau angestellt. Viel zu gefährlich, in denselben Wagen wie der Typ zu steigen. Stachelmann schob sich hinter die Touristinnengruppe. Ihn kannte der Typ. Aber er rechnete nicht damit, dass Stachelmann ihm folgte. Kein Grund, leichtsinnig zu werden und die Aktion zu vermasseln.

Als sich der Zug der Yorckstraße näherte, stand der Typ auf. Det trat an die Tür, Stachelmann wandte dem Dieb den Rücken zu. Die S-Bahn hielt. Det stieg aus und verharrte einen Augenblick. Dann marschierte er los. Stachelmann ging ihm nach.

Wieder vibrierte das Handy. Wieder Rebekka. Wieder wies er den Anruf ab.

Er folgte Det, und Det folgte dem Typen mit der Tragetasche. Es ging hinunter zur U7. Stachelmann stieg die Treppe erst mal nur so weit hinunter, dass er Det sah. Es ging in Richtung Rudow. Stachelmann stieg einen Wagen hinter Det ein. Den anderen Typen sah er nicht. Ob Det ihn verloren hatte? Aber der würde sich melden, wenn es schiefgegangen war.

Wieder Rebekka, wieder wies er den Anruf ab. Er fühlte sich bedrängt.

Gneisenaustraße. Er linste hinaus. *Zurückbleiben bitte!* Im letzten Moment sah er Det davoneilen. Er sprang aus dem Wagen und stieß mit einer Frau zusammen, die sich zwischen die sich schon schließenden Türen zwängte.

»Arschloch!«, schnauzte sie.

Det verließ den U-Bahnhof in Fahrtrichtung. Stachelmann musste sich beeilen. Der Schmerz schoss wie ein Blitz ins Knie. Er stöhnte auf, blieb stehen und zwang sich weiterzugehen. Ein Griff in die Hosentasche, dann drückte er die Indomet aus dem Blister und schluckte sie. Er humpelte die Treppe hoch. Oben sah er noch, wie Det um die Ecke bog. Links, Mittenwalder Straße.

Verfluchte Schmerzen. *Reiß dich zusammen.* Dann ging es nicht mehr. Er lehnte sich an eine Hauswand und sah, wie Det aus dem Blick verschwand.

109

Hatte sie es wieder vermasselt? Warum nahm Josef ihre Anrufe nicht an? Sie saß auf einer Bank an der Alster. Enten blickten sie erwartungsvoll an. Es wimmelte vor Jollen auf dem Wasser. Sie musste unbedingt mit Josef reden. Drei Leichen. Serienkiller. Und Taut hatte nicht mal was angedeutet. Was war los? Steckte die Polizei mit drin? War es Taut peinlich, dass ihm der Mörder durch die Lappen gegangen war? Hatte er die Fälle verdrängt? Hatte ihn irgendjemand gezwungen, die Ermittlungen einzustellen? Alle Erklärungen schienen ihr absurd. Sie bildete sich ein, Taut einigermaßen zu kennen. Aber in ihr Bild von ihrem Chef passte es nicht, dass er nichts gesagt hatte. Es war undenkbar, dass er die Übereinstimmungen zwischen den Fällen übersah. Er war nicht blind und dumm schon gar nicht. Sie fühlte sich hilflos. Verlassen. Auch von Josef. Aber vielleicht saß er im Archiv. Warum ging er dann nicht raus und rief zurück? War er sauer, weil sie einfach abgehauen war?

Oder es war ihm etwas passiert. Die Angst traf sie wie ein

Tiefschlag. Hatte er sich mit dem Überwacher angelegt? War er überfallen worden? Lag er im Krankenhaus? Oder war … nein, sie weigerte sich, es zu Ende zu denken. Aber wenn er wieder angegriffen worden war, hatte sie ihn im Stich gelassen.

Ein Dackel baute sich vor ihr auf und kläffte hysterisch. Enten stiebten auseinander. Quakend watschelten sie im Eiltempo ins Wasser, um mit hoher Bugwelle ein paar Meter Abstand zwischen den Hund und sich zu legen. Ein anderer Hund stimmte in das Gekläff ein. Kranz verließ die Bank und lief Richtung Hauptbahnhof. Als würde eine Hand sie führen. Zurück nach Berlin. Hektisch schrieb sie eine SMS. *Wo bist du?* Sie zögerte, dann *Verzeih mir.*

110

Er umrundete den Teich. Den kannte er von einem Spaziergang. Das Gewässer hatte keinen Namen. Es lag einsam. Wenn es ihm gelang, die Leiche zu versenken, würde sie lange nicht gefunden. Vielleicht nie. Und wenn, gab es keine Spur, die zu ihm führte, außer der Verwandtschaft.

Ich hatte keinen Kontakt mit meinem Bruder. Auseinandergelebt. So was gibt es. Er wurde Anlageberater und machte viel Geld. Lebte in einer anderen Welt. Ich bin ein einfacher Mensch und glücklich. Weil es so ist, wie es ist, fiel mir nicht auf, dass mein Bruder tot ist. Das ist natürlich schrecklich. Ja, ich wusste, dass er das Pflegeheim meiner Schwester bezahlte. Aber sonst weiß ich nichts. So würde er mit den Bullen reden, falls die auftauchten. Nein, vor denen musste er keine Angst haben. Aber mulmig wurde ihm, wenn er daran dachte, wie er Robert erledigen würde. Er umfasste in der Hosentasche den Messergriff. Das beruhigte ihn etwas. Die Anspannung war normal. Sie war das Lampenfieber des Mörders vor der Tat. Robert würde nie auf die Idee kommen, dass Kurt ihn töten wollte. Er würde sich sicher fühlen. Ein Blick auf die Uhr. Noch eine Dreiviertelstunde. Die Dämmerung nahte. Wenn Robert kam, würde es dunkel werden. Ein Frühsommerabend. Auch Robert wollte nicht, dass sie zusammen gesehen wurden. Nein, Kurt fand keinen Grund, der gegen diesen Ort sprach. Am anderen Ende grenzte der Teich an Büsche. Dort waren sie gegen Blicke geschützt. Dort würde er Robert töten. Endlich.

111

Fürbringer Straße 19c stand auf dem Handydisplay. Stachelmann bewegte das Knie. Es tat höllisch weh. Er humpelte los. Stöhnen bei jedem Schritt. Der Rhythmus des Schmerzes. Das Handy verriet ihm, dass er es nicht weit hatte. Er bog um die Ecke und sah Det. Der lehnte an einer Hauswand. Als er Stachelmann erkannte, winkte er ihn heran. Er deutete auf das Gebäude, an dem er sich angelehnt hatte. Stachelmann fühlte einen Druck im Unterleib. Seine Hände wurden klebrig. Es wurde ernst. Sie hatten etwas. Nur was?

Als er Det erreicht hatte, sagte der: »Er ist da drin.« Er tippte auf ein Schild neben dem Hauseingang. *Ermittlungen aller Art. Privatdetektei A. Köhler.*

»Okay, wir verziehen uns und überlegen, was wir machen.«

Det zögerte, dann nickte er und ging los. Stachelmann humpelte ihm nach. Die Tablette begann zu wirken. Vielleicht dämpfte auch die Aufregung den Schmerz. Endlich hatten sie etwas Handfestes. Was immer es war. In Richtung Mittenwalder Straße, dann Richtung Gneisenaustraße. Ein Café. Det zeigte drauf, und Stachelmann nickte. Dort würden sie einen Plan schmieden. Mit dem sie einen Schritt weiterkamen. Endlich.

»Noch ein paar Minuten«, sagte Det.

Stachelmann wartete auf eine Erklärung, aber es kam keine.

Sie bestellten bei einer jungen Frau, Typ jobbende Studentin, zwei Espresso. Det auch ein Stück Schokotorte. Er spielte mit seinem Schlüsselbund, dann nahm er das Handy, blickte drauf, legte es weg, blickte wieder drauf, legte es wieder weg.

Es klingelte, als die Kellnerin die Bestellung brachte. Det sprang auf und winkte Stachelmann mitzukommen. Vor der Eingangstür stand ein Rollstuhl. Darin saß Georgie. Grinsend und eine Flasche Bier in der Hand. Er winkte seinem Personal, ihn die Treppe hochzuwuchten. Det packte den Stuhl an den Griffen, drehte ihn um und zog ihn die beiden Treppenstufen hoch. Stachelmann stand da wie ein Heizungsinstallateur in der Sahara.

»Halt den Betrieb nicht auf!«, sagte Georgie.

»Das sehen wir aber gar nicht gern«, erklärte die Kellnerin mit Blick auf die Flasche.

»Sie wollen doch keinen Behinderten diskriminieren«, sagte Georgie.

»Vor allem will ich mich nicht verarschen lassen«, sagte sie trocken.

Georgie verzog das Gesicht zu einer Trauergrimasse, trank die Flasche in einem Zug aus und reichte sie ihr. »Pfand ist für Sie.«

»So viel Großzügigkeit! Dass mir das noch mal passiert«, sagte sie, nahm die Flasche mit spitzen Fingern und warf sie in den Mülleimer neben dem Tresen.

Georgie bestellte einen Cappuccino und – mit Blick auf Dets Teller – zwei Stück Schokotorte. »Aber nicht die Touristenversion, ja?«

Ein irritierter Blick, dann ein Grinsen.

Georgies Bein lag leicht gebeugt auf einer Schiene, als wäre der Rollstuhl ein Kampfwagen mit Sporn.

Durchs Fenster sah Stachelmann, wie das Großraumtaxi wegfuhr.

»Darfst du das überhaupt? So in der Gegend rumkurven?«

»Ich genieße die Sonne am Urbanhafen. Das wird einem Patienten doch noch erlaubt sein.«

Stachelmanns Handy klingelte. Renate Breuer. »Die Herren der Sonnenfallstiftung drängen auf Ihre Zusage zu der Veranstaltung in Berlin. Wollen Sie denn nun den Vortrag halten?«

»Ja, ja«, sagte Stachelmann. »Sagen Sie es zu.« Er trennte das Gespräch und verfluchte sich. *Das kann ja was werden.*

»Du hältst diese Rede da?«, fragte Georgie. Als Stachelmann bedröppelt nickte: »Selbst schuld. Das wird ein Spaß.« Er wandte sich an Det. »Privatdetektiv also. Wenn wir wissen, wer dessen Auftraggeber ist, wissen wir, wer der Mörder ist. Oder?«

»Oder wer verhindern will, dass wir was rauskriegen. Muss nicht derselbe sein«, erwiderte Stachelmann. Sein Ärger über sich selbst wuchs mit jeder Zehntelsekunde. *Jetzt hab ich diese Scheiße an der Backe.* Aber vielleicht hatten sie auch den Mörder schon so gut wie gefunden.

Wieder klingelte das Handy.

»Man sollte Handys verbieten«, sagte Georgie. »Jedenfalls dir und solchen Leuten, die mit so neumodischem Zeug nicht umgehen können.«

»Wir haben ihn vielleicht«, sagte Stachelmann. Sein Ärger über Rebekka war verraucht. Großer Ärger verdrängt kleinen Ärger.

»Es sind drei Leichen«, sagte Rebekka. »Die haben drei Menschen umgebracht.«

Schweigen.

»Drei?«

»Ja, es gibt zwei weitere Opfer, die genauso misshandelt wurden wie Andert. Wär ein riesiger Zufall, wenn es andere Täter wären. Jedenfalls sind die Fälle nicht aufgeklärt. Und Taut hat die ganze Zeit gewusst, dass es die beiden anderen Fälle gab.«

»Ich glaub's nicht. Kommst du?«

112

Diese Scheißarroganz. Kurt hatte aus der Ferne verfolgt, wie Roberts Wagen auf den Parkplatz rollte. Der schwarze Audi-Achtzylinder. Er stieg aus. Lässig gekleidet wie immer, wenn er nicht offiziell unterwegs war. Das Zeug, das er trug, kostete vermutlich mehr als Kurts Kleiderschrank samt Inhalt. Italienische Luxusschuhe, das war Standard. Robert machte kein Geheimnis daraus. Natürlich erwähnte er so etwas beiläufig, weil das noch mehr demütigte. Kurt sah, wie Robert heranschlenderte.

Griff in die Tasche. Der Messergriff beruhigte ihn. Robert wusste nichts. Es würde ihn überraschen. Der hatte keine Chance, sich zu wehren. Kurt musste entschlossen sein. Nicht zögern, nicht zweifeln. Jetzt.

Wie er diese Fresse hasste. Dieses Lächeln, in dem sich nichts als Verachtung zeigte. Verachtung für Menschen, die es nicht so weit gebracht hatten wie Robert. Die er für dümmer hielt.

Das Lächeln wird dir vergehen.

»Hast du dich abgeregt?« Statt einer Begrüßung.

»Wir gehen ein Stück«, sagte Kurt.

»Warum?«

Kurt hatte sich gut vorbereitet. Er lief einfach los. »Hab zu lang gesessen«, murmelte er. »Ein paar Schritte tun dir auch gut.«

»Wie bist du gekommen?«

»Bus.«

»Warum sagst du nichts? Hätte dich mitnehmen können.«

Sie näherten sich den Büschen. Kurt spürte, wie sein Magen sich verkrampfte.

»Was ist mit dir? Bist du nervös?«

»Du hattest die Bullen nicht am Hals.«

»Nun reg dich ab.«

Wieder ein paar Schritte näher. Robert blieb stehen, zog ein silbernes Zigarettenetui aus der Jacketttasche und zündete sich eine an. Er blickte sich um. »Und was wollten die Bullen?«

»Keine Ahnung. Einer sagte was von Andert. Viel mehr war nicht.«

»Du hast dich nicht verhört?«

»Bin nicht taub.«

»Ist ja gut.« Ein verwunderter Blick. »Verschweigst du mir was?«

»Nein … was?«

»Hab nur so ein Gefühl. Du sagst mir nicht alles.«

»Du mir auch nicht.«

»Ist auch besser so. Sonst erzählst du es noch den Bullen.« Er lachte wissend vor sich hin.

Wie Kurt dieses Lachen hasste.

Nur noch ein paar Schritte.

Robert blieb stehen, schaute sich um. »Nette Ecke. War ich noch nie. Sollte mir hier vielleicht ein Haus kaufen.« Dann, gönnerhaft: »Was meinst du?«

Die Hand am Messergriff schwitzte. Im Geist wiederholte er die Bewegung, die er sich so oft eingeprägt hatte. Messer aus der Tasche, Klinge aufschnappen lassen, zustechen. Ganz einfach.

Noch zehn Schritte. Kurt ging, und Robert folgte. Neun Schritte, acht …

113

»Der Detektiv wird uns nix verraten«, sagte Georgie. Er steckte ein Stück Schokotorte in den Mund, kaute, prüfte und schien zufrieden mit dem Geschmack.

»Wir brechen da ein«, sagte Det.

»Und du glaubst, der berät irgendwelche Leute in Sicherheitstechnik und verklebt seine Türen mit Kaugummi.« Georgie tippte auf sein Smartphone. »Der Köhler rühmt sich als Superprofi. Berät die Kunden bei der Anschaffung von Kameras, Alarmanlagen und so ’nem Zeug. Also nix Einbruch.«

»Wir fragen ihn einfach. Erklären ihm, dass er offenbar für einen Mörder arbeitet.«

»Dann wird er uns erzählen, dass er den Bullen schrecklich gern Auskunft gibt.« Georgie expedierte das zweite Stück in seinen Mund. Nachdem er gekaut hatte, rief er: »Sag, ihr macht da Schokolade rein, oder?«

»Nein, Hundekot«, sagte die Kellnerin gelassen. Ihr Pferdeschwanz wippte, als sie lachte.

»So schmeckt es auch.«

»Dann stiften wir das zweite Stück der Tafel. Okay?«

»Nur über meine Leiche.«

»Das soll meine Sorge nicht sein.«

Georgie blickte sie an. Wahrscheinlich wünschte er sich Supermans Laseraugen, um sie in einen Haufen Asche zu verglühen.

»Iss das Gift auf«, sagte Stachelmann. »Wir rücken dem Schnüffler auf die Pelle.«

»Ich hab dich schon immer für deine raffinierten Ideen bewundert.«

»Kannst auch hier bleiben.«

»Ich bin dabei«, sagte Det. »Ich mag’s raffiniert.«

»Nehmt den auch mit. Bitte!«, sagte die Kellnerin. Sie zeigte auf Georgie.

»Haben Sie kein Mitleid mit armen Krüppeln?«, fragte Stachelmann.

»Mit allen außer dem.« Sie kreuzte die Arme vor der Brust.

»Herzlos!«, nölte Georgie. »Okay, mischen wir den Schnüffler auf. Und wenn ich zu Tode komme, bist du schuld.« Er schüttelte die Faust.

Georgie zeterte, als Det ihn aus dem Café hinausschob. Vergewaltigung, Unterdrückung, Entführung waren das Mindeste. Vor der Tür der Detektei hörte er endlich auf mit dem Geschimpfe.

Stachelmann klingelte.

»Ja, bitte?« Eine Frauenstimme aus der Gegensprechanlage.

»Dr. Stachelmann. Wir möchten gern Herrn Köhler sprechen.«

Es summte. Stachelmann drückte die Tür auf. Det schob Georgie stöhnend die Treppe hoch. Die Bürotür öffnete sich. Eine mittelalte Frau, unscheinbar, bemüht lächelnd wie in der Zahnpastareklame. »Sie müssten sich aber einen Augenblick gedulden.«

»Kein Problem, wenn Sie einen Kaffee haben«, sagte Georgie.

Ihre Brauen zuckten. »Natürlich, gern.«

Im Wartezimmer standen vier Stühle und ein Tisch. Mehr hätte nicht reingepasst. Auf dem Tisch lagen Fachzeitschriften des Sicherheitsgewerbes. An der Wand hing das Werbeplakat eines Herstellers von Überwachungskameras. Fehlte nur der Gummibaum.

Die Mitarbeiterin des Schnüfflers servierte den Kaffee, als eine Tür klackte. »Den können Sie ja mit hineinnehmen.«

Es empfing sie ein Schmächtling. Durch runde Brillengläser betrachtete er ausdruckslos die Prozession, die sein Büro füllte.

Als die Sekretärin die Tür geschlossen hatte, strich er sich über seine Stirnglatze. »Was kann ich für Sie tun?«

»Sie können uns verraten, in wessen Auftrag Sie mich überwachen und anrempeln lassen«, sagte Stachelmann.

114

Fünf, vier, drei, zwei. Robert tat einen Schritt zur Seite. »Ich frage mich, wie die Bullen darauf kommen. Wir haben denen nichts geliefert.«

Die Hand in der Tasche war nass.

Noch einen Schritt weg von Kurt.

Verdammt. Kurt ging auf Robert zu.

»Was ist? Hast du was? Hat dir die Angst das Hirn verklebt?«, fragte der.

Er musste etwas sagen. »Nein, es ist nur so merkwürdig. Als wären sie uns auf der Spur.«

»Du hast dich verhört. Manche Leute hören Stimmen, wenn sie Panik kriegen.«

Noch ein Schritt auf ihn zu.

Die Hand schwitzte. Er legte sie um den Messergriff. Jetzt. Jetzt musste er es tun. Und wenn es nur deswegen war, weil er die Anspannung nicht mehr ertrug.

Da packte ihn Robert am Arm und riss die Hand aus der Tasche. Das Messer schnappte auf. Robert packte mit der zweiten Hand nach dem Unterarm und verdrehte ihn auf den Rücken. Der Schmerz war brutal. Im Schultergelenk knackte es. Kurt schrie und ließ das Messer fallen. Robert trat ihm zwischen die Beine. Kurt brach brüllend zusammen und krümmte sich auf dem Boden. Wimmerte. Robert hob das Stilett auf und beugte sich über ihn. Er schien nicht wütend. Er lächelte Kurt kalt an. »Hab ich's mir doch gedacht, du Ratte.« Er trat ihm in den Rücken. Als Kurt sich vor Schmerzen herumrollte, stach Robert ihm die Klinge in den Bauch und zog sie hoch bis zum Solarplexus.

115

Köhler blinzelte Stachelmann an. Dann musterte er Det, schließlich Georgie. Er zuckte mit den Achseln. »Das ist eine dumme Frage. Sie wissen doch selbst, dass ich Ihnen darüber keine Auskunft geben darf.«

»Sie beschäftigen einen Mitarbeiter, der Straftaten begeht«, sagte Stachelmann.

Köhler lehnte sich zurück und lächelte mild. »Ich nehme an, Sie legen mir jetzt schlüssige Beweise vor.«

»Ihr Mitarbeiter hat diesen Herrn« – Georgie deutete auf Stachelmann – »angegriffen. Und er hat ihm eine Tragetasche mit wichtigen Akten gestohlen. Diese Akten hat er in Ihr Büro gebracht. Wir hätten sie gern zurück.«

Köhler lächelte wieder. Nicht mehr ganz so mild. Er drückte auf einen Knopf. »Bringen Sie mir bitte die Tasche, die unser Herr … Mitarbeiter … gefunden hat.«

Stachelmann lachte.

»Mit diesem namenlosen Mitarbeiter möchten wir gern sprechen«, sagte Georgie.

»Wie kommen Sie darauf, dass es den überhaupt gibt?«

»Nun stellen Sie sich mal nicht dümmer, als Sie sind«, bellte Georgie.

»Ich habe diesen Mann tagelang beschattet. Ich bezeuge gern auch den Angriff auf Dr. Stachelmann«, sagte Det.

Die Tür öffnete sich, die Sekretärin legte die Jutetasche auf den Schreibtisch und verschwand.

Warum schmeißt der uns nicht raus?

»Bitte.« Köhler schob die Tasche über den Tisch. »Wir hätten die später zum Fundbüro gebracht. Lag im Wartehäuschen einer Bushaltestelle. Freut mich, dass ich sie Ihnen wiedergeben kann.«

»Wir möchten mit diesem Mitarbeiter sprechen.«

»Es muss genügen, dass Sie mit seinem Chef reden.«

»Wir können ihn auch anzeigen.«

»Aussage gegen Aussage.«

»Drei Aussagen gegen eine Lüge«, sagte Georgie.

Den reitet mal wieder der Teufel.

Köhler lächelte, aber diesmal sah es gezwungen aus. »Was wollen Sie von meinem Mitarbeiter?«

»Zum Beispiel die Auskunft, warum er mir auf Schritt und Tritt folgt«, erwiderte Stachelmann.

Köhler überlegte. »Ich glaube nicht, dass man einem Bürger verbieten …«

»Reden Sie keine Scheiße! Sie verschwenden unsere Zeit!«, schnauzte Georgie.

Der Detektiv hob die Hände. »Alles, was Sie ihn fragen könnten, können Sie auch mich fragen.«

»Wir möchten den Auftraggeber wissen«, sagte Stachelmann.

»Dann verliere ich meine Lizenz.«

»Die verlieren Sie auch, wenn Mitarbeiter Straftaten begehen«, sagte Georgie.

»Das käme drauf an«, erwiderte Köhler. »Was immer dieser Mitarbeiter getan hat, er hat es nicht in meinem Auftrag getan. Das gibt es doch, dass Leute aus dem Ruder laufen.« Das Lächeln spiegelte ein paar Moleküle mehr Selbstsicherheit.

»Aber Ihre Lizenz geht mit Sicherheit flöten, wenn Sie einen Mörder decken. Um genau zu sein: einen Serienmörder.«

Eine Falte über der Nasenwurzel. »Serienmörder? Wollen Sie mich verarschen?«

»Sie werden sich noch wundern«, sagte Georgie. »Behinderung von Ermittlungen der Polizei, damit fängt es an. Und dann stecken Sie mitten drin in der Scheiße. Der Kunde, der Sie auf Professor Stachelmann angesetzt hat, ist ein Serienmörder. Wir geben Ihnen die Chance, aus dieser Nummer noch auszusteigen. Noch glaube ich, dass Sie nicht wussten, wer Ihr Auftraggeber ist. Jetzt wissen Sie es.«

»Darüber muss ich erst mal nachdenken und mich mit meinem Anwalt beraten.«

»Das nächste Mal kommen wir mit der Polizei.« Georgie warf sein Lasso und zog die Schlinge zu.

»Gut, gut«, sagte Köhler.

116

Robert blickte sich um. Niemand weit und breit. Kurt hatte einen guten Platz ausgesucht, um ihn zu töten. Robert zweifelte nicht an Kurts Hass, aber ebenso wenig an der Dummheit seines Bruders. Diese Bullengeschichte hatte er keine Sekunde geglaubt. Der Bruder neidete ihm den Erfolg. Das war schon immer so gewesen. Dabei hatte Robert nichts getan, es Kurt schwer zu machen. Der hätte alle Möglichkeiten gehabt, erfolgreich zu werden. Aber er hatte sein Leben verpfuscht. Ganz allein. Natürlich waren immer die anderen schuld.

Robert lief gemächlich zu seinem Auto. Stieg ein und fuhr zur Leiche. Er hatte Müllsäcke mitgebracht. Einen über den Oberkörper, einen von den Füßen her. Das Messer steckte er auch in die Tüte. Mit einem Paketklebeband verband er die beiden Säcke. Dann nahm er die feste Folie und breitete sie auf dem Boden aus. Er rollte die verpackte Leiche auf die Folie und wickelte sie fest ein.

Kurt war wirklich saublöd. Er hatte sich auch bei seiner letzten Aktion so dumm angestellt, wie es nur ging. Er hätte auch gleich sagen können: Ich stech dich ab. Dafür hab ich mir einen schönen Ort ausgesucht. Robert hatte extra seine Pistole eingesteckt, sie aber nicht benötigt. Kurt war sogar so bescheuert gewesen, die Waffe, die ihn tötete, brav mitzubringen. Er hatte es nicht verdient weiterzuleben. Jetzt fühlte sich Robert sicher. Er hatte Kurt immer beargwöhnt. Wenn ihm die Bullen tatsächlich nahe rückten, wie hätte er reagiert? Die Nerven hätte er verloren, der Versager.

Robert packte die Kopfseite und zerrte sie über die Kofferraumkante. Dann hob er den Rest an und ließ die Leiche im Kofferraum verschwinden. Es war mühsam, doch Robert war durchtrainiert. Besuchte ein Fitnessstudio, schwamm regelmäßig und lief jeden Morgen fünf Kilometer um die Binnenalster.

Er klappte den Kofferraumdeckel zu. Noch mal einen Rundblick. Nichts und niemand. Dann untersuchte er den Ort genau. Aber Kurt hatte nichts verloren. Er war schon immer ordentlich gewesen.

117

Am Abend stieß Rebekka zu Stachelmann und Georgie in dessen Krankenzimmer. Det hatte sich verabschiedet. Sie war immer noch aufgeregt. Der Fall hatte sich ausgeweitet. Drei Leichen. Mindestens. Sie hatte sich ins Polizeinetz eingeloggt und tatsächlich die Namen der Opfer gefunden. Siegfried Meister,

Norbert Kaleske. Beide stammten aus Ostberlin. Beide wären längst Rentner gewesen.

»Sagt dir ein Name etwas?«, fragte sie Stachelmann.

Der überlegte, ob er sich an ein Archivdokument erinnern konnte, in dem die Namen auftauchten. Eher nicht. Er schüttelte den Kopf. »Das heißt aber nichts.«

»Wir haben drei Leichen mit eindeutigen Folterspuren. Ich habe mir die rechtsmedizinischen Gutachten angeschaut. Da gibt es klare Parallelen zu Andert.«

»Offenbar nicht genug, um Taut darauf zu stoßen. Oder deinen Freund Ewald«, sagte Stachelmann.

»Wir dürfen uns da nicht verrennen«, sagte Georgie. »Vielleicht haben die Fälle auch nichts miteinander zu tun.«

»Das hieße, dass in Hamburg ein paar Leute gern mal losziehen, um arme Schweine mit Messern zu bearbeiten«, sagte Rebekka.

»Taut würde sagen, dass es typisch für Anfänger ist, sich in ungelöste Fälle zu verbeißen, um den Kollegen die Harke zu zeigen.« Georgie steckte sich eine Praline in den Mund und kaute genüsslich.

»Vielen Dank!« Rebekka tippte sich an die Stirn. »Ich mach eine neue Spur auf, und zum Dank zieht dieser Teilzeitkrüppel über mich her.«

»Okay, wenn er wieder gesund ist, brechen wir ihm das andere Bein.«

Georgie zeigte ihm den Mittelfinger.

»Was für Gründe könnte Taut haben?«, fragte Stachelmann.

»Die einfachste Version wäre, er sieht das anders.« Georgie mümmelte die nächste Praline. Stachelmann erinnerte sich, dass Patienten den Schwestern Pralinen oder sonst was schenkten, weil sie dankbar waren. Dass aber die Schwestern einem Patienten Pralinen vermachten, hatte er noch nicht gehört. Was für ein krummes Geschäft hatte Georgie da wieder laufen?

»Grund Nummer zwei: Es ist ihm peinlich, dass sie damals die Täter nicht gekriegt haben«, sagte Rebekka.

»Aber muss er nicht damit rechnen, dass andere auf den Zusammenhang kommen? Und wär das nicht umso peinlicher?« Stachelmann blickte sie an. Sie war blass, ihre Augen waren vor Müdigkeit gerötet.

Sie nickte.

»Der dritte Grund wäre, dass die Leichen von damals nichts mit Andert zu tun haben.« Die dritte Praline. Bisher hatte Georgie keine Anstalten gemacht, den beiden anderen eine anzubieten.

»Aber sie wurden zur gleichen Zeit und auf die gleiche Weise ermordet. Das sieht ein Blinder mit dem Krückstock.« Sie schüttelte den Kopf.

»Wir kommen da jetzt nicht weiter. Was tun?« Stachelmann fühlte sich ratlos. Ein Scheißgefühl.

»Beim Schnüffler gab's auch nur heiße Luft«, sagte Georgie gelangweilt.

Köhler hatte ihnen schließlich erklärt, er kenne seinen Auftraggeber nicht. »Der hat fünftausend Euro in einem Einschreibebrief geschickt. Drin lag ein Brief mit Anweisungen.« Er hatte im Schreibtisch gekramt, endlich eine Mappe herausgezogen und sie Stachelmann zugeschoben. Darin ein Foto von ihm. Angaben zu den Archiven. Und den Auftrag, ihn offen zu verfolgen. *Es kommt darauf an, dass das Objekt die Beschattung bemerkt.* Das war alles. Da brauchte es keine Rücksprache. Der Auftrag war auf eine Woche befristet.

Sollte das Objekt die Beschattung nicht wahrnehmen, erinnern Sie es daran. Daher vielleicht der Rempler.

»Und die andere Sache nennen wir Autounfall?«, fragte Stachelmann und deutete auf Georgie.

Köhler erbleichte. »Damit haben wir nichts zu tun. Ich habe

meinen Mitarbeiter schon … gerügt wegen des Remplers. Obwohl er den abstreitet. Wir lehnen Gewalt ab. Wir beschatten untreue Ehepartner, beraten Firmen in Sicherheitsfragen, aber Gewalt« – er schüttelte hektisch den Kopf – »kommt nicht infrage.«

»Das würden wir gern glauben«, sagte Georgie. »Aber Sie geben doch zu, dass die Zusammenhänge auffällig genug sind, um Ihnen die Kripo auf den Hals zu hetzen.«

Köhler schluckte. »Niemand wird auch nur ein Indiz finden.«

»Das sagen alle, die Dreck am Stecken haben«, erwiderte Georgie giftig. »Der Bekennermut sinkt mit der Zahl der Straftaten.«

Köhler starrte ihn an. »Dann schicken Sie eben die Polizei.«

118

»Ja«, sagte Taut. »Wir haben es vielleicht mit einem Mehrfachtäter zu tun.«

Kranz saß auf dem Bett im Hotelzimmer, Stachelmann auf dem einzigen Stuhl. Sie hatte am Handy den Lautsprecher eingeschaltet.

»Und warum …?«

»Das erkläre ich Ihnen später.«

»Aha«, rutschte es ihr raus.

Er lachte heiser. »Ermitteln Sie weiter?«

»Aber Sie haben mich doch …«

»Hat es Sie daran gehindert weiterzumachen?«

Jetzt war es an Kranz, zu lachen.

»Ich habe damit aber nichts zu tun«, sagte Taut.

»Beruhigend.« Sie klang bissig. »Es ist ein gutes Gefühl, dass die gesamte Verantwortung auf den Schultern von Untergebenen ruht.«

»Sie haben es erfasst.« Es knackte.

»Hat der nicht mehr alle?« Kranz schlug sich aufs Knie.

»Solange ich den kenne, hat der nie was Verrücktes gemacht«, sagte Stachelmann.

»Er wird alt. Vielleicht wird er jeden Tag debiler. Irgendwas passiert ja immer, wenn die Leute alt werden. Die einen werden Trottel, die anderen Giftspritzen. Offenbar gibt es auch welche, die durchknallen. Einen Irren wollte ich schon immer als Chef haben.«

»Du wirst mal Hexe.«

»Bin ich schon. Warte, bis der rosarote Schleier weggepustet ist, in den deine Hormone mich hüllen.«

»Schon passiert.«

»Dann können wir uns ja mit unserem Fall beschäftigen. Ganz sachlich.« Sie klang immer noch verärgert. Vom eigenen Chef veräppelt. Und alleingelassen. Vielen Dank.

»Das mit Taut klärst du später.«

»Danke für den väterlichen Rat.«

»Ich hab dir nichts getan.«

»Noch nicht.«

Er legte sich aufs Bett. Sie rutschte ein Stück zur Seite.

»Ich komm damit nicht klar. Der weiß von Anfang an, dass da ein Serienmörder zugange ist. Und schweigt. Das ist eine Straftat. Als wollte er jemanden decken. Absurd.«

»Die Morde geschahen vor fünfundzwanzig Jahren. Gab es danach noch ähnliche Fälle?«

Sie schüttelte den Kopf. Natürlich hatte sie das auch im Polizeinetzwerk gecheckt.

»Was heißt, dass da welche vor einem Vierteljahrhundert drei Leute umgebracht haben und seitdem untätig sind. Das spricht nicht für Serienmörder. Da hat wer drei Leute gezielt ausgesucht, sie getötet, und das war's. Denen oder wenigstens dem Anstifter fehlt der innere Antrieb, weitere Morde zu begehen.«

»Professor Stachelmann, unser neuer Profiler.«

»Josef, der sich manchmal an die Regeln der Logik erinnert.«

Sie schnaubte. »Was ja heißt, dass ich dafür zu blöd bin.«

»Nun komm runter. Im Vergleich zu dir ist das Hantieren mit einer entsicherten Handgranate ein Freizeitspaß.«

Sie blickte ihn aus großen Augen an. »So schlimm?«

119

»Sie stellen mir nach«, sagte Frau Bestler.

»Millionen von Menschen sehnen sich danach, beachtet zu werden. Und Sie meckern.«

»Die Stalker verteilen sich aber nicht gleichmäßig.«

»Klar, Ihnen folgen sie in Rudeln.«

»Schöner hätte ich es nicht sagen können. Geben Sie in Ihren Proseminaren nicht so kluge Ratschläge wie: Sortier deinen Krempel, bevor du das Archivpersonal schikanierst?«

»Dazu kommen wir heutzutage nicht mehr. Wir müssen denen Lesen und Schreiben beibringen.«

Sie lachte hell. »Sie haben zwei neue Namen, und die suchen wir jetzt also.«

»Sofern Sie das Doktor-Wir schätzen.«

»Das schätze ich ganz ungemein. Wir haben Glück. Unsere letzte Bestellung wurde noch nicht zurück sortiert. Setzen Sie sich da hin« – ein Fensterplatz, welch Glück –, »ich karre den Stapel gleich zu Ihnen. Aber diesmal sind wir ein bisschen gründlicher, ja?«

Während er wartete, mühte er sich, die Erinnerung der letzten Nacht aus seinen Gedanken zu vertreiben. Sie hatten lange geschwiegen, dann hatte sie ihm die Schuhe ausgezogen und ihn an den Füßen gekitzelt.

120

Nur weil so ein Arschloch eine Katze im Garten begraben wollte. Robert hatte das alles fast schon vergessen. Geblieben war ihm nur ein sanftes Prickeln. Wie eine innere Massage. Er hatte sich diesen Professor und seinen Helfer genau angeschaut. Er hatte sich eingebildet, dass er alles getan hatte, um diesen Stachelmann abzuschrecken. Aber der grub weiter wie ein Maulwurf. Wie besessen. Als müsste er noch was beweisen. Wem auch immer. Vielleicht war es ein Fehler gewesen, Köhler einzuspannen. Aber Robert konnte nicht überall sein. Außerdem wusste Köhler nichts. Nein, alles war in Ordnung.

Wirklich alles. Er hatte Kurts Leiche in einem Wäldchen begraben. Tief genug. Wenn sie ihn in hundert Jahren fanden, weil sie den Wald als Bauland erschlossen, sollte es Robert recht sein. Bis dahin würde niemand Kurt vermissen. Und wenn doch, könnte derjenige auch nur sagen, dass Kurt wohl einen Bruder habe, aber mit dem habe er offenbar keinen Kontakt.

Robert saß in seinem Büro und genoss den Blick über die Elbe. Ein Containerfrachter lief ein. Die Schiffe sahen nicht mehr aus wie Schiffe, sondern wie schwimmende Lagerhallen. Aber aus der Entfernung erschienen ihm die hässlichsten Frachter wie Spielzeuge.

Er blickte auf den roten Punkt auf der Karte. Finckensteinallee, Bundesarchiv. Aha, der Herr nahm sich die KgU-Akten noch mal vor. Gut, dass der Remplertrick geklappt hatte. Den Sender Köhlers Mitarbeiter zugesteckt in einem kleinen Paket, als der Typ vor dem Stasi-Archiv rumlungerte. Der konnte gar nicht so schnell gucken, wie es passiert war. *Wenn Sie die Wanze unauffällig in Stachelmanns Rucksack unterbringen, schicke ich Ihnen 1000 Euro.* Und das Geld losgeschickt, als der Sender arbeitete. Jetzt musste er dem Herrn Professor nicht nachlaufen. Ein kleiner Chip in dessen Rucksack verriet ihm so ziemlich alles, was der Mann tat. Offenbar saß er gerade am Fenster. Jedenfalls freute sich der Sender.

Robert trat ans Fenster und schaute hinaus. Warum ein zweites Mal die Akten sichten? Was hatte Stachelmann darauf gebracht? Die Bullin hatte die beiden anderen Leichen in den Akten gefunden. Das wäre eine Erklärung. Eine bessere fiel ihm nicht ein. Stachelmann suchte nach den anderen Namen in den Quellen. *Gut, das würde ich an seiner Stelle auch tun.*

Robert hatte innerlich gejubelt, als er gehört hatte, dass die Bullin auf Urlaub geschickt worden war. Aber er hatte sich zu früh gefreut. Am liebsten hätte er Stachelmann und seine Bullenfreundin aus dem Weg geräumt. Aber das gäbe erst richtig Theater. Nein, er musste es aussitzen. Warten, zuhören, erst reagieren, wenn es nötig war. Vielleicht lief sich die Sache tot. Wenn Stachelmann nichts fand, was sollten sie dann tun?

121

»Na, haben wir schon den Durchbruch geschafft, den großen?« Frau Bestler lehnte an der Tischkante und grinste ihn an. Sie hatte die langen schwarzen Haare zu einem Zopf geflochten.

»Gar nichts«, sagte er. »Ich suche nach zwei Namen. Aber ich finde die nur, wenn die Leute von der KgU wieder geschlampt haben. Ich fürchte, dazu waren sie doch zu ordentlich.«

»Aber vielleicht haben die Kollegen von der Stasi-Akten-Behörde was für Sie. Die Stasi hat sich wohl bemüht, die Decknamen zu enttarnen.«

»Klar. Aber das nutzt mir wenig, wenn die beiden neuen Namen nicht im Zusammenhang mit dem Namen auftauchen, nach dem ich schon gesucht habe.«

Sie blinzelte. »Das hört sich nach Mathe an. Da war ich ganz schlecht. Ich glaube, ich geh besser. Kommen Sie nachher mit in die Kantine?«

Er nickte.

Die Kantine des Bundesarchivs war so rustikal, dass es fast schon exotisch war. Alle Kneipen kreierten inzwischen mysteriöse Pastagerichte und Reiskreationen mit Gemüsesorten, die niemand im Brockhaus finden würde. Nur die Bundesarchivkantine hielt die Fahne der Fünfzigerjahreküche hoch und bot Nudeln mit Tomatensoße, Gulasch, Schaschlik und in Ketchuptümpeln badende Monsterwürste.

Vielleicht tröstete ihn ein Ausflug in die kulinarische Kreidezeit. Die Akten waren dazu jedenfalls nicht geeignet. Es war ihm von Anfang an klar gewesen, dass er die beiden Namen eher nicht finden würde. Er verfluchte Taut für das Verwirrspiel. Hätten sie die Namen der beiden Leichen früher gekannt, er hätte sich diese zweite Sucherei schenken können.

Nach dem Essen fuhr er zum Krankenhaus. Georgie saß am Tisch und verspeiste gerade den dritten Gang eines französischen Menüs, das ein Lieferservice gebracht hatte.

»Du störst«, sagte er, statt den Gruß zu erwidern.

»Wir kommen nicht weiter«, sagte Stachelmann. Er setzte sich auf die Bettkante.

»Mach die Bettwäsche nicht schmutzig. Du wolltest andeuten, dass *du* nicht weiterkommst. Von *wir* kann nicht die Rede sein. Ich habe nämlich noch den Nachtisch vor mir. Mousse au Chocolat, für dich Schokopudding.«

»Ich finde die Namen nicht im Bundesarchiv. Und ich kann mich nicht erinnern, sie in den Stasi-Akten gelesen zu haben. Wir haben also Andert und sonst niemanden.«

»Hast du es also verbockt.«

»Halt's Maul!« Es rutschte ihm raus. Ihm ging das Gefrotzel auf den Geist. Georgie würde noch bei der eigenen Beerdigung blöde Sprüche absondern.

»Mimose!«

Die Tür öffnete sich. Kranz. Sie war blass. Setzte sich auf den Stuhl am Fenster. Sie hatte in der Nacht neben Stachelmann gelegen und kaum ein Auge zugekriegt. Warum verarschte Taut sie? Wollte er sie lächerlich machen? Und wenn ja, dann doch nur, um sie loszuwerden. War es eine besondere Form von Mobbing? Beamte waren unkündbar. Da musste einem schon was einfallen, um sie fertigzumachen. So fertigzumachen, dass sie von sich aus gingen. Aber wusste Taut nicht, dass Kranz zwar impulsiv war, aber gute Nerven besaß? Sie hatte das in all den Jahren bewiesen. Hatte alle Belastungen dieses merkwürdigen Berufs ausgehalten. Ein paar laute Flüche, und weiter ging es. Jeder hatte seine Methode, mit Stress und Ekel klarzukommen. Es gab schlechtere Wege als die, die Kranz wählte. Andere soffen sich die Leber krank. Kriegten Ticks. Zerstörten ihre Familien. Begannen die Regeln zu brechen. Wurden gewalttätig. Kranz fluchte nur.

»Wir sitzen in der Scheiße«, sagte sie, nachdem Stachelmann sie auf den Stand der Dinge gebracht hatte. »Die Aktenspur ist tot. Immerhin wissen wir, dass Andert für diese KgU gearbeitet hat.«

»Unser Freiheitskämpfer«, sagte Georgie.

Schweigen.

»Aber vielleicht hat uns das abgelenkt von einer richtigen Spur«, sagte Stachelmann. »Ich jedenfalls war so überzeugt davon, dass wir nur eine bestimmte … Konstellation in den Akten finden müssten, um die Sache aufzuklären. Nur gibt es so viele Konstellationen … Soll ich noch mal im Stasi-Archiv …?«

»Wenn du sagst, du kannst dich nicht an die neuen Namen erinnern, hat es keinen Sinn«, sagte Georgie. Endlich hatte er den Nachtisch ausgelöffelt. Er drückte die Schwesterklingel. Das Signal ertönte im gesamten Flur. Eine Schwester erschien und blieb in der Tür stehen.

»Sie können das …«

»Gern, Mylord«, flötete sie, schnappte sich Besteck und Geschirr von Georgies Festmahl und wünschte einen schönen Abend.

Wie macht der das bloß?, fragte sich Stachelmann. Manchmal schien es ihm, dass Georgie sein Leben restlos im Griff hatte. Wenn er es nicht besser wüsste, wenn er nicht Zeiten der Verzweiflung miterlebt hätte. Georgie zog die große Show ab und brachte seine Umgebung dazu mitzuspielen. Wie kriegte er das hin?

»Mir fällt nichts mehr ein«, sagte Stachelmann.

»Mir auch nicht«, erwiderte Rebekka. »Außer dass ich Taut noch mal auf die Pelle rücken muss. Der führt mich an der Nase rum.«

»Ihr gebt also auf?«, fragte Georgie, öffnete die Tür seines Nachttischs und stellte eine Flasche Rotwein samt drei Gläsern darauf. Er zog den Korken mit lässiger Routine und füllte die Gläser. Seines zuletzt.

»Los, darauf trinken wir. Auf der *Titanic* hat die Bordkapelle …«

»Hör auf mit dem Scheiß«, sagte Stachelmann und nahm zwei Gläser. Eines gab er Rebekka.

Nachdem sie getrunken hatten, sagte Rebekka: »Oder wir drücken auf Reset. Alles von vorn.«

»Was treibt dein Lieblingskollege Ewald?«, fragte Stachelmann.

»Keine Ahnung. Der wird sich in seine Terrorszene vergraben, bis er merkt, dass es sie nicht mehr gibt.«

»Reset heißt aber auch, dass wir die Terrorspur ernst nehmen müssen«, erklärte Georgie.

»Und dass Aliens von der Venus …«

»Die halte ich sowieso für äußerst gefährlich«, sagte Georgie. Er trank sein Glas aus und schenkte nach.

»Wie lange darfst du dich in dieser Luxusherberge noch herumtreiben?«, fragte Stachelmann.

»Das hab ich mir noch nicht überlegt.«

»Und wenn wir dem Köhler doch die werten Kollegen auf den Hals hetzen?« Rebekka hielt ihr leeres Glas Georgie vor die Nase.

»Ich hoffe, du verträgst das«, sagte der und schenkte nach.

»Ich hab das Gefühl, dass der Köhler die Wahrheit sagt. Anonymer Auftraggeber. Ist nicht verboten, soweit ich weiß. Und wenn er lügt, wer soll ihm das nachweisen?«

»Punkt Nummer eins: Taut grillen«, sagte Stachelmann.

Rebekka überlegte. »Wenn ich den im Büro angehe, kann es schwierig werden. Lieber eine Kneipe. Ein bisschen privat.« Sie blickte Stachelmann an, zögerte, dann sagte sie: »Und du kommst mit.«

122

»Dich gibt's ja auch noch.« Anne setzte sich auf den Besucherstuhl.

»Wär ja auch schade um mich.«

Sie lächelte. »In gewisser Hinsicht schon. Hast du den Bombenleger überführt?«

Er schüttelte den Kopf.

»Doch ein Anarcho?«

Er zuckte mit den Achseln.

»Du solltest Pressesprecher werden. Deine Mitteilungsfreude ist unübertrefflich. Du bist also nicht vorangekommen.«

»Keinen Millimeter.«

»Ich hoffe, sonst ist … alles klar.«

Er lehnte sich zurück und kippelte mit dem Stuhl. »Nichts ist klar. Nur dass ich nachher mein Seminar halten muss.«

»Sven hat das gut gemacht. Die Studierenden sind ganz begeistert …«

»Sonst hätt ich ihn ja nie gebeten …«

»Klar«, sagte sie. »Sonst hätte dich ja auch keiner vertreten können.«

»Wenn ich dich gebeten hätte, dann hättest du mir klargemacht, was du von mir als Chef hältst.«

»Ich hätte dich vielleicht gefragt, ob der Grund deiner Abwesenheit angemessen ist.«

»Siehst du?«

»Ich sehe.«

Das Telefon. Renate Breuer dran: »Sie vergessen nicht Ihren Vortrag übermorgen in Berlin?«

Nachdem er sich bedankt und aufgelegt hatte, pfiff er leise vor sich hin. »Ich habe noch keine Ahnung, was ich denen erzählen soll.«

»Auch nicht das erste Mal«, sagte Anne.

»Das sind, sagen wir mal, seltsame Leute. Georgie hat mir einiges erzählt. Der lungert im Krankenhaus rum und recherchiert und liest und schikaniert seine Umgebung.«

Er sah ihr an, wie sehr sie sich mühte, ihr Gesicht nicht zu verziehen.

»Und er hat mir erzählt, dieser Doorf sei gar kein Historiker. Jedenfalls habe er seine Diss über DDR-Literatur geschrieben. Georgie sagt, die Arbeit habe ein erbärmliches Niveau und sei durch und durch maoistisch.«

»Aber dieser Doorf befasst sich doch heutzutage nur damit, anderen Leuten ihre Biografien vorzuhalten.«

»Die größten Kritiker der Elche waren früher selber welche. Im Gegensatz zu den IM und sonstigen SED-Gläubigen hatte sich Doorf für die blutigste Variante entschieden. Die großen Menschenfreunde Mao und Enver Hodscha hatten es ihm angetan. Die DDR-Kommis seien ihm nicht revolutionär genug gewesen, sagt Georgie. Das sei eigentlich alles, was in dieser Diss drinstehe. Dass nicht die revolutionäre Arbeiterklasse herrscht, sondern die Bürokratie. Eine ganz neue Erkenntnis.«

»Na, wenn's für eine Diss reicht«, sagte Anne. »Da sind mir intelligente Plagiate lieber.«

»Und ich fahr jetzt zu Dr. Mao und seinen Mitstreitern, um denen was über Widerstand zu erzählen.« Und dachte: Vorher muss ich mein Seminar halten und mich mit Rebekka und Taut treffen. Toll. Na ja, schlafen ist sowieso sinnlos.

123

»Ich weiß, dass Sie jetzt gar nichts mehr verstehen«, sagte Taut.

Sie hatten sich auf seinen Vorschlag bei einem Italiener am Jungfernstieg verabredet. Der Kellner hatte den Kriminalrat mit großem Respekt begrüßt. Das beobachteten Rebekka und Stachelmann, nachdem sie eine Viertelstunde gewartet hatten.

»Gut, dass Sie mitgekommen sind«, sagte Taut, als er Stachelmann begrüßte.

»Weil ich Beistand brauche?«

»Nein, Frau Kranz, Sie reagieren mal wieder vorschnell. Weil ich hoffe, Herr Stachelmann versteht meine Beweggründe. Weil Sie diese Gründe vermutlich nicht akzeptieren werden. Jetzt noch nicht.«

»Das heißt, Herr Stachelmann kann mir das dann erklären, weil ich ein wenig begriffsstutzig bin.«

»Wenn Sie das so verstehen wollen«, sagte Taut lächelnd, während er sich setzte.

Sie blickte ihn beleidigt an.

Nachdem sie bestellt hatten, fragte Stachelmann: »Wie steht's bei den Ermittlungen zum Bombenanschlag?«

Taut lächelte. »Darüber wollte ich mit Ihnen sprechen.«

»Ewald hat's an die Wand gefahren«, sagte Rebekka patzig.

»So kann man das auch sagen. Ewald wähnt sich auf der richtigen Spur. Aber er kommt nicht voran. Er forscht das gesamte Umfeld von diesem Wuhlbein aus. Das ist handwerklich natürlich nicht falsch. Aber er hat alle anderen Möglichkeiten praktisch ausgeschlossen. Bin gespannt, wann er darauf kommt, dass die Sache vielleicht doch anders liegt.«

»Hat er die beiden Leichen schon entdeckt?«

Taut legte den Kopf auf die Seite. Er lächelte. »Sie meinen Meister und Kaleske?«

»Wen sonst?«

»Ja, das ist eine schlimme Geschichte.«

»Vielleicht können Sie sich dazu durchringen, uns aufzuklären. Hätte ich gleich davon erfahren …«

Eine knappe Handbewegung brachte sie zum Schweigen.

»Sie werden nach diesem Gespräch wütend auf mich sein«, sagte Taut. »Und vielleicht wünschen Sie sich dann, dass ich Ihnen nie etwas gesagt hätte.«

»Wütend bin ich jetzt schon.«

124

Ein bisschen erregte es ihn doch. Robert hatte es nie groß mit Frauen. Mal eine Kurzzeitfreundin, lang hielt er es mit keiner aus. War der erste körperliche Reiz erloschen, blieb nur Hohlheit. Würde er aber eine Frau seines geistigen Formats finden, wäre sie zweifellos zu anstrengend. Würde sie Ansprüche stellen. Robert suchte niemanden, der ihn belehrte. Niemanden, der ihn mit Wünschen behelligte. Ihm genügten seine Wünsche. Robert guckte keine Pornos, die fand er langweilig. Er las keine Sexliteratur, die er für verlogen hielt. Wenn er auf Reisen war, bestellte er manchmal ein Callgirl von einer dieser First-Class-Agenturen. Er mochte Studentinnen. Die brauchten Geld und waren meist nicht gar so blöd. Und er mochte ihre jungen, straffen Körper. Ein ehrliches Geschäft.

Er saß in seinem Bürosessel und lauschte. Erst leises Stöhnen, dann lauter werdende Schreie, stoßartig. Gerade hatten die sich noch gestritten, jetzt fickten sie im Wohnzimmer. Der dritte Typ lag noch im Krankenhaus.

Robert lächelte entspannt. Er hatte vorhin erfahren, dass er recht gehabt hatte. Mal wieder. Die wussten nicht weiter. Die Spuren im Archiv hatten sich aufgelöst. Dabei war die Idee gar nicht so dumm gewesen. Aber er kannte die Akten genau. Wie sollte jemand gerade *das Ereignis* finden. Das aber auch erst der Anfang war, intelligent zu suchen. Das schaffte nur, wer einen eigenen Zugang zu ihm hatte. Und sogar dann war es schwer. Zu schwer für Durchschnittshirne.

Von ihm hörte er nur Schnaufen. Sie schrie, als sie den Höhepunkt erreichte. Offenbar nicht gespielt. Ich gönne ihnen den Spaß. Robert war zufrieden mit sich. Sehr zufrieden.

125

Ihn fröstelte vom Schweiß. Sie hatten auf dem Teppich im Wohnzimmer gevögelt. Dann waren sie ins Schlafzimmer gegangen, und er musste wieder einen Kloß schlucken. Wann würde er nicht mehr an die Eltern denken, wenn er diese Schwelle überschritt? Im Bett hatten sie sich aneinandergekuschelt und lange geschwiegen. »Ist schon komisch, wenn vielleicht jemand zuhört«, flüsterte sie.

Er legte seinen Zeigefinger an die Lippen.

Sie nickte.

»Ich bin immer noch sauer«, sagte sie. »Taut ist ein Spinner.«

»Eine merkwürdige Art, Personalfragen zu klären. Aber wenn man es genau betrachtet, ist es gar nicht so blöd.«

Sie boxte ihm in die Rippen. »Er hat mich verarscht. Das finde ich überhaupt nicht lustig.«

»Wie hat ein Altkanzler gesagt: Entscheidend ist, was hinten rauskommt.«

Sie kicherte. »Sei nicht so unanständig.«

»Das musst gerade du sagen …«

»Pah!«

»Mehr fällt dir dazu nicht ein?«

»Taut ist doch ein Arschloch.«

»Ist aber ein anderes Thema jetzt.«

»Das hätte er sich mit niemand anderem getraut.«

»Doch, mit deinem Lieblingskollegen.«

Taut hatte Antipasti als Vorspeise vorgeschlagen. Der Kellner wusste sofort, was er meinte. Murmelte was von *speziale* und brachte einen riesigen Teller mit eingelegtem Gemüse, gegrillten Sardinen, Artischocken und weiteren Köstlichkeiten.

»Das Gespräch bleibt unter uns«, erklärte Taut.

Als Rebekka nickte, sagte er: »Erstens, der Fall ist sowieso tote Hose. Natürlich müssen wir ermitteln, wenn wir eine Leiche finden. Aber Andert wurde so um 1990 ermordet. Das ist ein Vierteljahrhundert her. Zweitens haben unsere damaligen Ermittlungen in Sachen Meister und Kaleske nichts ergeben. Gar nichts. Ich hatte eine Spur entdeckt und war ihr gefolgt, obwohl sie mehr als dünn war. Sie führte zu einem Mann, der aber schon gestorben war. Meister und Kaleske waren Gangster gewesen. Sie hatten ein paar Banken überfallen. Nichts Spektakuläres. Dann kam es wohl zum Streit um die Beute, das Übliche. Es gab keinen Beweis und keine andere Spur. Also Aktendeckel zu, andere Fälle waren dringender.«

»Aber jetzt gibt es eine dritte Leiche mit den gleichen Merkmalen. Wenn es drei Bankräuber waren, Bankräuber Nummer drei aber damals schon tot war …«

»Ich weiß«, sagte Taut. »Ich hatte schon damals ein ungutes Gefühl. Nur, was soll man machen ohne Spur? Mit Andert sah der Fall plötzlich anders aus. Zunächst dachte ich, Bankräuber Nummer drei hat also noch einen auf dem Kerbholz.«

»Aber dann wären es vier gewesen«, warf Kranz ein.

»Sie sagen es. Mir war sofort klar, dass meine ursprüngliche Annahme falsch war. Der vierte Mann, also Andert, wäre nur zu erklären, wenn einer der Täter nur im Hintergrund agiert hätte …«

»Oder den Fluchtwagen gefahren hätte«, sagte Stachelmann.

»Wäre eine Möglichkeit, wenn wir nicht Zeugenaussagen hätten, wonach die drei gemeinsam weggefahren sind. In einem gestohlenen Auto. Nicht sehr originell, aber immer wieder wirksam. Und unterwegs in einen anderen Wagen umstiegen …«

»Sie wollen uns erklären, dass Sie den Fall nur vermasseln konnten?«

»Nein, Frau Kollegin. Sollten Sie bei diesem Gespräch entdecken, dass ich nicht unfehlbar bin, wäre das auch schon ein Gewinn.« Er lächelte, vielleicht um die Wirkung seiner Worte zu mildern. »Aber darum geht es nicht.«

»Um was dann?«

»Immer so ungeduldig. Wenn ich Ihnen einen Rat geben darf« – sie zog eine Grimasse –, »doch, in meinem Alter und als Dienstvorgesetzter erscheint es mir nicht völlig abwegig zu sein.«

»Dann mal los, wenn Sie mich unbedingt vorführen wollen«, sagte sie.

»Hören Sie besser zu und denken Sie nach, bevor Sie reagieren. Das ist der ganze Rat. Wenn Sie den beherzigen, wären Sie fast eine perfekte Polizistin …«

»Fast?«

»Es fehlt noch Erfahrung, aber das kann ich Ihnen schlecht vorwerfen.«

»Nur alte und hässliche Polizistinnen sind gute Polizistinnen?«

»Ich finde nicht, dass … reifere Frauen hässlich sind, aber das ist vielleicht meinem Alter geschuldet.«

»Warum lassen Sie Ewald diesen Firlefanz veranstalten? Er vergeudet die Kräfte einer ganzen Mordkommission.«

»Ich kann ihm nicht befehlen, wie er seine Ermittlungen leitet, solange er sie leitet.«

»Ja?«

»Dann dürfte ich ihm keine Ermittlung übertragen.«

»Haben Sie ihn auf die früheren Fälle hingewiesen?«

»Ja.«

»Und?«

»Er hat erklärt, dass er prüft, ob es einen Zusammenhang gibt.«

»Warum weiß ich das nicht?«

»Weil der Kollege nicht davon überzeugt ist. Wenn es ein Serienmörder ist, warum hat er dann nicht weiter gemordet?«

»Woher will er wissen, dass der Mörder nicht weiter gemordet haben kann? Andert hatte er jedenfalls so gut vergraben, dass ihn niemand gefunden hätte, wäre dieser Typ nicht auf die Schwachsinnsidee gekommen, diese Katze im Garten zu verbuddeln.«

Die Hauptgerichte kamen. Sie hatten alle drei Steinbutt gewählt.

»Ich weiß, was Sie in Wahrheit vorhaben«, sagte Rebekka.

»Interessant«, erwiderte Taut kauend. »Es ist doch immer gut, wenn andere besser als man selbst wissen, was man will.«

Rebekka lachte. »Sie führen mich vor. Das ist ein Märchen, stimmt's? Ich frag mich nur, wo das Happy End bleibt.«

»Erwachsenenmärchen haben manchmal keines.«

126

Georgie hatte sich neben die erste Sitzreihe gerollt. Er saß da und guckte gelangweilt. Der Hörsaal war voll, obwohl es früh am Vormittag war. Stachelmann hatte im Zug und dann im Hotel Stichworte notiert. Beim Frühstück war er überzeugt gewesen, dass er sowie nur Blödsinn vortragen würde. Aber das hatte ihn beruhigt. Denn so dachte er immer vor öffentlichen Auftritten, und bisher schienen sie nicht alle katastrophal gewesen zu sein. Mancher Schmeichler hatte ihn sogar anschließend gelobt. Aber was blieb den Leuten auch anderes übrig? *Herr Stachelmann, da haben Sie aber einen schrecklichen Vortrag gehalten.* Das würde sich keiner trauen. Außer Georgie natürlich.

Doorf war wieder die Freundlichkeit selbst. Er stellte ihm einen Dr. Heisenmüller vor, mit dem gemeinsam er die Einrichtung leite. Heisenmüller erweckte den Eindruck, dass er noch nie gelacht hatte. Vermutlich trug er auf seinen Schultern die ganze Last des Kampfes gegen das Ungeheuer DDR, dem jeder Arm, den er ihm abschlug, doppelt nachwuchs. Sodass die Republik sekündlich bedroht war, vom Lindwurm gefressen zu werden, zumal die Gesundbeter und Abwiegler dem Monster den Pelz putzten. Das hatte Stachelmann den Aufsätzen der Herren Doorf und Heisenmüller entnommen. Hätte ich mich früher mit diesen Leuten und ihrem Geschrei befasst, mit diesem Wächterrat der Geschichtsaufarbeitung, dann hätte ich den ganzen Quatsch abgesagt. Mitsamt den Drittmitteln. Aber er konnte schlecht zugeben, dass er nur mitmachte, weil er was verschlafen hatte.

Immerhin hatte er das erste Argument im Kopf. Was danach kommen sollte, hatte sich aus seinem Hirn verflüchtigt. Er hörte die Begrüßung, fand sie schwülstig und trat hinters Pult, als Doorf ihn aufrief. Er hatte ein Scheißgefühl im Magen.

127

»Na, wie war der große Vortrag?«, fragte sie. Er hörte, dass sie schlecht gelaunt war.

»Du ärgerst dich immer noch wegen Taut?«

»Inzwischen mehr über mich. Zum Verarschen gehören immer zwei.«

»Wenn ich nicht wüsste, dass du dich aufregen würdest, hätte ich jetzt gesagt, dass er es gut gemeint hat.«

»Wie kommst du darauf, dass ich mich über so was aufregen könnte? Ich finde es nur nicht heiter, hinters Licht geführt zu werden.«

Taut hatte an dem Abend gestanden, dass er Ewald für unfähig hielt. *Selbstverständlich habe ich das nie gesagt, und sollten Sie es trotzdem behaupten, sollten Sie auf meine vorzeitige Pensionierung hoffen.* Ewald stehe aber die Leitung dieser Ermittlung zu. Weil er den Rang habe. Seine Aufklärungsquote sei auch gut. »Aber da hatte er vermutlich Glück und gute Kollegen. Jetzt hat er den ersten schwierigen Fall, und außerdem hatte ich nicht gewusst, dass er dermaßen von seinen Vorurteilen besessen ist.«

»Um ihn vorzuführen, haben Sie mich abgeschossen«, sagte Rebekka.

»Wenn Sie das so sehen wollen. Es war eine Art Prüfung. Für Ewald, aber auch für Sie. Letzteres hatte ich allerdings nicht gewollt. Sie haben es zu einer Prüfung gemacht, weil Sie stur sind. Ich meine das keineswegs negativ.«

»Vielen Dank.«

»Ich bin davon ausgegangen, dass der oder die Täter längst tot sind. Weitere Leichen gab es nicht. Wenn es ein Serienmörder war, warum hat er aufgehört? Weil er gestorben ist. Einen besseren Grund kenne ich nicht.«

»Und wenn es kein Serientäter ist?«

»Dann war das Experiment sowieso ohne jedes Risiko. Dann würde er sowieso nicht mehr morden. Denn er hat seine Sache vor langer Zeit erledigt. Und hofft nur noch, dass ihn niemand findet. Was mir bekanntlich ja auch nicht gelungen ist. Außerdem kann es doch sein, dass er nicht mehr lebt.«

»Steile Thesen«, sagte Kranz.

»Ich wollte nur sagen, dass das Risiko überschaubar war.«

»Und weniger kompliziert ging's nicht?«

»Nur wenn ich eingegriffen hätte.«

»Wäre das nicht Ihre Pflicht als Chef gewesen?«

»Kann man so sehen. Wäre aber falsch gewesen. Der Hintergrund ist, dass ich nicht mehr der Jüngste bin. Und ganz gesund bin ich auch nicht. Der Doc will mich auf Diät setzen. Das ist gewiss vernünftig, aber mit mir nicht zu machen. Langer Rede kurzer Sinn: Der Polizeipräsident hat Ewald als Nachfolger ausgeguckt. Der hat auch irgendeinen Draht zum Innensenator. Jedenfalls wäre es das Schlimmste für unsere Kripo, wenn der Kriminalrat würde. Ich habe keinen anderen Weg gesehen, ihm eine Chance zu geben und gleichzeitig dafür zu sorgen, dass er nicht mein Nachfolger wird.«

Jetzt schwieg sogar Kranz.

128

Auf der Rückfahrt von Berlin hatte er nicht schlafen können. Zu aufgeregt war er noch gewesen von seinem Vortrag. Dann der Abend mit Rebekka und Taut. Danach ein langes Gespräch mit Rebekka im Bett über Tauts verwegenen Plan. Und dem komischen Gefühl, das ihn immer überfiel im Schlafzimmer der Eltern. Bis der Wecker klingelte, hatte er kaum ein Auge geschlossen. Er konnte sich nicht erinnern, jemals so kaputt gewesen zu sein. Er saß an seinem Büroschreibtisch und mühte sich, eine Seminararbeit zu lesen. *Kalter Krieg und KPD-Verbot 1956*. Der Text war langweilig, aber seit wann konnte man in Seminararbeiten Aufregendes erwarten? Er bereute es jetzt schon, dass er an die Uni zurückgekehrt war.

Dann saß Anne vor ihm. Er hatte es erst gemerkt, als sie den Stuhl näher an den Schreibtisch rückte.

»Hast eine lange Nacht gehabt. Na ja, junge Liebe in deinem Alter …«

Er hasste es, wenn sie Persönliches und Berufliches vermischte. Es war einer der Gründe, warum es zwischen ihnen nicht richtig gelaufen war. Und nie laufen würde.

»Der Vortrag hat mir den letzten Nerv geraubt.«

»Wieder schlecht vorbereitet?«

»Gar nicht. Eigentlich.«

Er hatte mit Georg Elser angefangen. Und ins Nicken der Zuhörer hinein die Frage gestellt, ob man davon abstrahieren könne, dass Unschuldige ums Leben kamen. Am 8. November 1939 war Elsers Bombe im Bürgerbräukeller explodiert. Hitler hatte kürzer gesprochen als geplant. Das Wetter war schlecht gewesen, und der Führer hatte den Zug nehmen wollen statt eines Fliegers. Die Bombe tötete nicht ihn, dafür acht Menschen, dreiundsechzig wurden verletzt. Unter ihnen Kellner.

»Ich hab denen was von Elser erzählt.«

»Aha, bei Adam und Eva …«

»Nee, das wäre der Tyrannenmord gewesen.«

»Und dann hast du verkündet, dass man Ulbricht und Honecker locker hätte umnieten dürfen. So rein moralisch. Oder *ethisch*, wie man in diesen Kreisen bestimmt zu sagen vorzieht.«

»Der Unterschied ist, dass Ulbricht und Honecker nicht Hitler waren …«

»Aber Diktatoren. Und man hatte Gründe genug, den Herren so richtig sauer zu sein.«

»Dann wäre es auch ein Gebot des Anstands, den saudi-arabischen König zu erschießen, mitsamt seiner ganzen Familie?« Sie lächelte. Ihn erinnerte es daran, dass sie früher viel mehr diskutiert hatten. Sehr ernst, sehr kontrovers, aber nie feindlich. Konnte er mit Rebekka auch über solche Dinge so reden?

»Wenn dadurch nicht die Haustiere zu Schaden kämen, also der königliche Löwe und der königliche Falke. Das würde PETA auf den Plan rufen.«

Sie lachte.

»Ein Attentat auf Hitler war immer gerechtfertigt, inklusive Kollateralschaden. Weil das Terrorsystem eng an seiner Person hing. Drittes Reich ohne Adolf? Schlecht vorstellbar.«

»Aber DDR ohne Walter oder Erich … kein Problem.«

»Austauschbare Gestalten. Und bei allem Unrecht, das sie angerichtet haben, sie waren keine Kriegsverbrecher und Massenmörder. Obwohl das manche kalten Krieger nicht kapieren, in der Zone und im Tausendjährigen Reich herrschten unterschiedliche Systeme.«

»Du hast denen also erzählt, dass Widerstand nicht alles darf.«

»So kann man es sagen.«

Er sah noch vor sich, wie die Mienen vieler Zuhörer sich verfinsterten. Aber es kam noch besser.

»Ich halte auch Sabotage für kritikwürdig, sofern sie nicht die Kriegsproduktion trifft. Mir ist bisher nicht bekannt, dass die DDR einen Krieg vorbereitet oder geführt hat.«

Sie nickte. »Sehe ich ähnlich. Auf was bezieht sich das?«

»Darauf, dass die KgU so ziemlich alles getan hat, um die Zonenwirtschaft zu schädigen. Für mich ist es jedenfalls kein Widerstand, wenn man Milch vergiftet oder Maschinen in Fabriken oder LPG zerstört.«

»Damit hast du dir bestimmt Freunde gemacht.«

»Die Zahl meiner Verehrer …

»… und Verehrerinnen …«

»… ist über Nacht geradezu explodiert. Vor allem natürlich die der Verehrerinnen.« Er grinste.

So waren sie sich nah. Er hätte nicht gedacht, dass es wieder möglich würde.

»Die hatten nur Mitleid mit dir. Du hast denen bestimmt erzählt, du seist Rheumatiker, und dann entdeckten sie alle die Krankenschwester in sich …«

»Nix hab ich.«

»Oder du hast geguckt wie ein waidwunder Dackel.«

»Was soll denn das sein? Seit wann werden Dackel gejagt? Wobei, ich hätte nichts dagegen …«

»Und alles endete wie Waterloo, oder?«

»Mir fiel ein, die KgU als Werwolf 2.0 zu bezeichnen … also, nicht in dieser Schärfe. Aber es hat in dem Verein doch Leute gegeben, die Adolfs Krieg gegen den Bolschewismus fortsetzen wollten.«

Sie prustete los. »Au Backe! Und dann flogen dir die Schuhe um die Ohren.«

Stachelmann hatte selten wütendere Gesichter gesehen.

»Ich hab's gleich zurückgenommen, jedenfalls teilweise. War aber zu spät.«

Jetzt lachte sie nicht mehr. »Immerhin hast du's überlebt.«

»Na ja, wenn man bedenkt, wie viele alte Nazis plötzlich zu Freiheitskämpfern mutierten. Die haben den alten Feind unter neuem Etikett bekämpft.«

»Ja, ja, aber das wollte keiner hören.«

Als wäre sie dabei gewesen. Es begann mit einem Murren, dann pfiffen ein paar Leute. Zwischenrufe von »Unverschämtheit« über »Geschichtsfälscher« bis »unfassbar«. Woraufhin Stachelmann erklärt hatte, dass es unter dem Signum der Meinungs- und Wissenschaftsfreiheit möglich sein sollte, Thesen zu formulieren, die alle anderen für falsch hielten und die es vielleicht sogar seien. »Und dann hab ich einen Fehler gemacht«, sagte er leise.

»Reichte das mit dem Werwolf 2.0 noch nicht?«

»Nee, so einen richtigen Bock. Ich hab in die ganze Empörung hinein gesagt, der Herr Doorf könne mich ja auch verklagen. Das sei ja sein Hobby. Mal sehen, ob er es sich auch bei Leuten traue, die sich wehren können.«

»Wie bitte?«

»Georgie hat mir das erzählt.«

Sie verzog das Gesicht wie immer, wenn sie diesen Namen hörte. »Das hat er nicht erfunden?«

»Georgie erfindet nichts.«

»Aha.«

129

Als Anne gegangen war, stellte er sich ans Fenster. Die Menschen auf dem Campus wirkten wie Puppen. Unernst. Halb wahr. Er hatte die Gesichter Doorfs und Heisenmüllers vor Augen. Es fiel ihnen schwer, ihre Wut oder Enttäuschung oder beides zu zügeln. Stachelmann war noch in Fahrt gewesen und erklärte, es gebe einen Unterschied zwischen Wissenschaft und der Fortsetzung des Kampfs gegen die DDR mit anderen Mitteln. Als er *sine ira et studio* zitierte, verabschiedeten sich die Herren ohne Händedruck. Dobbert und Schmalfuß von der Sonnenfallstiftung waren schon verschwunden. Er hatte diesen Aufwand nur der Drittmittel halber betrieben, und jetzt würde ihm nur der

Aufwand bleiben. Er hatte die Sache in den Sand gesetzt. Ein Geniestreich. Mal wieder. Niemand war besser im Scheitern als er.

Das Telefon klingelte. »Schock überstanden?«, fragte er Rebekka.

»Ich übe noch.«

Immerhin klang sie besser als am Abend zuvor. Aber wie sollte man so eine fiese Nummer blicken? Wie sollte man überhaupt darauf kommen, dass der Oberbulle seine Untergebenen an der Nase herumführte? Außerdem hatte der Supertrick Rebekka gezwungen, unter Ewald zu arbeiten. Das war mit dem Begriff *Zumutung* freundlich umschrieben.

»Aber es kostet Ewald die Karriere«, sagte Stachelmann. »Das ist die Hauptsache.«

»Ja, ja.«

»Anders hätte Taut das nicht machen können. Es musste krass sein.«

»Ich habe die ganze Zeit darüber nachgedacht, ob wir vielleicht was falsch gemacht haben«, sagte Rebekka, nachdem er eine Weile nur ihren Atem im Telefon gehört hatte.

»Wahrscheinlich alles«, erwiderte er. »Aber mir fällt nichts ein, was wir besser hätten machen können. Ich hab alles vermasselt, du nicht. Ich hab mich für diese Scheißdrittmittel verbogen und stehe jetzt ohne Geld da. Blamage ist eine nette Beschreibung dafür. Die lieben Kollegen werden sich das Maul zerreißen. Mal gespannt, was dem Dekan dazu einfällt.«

Am Abend tauchte Georgie im Haus auf. Er humpelte an Krücken herein. Deutete zu den Stellen, wo sie die Wanzen gefunden hatten. Und grinste dreckig. »Das freudige Wiedersehen feiern wir im *Höllenkrug*. Das ist eine Absturzkneipe in Bergedorf. Die haben einen tollen Musikautomaten. Noch mit richtigen Platten. Jedenfalls gehe ich davon aus, dass ihr euch freut. Bei mir bin ich mir noch nicht so sicher.«

Im *Höllenkrug* kämpften Zigarettenqualm, Biergestank, Klodüfte und einige unbestimmbare Gerüche um die Luftherrschaft. Im Musikautomat plärrten Schlager.

»Nein«, sagte Rebekka, als sie in der Tür stand.

Georgie schob sie hinein.

Nach dem zweiten *Gedeck* wurde es erträglich. Bier und Doppelkorn.

In der Ecke saß ein dürrer Mann mit strähnigen grauen Haaren und stierte sein Halbliterglas an.

»Wollen wir die Scheißwanzen nicht abbauen?«, fragte Rebekka.

Stachelmann trank einen großen Schluck und stürzte den Korn hinterher. »Nö, ich find das inzwischen geil, vor den Ohren Fremder zu vögeln.«

»Perversling.«

»Gern.«

»Die Dinger bauen wir ab, wenn wir den Fall gelöst haben«, sagte Georgie. Er hatte sein bandagiertes Bein auf einen Stuhl gelegt.

»Oder gescheitert sind«, sagte Rebekka.

»Was haben wir? Fangen wir mal bei null an. Wir haben also eine Leiche namens Andert ...«

»Ausgebuddelt, nachdem er zwanzig Jahren vergammelt ist.« Georgie hob den Zeigefinger in die Luft, als wollte er die Windrichtung herausfinden. »Dieser Andert war Mitglied der KgU, nach Professor Stachelmann auch Werwolf 2.0 genannt.«

Stachelmann winkte ab.

»Werwolf nannten sich doch die Nazis, die auch nach der Besetzung Deutschlands weiterkämpfen wollten, oder?« Rebekka bestellte eine neue Runde.

»Gut aufgepasst«, erklärte Stachelmann. Er genoss die Entspannung, die der Alkohol ihm verschaffte.

»Taut hat zwei Leichen versteckt, die ähnliche Tatmerkmale aufweisen wie Andert«, sagte Rebekka.

Stachelmann erinnerte sich trotz des Dunstes in seinem Kopf genau, was Taut gesagt hatte: »Die beiden anderen Leichen wurden schnell gefunden. Und der Pathologe hat mir inzwischen verraten, dass sie zwar gefoltert wurden, aber es gibt Unterschiede. Erstens war die Folterung viel kürzer. Keine zwei Stunden, behauptet der Leichenfritze. Nicht so intensiv. Sie sind auch nicht an der Folterung gestorben, sondern an einem gezielten Herzstich. Mag daran liegen, dass die Täter gern variiert haben. Oder lernten«, sagte Taut, während Stachelmann die Nudel beobachtete, die sich im Mundwinkel des Kriminalrats gegen den Absturz festkrallte. »Neben den Unterschieden gibt es Gemeinsamkeiten. Mitgliedschaft in dieser …«

»Kampfgruppe gegen Unmenschlichkeit«, warf Stachelmann ein.

»Bei dem Namen wundert es mich nicht, dass ich ihn gern vergesse. Also, die Gemeinsamkeiten sind deutlich. Ungefähr gleicher Todeszeitpunkt. Messer als Tatwaffe. Auch damals sprach einiges dafür, dass die Opfer gemeinsam gegen die DDR aktiv waren. Wir dachten bei Meister und Kaleske an die Stasi. So kurz nach dem Untergang der SED war das naheliegend. Im Fußball nennt man das ein Revanchefoul. Vielleicht hatten Kaleske und Meister ihre ehemaligen Verfolger erpresst. Nach dem Motto: Wir werfen euch den Medien zum Fraß vor, wenn ihr nicht das oder das tut. Geld aus geheimen Stasi-Quellen beschafft. Oder was auch immer.« Taut wandte sich an Rebekka: »Sie haben das vielleicht nicht mehr in Erinnerung. Die haben damals alles und jeden gejagt, den sie im Verdacht hatten, einen Stasi-Fritzen einmal freundlich angelächelt zu haben …«

»Alle haben getrieben, was Doorf und Co. heute noch treiben.

Nur haben Letztere noch nicht gemerkt, dass die Hysterie vorbei ist. Die letzten kalten Krieger.«

»Vielleicht sind wir hysterisch«, sagte Georgie.

In der Musikbox dudelte tatsächlich Roy Black.

Ja, vielleicht waren sie hysterisch.

»Jedenfalls sind wir gescheitert«, erklärte Rebekka. »So richtig auf die Schnauze gefallen.« Sie hob ihr Bierglas, die anderen stießen mit ihr an.

»Euch geht's ja gut«, sagte der Alte, der immer noch dasselbe Glas anstarrte.

»Auf jeden Fall«, sagte Georgie. »Und dir?«

»Mir geht's beschissen. War schon immer so.«

»Blöd.«

»Normal. Die beste Medizin gegen diese Scheißwelt da draußen ist das.« Er deutete auf sein Glas.

Der Wirt hinterm Tresen grinste in seine Speckfalten hinein.

»Da draußen läuft es schief«, sagte Georgie und zeigte zur Tür.

»Man muss die Dinge an der Wurzel packen«, sagte der Alte. »Immer an der Wurzel. Die Scheiße ist nur, dass die Wurzel in der Erde steckt. Niemand kann sie sehen. Man weiß, sie ist da, man weiß, sie steckt im Dreck, aber man erkennt sie nicht.«

»Hast du früher studiert, Genosse?«, fragte Georgie.

»Philosophie, Hamburg. Seither ist es so, wie es ist. Das Einzige, was ich noch erinnere, das ist dieser Mönch. Wie hieß er noch? Wilhelm, Wilhelm, Wilhelm …« Er brabbelte den Namen und schwieg.

»Ockham«, sagte Stachelmann.

Der Alte hob den Kopf und blickte Stachelmann aus trüben Augen an. »Genau, du weißt das. Das Rasiermesser …«

»Ist mein Lieblingsphilosoph, der Wilhelm«, sagte Stachelmann.

Ein muffiger Blick, der Alte mochte die Anbiederung nicht. »Ja, ja.«

»Das Naheliegende ist meistens wahr«, sagte Stachelmann. »Die einfachste Erklärung …«

Der Alte winkte ab. »Ihr habt's nicht kapiert. Redet und redet. Aber auf die einfachsten Dinge kommt ihr nicht.«

»Bestimmt. Und was wäre die einfachste Erklärung?«

Der Alte trank und winkte dem Wirt, ein neues Bier zu bringen.

»Darf ich dich auf das Bier einladen?«, fragte Stachelmann.

»Halt's Maul!«

130

Robert hörte gern zu. Zumal die so weit weg waren von der Wahrheit, wie man ferner nicht sein konnte. Köstlich. Er öffnete eine Flasche Veuve Clicquot und goss vorsichtig ein. Sie waren angetrunken, lallten. Waren in einer miesen Kneipe gewesen. Wo alles geklebt hatte. Die Toiletten vollgepisst waren. Bier und Korn, wie konnte man so eine Brühe trinken? Sie waren von einem Typen besessen. Dieser Georgie nannte ihn *Willy*. Offenbar hatten sie einen Säufer getroffen. Und sagte es nicht alles, dass sie immer noch über den schwatzten. Die Frau gluckste laut. Robert gingen hysterische Weiber auf die Nerven. Wobei, im Bett schien sie ganz okay zu sein. Aber wie sie immer loslachte. Launisch war sie auch. Was hatten sie nur mit diesem Willy? Robert hörte genauer hin. Willy schien ihnen etwas verraten zu haben, das sie nun in Hochstimmung versetzte. Robert nippte an seinem Glas. Zeitweise verstand er gar nichts mehr. Sie quatschten durcheinander. Einer lauter als der andere.

Peinlich, ein Universitätsprofessor kommt aus der Säuferkneipe und lallt.

Die Stadt beleuchtete den Himmel. Hier im Sessel sitzen und hinunterschauen auf Hamburg, das war unersetzlich. Natürlich konnte man an vielen Orten der Welt leben, wenn man reich war. Aber Hamburg war einzigartig. Schon in der DDR hatte er von der Stadt geträumt. Begonnen hatte es mit Ernst Thälmann. Dessen dümmliche Verherrlichung hatte ihm immerhin die Stadt nähergebracht. *Hamburger Aufstand*. Der Hafen. Freiheit. Teddy, der Hafenarbeiter. Als er vom Thälmann-Rummel längst die Nase voll gehabt hatte, war ihm doch die Stadt geblieben. Sie war so anders als der eingemauerte Staat. Das Gegenteil, wenn es so etwas gab. Nicht Westberlin, nein Hamburg. Er sah sich um in seinem Wohnzimmer. Edle Möbel aus Leder und Chrom. Die Musikanlage eines skandinavischen Edelherstellers. Kein Fernsehgerät. An der Wand ein echter Nolde, den er auf einer Auktion ersteigert hatte. Neben der Tür eingerahmt der vergoldete Chip. *Intel 8086*. Der hatte seinen Reichtum begründet. Sein liebstes Kunstwerk.

»Ich weiß, wie wir die Schweine kriegen«, krakeelte es aus dem Lautsprecher.

»Ah, Georgie, unser Oberschlaumeier!« Die Bullin schrie fast. Robert drehte die Lautstärke niedriger.

»Du wirst mir noch auf Knien danken!«

»Natürlich! Sofort!«

»Setz dich hin und hör zu!«

»Zu Befehl, o Begipster!«

»Der ist doch schon ab …«

»Für mich bleibst du ein Begipster.«

»Mein Gott, der Himmel befreie mich von diesem Weib! Ich weiß übrigens, wo wir den Täter finden.«

Plötzlich war alles ruhig.

»Erinnert ihr euch an den Schnüffler?«

»Köhler«, sagte Stachelmann.

»Genau, Köhler. Der hat mich vorhin angerufen.«

»Ach nee!«

»Schweig, Bullin!«

»Wie kommst du zu der Ehre?«

»Ich hab da was gefunden. Ich hatte ja Zeit im Krankenhaus. Und Det hat geholfen. Der Herr Köhler benutzt seine … Erkenntnisse, um andere Leute zu erpressen. Stell dir vor, du erwischst einen Bischof im Puff …«

»Was, einen Bischof?«

»Das war eine Metapher. Dass eine Bullin das nicht versteht, hätt ich mir denken können.«

»Du kriegst gleich Ärger.«

»Hatt ich mit den Bullen schon öfter. Imponiert mir gar nicht.«

»Was ist denn nun mit dem Köhler?«, fragte Stachelmann. »Warum hast du das nicht gleich gesagt?«

»Soll ich so was in einer Kneipe ausposaunen?«

131

»Wir haben keine Chance, also nutzen wir sie«, sagte Stachelmann.

Ein kleiner Citroën kurvte über den Riesenparkplatz. Ein Mann übte. Am Rand, neben dem Supermarkt, standen zwei weitere Autos mit großem Abstand voneinander. Vermutlich Nachbarn, die dort parkten. Rebekka hatte den Ort vorgeschlagen. »Wir können alles beobachten und fallen nicht auf.« Sie warteten neben der Einfahrt, aber außerhalb des Parkplatzes. Stachelmanns alter Golf mit Hamburger Kennzeichen zwischen den Autos der Menschen, die in diesem gottverlassenen Teil Altonas lebten. Morgens zur Arbeit fuhren, abends zurückkehrten, die Glotze einschalteten, morgens aufstanden, zur Arbeit fuhren, abends zurückkehrten, die Glotze einschalteten …

Aber heute war Sonntag.

»Immerhin haben sie's nicht weit, um sich Bier und Chips zu holen«, sagte Georgie.

»Wir hätten vielleicht die Bullen …«

»Das heißt Ewald«, sagte Rebekka. »Der hätte uns ausgelacht.«

»Und Taut?«

»Der hält sich raus. Amüsiert sich, wie sein vermeintlicher Nachfolger Scheiße baut. Irgendwie tickt der nicht mehr richtig.«

»Und wenn es doch verschiedene Fälle sind?«, fragte Georgie, während sie die Kurvenfahrten des Anfängers verfolgten. Immer wieder gelang es ihm, das Auto abzuwürgen.

»Wenn, wenn, wenn«, murmelte Rebekka grimmig. Sie vergewisserte sich, ob ihre Dienstwaffe richtig im Schulterhalfter saß. Das war nach dem Essen mit Taut ihr Deal gewesen. Sie bekam Waffe und Dienstausweis zurück. Trotz Urlaub.

Sie warteten. Die Sonne stieg. Es wurde heiß im Auto. Stachelmann begann zu schwitzen, obwohl sie alle Fenster geöffnet hatten.

Georgie quälte sich auf dem Vordersitz mit seinem bandagierten Bein ab. Er fand kaum eine passende Sitzposition.

Wir hätten ihn nicht mitnehmen dürfen, dachte Stachelmann. Weil es gefährlich werden konnte.

»Und wenn der oder die nicht drauf reinfallen?«, fragte Georgie, was Stachelmann die ganze Zeit schon durch den Kopf ging. Jetzt kam ihm der Trick gar nicht mehr so raffiniert vor.

Sie hatten die Wanzen benutzt, um dem Mörder eine Botschaft zu schicken.

»Der Köhler hat rausgekriegt, wer sein Auftraggeber ist, hat er mir gestanden, als ich ihm die Pistole an den Kopf gesetzt habe«, hatte Rebekka gesagt. Ihre Zunge war noch schwer gewesen. Und Stachelmann stellte sich vor, dass es so überzeugender war. Die drei waren einen heben gewesen und verkündeten großmäulig, wie sie den Fall nun zu lösen gedachten. »Ich hab mich abgesichert, hat der Köhler erklärt. So eine Knarre ist doch immer wieder ein tolles Argument.«

»Und dann hast du ihn dazu gekriegt, dir die Beweise zu bringen. Warum hat er die dir nicht einfach in Berlin gegeben? Aus der Schreibtischschublade?«

»Ist ein bisschen komisch. Der Typ hat einen an der Waffel. Aber er sagt, dass er Schiss habe vor dem Auftraggeber. Schließlich sei der ein Mörder. Und die Beweise lägen in Hamburg in einem Banktresor. Er habe sie hier entdeckt und sie gleich in Sicherheit gebracht.«

»Klingt gar nicht so komisch«, hatte Georgie gekräht. »Die hat er bestimmt gebunkert, um sich abzusichern. Falls der Auftraggeber Fisimatenten machen sollte.«

»Was tun wir, wenn der Typ auftaucht? Woran erkennen wir den?«, nölte Georgie.

»Das haben wir doch alles schon diskutiert«, maulte Rebekka zurück.

»Wir fahren ihm nach«, sagte Stachelmann betont ruhig. Sie waren alle angespannt. Auch er zweifelte, ob der Trick funktionierte. Und wenn ja, was sie tun sollten. Im Idealfall kriegten sie mit, dass der Richtige auftauchte. Sie folgten ihm, stellten fest, wo er wohnte, und dann … ja und dann? Die Bullen? Ewald? Vielleicht gelang es Rebekka, Taut von seinem Irrweg zu holen. Aber hatten sie irgendeinen Beweis? Und wenn die Bullen den Typ in die Mangel nahmen und der einfach schwieg? Sie hatten keinen Beweis. Dass er am Treffpunkt aufgetaucht war? Quatsch. Dem würde schon was einfallen. Bin in der Gegend rumgefahren. Musste nachdenken. Ich mach das immer so. Ist ein bisschen seltsam, klar. Aber nicht verboten. Das würde Stachelmann erklären. Und der Typ würde sich einen abgrinsen, wäre dazu gewarnt und wüsste, auf was er sich einzustellen hatte. Je länger er über ihren tollen Plan nachdachte, desto abwegiger erschien er ihm. Im Zweifelsfall nutzte er dem Täter. Er würde nun wissen, was sie wussten. Nämlich gar nichts. Jedenfalls nichts, was sich vor Gericht verwerten ließe. Nada. Sie waren auf dem besten Weg, sich lächerlich zu machen.

Zwei Radfahrer. Jungs machten Kunststückchen. Die konnten ihre Tricks wenigstens. Auf dem Sattel stehen, Handstand auf dem Lenker. Stachelmann hätte sich schon beim Zusehen fast das Genick gebrochen.

Der Fahrschüler war verschwunden. Vermutlich suchte er nach einem Baum, an den er seine Karre rammen könnte.

An der Einfahrt neben dem Supermarkt tauchte ein Benz auf. S-Klasse. Er glänzte tiefblau in der Sonne. Die Scheiben waren getönt. Sichtschutz. Er parkte mit dem Heck ein. Hatte den Parkplatz im Blick und konnte schnell abhauen.

»Das ist er«, sagte Georgie.

»Oder sie.« Rebekka fummelte an ihrem Schulterhalfter.

»Ich weiß nicht.« Stachelmann starrte die Luxuslimousine an, als könnte er irgendwas entdecken. »Nur weil es ein Kapitalistenschlitten ist?«

»Nein, weil so ein Wagen hier überhaupt nicht herpasst«, sagte Rebekka.

Da hatte sie recht. »Aber man sieht solche Autos auch auf Aldi-Parkplätzen«, erwiderte Stachelmann.

»Aber nicht, wenn Aldi geschlossen hat.« Georgie schüttelte den Kopf.

Der Benz stand nur da. Er wirkte bedrohlich.

Die Radkünstler kurvten umher.

Stachelmann erinnerte es an den Film *High Noon*. Die Feinde standen sich gegenüber. Wer würde zuerst etwas unternehmen? Losgehen und den Colt ziehen.

Ach, Quatsch, dachte er. Startete den Wagen und zuckelte auf der Straße um den Parkplatz herum in Richtung des Eingangs, neben dem der Benz wartete.

»Irgendwann hat er keine Lust mehr«, sagte er. Er setzte den Golf rückwärts in einen Anwohnerparkplatz. Von dort sahen sie nur das Heck des Benz, vorbei an einem Telefon-Verteilerkasten. Aus dem Auspuff krochen weiße Wölkchen.

»Ökosau!«, schimpfte Georgie.

»Damit er einen kühlen Kopf bewahrt«, sagte Rebekka.

»Wie viele sitzen drin?«, fragte Stachelmann.

»Keine Ahnung. Kann ja mal klopfen«, erklärte Georgie.

»Wir haben es mit zwei Tätern zu tun. Das ist amtlich. Also mindestens zwei.« Rebekka fummelte an ihrer Schulter.

»Vielleicht ist nur einer gekommen. Oder die haben Verstärkung mitgebracht.« Stachelmann hatte plötzlich ein blödes Gefühl. Ein saublödes. Das geht schief, sagte eine innere Stimme. Das endet im Chaos. Aber wie? Sie wollten dem Wagen doch nur folgen. Was soll da passieren? Und wenn die nicht nur mit einem Wagen gekommen sind? Wenn die ihnen einen nachschickten, der sie in die Mangel nehmen sollte? Ich würde es tun, wenn ich die wäre. Warum bin ich darauf nicht gekommen? »Ich bin dafür, dass wir das abbrechen«, hörte er sich sagen.

»Bist du irre?« Georgie guckte Stachelmann an, als wäre der Leibhaftige in den gefahren.

»Und wenn die einen zweiten …«

»Dann wird Rebekka ihre Adlerinnenaugen …«

»Super, Georgie«, sagte sie. »Stets korrekt, der Herr!«

Georgie grinste breit und klopfte sich auf die Schulter.

Wie kann man rumalbern, wenn es gefährlich wird? Vielleicht überspielten sie so ihre Angst. Stachelmann nahm sich vor, so oft wie möglich in den Rückspiegel zu blicken, wenn es losging. Und die Sache zu beenden, sobald ihnen jemand zu folgen schien.

Dann schwiegen sie. Georgie popelte in der Nase. Rebekka versuchte ihre Hände ruhig zu halten. Sie streichelte ihn flüchtig am Kopf. Stachelmann überlegte, wie sie da gelandet waren, wo sie jetzt waren.

Andert war bei der KgU gewesen. Die hatte Aktionen unternommen, bei denen Menschen verletzt oder getötet wurden. Er ließ sich die schweren Fälle aus den Akten durch den Kopf gehen. War es eine Giftaktion? Eine Störungsaktion? Hatten V-Männer den Verdacht, Andert habe sie ans Messer geliefert? Der Stasi war es rasch gelungen, die KgU schwer zu treffen. Unter Folter und mit der Aussicht, vielleicht der Todesstrafe zu entgehen, hatten V-Männer geredet. Viele hatten geredet. Lag der Verdacht nicht nah, dass welche verraten worden waren? Der Verdacht genügte doch. Die meisten Menschen wissen nicht, was sie wissen, sondern was sie sich einbilden.

»Holmes grübelt«, sagte Georgie.

»Ich überlege, ob wir nicht falsch gewickelt sind.«

»Jetzt geht das wieder los.« Er wandte sich an Rebekka. »Du weißt ja noch nicht so genau, wie der Herr tickt. Immer wenn die Dinge auf bestem Weg sind, gut zu werden, kriegt er ’nen Rappel. Einfach Ohren zuhalten …«

Rebekka lachte, aber es klang gezwungen.

132

Die letzten Dinge schaff ich locker allein. Robert hatte ein Café gefunden, schräg gegenüber der Eingangstür. Er mochte die Anspannung. Bevor der Kampf begann. Wenn Körper und Hirn alles darauf konzentrierten, den Schlag zu führen. Das letzte Mal, wie es aussah. Schade eigentlich.

Er bewunderte die schlanken Beine einer Frau, die mit einer Freundin vorbeischlenderte. Sommerröcke, leicht und kurz. Verspielt. Im warmen Licht des Abends. Robert ärgerte sich ein bisschen, dass der Kellner ihn gerade jetzt störte. Ja, er wollte noch einen Latte Macchiato. Die beiden Frauen verschwanden in einem Pulk Touristen, die aus einem Bus quollen. Gedränge vor dem Kofferraum. Dicke, hässliche Menschen. Kampf um die besten Plätze. Der Bus trug ein Frankfurter Kennzeichen.

Der Kellner brachte den Kaffee. Robert trank gleich einen Schluck.

Die Haustür öffnete sich. Ein Lastwagen versperrte den Blick. Robert wurde nervös, aber der Lkw hielt nicht an. Der Mann war auf den Bürgersteig getreten und schaute sich um. Dann ging er los. Er glich dem Bild auf der Homepage. Robert erhob sich, schob einen Zehn-Euro-Schein unter die Untertasse und folgte dem Mann. Der hatte es nicht eilig. Robert musste angesichts der vielen Passanten nicht auf Tarnung achten. Er ließ dem anderen fünfzehn Meter Vorsprung. Robert hoffte, dass der Mann gleich nach Hause ging und nicht noch einen Termin wahrnahm. Vorbei an Gaststätten und Schaufenstern. Er merkte sich die Adresse eines japanischen Einrichtungsgeschäfts. Im Schaufenster hatte er Stühle gesehen, filigran, mit perfekten Proportionen. Die hatten ein Händchen für so was, die Japaner.

Der Mann verschwand in einem Teeladen. Robert wartete an der Straßenecke. Irgendwoher erklang eine Geige. Robert hörte sofort, dass da einer was konnte. Mendelssohn. Wohl einer der unzähligen Musiker aus Osteuropa oder Russland. Hoch qualifiziert und arbeitslos. Abschluss an einer Musikakademie, um in Metropolen des Westens auf der Straße zu spielen. Aber Robert vertrieb die trüben Gedanken. Eigentlich war es eine schöne Zeit. Eine schöne Zeit, die nicht zu genießen ein Verbrechen wäre. Eine schöne Zeit für einen Mord.

133

Nachdem sie noch eine gute halbe Stunde gewartet hatten, fuhr der Benz los. Gemächlich rollte er vom Parkplatz und glitt an ihnen vorbei. Nur der Schemen des Fahrers hinter dem Fenster. Stachelmann startete den Golf. Der hustete, dann sprang er an. Bloß nicht abwürgen. Er ließ die Kupplung kommen und setzte aus der Parklücke. Wildes Gehupe. Er hatte einem Kombi die Vorfahrt genommen. Stachelmann hob zur Entschuldigung die Hand. Der Benz verschwand um die Ecke. Stachelmann beschleunigte bis zur Abzweigung und sah den Benz, wie er in Richtung City fuhr. Der hatte es nicht eilig und Stachelmann keine Mühe, dranzubleiben. Rebekka saß mit verdrehtem Oberkörper auf der Rückbank und verfolgte, was hinter ihnen geschah. Auch Stachelmann schaute immer wieder in den Rückspiegel. Eine Weile hatte er einen grauen Renault-Lieferwagen in Verdacht, aber der bog ab. Sein Hirn versuchte ihm einzureden, dass die Verfolger ja auch mehrere Autos einsetzen konnten. Paranoia. Er rief sich Ockham in Erinnerung, das beruhigte. Wenn dir niemand lange folgt, dann verfolgt dich niemand.

Der Benz steuerte Richtung Hauptbahnhof und Kunstmuseum. Ein BMW, den Stachelmann eine Weile im Blick hatte, verschwand aus dem Rückspiegel.

»Uns folgt niemand«, sagte Rebekka. »Immerhin.«

Der Benz hatte es immer noch nicht eilig. Er schwamm mit im Verkehr.

»Der will zum Bahnhof«, sagte Georgie.

Er hatte recht. Der Wagen hielt vor dem Hotel *Europäischer Hof*. Die Beifahrertür öffnete sich. Ein eher kleinwüchsiger Mann mit Halbglatze stieg aus, eine Aktentasche in der Hand. Er grüßte in den Wagen und warf die Tür zu. Der dunkelblaue Anzug schien maßgeschneidert zu sein.

»Und wer war das jetzt?«, fragte Georgie. Er warf Stachelmann einen Blick zu, in dem der Ratlosigkeit las.

»Die haben zu zweit auf Köhler gewartet. Und Köhler kam nicht. Ist doch klar«, sagte Rebekka, sprang aus dem Wagen und rannte Richtung Bahnhof.

»Die spinnt!«, fluchte Stachelmann.

»Sie folgt dem Kerl, wir dem anderen«, sagte Georgie. »Das ist schon okay.«

134

Rebekka musste schnaufen. Sie ging auf dem Nordsteg. Zuerst die ICE-Bahnsteige. Im Trubel konnte ihr der Typ leicht entwischen. Aber immerhin dürfte der nicht ahnen, dass sie ihm folgte. Bildete sie sich ein. Sie rannte zum Bahnsteig der Gleise 13 und 14 am anderen Ende und mühte sich, das Geschehen dort genau zu beobachten. Trotz der Hektik. Auf Gleis 5 fuhr ein Zug los. *Hoffentlich sitzt er da nicht drin*. 12 und 11. Wenig los. Ein Zug nach Cuxhaven würde in zwanzig Minuten starten.

Der Typ war nicht zu sehen. 10 und 9. Nur eine Gruppe Rucksacktouristen. Ein Zug nach Westerland war angezeigt. 8 und 9. Ein Regionalexpress nach Kiel fuhr ein. 7 und 6. Der Regionalexpress nach Lübeck wartete. Die Halbglatze war nicht zu erkennen im Trubel. Der Typ fuhr überhaupt nicht mit der Bahn. Er war im Hauptbahnhof verschwunden, um in die Stadt zu gehen. Dort gab es Taxis und die U-Bahn. Kranz entschied sich auf gut Glück. Sie rannte zurück zum Ausgang Glockengießerwall. Scheiße, sie hatte den Kerl verloren.

Fast hätte sie ihn umgerannt. Er stand am Ausgang des Hauptbahnhofs und schien unschlüssig, wohin er gehen sollte. Dann hatte er endlich eine Idee. Querte den Steintorplatz zum Steindamm. Im Schlendertempo. Kam an einem Café vorbei und wendete nach ein paar Metern. Kranz wäre fast das Herz stehen geblieben, als er auf sie zukam. Ihre Hand suchte das Halfter, aber sie zwang sich, sie in die Hosentasche zu stecken. Die Halbglatze musterte sie und lächelte. Was heißt das? Dann marschierte der Kerl zur Tür und betrat das Café. Und sie war angeschmiert.

135

Robert hatte sie vermisst. Die Anspannung, die seine Nerven trainierte. Die Vorfreude. Das Gefühl der Macht. Wenn das alles abgeschlossen war, würde er sich fühlen wie ein Söldner, der aus dem Krieg kam. Dessen Leben sinnlos geworden war ohne das Töten. Der sich etwas suchen musste, um die Leere zu füllen. Robert spürte schon ihre Hohlheit. Sie ängstigte ihn. Aber jetzt wollte er sich auf den Mann konzentrieren, dem er folgte. In seinen Gedanken spielte er die Möglichkeiten durch. Irgendwann würde der seine Wohnung ansteuern. Vermutlich war die gesichert wie Fort Knox. Er kannte die Typen aus dieser Branche. Was sie den Kunden empfahlen, nutzten sie selbst. Immer die Luxusausführung. Sie bekamen die Technik mit Riesenrabatt oder umsonst, wenn sie schlau verhandelten. Was einem selbst gefällt, empfiehlt man seinen Kunden. Da wären die Hersteller von Sicherheitstechnik doch blöd, ihre wichtigsten Kunden nicht zu umschmeicheln.

Der Mann blieb vor einem Schaufenster stehen. Robert querte die Straße und blickte aufs Ladenschild. *Modellbau Herrmann*. Kein Wunder. Berufsparanoiker faszinierte die Technik. Drohnen zur Überwachung. Fast lautlos, hochauflösende Kameras, Richtmikrofone, Fernsteuerung. Du brauchst das alles nicht mehr. Kannst dir das Geld sparen, murmelte Robert grinsend vor sich hin. Ein junger Mann drehte sich zu ihm um, ging dann aber kopfschüttelnd weiter. Fast hätte Robert über sich gelacht.

Der Typ löste sich vom Schaufenster und setzte seinen Bummel fort. Heute musste er es tun. Vielleicht hatte der tatsächlich Infos aufgeschnappt, die ihm nicht halfen, aber dem Pack. So nannte er seit einigen Tagen diese Beklopptenkombo, die sich einbildete, Robert überführen zu können. Die waren die ganze Zeit auf der falschen Spur. Und es gab keinen Grund, der sie auf die richtige führen konnte.

Die Dämmerung setzte ein. Robert mochte das warme Licht. Es tauchte alles in einen milden Schein. Versöhnte die Härte der Wirklichkeit mit den Illusionen der Menschen. Wenigstens bis die Dunkelheit die Hyänen auf die Straße lockte. Die Diebe, Schläger, Mörder. Der Typ schien kein Ziel zu haben. Er lief mal da-, mal dorthin. Stellte sich immer mal wieder vor ein Schaufenster. Las die Speisekarten von Restaurants.

In einem Inder verschwand er tatsächlich. Das überraschte Robert. Irgendwas hatte ihn überzeugt, dass sein Opfer nach

Hause gehen würde, wenn auch über Umwege. Nun musste er warten. Einen Augenblick bedachte er, ob er auch etwas essen sollte. Aber man soll sein Glück nicht herausfordern. Hatte das nicht immer der Vater gesagt?

136

Sie folgten dem Benz. Der fuhr über die Kennedybrücke, dann in Richtung Wandsbek. Immer auf der B 75. Immer gemächlich, als hätte der Fahrer längst alles erledigt, was er jemals zu erledigen hatte.

»Wir haben den Falschen erwischt«, sagte Georgie in die Stille, die seit ein paar Minuten herrschte.

»Fürchte ich auch«, sagte Stachelmann. »Aber woher sollen wir das wissen? Er war auf dem Parkplatz. Sie waren mindestens zu zweit, was auch gut passt. Sonst war niemand auf dem Parkplatz, der infrage gekommen wäre.«

»Ja, ja, kann alles sein.«

»Er hat lange gewartet. Und ist weggefahren, als Köhler nicht auftauchte. Das passt doch.« Er ging vom Gas, um dem Benz nicht zu nah zu kommen. »Aber ich hab auch ein mieses Gefühl.«

Stachelmanns Handy piepte. Eine SMS von Rebekka. *Typ sitzt im Café. Es passiert nichts. Und bei euch?*

Stachelmann reichte Georgie das Telefon. *Wir folgen auf der B 75*, simste er.

»Und wenn der uns irgendwo hinlocken und dann kaltmachen will?«

Stachelmann fröstelte. Alles war möglich. Alles zwischen einem Reinfall, weil sie dem Falschen nachhechelten. Und einer Falle. Wenn das der Typ war, der Andert und die beiden anderen auf dem Gewissen hatte? Der würde keine Hemmungen haben, auch Georgie und ihn in die Pathologie zu schicken. Stachelmann spürte die kalte Spitze eines Dolches auf dem Bauch. Nie würde er die Folterspuren vergessen und vor allem nie, was sie verrieten. Eine Stimme flüsterte ihm zu, die Aktion abzublasen. Die Wanzen im Haus zu entfernen, nachdem er dem Lauscher noch gesagt hatte, dass sie die Segel strichen. Einen Augenblick lang war er überzeugt, dass dies das einzig Richtige wäre. Doch dann meldete sich der Trotz. Er stellte sich vor, wie er sich fühlte, wenn er aufgäbe. Es würde ihm ewig in den Klamotten kleben. Er würde es sich nicht verzeihen. *Niemand lässt ungestraft eine Bombe vor meiner Haustür explodieren.* Aber vermutlich würden sie die Dreckskerle ohnehin nicht erwischen. Das wäre enttäuschend, aber er müsste sich nicht vorwerfen, aufgegeben zu haben. Immerhin. Solange er alles tat, was er tun konnte.

»Ich war mir absolut sicher, dass es diese KgU-Connection ist, die uns zu den Tätern führen würde. Aber vielleicht habe ich mich verrannt.«

»Diesmal ausnahmsweise nicht«, sagte Georgie.

Es wurde dunkel. Die Rückleuchten des Benz machten es noch einfacher, dem Wagen zu folgen. Stachelmann schloss auf. Jetzt konnte ihn der andere Fahrer nicht mehr erkennen. Wenn Rebekka mit ihrer Pistole bei ihnen gewesen wäre, hätten sie vielleicht versucht, den Benz zu stoppen. Überholen und ausbremsen. Nichts einfacher als das. Ohne sie traute er es sich nicht. Sie wussten nicht, wer noch alles im Wagen saß. Und ob einer von denen bewaffnet war. Nein, Stachelmann hatte keine Lust, in einem Keller gefesselt zu warten, bis sie ihn abstachen.

137

Sie betrat das Café. Die Warterei war unerträglich geworden. Der Typ saß in der Ecke, neben der Tür zu den Toiletten. Er las in einer Illustrierten. An der Wand hinter ihm das gerahmte Plakat einer Pariser Cafészene. Lang berockte Damen, Herren im Frack und mit Hut. Sie setzte sich an den Tisch neben dem Kerl. Sie zeigte ihm ihre Silhouette. Die Bedienung war eine ältere Frau mit einer Frisur, die ohne Trockenhaube der Schwerkraft zum Opfer gefallen wäre. Sie bestellte Espresso und Himbeertorte. Es dauerte drei Minuten, bis sie auf dem Tisch standen.

Der Kerl schien gar nicht bemerkt zu haben, dass sie eingetreten war. Normalerweise pflegten Männer das sehr wohl zu bemerken. Die Missachtung fand sie fast beleidigend, auf jeden Fall aber auffällig. Sie linste zu ihm hinüber. Er sah nicht schlecht aus. Gepflegt. Die Krawatte saß genau, der Anzug war eng geschnitten. Das Gesicht verriet, dass der Typ sportlich war. Fitnessstudio oder mehr. Das Jackett zeigte keine Ausbuchtung unter den Schultern. Aber die Waffe konnte auch im Hosenbund stecken.

Plötzlich blickte er sie an. Lächelte. Ihr wurde heiß. Warum musste sie ihn auch so anstarren?

»Guten Abend«, sagte er. Eine weiche und doch männliche Stimme.

»Guten Abend«, erwiderte sie betont flüchtig und blickte weg.

»Es ist nett hier«, sagte er.

Sie nickte. Plötzlich hatte sie eine Idee. »Ja, wirklich. Sind Sie zum ersten Mal hier?«

»Ja, aber ich werde es mir merken. Sie sollten die Nusskekse probieren, einmalig.«

Sie aß hastig ein Stück ihrer Himbeertorte. Die schmeckte tatsächlich, obwohl sie unscheinbar ausgesehen hatte. »Die Torte ist auch nicht übel. Ja, man sollte sich das Café merken.«

»Sind Sie Hamburgerin?«

Sie nickte. »Und Sie?«

»Schwer zu sagen.« Er hob die Arme. »Mal hier, mal dort.« Lachte.

»Sie kommen viel rum?«

»Zwangsläufig.«

»Der Beruf?«

Die Arme hoben sich wie zur Entschuldigung. »Das ist der Preis, den man zahlt …«

»Wenn man erfolgreich ist?«

Ein unsicheres Lächeln. Merkwürdig. »Ich versuche es.«

»Offenbar nicht vergeblich.«

»Manchmal gelingt jedem was. Ist es nicht so?«

Sie aß wieder ein Stück Torte. Mehr, um Zeit zu gewinnen. Was ist denn das für einer? Ein Killer? Eher ein Gentlemenkiller wie in den alten Gangsterfilmen, die sie so liebte. Weil sie weltfremd waren. Killer waren keine Gentlemen. Nirgendwo und niemals.

»Mir nicht«, sagte sie. »In welchem Beruf arbeiten Sie denn? … Oh, jetzt bin ich aber indiskret.«

Er lächelte. »Kein Geheimnis. Immobilien.«

»Makler?«

»So etwas Ähnliches. Meine Firma vermarktet Geschäftsbauten …«

»Weltweit, vermute ich.«

»Wir versuchen es.«

»Finanzierung, Bau, Vermietung.«

»Genau. Wir versuchen herauszufinden, wo es einen Bedarf gibt. Wir kaufen auch Gebäude, verwalten sie. Alles, was es da gibt.«

»Wo vor allem?«

»Zunehmend in Asien. China, Taiwan, Vietnam, Thailand …

obwohl es da gerade« – die Hände hoben sich wenige Zentimeter über dem Tisch und senkten sich wieder – »ein paar … Dellen gibt.«

»Das heißt, Sie arbeiten für eine große internationale Firma.«

»Wir sind nicht die größten. Und ich bin nur ein … Angestellter.«

Auch wenn es ihr nicht gefiel, begann ihr der Mann sympathisch zu werden. Solche Unsicherheit und Bescheidenheit traf sie selten. Aber immerhin war er selbstbewusst genug gewesen, sie anzusprechen. Gut, sie hatte ihn angestarrt, und vermutlich war dies sein Weg, die Lage höflich zu bereinigen. Dieser Mann war kein Verbrecher, oder er war der beste Täuscher aller Zeiten. *Bestimmt würde er mir seinen Namen verraten, wenn ich ihn bäte …*

Der Typ zog ein schmales Portemonnaie hervor und fingerte eine Karte heraus. Er reichte sie ihr. »Falls Sie mal ein Hochhaus kaufen wollen.« Ein unsicheres Lächeln.

Dr. Werner Schubarth
Managing Director Western Europe
Real Estate Investment Holding Ltd.
London – New York – Tokyo – Hongkong

Auf der Rückseite stand die Geschäftsadresse. Kurfürstendamm, Berlin.

»Was führt Sie nach Hamburg?«

Er schien sich über die Frage fast zu freuen. Die merkwürdigste Vernehmung ihrer Laufbahn.

»Ich habe mich mit einem Kunden getroffen.«

»Ich bin immer furchtbar neugierig … wir Frauen …«

Er winkte ab, hob wieder die Hände. »Ich habe nichts zu verbergen.«

»Da waren Sie bestimmt schick essen mit Ihrem Kunden.«

»Gar nicht.« Enttäuschung spiegelte sich in der Miene. Und Unverständnis. »Ich wäre gern essen gegangen. Aber der Kunde wollte im Auto sprechen, und dies auf einem gottverlassenen Parkplatz da draußen in Altona. Hab ich noch nie erlebt.«

»Warum das?« Ihr Gesicht zeigte Bedauern.

»Ich fürchte, der Mann leidet unter Verfolgungswahn. Seit dieser NSA-Geschichte glaubt er, dass alle Welt ihn abhören will. Er hat sogar seinen Wagen nach Wanzen filzen lassen. Und wollte unbedingt an einen Ort fahren, wo man jedes Fahrzeug entdeckt, das sich einem nähert.«

»Das ist ja wie im Krimi.« Ihr ungläubiges Lachen musste sie nicht vortäuschen. Verarscht der mich? Oder bin ich auf dem holprigsten aller Holzwege?

Er lachte fröhlich. Aber es klang Unglauben mit. »Die Leute werden schon ein bisschen paranoid.« Nach kurzem Überlegen: »Ist ja auch kein Wunder. Auf einem Parkplatz in Altona …« Er schüttelte den Kopf. »Dabei wollte der Mann nichts Unrechtes.«

»Keinen Übungsbunker für Terroristen?«

Wieder lachte er. »Ein Bürohaus … mehr will ich nicht sagen. Nachher studieren Sie die Immobilienanzeigen …« Er lachte.

Sie fiel ein. Auch weil ihr alles so lächerlich vorkam.

138

Die Straßenlaternen und Schaufensterbeleuchtung tauchten die Straße ins Zwielicht. Zwischen Gelb und Weiß mitsamt aller Grautöne. Am Ende der Straße stand der Vollmond. Er schärfte die Umrisse der Bäume, deren Äste in den Himmel ragten wie bei einem Schattenspiel. Menschen betraten das indische Restaurant, Menschen verließen es. Die meisten waren jung. Studenten, Touristen. Robert hasste die Touristenströme. Junge Leute, die von Party zu Party eilten und tagsüber auf den Liegeflächen am Wasser ihren Rausch ausdösten. Dann wieder Party, Party. Nutzlose Existenzen. Parasiten der Wohlstandsgesellschaft. Für Robert waren Auslandsreisen früher ein rares Geschenk gewesen. Mal nach Italien fahren, nachdem man gespart hatte. Dann zurück zur Maloche. Arbeiten, arbeiten. Bis einem Arbeit als Lebenssinn eingeprägt war. Alles diente ihr, auch die Ferien, und die Rente milderte das Dasein der Alten, die das Arbeitsleben ausgeschieden hatte und die nichts mehr mit sich anfangen konnten außer zu sterben.

Robert verachtete diese junge Generation, die die Welt zugrunde richten würden, während sie feierten. Er mied ihre Gegenwart, um sich die Missstimmung zu ersparen, die ihn angesichts dieser von Anfang an gescheiterten Existenzen erfasste.

Er linste durch die Scheibe. Der Kerl saß an einem Tisch an der Wand neben der Garderobe. Neben ihm hingen Zeitungen im Holzbügel. Aber der Kerl las nicht, er stopfte irgendein Reisgericht in sich hinein. Hastig, als wollte es ihm jemand wegessen. Auch Robert ertappte sich manchmal dabei zu schlingen. Das Erbe einer Mangelzeit. Die jungen Leute von heute stocherten auf ihren Tellern herum, als sortierten sie Abfall. Ich hätte gern Rosinenreis ohne Rosinen, aber mit Datteln. Spaghetti Bolognese vegan. Cappuccino mit Sojamilch. Wurstsalat aus Tofu. Zeichen der Dekadenz, die dem Untergang vorangeht. Die Zukunft liegt im Osten. China, Indonesien, Thailand, Vietnam. Die Leute hier aber reißen ein, was wir aufgebaut haben.

Wieder ein Blick durchs Fenster. Der Typ bezahlte. Robert ging auf die andere Straßenseite und tat so, als betrachtete er ein Schaufenster. Italienische Schuhe. Kunstwerke. Die Masse trug *Sneakers*. Allein, wenn er dieses Wort hörte …

Köhler kam heraus. Blickte sich um, als wäre er unsicher, wohin er gehen sollte. Dann marschierte er los. Diesmal schien er doch ein Ziel zu haben. Ein Stück weiter war ein U-Bahnhof. Davor eine Bahnunterführung.

Robert beeilte sich, überholte den anderen, der auf der gegenüberliegenden Straßenseite ging. Robert begann zu laufen. Er musste verhindern, dass der Typ in die U-Bahn stieg. In den Bahnhöfen und den Zügen gab es Kameras. Nur Primitivlinge zettelten dort Schlägereien an. Hin und wieder drehte er sich um. Der Typ lief immer noch Richtung U-Bahn. Robert fürchtete, ihn zu verlieren. Dass er in einem Laden verschwand. Oder in einer Seitenstraße. Plötzlich ein Schlag an die Schulter.

»Passen Sie doch auf!«, schnauzte ihn eine Frau an.

»Entschuldigung!« Er rieb sich die Schulter und hetzte weiter. Nun hatte er einen Vorsprung. Er zog die Gummihandschuhe an, hautfarben. Durchquerte die Unterführung, während oben eine S-Bahn ratterte. Vorbei an einem Penner, der in einem Schlafsack auf dem Bürgersteig lag. Über ihm in Silber ein Graffito *FUCK YOU!* Noch ein Stück. Dann wechselte Robert die Straßenseite und beobachtete den Bürgersteig. Der Kerl würde ihm entgegenkommen. Es sei denn, er bog noch ab. Aber der steuerte die Unterführung an. Robert kontrollierte seinen Atem. Er griff unters Jackett. Das Randall-Messer lag gut in der Hand.

Vielleicht zweihundert Schritte, dann hatte der Typ die Unterführung erreicht. Robert ging los. Ein Passant. Dem Typen folgte in fünfzehn Metern Entfernung eine Frau mit Kinderwagen. Dahinter eine Gruppe Jugendlicher. Sie rempelten sich an, lachten laut. Die meisten trugen Flaschen.

Noch zwanzig Meter. Der Typ beachtete nicht, wer ihm begegnete. Er war im Geist woanders. Er hatte ein Ziel, das zeigte sein Gang. Roberts Hand griff das Messer fester. Noch fünfzehn Meter. Die Halbstarken lachten, pöbelten, schubsten sich. Eine Flasche klirrte auf den Gehsteig und splitterte. Noch fünf Meter. Robert visierte die Stelle an, die er treffen wollte. Ein Stich ins Herz war zu riskant. Das Messer konnte an den Rippen abrutschen. In den Bauch, dann ein Ruck nach oben. Wie bei Kurt. Das war die sichere Methode.

Er trat dem Mann in den Weg, schlug ihm auf die Schulter, umarmte ihn und drückte ihn gegen die Wand. Die Frau mit dem Kinderwagen zog vorbei.

»Das ist ja toll, dass ich dich treffe!«

Köhler starrte ihn nur an.

Während die jungen Männer vorbeilärmten, stieß er Köhler die Klinge in den Bauch. Riss das Messer nach oben, zog es heraus, wischte die Klinge am Hemd seines Opfer ab, steckte die Waffe in die Scheide, lehnte den Mann gegen die Wand und ging in aller Ruhe davon.

139

Georgie hatte eine Flasche Crozes-Hermitage entkorkt und Rebekka drei Weingläser aus der Küche geholt. Stachelmann saß auf dem Sessel. Die Augen geschlossen, die Fingerspitzen an den Schläfen. Er mühte sich, seine Gedanken zu ordnen. Chaos, nur Chaos. Sie hatten die Sache vermasselt. Ganz und gar. Rebekka hatte von dem Mann im Café berichtet, ein bisschen zu aufgeräumt, wie er fand. Georgie und er waren dem Benz gefolgt, bis der in einer Hotel-Tiefgarage in Pöseldorf verschwand. Sie hatten noch eine Weile im Empfangssaal gewartet. Georgies Versuch, den Namen des Gasts herauszufinden, war gescheitert. Ein Fünfzig-Euro-Schein auf dem Tresen hatte nur die Brauen des Rezeptionisten nach oben bewegt. Mehr als ein Räuspern hörte er nicht. So was funktionierte nur im Film.

Sie hatten sich Tee servieren lassen. Die Enttäuschung sickerte allmählich in Stachelmanns Gedanken, bis es ihm klar war. Der Holzweg war nicht holprig. Er führte in die Finsternis.

Georgie saß auf dem Sofa, ein Tablet in der Hand. Beschäftigungstherapie. Hoffen, dass die Scheißlaune sich auflöste. Aber die fand keinen Grund, sich zu verziehen.

Stachelmann öffnete die Augen. Sie waren im Haus seiner Eltern. Allein das hätte schon genügt, ihn düster zu stimmen. Ihm kam es immer wieder vor wie eine Rückkehr. Hörte den Vater reden. Hier in diesem Raum hatten sie sich zerstritten, weil der Vater in der SA gewesen war und der Sohn dessen Gründe nicht anerkannte. Als wäre er selbst ein Widerstandskämpfer gewesen. Manchmal plagte ihn der Gedanke, dass es feige war, anderen die Makel ihrer Biografie vorzuhalten, wenn man selbst keine Möglichkeit gehabt hatte, sich der Verstrickung zu entziehen. Ihm ging ein Bundespräsident auf die Nerven, der sich im Freiheitspathos ergoss, seit es risikolos war, und der in der Öffentlichkeit beklatscht wurde von Leuten, denen schon ein Karriereknick zu teuer für ein bisschen Zivilcourage schien. Er deutete auf die Deckenleuchte, die Stehlampe in der Ecke neben der Tür, dann zur Küche und nach oben. Fuhr sich mit der flachen Hand über die Kehle.

Rebekka blickte ihn irritiert an, dann nickte sie. Georgie überlegte einen Augenblick, dann nickte er auch. Rebekka holte die Aluleiter und eine Flachzange aus der Vorratskammer, stellte die Leiter unter die Deckenleuchte und klemmte die erste Wanze ab. Keiner sagte ein Wort. Aber es war das Eingeständnis der Niederlage. Sie zerquetschte die Wanzen mit der Zange. Dann nahmen sie sich die anderen Zimmer vor. Als sie fertig waren, legte sie die Beute auf den Tisch. Ein kleiner Haufen Silizium, Kupfer, Kunststoff. Tote Käfer.

Rebekka füllte die Gläser. Dann stießen sie an. »Das war's«, sagte Rebekka. Georgie prostete den anderen nur beiläufig zu. Er war mit seinem Tablet beschäftigt. Irgendwas verlangte seine Aufmerksamkeit. Er tippte auf dem Bildschirm.

»Was ist?«, fragte Stachelmann.

Georgie hob die Hand, ohne seinen Blick vom Bildschirm zu lösen. Er tippte ein paarmal. Seine Stirn begann zu glänzen. Er wurde blass. Einmal pustete er laut. Dann sagte er endlich was.

»Scheiße! Verfluchte Scheiße!«

»Was ist?«, fragte Rebekka.

Und Stachelmann dachte, schlimmer kann es nicht kommen. Was soll's?

Es kam schlimmer.

140

Das war sein Ort. Er blickte hinunter zum Hafen. Er fühlte sich wohlig müde, entspannt, restlos zufrieden. Er hatte von Anfang an alles im Griff gehabt. Längst hatte Robert gewusst, dass Stachelmann und Freunde die Wanzen gefunden hatten. Mit ein wenig Intelligenz las einer das aus dem Verhalten vor und nach der Entdeckung ab. Robert hatte anerkannt, dass es geschickt war, die Wanzen nicht gleich zu entfernen. Sie waren die einzige Verbindung zu ihm gewesen. Er freute sich immer, wenn er Widersacher fand, die nicht völlig verblödet waren. Auch der Trick mit dem Treffen auf dem Parkplatz war nicht so schlecht. Aber natürlich nicht gut genug. Er hatte immer gewusst, dass noch etwas nachkam von der großen Aktion. Dass die Bullen scheitern würden, wusste er von vornherein. Zumal offensichtlich ein Dummkopf die Ermittlungen leitete. Robert hatte sich geärgert, als Anderts Leiche gefunden worden war. Die beiden anderen Figuren waren nicht so wichtig. Andert war die Schlüsselfigur gewesen. Er hatte ihn unter Kontrolle gehabt, bis der durchknallte.

»Alles verjährt, jetzt bist du dran. Wir wollen unseren Anteil. Wir haben dich reich gemacht.« Er erinnerte sich noch der Fresse, die Andert gezogen hatte. Die anderen waren kleine Lichter gewesen. Andert war gefährlich. Die anderen beiden hörten auf ihn. Er war der Boss. Und er wusste zu viel. Er hätte Robert hochgehen lassen können. »Kronzeugenregelung«, hatte Andert gesagt und dabei gelacht. Und so sein Todesurteil unterschrieben.

141

Georgie starrte wie gelähmt auf sein Tablet.

Offenbar eine private Sache, dachte Stachelmann. Die große Scheiße kommt gern in Gesellschaft. »Ich hatte so einen … Fall im Kopf«, sagte Stachelmann, nachdem Rebekka noch eine Flasche aufgemacht hatte. Wein seines Vaters. Der erstaunlicherweise nicht zu Essig vergoren war. Sollte das was heißen?

»Was für einen Fall?« Rebekka saß auf dem Teppich und lehnte sich an seine Knie. Das schmerzte, aber die Berührung tat ihm gut.

Georgie tippte immer noch wie wild auf seinem Tablet. Ihm war nicht zu entlocken, was ihn so aufregte. »Ich glaub's nicht«, sagte er. Aber Stachelmann hörte nicht mehr zu. Georgie war so oft woanders im Hirn.

»Eine KgU-Aktion. Reifentöter vor einer Militärkolonne. Die Reifen platzen, die Lastwagen vorn schleudern, die dahinter rutschen hinein. Ein paar Autos, die hinter ihnen fahren, knallen auf die Lastwagen. Es gibt tote Zivilisten. Leute, die überhaupt nichts mit dem Militär zu tun haben. Heute nennt man so was Kollateralschaden.«

»Und Verwandte, die Kinder oder so, nehmen Rache an den KgU-Leuten, die das angerichtet haben«, sagte Rebekka.

»Ja, das wär ein klarer Fall gewesen. Tatsächlich habe ich so was gefunden, aber Andert taucht da nicht auf. Auch nicht die beiden anderen. Vielleicht hat Ewald …«

»Hör auf!« Sie hob die Hände. »Das fehlt mir jetzt noch.«

»Ist gut.« Er streichelte ihr über den Kopf.

»Wir haben's versaut«, sagte Stachelmann. »Wir gehen ab morgen einfach wieder unserem Job nach.«

»Einfach? Die werden tuscheln, mich auslachen. Und Ewald, na …«

»Das hört auch wieder auf. Außerdem hat der bisher genauso wenig zustande gebracht. Es steht eins zu eins …«

»Zwischen Versagern.«

»Was machst du da?«, fragte Stachelmann dann doch.

Georgie hob den Kopf. Er war aschfahl. »Das ist eine Riesenscheiße. Ich weiß, warum Köhler nicht auf dem Parkplatz aufgetaucht ist. Er ist ermordet worden. Steht in allen Berliner Zeitungen. *Blöd* hat's auf der Titelseite. Ich konnte es nicht glauben. Aber da gibt's auch schon einen Polizeibericht …«

»O Gott!« Rebekka begriff es als Erste.

»Der hilft da auch nicht. Wir haben Köhler seinen Mörder auf den Hals gehetzt. Mit unserem tollen Trick. Wir haben nicht dem Mörder eine Falle gestellt, sondern Köhler.« Georgie tippte wieder. »Köhlers Büro wurde durchsucht. Alles auf den Kopf gestellt. Spuren: Fehlanzeige.«

»Das muss aber …«

»Das ist so, Rebekka. Wir haben Köhler genannt. Hier im Wohnzimmer. Und die Tatsache, dass dessen Büro durchsucht wurde …«, sagte Stachelmann.

»Wir haben Köhler auf dem Gewissen«, sagte Georgie.

»Der Mörder hat ihn auf dem Gewissen«, erwiderte Stachelmann. Das war zwar die Wahrheit, aber es half ihm nicht.

»Ohne unseren Superplan würde Köhler noch leben«, sagte Georgie.

Sie schwiegen lang. Georgie öffnete die dritte Weinflasche und goss ein.

Was heißt das?, dachte Stachelmann. Was bedeutet es, wenn man jemanden einem Mörder ausliefert, ohne es zu wollen? Sie hatten gar nicht begriffen, worum es ging. Sie hatten sich in einer Theorie verrannt und alles übersehen, was daneben lag.

142

Dieser Köhler hatte gar nichts gewusst. Das wäre auch merkwürdig gewesen. Robert hatte ihn so gut bezahlt, dass das Wort *Bestechung* besser passte als *Honorar*. Köhler hatte funktioniert, und das war es gewesen. Diese Amateurschnüffler hatten ihm eine Falle stellen wollen. Es war ein Leichtes gewesen, herauszufinden, dass Köhler keineswegs nach Hamburg gefahren war, sondern in seinem Berliner Büro saß. Robert fand, dass er Stachelmann und Konsorten doch überschätzt hatte. Die Falle war ein lächerlicher Versuch gewesen. Und jetzt war der Spaß vorbei. Sollten sie doch suchen, bis sie schwarz wurden. Sie würden nie drauf kommen. Nie.

143

In der Nacht hatte er kaum geschlafen, die Selbstvorwürfe erdrückten ihn fast. Rebekka hatte unruhig gelegen, im Schlaf gemurmelt. Warum hatten sie nicht daran gedacht, dass es einem Mörder wenig ausmachte, wieder zu morden? Zumal wenn es um seinen Kragen ging. Stachelmann stellte sich vor, wie der Typ feixend in einem gemütlichen Sessel saß und sich zuprostete. Und auch ihm. *Vielen Dank, Herr Stachelmann. Das war's.*

Am Frühstückstisch machte auch Georgie keine gute Figur. Er hatte gerötete Augen und sagte kein Wort.

»Wir müssen den Scheißkerl kriegen«, erklärte Stachelmann.

»Du wiederholst dich«, brummte Georgie. »Ich hab vom Detektivspiel die Schnauze voll. Ein für allemal.« Er quälte sich hoch, humpelte aus der Küche und knallte die Tür zu.

»Er hat recht«, flüsterte Rebekka. »Wir sind Dilettanten. Richten nur Unheil an.«

»Glaubst du, Ewald kriegt das Arschloch?«

Sie antwortete erst mal nicht. Dann: »Natürlich nicht.«

»Also kommt er davon?«

Sie schüttelte den Kopf. »Das wär schlimm.«

»Wer soll ihn kriegen außer uns?«

Wieder schwieg sie lange, bevor sie etwas erwiderte. »Aber wie sollen wir das anstellen?«

»Wir fangen von vorn an.«

»Was heißt das?«

Die Tür wurde aufgestoßen. Georgie humpelte herein. »Wir können den Dreckskerl nicht laufen lassen.«

»Setz dich.« Stachelmann deutete auf den Stuhl.

»Wir müssen auf Reset drücken«, erklärte Georgie, während er sich setzte.

»Machen wir gerade«, sagte Rebekka. Sie drückte mit dem Daumen auf einen imaginären Knopf auf der Tischplatte.

»Ohne mich?«

»Red keinen Quatsch!« Stachelmann hatte keine Lust auf diese Launespielchen.

»Also, von vorn anfangen. Was heißt das?« Rebekka trommelte auf der Tischplatte.

»Alle Hypothesen weg«, sagte Georgie. »Adam und Eva …«

»Okay.« Rebekka kratzte sich an der Nase. »Anderts Leiche wird gefunden.«

»Sie liegt seit zwei Jahrzehnten unter der Erde«, sagte Georgie. »Andert wurde gefoltert. Mindestens zwei Täter.«

»Daran gibt's keine Zweifel«, sagte Stachelmann. »Genauso unzweifelhaft ist, dass Andert bei der KgU war.«

»Und Aktionen in der DDR angezettelt hat«, ergänzte Georgie. »Dabei sind Leute zu Schaden gekommen.«

»Wir legen uns schon wieder fest«, warf Stachelmann ein. »Andert hat Straftaten in der DDR begangen. Leute wurden geschädigt, vielleicht starben welche wegen ihm. Ich denke da an diese Reifentötergeschichte. Also, dass Leute starben, obwohl es nicht beabsichtigt war. Das ist plausibel, aber ist es wahr? Das hatten wir, und das hat uns nirgendwohin geführt.«

»Langsam, langsam«, sagte Rebekka. Und schwieg.

»Was wären andere Motive für den Mord?«, fragte Georgie.

»Das geht mir zu schnell.« Rebekka schüttelte den Kopf. »Wir sollten bei den Tatsachen bleiben. Spekuliert haben wir genug.«

»Gut, was gibt's noch?«, nölte Georgie.

»Andert hatte eine Spedition«, sagte Stachelmann. »Aber darüber haben wir schon nachgedacht.«

»Aber wir wissen kaum, wer Meister und Kaleske waren. Vielleicht ergibt das ein anderes Bild.«

Rebekka zückte ihr Handy und loggte sich ins Polizeinetzwerk ein. Nach einer Weile sagte sie: »Die haben in Anderts Spedition gearbeitet. Bis neunzig.«

»Scheiße!« Es traf Stachelmann wie ein Schlag ins Gesicht.

144

Robert hätte gern Tagebuch geführt. Aufgeschrieben, was ihm widerfahren war und besonders, was er getan hatte. Er zählte nicht zu den Getriebenen. Er hatte sein Leben bald in die eigene Hand genommen. Nach dem Schlag. Anderts Schlag. Er hatte es anders gemacht, als alle erwartet hätten. Es hatte geklappt. Selbst diese Schweine waren auf ihre Kosten gekommen. Bis sich alles geändert hatte. Bis diese Rindviecher glaubten, dass sie das Volk seien. Sich auf die Straße locken ließen von den Verheißungen einer Wohlstandsgesellschaft, die es für die meisten von ihnen nicht geben würde. Die Sicherheit und Berechenbarkeit für eine Traumblase geopfert hatten. Es ist die Bestimmung der Blase, zu platzen. Es ist die Bestimmung der Idioten, in jede Falle zu tappen, die ihnen einer aufstellte. Willkommen in der Freiheit von Hartz IV. Keine Stasi mehr, dafür die Lebenskontrolle durch die Arbeitsagentur. Man tat den Lemmingen unrecht, wenn man sie mit dieser hirnlosen Masse verglich. Die sich von ein paar dummen Sprüchen in eine Freiheit locken ließen, die für sie nicht galt. Die meisten Menschen waren Dumpfbacken, eine Herde, die sich von Glotze und *Bild* beliebig in Erregungszustände versetzen oder sedieren ließ. Robert beklagte dies nicht. *Wenn alle so klug wären wie ich, hätte ich nichts davon*. Die Wahrheit war: Die Klugen leben von der Dummheit der Mehrheit. Das war schon immer so. Wenn sich zur Intelligenz Selbstbewusstsein gesellt, steht dem Erfolg nur noch das Pech im Weg.

Aber jemand wie Robert hatte kein Pech. Oder nur ein einziges Mal. Bei diesem Unfall, der seinen Eltern das Leben kostete und Magda zum Krüppel machte. Verursacht von Reifentötern. Mörder waren es gewesen, die sich als Freiheitskämpfer ausgaben. Jede Schädigung galt ihnen als Widerstand. Nein, die Ermordung seiner Eltern war kein Widerstand. Nach dem Untergang der DDR hatte Robert mit der Suche begonnen. Und die Schuldigen bald gefunden. Andert, der den Auftrag gab, und seine Handlanger Meister und Kaleske.

Das müsste er in sein Tagebuch schreiben. Aber nur in seinem Kopf. Keine Beweise hinterlassen. Ihm würde es nicht ergehen wie Louis Mazzini d'Ascoyne, dem zehnten Herzog von Chalfont, in Roberts Lieblingsfilm *Adel verpflichtet*. Der in seinen Memoiren alle seine Morde genüsslich beschrieb, um das Manuskript nach seiner unverhofften Freilassung wegen vermeintlicher Unschuld in der Zelle zu vergessen. Natürlich drängte es Robert genauso, seine Überlegenheit zu zeigen. Aber diesen Impuls unterdrückte er. Es wäre dumm gewesen. Er brauchte keine Bewunderung, sondern Erfolg. Und den hatte er gehabt, und den genoss er bis zum Lebensende. Das er nach Kräften hinauszögerte. Er war fit, lebte gesund, ließ keine Vorsorgeuntersuchung aus. Das gehörte zu seinem Überlebenskampf, der im Heim begonnen hatte. Nachdem er von seinen Adoptiveltern weggelaufen war, steckten sie ihn in dieses Heim. Benannt nach dem Sowjetpädagogen Makarenko. Dort herrschten Strenge und Gewalt. Rangkämpfe. Prügelstrafe. Die Verachtung der Erzieher. Sie hatten ihn schuldlos zu den Ausgestoßenen gesteckt. Aber er verzweifelte nicht. Er lernte die Gesetze des Dschungels. Bis er sie besser beherrschte als jeder andere. Was er überstanden hatte, schärfte Augen und Verstand. Er fand heraus, dass die Gesetze des Dschungels überall herrschten, wo Menschen zusammenkamen. Die Gesetze wurden oft verborgen hinter Etikette, Verhaltensregeln, Höflichkeitsfloskeln. Robert erkannte trotzdem, wie sie im Hintergrund herrschten. Indirekt oft, aber am Ende immer wirksam. Das war sein Vorteil. Nichts und niemand konnten ihn täuschen.

Er hatte Andert bald gefunden. Hier fragen, da fragen, Leute, von denen heute die meisten schon tot waren. Leute, die sich nach dem Ende der KgU mit ihren Heldentaten brüsteten. Die immer noch den großen Krieg herbeisehnten, um es dem Russen so richtig zu geben. Die Robert die Spur zeigten, an deren Ende Andert stand. Er erinnerte sich gut, wie Andert ihn anblickte, als Robert in dieser Spedition auftauchte. Das war kurz nach dem Bau der Mauer. Robert hatte die Signale rechtzeitig gehört und sich in den Westen abgesetzt. Von der Lehre als Schweißer. Er hatte sich entschieden, seine Rache aufzuschieben. Robert hätte ihn anzeigen können wegen Mords, Totschlags, fahrlässiger Tötung, je nach Auslegung. Er hätte ihn gleich umbringen können, was die gerechteste Strafe gewesen wäre. Aber das war nur eine Drohung, um Andert seinen Willen aufzuzwingen. Wichtiger als die Peitsche war das Zuckerbrot. Riesige Gewinne könnten sie erzielen in dieser neuen Lage. Sie müssten nur ein bisschen warten, bis die Politik sich beruhigt hatte.

Andert fand die Idee nicht schlecht, dass er ein reicher Mann werden sollte.

145

»Natürlich erinnere ich mich an Sie.« Frau Andert blickte Rebekka an, dann Stachelmann. Georgie war in Reinbek geblieben. *Mit 'nem Krüppel kommt nicht so gut.*

Frau Andert sah müde aus. Ihr ging alles auf die Nerven. Der Ehemann als Leiche aufgetaucht. Die Presseberichte. Die Belagerung durch die Boulevardblätter. Die Blicke der Nachbarn, in denen sie das Misstrauen erkannte. Sie wollte alles bald hinter sich haben. Wenn die Polizei nun erneut mit den Fragen anfing, dann gab es wieder Artikel, dann standen wieder Fotografen vorm Haus.

Sie saßen im Wohnzimmer wie beim letzten Mal. Auf der Kommode stand inzwischen ein eher schlechtes Porträt von Andert mit Trauerband. Nachdem seine Witwe Kaffee und Gebäck aufgefahren hatte, setzte sie sich leise ächzend auf den Sessel. Sie wies auf Kanne und Schälchen. »Bedienen Sie sich.« Für sich hatte sie keine Tasse hingestellt.

Stachelmann goss Rebekka und sich ein. Er nippte und stellte die Tasse zurück.

»Sie kannten Kaleske und Meister?«, fragte Rebekka.

Andert nickte. »Die haben für meinen Mann gearbeitet ... es ist schrecklich.« Dann, misstrauisch: »Das haben Ihre Kollegen doch schon ...«

»Vielleicht nicht gründlich genug«, sagte Rebekka.

Georgie hatte diesen Einwand schon genannt, als sie über die nächsten Schritte diskutiert hatten. Und Rebekka hatte erklärt: »Wir haben die Leute in der Spedition aber schon verhört. Auch die Witwe.« Rebekka blickte nervös, als folgten ihre Augen einer Fliege, die umherschwirrte.

»Aber ihr hattet keine Idee von einem möglichen Motiv«, sagte Stachelmann. »Und jetzt wissen wir, wonach wir fragen sollten. Ob es das dann ist, steht auf einem anderen Blatt.«

»Bescheuert«, sagte Georgie. »Manchmal muss man sich erst so'n Zeug in die Birne kippen, bevor man auf was kommt. Und da sagen Leute, Alk sei schädlich.«

»Wir müssen die Mitarbeiter und Frau Andert noch mal befragen.«

»Hat das Ewald nicht längst getan? Der wird doch auch gemerkt haben, dass alle Opfer in derselben Spedition gearbeitet haben.«

»Selbst wenn, inzwischen ist er raus aus diesem Fall und jagt Anarchos.«

»Und wenn die, die den Fall übernommen haben, auch schlampen?«, fragte Stachelmann.

Das konnte Rebekka sich aber schlecht vorstellen. Die Mordkommission, welche die Fälle Andert, Kaleske, Meister nun beackerte, arbeitete bestimmt sorgfältig. Sie wurde von dem neuen Hauptkommissar geleitet, der gerade aus Düsseldorf nach Hamburg versetzt worden war und sich mit seinem niederrheinischen Singsang nicht nur beliebt machte. Aber er hatte einen guten Ruf. Nur wusste er nicht, was sie, Stachelmann und Georgie herausgefunden hatten. Das war zwar wenig, aber mehr als nichts.

»Die beiden waren Fahrer?«, fragte Rebekka.

Andert nickte.

»Welche Touren?«

»Weiß ich nicht. Das ist schon ewig her, und ich hab mich nicht …«

»Sind die auch in oder durch die DDR gefahren?«

»Weiß ich nicht.«

»Gibt es noch Kollegen von früher, die mit denen gefahren sind?«

Sie überlegte. »Da fällt mir nur der … wie heißt der noch mal … der müsste Meister und Kaleske gekannt haben.«

»Weiß ich nicht«, sagte Rebekka. »Meine Kollegen haben Sie also nicht nach dem Fahrer gefragt?«

»Nein.«

Das war allerdings ein schwerer Ermittlungsfehler. Rebekka konnte sich als Grund nur vorstellen, dass die Kollegen unterschwellig schon aufgegeben hatten. Hoffnungsloser Fall.

Am Anfang waren es kleine Geschäfte gewesen. Versuchsballons. Die Sache war heikel, da konnte man nicht ausschließen, dass die falschen Leute mitmischten. Man saß schneller im Knast, als man gucken konnte. Wenn man einen Fehler beging.

Robert schenkte sich ein zweites Glas Champagner ein. Er genoss es. Den Blick auf den Hafen. *Rheingold* auf der High-End-Anlage. Die Erinnerung an seine Siege. An seine Klugheit, wie er aus seiner Not den Erfolg gemacht hatte.

Erst die kleinen Geschäfte, dann immer größere. Man hatte sich in Westberlin getroffen, später auch in Hamburg. Robert aber mied den Osten. Seitdem er abgehauen war, setzte er keinen Fuß mehr auf sozialistischen Boden. Schon bei dem Gedanken leuchtete eine innere Ampel so rot, dass es fast in den Augen schmerzte. *Liefere dich nie diesen Leuten aus. Heute bewirten sie dich, morgen sitzt du in Bautzen.* Er handelte mit Gangstern. So sah er das. Vertrauen ist gut, Vorsicht ist besser. Das war zwar nicht Lenin original, aber es passte. Gut war, was für Robert gut war. Schlecht war, was für Robert schlecht war. Er hatte überlebt, weil er ein Gespür entwickelt hatte für Gefahren. Er sah sie, bevor sie keimten. Das erlaubte es ihm, gefährliche Geschäfte zu machen. Er hatte alles überlebt. Und gewonnen. Niemand würde ihm schaden können. Wer es versuchte, war so gut wie tot. Daran hatte er nicht den geringsten Zweifel. Er stand über den Dingen.

Ein bisschen wunderte es ihn, dass er nirgendwo in seinem Selbst ein Molekül des Bedauerns finden konnte wegen Kurt. Robert war mit sich im Reinen, auch in dieser Sache. Kurt war selbst schuld. Genau wie diese anderen Figuren, die ihm seinen Erfolg geneidet hatten. Dafür hatten sie bezahlt. Und dafür, dass sie wussten, wie Robert zu seinem Reichtum gekommen war. Jetzt gab es keine Mitwisser mehr. Und diesem Amateurdetektiv hatte er genug Warnungen geschickt. Eine Bombe, einen Verkehrsunfall, die offene Beschattung, die Wanzen. Eine Weile hatte Robert überlegt, die drei umzubringen. Aber das wäre ein Riesenaufstand geworden. Obwohl die Bullen sich dumm anstellten, in dem Fall hätten sie vielleicht Verbindungen erkannt. Und was als Befreiungstat gedacht gewesen wäre, hätte Robert in höchste Gefahr gebracht. Aber wenn die noch einmal muckten, würde dieser Stachelmann vielleicht doch noch zum Unfallopfer. Der war gefährlich, die anderen – na ja. Stachelmann war immerhin auf eine Spur gestoßen, die nicht ganz in die Irre leitete. Für Robert war das ein Alarmzeichen. Aber die letzte Abbiegung würde niemand erraten. Er drehte sich mit seinem Sessel und betrachtete seine Ikone an der Wand.

147

An der Wand über dem Sofa ein Kreuz, darunter eine Tuschezeichnung der Muttergottes. In einer Glasvitrine in der Ecke Heiligenfiguren. Stachelmann erkannte eine Krippendarstellung, vermutlich aus Ton. Eine andere Figur musste der heilige Christophorus sein. Über dem Fernseher hing eine Ikone des Schutzgottes der Reisenden. Was sollte bei einem frommen Fernfahrer auch sonst hängen?

»Ich kann Ihnen nicht mehr sagen als beim letzten Mal.« So hatte Wenkowski Rebekka begrüßt. Stachelmann warf er einen neugierigen Blick zu, dann ließ er sie in seine Wohnung in dem Betonmonster in Steilshoop. Das Grau dieser Bausünde der Neuen-Heimat-Epoche zog obszöne Graffiti so unwiderstehlich an wie Unterleibsenthüllungen einen *Bild*-Redakteur.

Stachelmann irritierten die Geräusche im Wohnzimmer. Irgendwo dröhnte ein Fernseher. Ein Baby schrie. Woanders stritten sich zwei Frauen. Jemand stampfte auf den Boden. Geräuschdschungel. Wenkowski streichelte sein Wampe und wartete auf Fragen.

»Kannten Sie auch Kaleske und Meister?«

»Klar. Schrecklich …«

»Wie lange haben Sie mit ihnen zusammengearbeitet?«

Wenkowski kratzte sich auf dem Kopf. »Vielleicht zwei Jahre. Müsste aber in den Papieren stehen, die Sie in Anderts Büro mitgenommen haben.«

Rebekka nickte, als hätte sie die Dokumente gerade erst gelesen.

»Hatten die was … Besonderes mit Andert?«

Wenkowski schnaufte und wölbte seine Hängebacken. Noch mal Schnaufen. »Wie meinen Sie das?«

»Andert wurde ermordet, Kaleske und Meister auch. Wir vermuten, dass sie Opfer desselben Täters wurden.«

»Ja, das vermute ich auch. Wär sonst ein arger Zufall.«

»Genau«, sagte Rebekka fast mütterlich. Die Belohnung lag im Klang ihrer Stimme. »Und wenn derselbe Täter sie umgebracht hat, dann könnte es doch sein, dass die drei Opfer etwas gemeinsam hatten und dass darin das Motiv liegt.«

Wenkowski hob das Kinn und blickte Kranz an.

»Andert, Kaleske und Meister haben etwas unternommen, das einen Vierten so gestört hat, dass er sie umbrachte«, sagte Stachelmann.

»Ach so. Ja, so wird es gewesen sein.«

»Und haben Sie eine Idee, wer sich gestört gefühlt haben könnte?«, fragte Rebekka nach einem Blick zu Stachelmann.

Wenkowski schüttelte den Kopf. »Nee.«

»Denken Sie bitte noch mal nach. Es kann etwas sein, das Ihnen völlig unwichtig erscheint.«

Wenkowski schüttelte den Kopf in Zeitlupe. »Ich hatte damals … Probleme. Also, ich bin schon lange trocken. Und Gott …«

»Das ist gut«, sagte Stachelmann. »Haben Sie beobachtet, dass die drei öfter zusammensaßen? Vielleicht tuschelten?«

Wieder Kopfschütteln im Schnarchgang.

Stachelmann spürte, wie etwas in ihm aufstieg, eine Mischung aus Ärger und Ratlosigkeit. Es konnte doch nicht sein, dass die drei Opfer nichts miteinander gemein hatten. Aber vielleicht waren sie tatsächlich einem perversen Serienmörder in die Hände gefallen. Der es auf Fernfahrer abgesehen hatte. Aber so einen Quatsch gab es nur in Amikrimis. Nein, es musste eine erklärbare Verbindung zwischen Andert, Kaleske und Meister geben. Es musste einfach. *Es muss gar nichts müssen*, widersprach eine innere Stimme. *Du verrennst dich mal wieder. Dieser Fall übersteigt deine Intelligenz. Du weißt gar nichts. Du stocherst im Moor, obwohl die Wahrheit sich auf dem Himalaja verkrochen hat. Es ist alles ganz anders.* Doch Rebekka schien nicht vom Zweifel angenagt zu sein. Aber wahrscheinlich kannte er sie nur zu schlecht, sah es ihr nur nicht an. *Es ist doch alles Scheiße. Du müsstest längst am nicht existenten Manuskript deiner Vorlesung sitzen. Gerade Prof geworden, und schon beginnt die große Schlamperei. Gibt es keinen Berg der Schande, sondern ein Gebirge. Himalaja eben.*

»Was für Touren sind Kaleske und Meister gefahren?«

»Alle. Wir sind immer alle Touren gefahren. Nur Andert ist nicht in den Ostblock. Ich auch nicht.«

Ist Wenkowski unser Täter? Verbirgt sich hinter der tumben Fassade ein raffinierter Killer? Stachelmann musterte den Mann. Er saß da in einem verschlissenen Blaumann und Adiletten, unrasiert, schmalzige Haare, fett. Wurde er fromm, weil er hoffte, dass Gott ihm die Morde verzieh? Gott, der allen Sündern vergab. Wenkowski hatte mit Andert, Kaleske und Meister zu tun.

Es konnte einige Gründe geben, sich mit den anderen zu zerstreiten. Hatten sie ihn gequält? Andert war ein Scheißkerl gewesen. Das war sicher.

»Wie hat Andert Sie behandelt?«

Ein trüber Blick aus wässrigen Augen. »Genauso schlecht wie alle anderen. Er war kein guter Chef. Fuhr gleich aus der Haut. Ihm gefiel es, Macht zu haben. Und wenn es nur Macht über uns war.«

Sprach so ein tumber Frömmler?

»Wir waren bei den Touren«, sagte Rebekka mit einem unwirschen Blick zu Stachelmann. »Das heißt, Meister und Kaleske sind in den Ostblock gefahren?«

»Klar. Da gab es viele Touren.«

»Können Sie die genauer beschreiben?«

Er blickte sie verständnislos an.

»Welche Ladung? Welche Ziele?«

Er nickte. »Ladung: alles Mögliche. Nach Ostdeutschland, Polen. Manches ging auch in die Tschechei.«

»Wo haben sie die Ladung geladen?«

»Beim Lieferanten, wo sonst?«

»Welche Lieferanten?«

Er schnaufte wie ein Pferd nach dem Galopp. »Das weiß ich nicht mehr.«

Stachelmann mühte sich, ihn nicht anzustarren. Mehr aus dem Augenwinkel beobachtete er Wenkowskis Reaktionen. Nein, der war zu solch einer Tat nicht fähig. Dreifachmord, Folter. Und allein hätte er es auch nicht machen können. Da erinnerte er sich an Rebekkas Bericht. Wenkowski hatte einen Freund. Außerdem, man sah einem Menschen nicht an, ob er ein Mörder war.

»Ab wann arbeitete Herr Bade bei Andert?«

Wenkowski fixierte ihn. »Weiß ich nicht mehr.«

»Aber Sie, Bade, Kaleske und Meister waren Kollegen?«

»Was sonst?«

Wieder ein unwirscher Blick von Rebekka.

»Wie fanden Sie Andert, Kaleske und Meister?«

»Über Andert hab ich genug gesagt. Kaleske war mehr für sich. Hat sich zurückgezogen. Nicht viel geredet. Hatte eine teure Freundin. Jedenfalls hat er ihr dauernd was geschenkt. Teures Zeug. Klamotten, Parfüm, Ringe.«

»Woher wissen Sie das, wenn er so verschlossen war?«

»Der ist mal beim Zoll aufgeflogen. Von einer Tour nach Prag. Da haben ihn die Zonengrenzer erwischt. Haben alles einkassiert. Und dann haben die das hierhergeschickt. So nach vierzehn Tagen. Das hat hier jeder mitbekommen. Dass die Grenzer überhaupt mal was zurückgegeben haben. Komische Geschichte.«

Irgendwas tickte in Stachelmanns Hirn. Was war das? »Sie meinen, der DDR-Zoll hat etwas beschlagnahmt und es dann per Post an die Spedition geschickt?«

»Ja.«

»Es waren Wertgegenstände, Parfüm, Schmuck und so weiter?«

»Ja. Die hatte Kaleske in Prag gekauft und versucht, in der Ladung zu schmuggeln.«

»Er hat die Ladung in Prag aufgenommen, hat dort auch die Schmuggelware gekauft. Dann kam er an die Grenze zwischen der DDR und der BRD, und dort hat der DDR-Zoll die Ware beschlagnahmt.«

»Ja.« Ein verwunderter Blick. Auch Rebekka schien wenig erfreut über den Verlauf.

»Warum wurde es beschlagnahmt?«

Wenkowski kratzte sich wieder am Kopf. »Ich weiß nicht … doch, jetzt fällt es mir ein. Er hatte keine Quittungen für den Schmuck. Und dass er ihn versteckt und nicht angegeben hatte, machte die misstrauisch. Und er hatte auch das Geld für den

Kauf der Waren bei der Einreise nicht angegeben. Ja, jetzt fällt's mir wieder ein.«

»Trotzdem hat der DDR-Zoll die Geschenke wieder herausgerückt?«

»War wohl ein Irrtum gewesen.«

»Können Sie sich erinnern, wie die Sendung des DDR-Zolls im Büro eintraf?«

Schnaufen. »Also, wir waren beim Kaffeetrinken. Kaleske und ich, Andert saß am Schreibtisch und schimpfte über was. Als die Post kam, öffnete Andert das Paket. Er hat gestaunt, dass der DDR-Zoll was schickte. Er war ziemlich neugierig. Dann packte er die Geschenke aus, und Kaleske sagte gleich, dass der Kram ihm gehört.«

»Und Andert?«

»Hat's ihm gegeben.«

»Hat er was gesagt?«

Schnaufen. »Ja, so was wie: Lass dich nicht noch mal erwischen. Ich hab keine Lust, diese Leute um was bitten zu müssen. Andert war ziemlich sauer. Aber der war schnell grantig, oft wegen Kleinigkeiten.«

Stachelmann versuchte sich einen Reim auf die Geschichte zu machen. »Also, der Zoll beschlagnahmt was, Andert wendet sich an irgendjemanden, und der DDR-Zoll rückt die beschlagnahmte Ware wieder raus?«

Wenkowski nickte ungeduldig, als wollte er zeigen: Das hab ich doch gesagt.

Es tickte lauter.

148

Georgies Augen waren geschlossen. Aber er schlief nicht, sondern hörte Musik. Erstaunlich, dass das Haus nicht zusammenbrach bei dem Krach, dass die Wände keine Risse bekamen. Heavy Metal. Stachelmann schaltete die Stereoanlage aus.

»Kulturbanause!«, brummte Georgie.

»Ich hoffe, du hast genug Knete, um die Bußgelder wegen Ruhestörung zu bezahlen.«

»Ich kann nix dafür, dass wir in so 'ner Spießergegend hausen. Bevor du jetzt weiter meckerst: Habt ihr was rausgekriegt?«

Rebekka blickte Stachelmann an.

Der hatte auf der Rückfahrt bestenfalls einsilbig geantwortet.

»Wie fandst du Wenkowski?«

»Weiß nicht.«

»Wir sind aber kein Stück weitergekommen.«

»Wahrscheinlich.«

»Und du hast das Gespräch einfach übernommen. Das fand ich nicht so gut.«

»Ja?«

»Es war keine Richtung drin. Gehüpft von einer Banalität zur anderen.«

»Weiß ich noch nicht.«

»Ist dir was über die Leber gelaufen?«

»Die Wahrheit, vielleicht.«

»Würdest du sie mir verraten, die Wahrheit?«

»Wenn sie sich mir offenbart.«

»Oh, es wird religiös.«

Dann hatte er nichts mehr gesagt. Hatte auf dem Beifahrersitz gesessen, während er in Gedanken woanders war.

Das Ticken hörte nicht mehr auf. Wie einer dieser alten Wecker, die so laut sind, dass man nicht schlafen kann.

»Da tickt was«, sagte er nach einer Weile, um bis zur Ankunft vor dem Haus weiter zu schweigen.

»Herr Professor ist eine tickende Bombe«, sagte Rebekka jetzt.

Professor hat sie mich noch nie genannt.

»Dass der nicht richtig tickt, ist nun auch nichts Neues«, erklärte Georgie.

Das Handy klingelte. *Anne* stand auf dem Display. *Die hat mir gerade noch gefehlt*. Er drückte das Gespräch weg. Wahrscheinlich rief gleich seine Mutter an, um ihn einzuladen. Ihre Art und Weise, sich darüber zu beklagen, dass er sie vernachlässigte.

Er wartete darauf, dass das Handy erneut klingelte, die Mutter, als hätten sie sich verschworen, ihn an seine Versäumnisse zu erinnern. Fehlte Renate Breuer oder, noch schlimmer, der Halbgott. Aber das Handy schwieg.

»Was tickt denn nun?«, quengelte Georgie. Stachelmann winkte ab. Er ging ins Schlafzimmer und übersah die verwunderten Blicke, die ihm folgten.

Er legte sich aufs Bett und ließ es ticken.

149

»Was bist du denn für einer?« Sie sah fantastisch aus. Große blaugraue Augen, brünett, mit Strähnchen. Sie war drei Minuten zu spät gewesen, also gerade richtig. Er hatte lange die Bilder betrachtet und gefürchtet, dass dieses eine, das ihn so anzog, gelogen hatte. Aber es war die Wahrheit. Sie sah toll aus. Groß, schlank. Wie gewünscht, war sie elegant gekleidet. Rock, Bluse. Doch ahnte er ihre Figur. Und spürte, wie sein Körper sich auf die Nacht vorbereitete. Wenn sie ihm gehören würde. »Nenn mich Sandra«, hatte sie gesagt.

Ihre Stimme machte ihn unruhig. Auf die angenehmste Weise.

»Ich bin meistens gern allein«, sagte er. »Manchmal aber nicht.«

»Dann ist heute manchmal.«

Er lächelte. »Was studierst du?«

»Mathematik und Physik.«

»Schlimmer ging's nicht?«

»Doch, Theologie, aber davor hab ich gekniffen.« Sie lachte. Schien gar nicht nervös zu sein. Tat so, als kennten sie sich schon ewig. »Hier war ich noch nie.«

Das versetzte ihm einen Stich. Was ihn ärgerte. Mochte sie doch mit wem auch immer gewesen sein, wo sie wollte.

»Mein Lieblingsjapaner.«

Sie schauten hinaus auf die Elbe. Es war nur ein paar Minuten von Wohnung und Büro entfernt.

»Dann wohnst du also in Hamburg.«

Er nickte, während er sie musterte. Sie war perfekt. Natürlich spielte sie darauf an, dass ihre Kunden meist reisende Geschäftsleute waren.

»Ich mag den Hafen.«

Es plätscherte. Das Gespräch war ja auch nur die obligatorische Vorbereitung. Unwichtig.

»Du schaust hinaus« – sie blickte hinaus – »und siehst die Schiffe. Frachter, Containerschiffe, Tanker, Passagierschiffe, Jachten. Das Faszinierende für mich ist, dass ich alles sehe und nichts weiß. Nicht, woher sie kommen. Wohin sie fahren. Was sie geladen haben. Wer sie steuert, wer auf und unter Deck schuftet. Manchmal setze ich mich an die Elbe und denke mir Geschichten aus, die zu einem Schiff passen könnten. Kennst du so was?«

Er nickte. Saß er doch oft in seinem Büro und verfolgte das Treiben im Hafen. Irgendetwas an ihrer Bemerkung beunruhigte ihn. Es war wie ein inneres Ticken. Der Hafen, die Schiffe.

»Man sieht alles und weiß nichts«, wiederholte sie nachdenklich. Als wollte sie ihn darauf stoßen.

Man sieht alles und weiß nichts.

150

Es tickte noch, als Stachelmann aufwachte. Der Platz neben ihm war leer.

Er ging in die Küche. Georgie und Rebekka saßen am Tisch und lasen Zeitung. Es sah friedlich aus. Kaffeegeruch. Toasts, frisch geröstet. Der Baum vor dem Küchenfenster brach die Sonnenstrahlen. Staub schwebte im Licht.

»Na, heute Nacht war Griechisch-Römisch angesagt«, sagte Rebekka. »Du hast gewonnen.«

Stachelmann verstand es erst nicht, dann brummte er etwas und goss sich einen Kaffee ein.

»Na, der Ringkampf war aber anstrengend«, sagte Georgie, die Zeitung vorm Gesicht. Der Hamburg-Teil.

Immerhin war für ihn gedeckt.

Er fingerte eine lauwarme Scheibe aus dem Toaster und setzte sich an den Tisch.

»Wir haben beschlossen, die Sucherei zu lassen und ab sofort glücklich zusammenzuleben. Bis zum Ende unserer Tage«, verkündete Georgie. Und: »Die wollen die Hochbahnpreise erhöhen, die Schweine.«

»Seit wann fährst du U-Bahn?«, fragte Rebekka.

»Das ist eine Grundsatzfrage.«

Sie grinste.

»Zumal Holmes gestern ein Verhör in den Sand gesetzt hat. Kaum gehst du ohne mich auf Tour …«

»Halt die Klappe.«

Georgie linste über den Zeitungsrand. Dann verschwand er wieder hinter der Deckung. »Dicke Luft.« Er blätterte umständlich um. »Was war das schön ...«

Stachelmann schmierte sich Orangenmarmelade auf den Toast.

Es tickte.

»Das wäre so oder so nichts geworden«, sagte Rebekka. »Wenkowski hat Geschichten erzählt. Von Schmuck und so. Schmuggel.«

»Wie aufregend«, ätzte Georgie.

»Es geht um Schmuggel«, sagte Stachelmann.

»Ja, bei Wenkowski.« Rebekka blickte ihn an, als machte sie sich Sorgen um seinen Gesundheitszustand. »Du glaubst doch nicht, dass Andert, Meister und Kaleske wegen Prager Brillis umgebracht wurden. Die wurden wegen einer KgU-Geschichte ermordet, und wir haben diese Geschichte nicht aufdecken können. Immerhin waren wir auf der richtigen Spur. Im Gegensatz zu anderen Leuten.«

»Wir haben zu früh aufgehört. Es geht um Schmuggel.«

»Du wiederholst dich«, sagte Georgie. »Ich bitte um einen kreativen Beitrag zum Morgengespräch.«

»Es geht nicht um Brillis. Es geht um die größte Schmuggeloperation der Geschichte.« In der Nacht war es ihm ins Hirn gesickert. Spedition, Kalter Krieg, das Eldorado für erfinderische Verbrecher.

151

Am späten Morgen blieb ihm die Erinnerung. Er roch Sandra noch. Sie war großartig gewesen. Aber jetzt war der Reiz verflogen. Sie war nach einem Glas Veuve gegangen. Schien es plötzlich eilig zu haben. Egal.

Er drückte den Knopf. Das Kopfteil hob sich wie von Geisterhand. Mit einem anderen Knopf öffnete er die Vorhänge. Draußen hingen schwarzgraue Wolken. Es war diesig, die Lichter des Hafens weich gezeichnet vom feinen Dampf des Nebels.

Etwas tickte.

Aber nein, wie sollten sie jemals darauf kommen? Außerdem, sie hatten aufgegeben.

Doch Robert hatte es gelernt, auf Warnsignale zu achten, auch in seinem Innern. Sie ernst zu nehmen. Nicht abzutun. Er hatte einen guten Weg gefunden zwischen Hysterie und Vorsicht. Die waren ihm dichter auf den Pelz gerückt als irgendwer sonst. Wenn er es jemandem zutraute, ihm doch auf die Spur zu kommen, dann diesem Professor. Der kannte die geschichtlichen Hintergründe, ohne die Roberts Siege nicht erklärbar waren. Weshalb sie für die Bullen Geheimnisse blieben, deren Existenz sie nicht einmal ahnten. Aber nicht für diesen Professor. Wenn er ihn ausschaltete, dann hätte er Ruhe. Erst dann.

Aber er musste ihn beseitigen, ohne neue Ermittlungen auszulösen.

Er liebte es, Pläne zu schmieden. Raffinierte Pläne. Für die er sich bewundern konnte. Ja, er brauchte den Kitzel. Das kam dazu.

152

»Da hast du dir ja neue Freunde gemacht.« Anne hatte ihm gemailt. »Dein Vortrag war offenbar ein voller Erfolg. Jetzt giltst du endgültig als DDR-Verharmloser.« Sie hatte einen Artikel aus einem Fachmagazin angehängt, in dem Doorf in die Vollen langte. »Die Diktatur nicht begriffen« war noch der harmloseste Vorwurf. Früher, im richtigen Kalten Krieg, hatte es noch »fünfte Kolonne Moskaus« geheißen.

»Wenigstens *Kryptokommunist* hätte er mich nennen können«, murmelte Stachelmann.

»Was ist los?«, fragte Georgie.

»Ach, nur ein Revanchefoul wegen meines Vortrags. Die kalten Krieger sind auch nicht mehr das, was sie mal waren. Enttäuschend.«

Rebekka lachte.

Sie waren von der Küche ins Wohnzimmer umgezogen. Stachelmann war es unter Androhung körperlicher Gewalt gelungen, Georgie von der Stereoanlage fernzuhalten. Auf der stand ein Gerät von der Größe einer Zigarrenschachtel.

»Was ist das?«

»Das verstehst du nicht. Damit hole ich Musik in diesen großväterlichen Haushalt.«

»Ich muss also nur das Ding mit einer Axt bearbeiten, und dann herrscht Ruhe?«

Georgie hob die Faust.

»Krüppel beeindrucken mich nicht, jedenfalls nicht als Boxer.«

»Nazisprüche!«

»Jetzt hört auf«, sagte Rebekka energisch. »Ich möchte endlich wissen, was bei dir tickt.«

»Habt ihr Anderts Frachtpapiere geprüft?«

»Du meinst Frachtpapiere von vor hundert Jahren?«

»Meine ich.«

»Weiß ich nicht. Bin raus.«

»Kannst du das eruieren?«

»Warum?«

»Ich will dich nicht beeinflussen.«

»Jetzt wird es rätselhaft.«

»Beim letzten Mal haben wir uns verrannt, weil ich eine plausible Spur angeboten habe. Wir haben uns auf die KgU gestürzt wie die Schlange aufs Kaninchen. Haben nicht links geguckt, nicht rechts …«

»Ist ja gut. Du willst uns also mitteilen, dass wir zu blöd sind.«

»Ich will euch mitteilen, dass ihr so blöd seid wie ich.«

»Fast eine Ehre, danke!«

»Log dich ein, jetzt!«

Sie verdrehte die Augen. »Ist ja gut.« Sie tippte sich an die Schläfe. Nach zwei Minuten wusste sie, dass die Frachtpapiere bei Andert lagen. Zwei Kollegen hatten sie in dessen alten Büro gelesen und nichts darin gefunden.

»Prima, dann haben wir ja was zu tun.«

»Lässt es sich zeitlich eingrenzen?«, fragte Rebekka genervt. »Ich hasse solche Spielchen.«

»Das ist keins. Ich will nur sichergehen, dass wir nicht …«

Rebekka blickte ihn genervt an. Ein Handkantenschlag mordete eine Milliarde Luftmoleküle.

153

Es waren nur ein paar Telefonate gewesen. Mit verunsicherten Depotverwaltern und Investmentbankern, die nur so taten, als hätten sie jederzeit alles im Griff. Es würde genügen, die Anlagen leicht umzuschichten, weniger Aktien, mehr Immobilien. In Tanker gehen. Nahrungsmittel waren auch lukrativ. Gut, dass er fast alles aus dem Öl rausgezogen hatte. Die Preise sausten in den Keller. Aber wenn da der Boden erreicht war, würde er mit Macht wieder reingehen. Gold war auch nicht mehr das, was es mal war. Dafür Silber. Nicht nur Wertanlage, sondern auch wichtiger Rohstoff der Industrie. Und Seltene Erden, seit die Chinesen da am Hahn drehten. Das war seine ganze Arbeit. Telefonieren. Beruhigen. Analysieren.

Er fuhr zu seinem Lieblingsitaliener an der Elbchaussee, immer noch beflügelt von der Nacht mit Sandra. Oder wie immer sie hieß.

Schon auf der Fahrt hatte sich ein Plan in seinem Kopf angedeutet. Stachelmann musste weg. Das war das Ziel. Und niemand durfte auf die Idee kommen, dass es Mord war. Bei der Vorspeise reifte das Konzept weiter. Ein schönes Projekt. Anspruchsvoll, geeignet, ihn eine Weile zu befriedigen. Da gab es noch einiges zu feilen. Aber er wusste schon jetzt, dass es klappen würde. Wie immer.

Doch plötzlich überfiel ihn die Angst. Dass er zu spät kommen könnte. Dass Stachelmann sein Geheimnis schon gelüftet hatte. Oder gerade dabei war, es zu tun.

154

Wenn Frau Andert begeistert von ihrem Besuch war, verbarg sie es gekonnt. »Das haben doch Ihre Kollegen schon …«

Ja, hatten sie schon. Aber vielleicht hatten die was übersehen. Sie wolle doch auch, dass der Mörder Ihres Mannes gefunden wurde, oder?

Natürlich wollte sie das, schon damit das Gemunkel in der Nachbarschaft aufhörte. Ja, ja, der Andert war fremdgegangen. Das konnte seiner Frau nicht gefallen haben. Niemand hatte es ihr ins Gesicht gesagt, aber sie traute anderen das zu, was sie sich selbst zutraute. Wenigstens. In der Nacht malte sie sich das Getratsche aus. Sie konnte die Blicke in den Läden lesen. Auch der Postbote war eigentümlich zurückhaltend geworden seit den Berichten über den Tod ihres Mannes. Nicht, dass sie ihrem Mann nachtrauerte. Aber wenn der Mörder gefasst war, würde endlich Ruhe einkehren. Und sie war wieder die bedauernswerte Hinterbliebene.

Welch Glück, dass Frau Andert das Büro ihres Manns nie richtig aufgeräumt hatte. Andere hätten den Plunder längst weggeworfen. Bevor sie sich in Anderts Büro breitmachten, schwatzte Rebekka ihrer Gastgeberin einen dritten Stuhl ab. Und einen feuchten Lappen samt Handtuch. Sie wischten die Aktendeckel ab.

»Offenbar haben deine Kollegen nicht viel Lust gehabt, sich den Scheiß genauer anzusehen«, sagte Georgie. Er hatte sein Bein auf einem Hocker geparkt und ließ sich von Rebekka Aktenordner reichen. »So ein kaputtes Bein bietet einige Vorteile.« Er konnte es sich nicht verkneifen.

»Ich darf mich bestimmt draufsetzen, wenn ich verschnaufen muss.« Sie knallte einen Ordner auf den Tisch, und eine Staubwolke hüllte Georgie ein.

Der zeigte ihr den Mittelfinger und verkniff sich Beschimpfungen. Georgie war ja nicht blöd. Es drohte die massive Vergeltung. Wie im Kalten Krieg. Georgie würde sich revanchieren. Er hatte in solchen Dingen ein Elefantengedächtnis. Und wenn das mit den Elefanten nur ein Gerücht war, hatte er ein Georgie-Gedächtnis. Das war kein Gerücht.

Der Rest des Tages war weniger unterhaltsam. Stachelmann

bot all seinen Charme und noch ein bisschen mehr auf, um Andert Kaffee abzuschwatzen. Sonst: Formulare, Formulare, Formulare.

»Das bringt doch nichts«, sagte Rebekka. Vor ihr lag ein Stapel Ordner. »Lieferant, Route, Adressat. *Warenbegleitpapier*, darauf muss man erst mal kommen. *Frachtführer*, auch schön.«

»Wir brauchen eine Systematik«, sagte Stachelmann.

»Wir sammeln alle Frachtbriefe, die als Ziel den Ostblock nennen«, sagte Georgie.

Stachelmann zögerte.

»Gute Idee«, sagte Rebekka und griff sich einen Ordner, den sie schon durchgesehen hatte.

»Das ist Quatsch«, sagte Stachelmann.

»Wie bitte?« Georgie blickte ihn fragend an. »Vielleicht erzählst du uns mal, was du dir zusammenfantasiert hast.«

»Sagt euch der Begriff *Cocom-Liste* was?«

»Hä?« Georgie schaute Stachelmann an, als wäre der gerade aus dem Koma aufgewacht und spräche nur noch Chinesisch.

Rebekka schüttelte den Kopf.

»Als der Kalte Krieg so richtig losging, verständigten sich die wichtigsten westlichen Staaten darauf, keine Hochtechnologie in den Osten zu liefern …«

»Was heißt *Cocom*? Klingt wie eine Kaugummimarke oder was Kommunistisches.«

»Ich dachte, du hättest mal Geschichte studiert?«

»Das schon, aber der Dozent … echt, wen die heute so einstellen …«

»*Coordinating Committee on Multilateral Export Controls*, du Blödmann.»

»Das klingt ja toll«, sagte Rebekka. »Leute, die so was erfinden, gehören erschlagen.«

»Die haben in einer Liste aufgeführt, was sie nicht in den Ostblock ausführen wollten. Waffen, Atomanlagen, Mikroelektronik und so weiter.«

»Das ist wie mit der Prohibition in den USA. Al Capone und so. Da haben die die Sauferei verboten, also wurde Alkohol geschmuggelt, dass es krachte. Ich habe da zuletzt einen irren Film gesehen …« Georgie hielt eine imaginäre Maschinenpistole in der Hand. »Rattattattatt.« Stachelmann und Rebekka lagen von Kugeln durchsiebt auf dem Boden. »Mit Drogen ist es genauso. Bandenkriege … spannend.«

Stachelmann hatte sich den Begeisterungsausbruch seines Freundes mit wachsender Fassungslosigkeit angehört. »Schön, dass dir das gefällt.«

»Ich fange gerade an, mich für dieses Cocom-Zeugs zu begeistern, und du moserst rum. Warum nicht nach Speditionszielen im wahren und wirklichen Sozialismus suchen?«

»Weil die Schmuggler nicht so dämlich waren, wie du denkst.«

»Aha.«

»Die haben Computer oder Waffenelektronik nicht von Hamburg nach Leipzig befördert, sondern von Hamburg nach Barcelona, von Barcelona nach Agadir, von Agadir nach Oran. Oder wie auch immer. Kleinere Lieferungen gingen auch im Kofferraum oder als eine Art Beipack in Lastwagen über die Grenze. Die finden wir schon gar nicht in den Frachtbriefen.«

»Warum durchsuchen wir den Scheiß dann überhaupt?«, fragte Georgie, schon bereit, sich zu empören.

»Wir sollten nicht nach Waren suchen, sondern nur nach Routen. Technische Unterlagen passen in jede Ritze. Chips lassen sich als was auch immer …«

»Konservendosen«, warf Georgie ein.

»… falsch deklarieren. Wenn wir Glück haben, finden wir eine Route, die Andert oft benutzt hat. Und dann schauen wir uns die Leute an, die den Transport in Auftrag gegeben haben.«

»Langsam kapier ich es. Uns kann es egal sein, welche Ware angegeben wurde. Wir unterstellen …«

»Der Herr Professor nennt so was eine Arbeitshypothese«, maulte Georgie.

»… einfach, dass Andert geschmuggelt hat. Beweisen können wir das sowieso nicht. Aber wenn wir einen Lieferanten finden, dessen Ware krumme Wege nahm, dann fragen wir den Lieferanten einfach mal, wie es ihm so geht …«

»Auch auf dem Zentralfriedhof?«

»Das überlassen wir dann dir«, sagte Stachelmann.

»Ich spendier dir einen Spaten«, ergänzte Rebekka.

155

Sie brauchten zwei Tage. Andert besorgte den Kaffee-und-Schnittchen-Nachschub in der Hoffnung, dass sie die vermeintlichen Polizisten so schnell wie möglich loswurde. Georgie nörgelte, dass es eine Freude war. Staubfahnen im Büro. Hin und wieder riss Rebekka das Fenster auf, obwohl es angefangen hatte zu schütten.

»Aha, der Weltuntergang«, sagte Georgie und las weiter.

Sie fanden fünf Routen, die sich auffällig oft wiederholten. »Schon komisch, die Tunesier scheinen möbelsüchtig zu sein«, sagte Georgie. »Die Finnen lieben Labskaus, dabei wissen die wahrscheinlich nicht mal, was das ist. Auf Malta herrschte dringender Bedarf nach Sanitärtechnik.«

Andere superharmlose Transporte gingen auf dem direkten Weg in den Osten. Nach Warschau oder nach Dresden. »In Dresden saß Robotron«, sagte Stachelmann.

»Aha.« Georgie gähnte.

»Das war das führende Elektronikkombinat der DDR.«

»Kann Zufall sein«, sagte Rebekka. »Wir sollten vorsichtig sein, wir haben uns schon mal verrannt.«

»Was wo war, kann uns eigentlich egal sein«, sagte Stachelmann. »Die Empfänger sind unwichtig, im Zweifelsfall sind die Adressaten sowieso andere. Wir haben nach den Namen der Lieferanten gesucht. Die müssen echt sein. Oder wenigstens echte Strohmänner. Und wir haben fünf gefunden. Denen werden wir jetzt auf die Pelle rücken.«

»Es sind nur drei«, erklärte Georgie, nachdem er mit seinem Smartphone gespielt hatte. »Zwei der Herren haben das Zeitliche gesegnet. Wenn wir Pech haben, ist Anderts Mörder tot. Wenn deine geniale Hypothese nicht auch wieder Murks ist.«

Frau Thalheim hatte die Tür im ersten Stock geöffnet und geglaubt, dass Rebekka und Stachelmann Polizisten wären. Georgie hatten sie in Reinbek gelassen. »Einen Bullen mit Stützverband gibt es nicht.« Der Hausherr saß hinter einem Schreibtisch, der in der Wohnzimmerecke stand. Die Wohnung und vor allem das Zimmer strahlten Wohlstand aus. Und den Mangel an Geschmack. Alles war überladen. Der goldgerahmte Tisch. Die beiden Ölschinken an der Wand. Über der Glotze CD-Regale mit der zweifellos größten privaten Volksmusiksammlung weltweit. Der imposante Kamin in der Ecke gegenüber dem Schreibtisch. Der war ein Barockmonster, bestimmt echt und einst Hort von zwei Millionen Holzwürmern, die sich im Krieg mit dem Tischnutzer befunden hatten, bis ein Gasangriff sie mordete.

Der Hausherr hinter dem Monstertisch schien den Polizeibesuch als willkommene Abwechslung zu begrüßen. Offenbar langweilte er sich. Er strahlte fast, als er sich erhob. Seine Frau schickte er mit einer knappen Handbewegung in die Küche.

»Nehmen Sie doch Platz. Haben Sie schon gegessen?«

»Ja, danke«, wehrte Rebekka ab.

Sie setzten sich aufs Sofa.

»Sie haben damals Exporte an der Cocom-Liste vorbei getätigt«, sagte Stachelmann.

Er hoffte, Thalheim kalt zu erwischen.

Der lachte laut. »Klar. Das war doch der größte Humbug des Jahrhunderts.« Er schüttelte den Kopf. »Wenn das überhaupt strafbar war, ist es doch längst verjährt. Ausfuhr ohne Genehmigung, ach, du lieber Himmel!«

»Es geht um Mord«, sagte Rebekka.

Thalheim war einen Augenblick unschlüssig. Wollten die ihn auf den Arm nehmen? »Wer ist ermordet worden?«

»Haben Sie von der Leiche vom Reinbeker Redder gehört?«

Er nickte bedächtig. »Da gab es noch zwei …«

»Ja. Und darum geht es.«

Jetzt verschwand das Lächeln aus seinem Gesicht. »Aber was hat das mit Cocom …?«

»Da können Sie uns vielleicht helfen.«

Er richtete sich auf. »Alles, was in meiner Macht steht.«

»Was haben Sie in den Osten verkauft?«, fragte Stachelmann. »Und an wen?«

»An wen? An eine polnische Im- und Export-Firma. Also an den Staat. Über die kann ich nur Gutes sagen. Pünktliche Zahlung, keine Reklamationen.«

»Haben die in Devisen bezahlt?«

»Manchmal ja, manchmal nein. Es hat auch Gegengeschäfte gegeben. Einmal haben wir eine Riesenfuhre Weihnachtsgänse …« Er lachte.

Und Stachelmann überlegte, ob Thalheim aus Erleichterung lachte, weil sie ein gefährliches Thema berührt, aber wieder verlassen hatten. Was konnte es sein?

»Was haben Sie …«

»Ach so. Elektronik aller Art. Ab Mitte der Achtzigerjahre vor allem Personalcomputer aus Taiwan.«

»Haben Sie auch Rüstungselektronik geliefert?«

»Man sieht einem Chip nicht an, welchem Zweck er dienen soll.«

»Man kann einen Panzer auch zum Schneeschieben verwenden.« Stachelmann bereute es schon, während es ihm rausrutschte.

Aber Thalheim lachte. »Sie bringen es auf den Punkt.«

»Wie haben Sie Ihre Ware zu den Empfängern gebracht?«

»Wie alle Fracht auch.«

»Aber die Spediteure wussten doch …«

»Ich will Ihnen mal was sagen« – in der Tür erschien Frau Thalheim mit einem Tablett in den Händen, eine Handbewegung ließ sie erstarren –, »diese Cocom-Scheiße haben die Amis erfunden, um den Handel ihrer allerliebsten Verbündeten nach eigenem Gusto bestimmen zu können. Die haben selbst alles Mögliche an die Chinesen verkauft, sogar Rüstungstechnik. Keine Schneepflüge, glauben Sie's mir. Aber unsere Röhrengeschäfte mit den Russen haben sie bekämpft wie die Wilden. Nur damit sie ungestört ihre Geschäft machen konnten …«

Frau Thalheim schlich zum Tisch und servierte Tassen und Teller. Sie goss Kaffee ein und schob einen Teller mit Keksen ein paar Millimeter in Rebekkas Richtung. Dann verschwand sie wie auf Zehenspitzen.

Er schien seine Frau gar nicht wahrgenommen zu haben.

»Sie haben Ihre … Güter mit Andert transportiert. Warum gerade mit ihm? War er besonders billig?«

»Überhaupt nicht. Er war besonders teuer. Wollte was abhaben vom Extragewinn. Dabei trug nicht er das Risiko, sondern seine Fahrer. Ich glaub nicht, dass der denen was abgegeben hat vom Profit.«

»Warum dann Andert?«, fragte Rebekka.

»Weil er der Gerissenste war. Ein Ekel, aber gerissen. Man zahlte mehr, wusste aber, dass es klappt.«

»Warum hat es bei ihm geklappt?«

»Vielleicht hat er die westdeutschen Zöllner gekauft. Ich weiß es nicht. Es war mir auch egal.«

»Kannten Sie Kaleske und Meister?«

Er nickte. »Die Bilder in der Zeitung, da hab ich sie wiedererkannt. Die Namen waren mir damals egal.«

»Sonst wissen Sie nichts über die?«

»Nein. Sie sind ein paarmal auf dem Hof aufgetaucht, haben die Ware abgeholt und sind weggefahren.«

»Sagt Ihnen der Begriff *KgU* etwas?« Stachelmann blickte ihn gespannt an.

»Das waren doch diese harten Hunde, die gegen die Zone gekämpft haben.«

»Wussten Sie, dass Andert bei denen war?«

Thalheim schüttelte den Kopf, dann ging das Schütteln in Nicken über. »Doch. Er hat mal erwähnt, dass er selbst nicht in den Osten fahren könne. Die hätten noch eine Rechnung offen mit ihm. Wundert mich nicht, dass er bei diesem Verein war. Vielleicht hat ihn einer von der Stasi umgebracht.«

»Kann sein«, sagte Stachelmann. »Aber bisher haben wir nichts gefunden, das diese Ermittlungsrichtung stützt.« Fast war er ein bisschen stolz, er konnte sogar Polizeichinesisch.

In Rebekkas Gesicht deutete sich ein Grinsen an. Ihm fiel ein, dass sie schon lange nicht mehr herausgeplatzt war. Aber ihnen allen schliff diese Sache die Nerven blank. Georgies Gehabe erschien Stachelmann in letzter Zeit auch eher gequält.

Auch was sie sonst von Thalheim erfuhren, war nicht erhellend. Er hatte in den Achtzigerjahren alles geschmuggelt, was Geld brachte. Die Prohibition belohnte Al Capone, das Rauschgiftverbot machte Pusher reich, die Cocom-Liste war das Eldorado der Technikschmuggler.

Sie fanden ein Café in der Nähe von Thalheims Wohnung, genauer gesagt eine Filialbäckerei mit ein paar Tischen. Nachdem Stachelmann Kaffee und zwei Kuchenstücke bezahlt und an ihren Tisch gebracht hatte, fragte er: »Was hat es nun gebracht?«

»Wenig bis nichts.«

»Andert war also reicher, als er tat.«

»Vermutlich.«

»Wo ist das Geld?«

Sie zuckte mit den Achseln.

»Vielleicht hat sein Ende was mit dem Geld zu tun?«

»Vielleicht.«

»Du bist ja richtig geschwätzig.«

»Nachdenklich.«

»Was?«

»Verschiebt jemand Hightech in einen Staat, nachdem er ihn zuvor bis aufs Messer bekämpft hat?«

»Wenn er skrupellos genug ist. Ich konnte die Kommunisten nicht besiegen, also treib ich Handel mit ihnen. So hat das auch der Genosse Lenin gesehen. Nur andersherum.«

Sie musste lachen, obwohl ihr nicht danach zumute war.

»Wir folgen der Spur des Geldes«, sagte Stachelmann.

»Aha. Und wo kommt die her, wo führt sie hin?«

»Ein Spediteur in Westdeutschland konnte sich ein goldenes Näschen verdienen. Zumal einer in Hamburg, nur ein paar Kilometer entfernt von der DDR-Grenze und direkt am Hafen. Der perfekte Ort für Schmuggelware.«

»Aber Andert hasste die DDR. Diese komische Liste sollte den Ostblockstaaten schaden. Der Andert hätte die Liste doch toll finden müssen.«

»Das Hemd war ihm näher als der Rock. Steuerfreie Extraprofite, da schmilzt die Gesinnung wie Eis in der Sonne. Für einen, der politisch gescheitert war, eine schöne Entschädigung. Er wär nicht der einzige Kommunistenfresser, der die irgendwann hoffähig fand. Denk nur an Strauß' Milliardenkredit. Der Zone den Teufel an die Backe wünschen, aber dann, wenn der Teufel schon Feuer unterm Topf macht, schnell ein paar Eimer Löschwasser liefern.«

»Auch wieder wahr.«

Sie aßen den Kuchen. Stachelmann fand ihn pappig und zu süß.

»Stell dir vor, wir liegen tatsächlich richtig. Was passiert eigentlich, wenn der Täter mitkriegt, dass wir ihm auf den Fersen sind?«

»Thalheim ist es nicht. Wir haben also …«

»Woher weißt du, dass er es nicht ist?«

Stachelmann hatte plötzlich ein Scheißgefühl im Unterleib. Es fühlte sich an wie eine Magen-Darm-Grippe kurz vor dem Ausbruch. Aber er hatte sich kein Virus eingehandelt. Es war die Angst.

156

»Felix ist verschwunden!« Sie brüllte. Er fuhr zusammen und hielt das Handy weit weg. Es war immer noch laut.

»Vielleicht ist er …«

»Er ist weg!« Nach einer Pause, etwas leiser: »Ich habe überall gefragt. Was glaubst denn du?«

Felix war nicht von der Schule heimgekommen. Sie suchte ihn seit vierzehn Uhr. Jetzt war es fast zwanzig Uhr. So lange war er nie weg gewesen. Anne hatte alle Schulfreunde angerufen. Die Lehrer alarmiert. War die Strecke abgelaufen. Hatte in Läden gefragt. Passanten angesprochen. Niemand hatte ihn gesehen. Er war ein Stück mit Schulkameraden gelaufen, wie immer. Jedenfalls wie immer vor dem Bombenanschlag. Sie hatte ihn zum ersten Mal seitdem nicht abgeholt. Es war ja nie etwas passiert. Und die Polizei, die sie vorher gefragt hatte, erklärte, die Bombe habe dem Richter Amtmann gegolten. Mit dem hatte Anne nun wirklich nichts zu tun.

Woher sollte Stachelmann wissen, wo Felix war?

Er schaltete den Lautsprecher ein.

»Ich habe keine Ahnung, wo er stecken könnte«, sagte er.

»Das liegt bestimmt an deinem … Detektivwahn. Einen anderen Grund sehe ich nicht. Das ist nicht das erste Mal, dass du Felix in Lebensgefahr bringst.« Das sagte sie halbwegs ruhig, aber in einem Tonfall, der ihn heftiger traf als jedes Geschrei. *Du bist schuld*. Das sagte sie. Wieder schuld.

»Ich weiß nicht, wie du darauf kommst. Wir haben gerade einen Spediteur im Ruhestand befragt. Der entführt keine Kinder. Der entführt niemanden.«

Rebekka war es peinlich, zuzuhören. Georgie spielte mit seinem Smartphone.

»Such ihn! Such Felix! Wenn du schon den Holmes geben musst.« Klick, weg war sie.

»Wir haben die Wanzen beseitigt«, sagte Georgie.

»Soll ich den Typen mit dem Detektor noch mal kommen lassen?«, fragte Rebekka. Sie klang nicht so, als hielte sie es für Erfolg versprechend.

»Thalheim entführt keine Kinder«, sagte Stachelmann.

»Der nicht«, bestätigte Rebekka. »Warum soll Felix' Verschwinden was mit unserem Kram zu tun haben?«

Natürlich, es gab tausend Gründe, warum Kinder verschwanden. Die meisten waren harmlos. Aber wenn es doch an ihrer Suche lag?

»Und wenn doch?«, fragte Stachelmann.

Georgie zuckte die Achseln. Rebekka starrte auf ihre Knie.

»Könnte es sein, dass wir immer noch observiert werden?«, fragte Stachelmann. »Sollte Felix' Verschwinden etwas mit unserer Suche zu tun haben, ist es offensichtlich.«

»Muss nicht sein. Wenn Thalheim ...«

Stachelmann unterbrach Rebekka mit einem Blick und zückte das Handy.

»Guten Tag, Herr Thalheim. Ich habe eine wichtige Frage. Ihr Hintergrund ist die Entführung eines Kindes. Das ist ein schweres Verbrechen ...«

»Warum sagen Sie das? Glauben Sie, ich entführe Leute?«

»Nein, das glaube ich nicht. Wenn Sie aber jemandem von unserem Besuch ...«

»Wem soll ich denn davon erzählen? Glauben Sie, ich quatsche rum: Also hört mal, da waren zuletzt die Bullen da. Ich soll geschmuggelt haben.«

»Sie haben es also niemandem erzählt?«

»Nein.«

»Wenn doch, kämen Sie jetzt noch aus der Sache raus. Sie müssten mir erzählen, wem Sie ...«

»Hören Sie nicht zu? Ich hab gesagt, dass ich's niemandem erzählt hab. Das wollten Sie wissen, das ist meine Antwort. Haben Sie's kapiert?« Er legte auf.

Stachelmann schüttelte den Kopf. »Nein, der nicht.«

»Wenn ich Entführer wär ...«

Stachelmann brachte auch Georgie zum Schweigen. Es war zum Kotzen. Natürlich konnte einem Thalheim die Hucke volllügen. Aber Stachelmann bildete sich ein, Thalheim verstanden zu haben. Der Sesselpupser war kein Entführer.

Sie schwiegen lange. Georgie saß ruhig, fast starr auf dem Sessel. Die Augen geschlossen.

»Was ist?«, fragte Rebekka.

Georgie winkte ab.

»Dann nicht.«

Sie saßen eine kleine Ewigkeit in Stachelmanns Wohnzimmer, bis Georgie den Zeigefinger hob.

157

Robert verstand den Widerspruch schon. Er war selbst ein Kind gewesen. Diese Zeit seines Lebens erschien ihm wie schwarz gerahmt. Als die beiden Männer mit den Hüten kamen, im Schlepptau eine hässliche alte Frau, die ihnen erklärte, die Eltern seien bei einem Verbrechen getötet worden. Und Magda schwer verletzt. Die Bonner Ultras hätten sie auf dem Gewissen, der Klassenfeind, imperialistische Geheimdienste und deren Arm, die Kampfgruppe gegen Unmenschlichkeit. Damals verstand er kaum ein Wort. In Kindergarten und Schule war von Faschisten die Rede gewesen. Sie drohten dem friedliebenden Staat der Arbeiter und Bauern mit Krieg. Dagegen müssten sich die Werktätigen verteidigen. Zu Hause hatte niemand solche Wörter benutzt. Der Vater war Prokurist in einem volkseigenen Berliner Betrieb gewesen, der Elektroartikel herstellte. Die Mutter saß dort an der Pforte. Sie hatten sich auf der Arbeit kennengelernt. Die Mutter heiratete zum zweiten Mal, der erste Mann war in Russland geblieben. Robert entsann sich des vergilbenden Schwarz-Weiß-Bilds mit Trauerrandschleife. Offenbar hatte der Vater nichts dagegen einzuwenden. Der Reifentöterunfall zerstörte Roberts und Kurts Kindheit. Im Gegensatz zu Kurt aber war Robert aus dem Elend herausgekrochen. Disziplin, Ehrgeiz und Intelligenz. Alles, was Kurt gefehlt hatte. Weshalb er eine nutzlose Existenz gewesen war, angewiesen auf Roberts Großmut.

Der Widerspruch war, dass Robert Kind gewesen war und doch Kinder hasste. Sie hatten etwas Unkontrolliertes, Unberechenbares. Sie waren laut und egoistisch. Nie würde er die Verzückung der Mütter verstehen, die er in ihren Gesichtern las, wenn der Kleine gerade die Nachbarschaft terrorisierte. Da musste es ein Hormon geben, dass den Verstand beim ersten Schrei ausschaltete.

Deshalb hatte er dem Balg gleich die Ätherwatte auf Nase und Mund gedrückt, als er es zum Auto gelockt hatte. Den leblosen Körper hatte er an einem sicheren Ort verstaut. Angekettet an einem Pfeiler.

158

Der Finger krümmte sich mehrfach, während Georgie sich in die Senkrechte quälte. Dann wanderte der Finger vor die Lippe.

Die beiden anderen blickten ihn verständnislos an.

Georgie bedeutete ihnen, sitzen zu bleiben. Er humpelte aus dem Wohnzimmer und kehrte mit Stachelmanns Rucksack zurück. Er legte ihn auf den Tisch, öffnete und leerte ihn aus. Neben Stachelmanns Notizbuch, Kugelschreibern, einem Packen Kopien und einer Zeitschrift landete ein Unmenge Krümel und Staub auf dem Tisch.

Bevor Rebekka etwas sagen konnte, hatte Georgie wieder den Finger auf die Lippen gelegt. Er öffnete auch die vordere, kleinere Tasche. Heraus fielen ein Taschenmesser, Kondome und gefühlt zwei Millionen Pillen, einige lose, die anderen in Plastikdöschen oder Blistern.

Georgie steckte eine Hand erst in die große Tasche, dann in die kleine. Als er sie herauszog, hatte er eine Art Knopf mit Schwanz in der Hand. Silbrig glänzend, unten aufgeraut, oben glatt. Er legte den Knopf auf den Tisch.

Sie beglotzen ihn wie das achte Weltwunder.

Auf einen Schlag war alles klar.

Rebekka schnappte sich Notizbuch und Kuli.

Das ist eine Wanze. Die hat dir der Rempeltyp in den Rucksack gezaubert.

Stachelmann nickte.

Dieser Scheißkerl hatte sie freudestrahlend die Wanzen im Haus abmontieren lassen. Trotzdem wusste er die ganze Zeit, was sie trieben. Auch und gerade unterwegs. Der Rempler war so primitiv gewesen. Und dabei so raffiniert. Er hatte nicht ins Schema gepasst. Jetzt schon. Verfluchte Scheiße. Dieses Schwein war ihnen immer einen Schritt voraus gewesen.

Georgie war blass.

Stachelmann überlegte, was sie alles verraten hatten. Alles. Anne hatte recht. Felix war entführt worden, weil sie weitergemacht hatten. Sie hatten geglaubt, nicht mehr abgehört zu werden. Er nahm das Notizbuch und schrieb:

Du musst Taut anrufen! Sofort!

Rebekka eilte hinaus. Sie lief hinters Haus, sodass Georgie und Stachelmann sie durchs Wohnzimmerfenster beobachten konnten. Hektisch ging sie hin und her, während sie sprach.

Auf dem Tisch lag die Wanze. Stachelmann schien sie auszusehen wie eine Bombe. Und das war sie auch.

159

Taut kam mit Blaulicht. Setzte sich in den Sessel im Wohnzimmer, beugte sich etwas vor, um zu zeigen: Ich höre. Seid genau.

Rebekka fasste zusammen. Taut verzog keine Miene, als sie von ihrer Suche berichtete. Georgies Unfall veranlasste ihn lediglich, einen Blick auf dessen Bein zu werfen. Als sie den Rempler am Alex erwähnte, nickte er leicht. Bei der KgU-Geschichte legte er die Stirn in Falten. Als sie von der Cocom-Liste sprach, schien seine Aufmerksamkeit noch zu wachsen. »Die Bombe richtete sich gegen Herrn Stachelmann, und Felix' Entführung zeigt uns, dass wir endgültig auf der richtigen Spur sind.«

»Von einer Entführung weiß ich nur durch Sie. Vielleicht hat er sich nur verlaufen?«

Stachelmann rief Anne an. »Warum hast du dic Polizei …?«

»Hast du etwa die Polizei informiert?« Ohne eine Antwort abzuwarten, weil sie begriff, dass der Anruf nicht anders zu verstehen war: »Bist du wahnsinnig? Ohne mich zu fragen! Du bist unser Unglück! Wenn Felix … dann bist du schuld …« Sie schluchzte und schrie etwas Unverständliches.

»Haben die Entführer Kontakt mit dir aufgenommen?«

Sie legte auf.

Stachelmann fühlte sich unendlich müde. Zerschlagen. Am Boden.

»Was sagt sie?«, fragte Rebekka. Sie nahm seine Hand.

»Offenbar das Übliche: keine Polizei«, sagte Georgie.

»Was haben Sie mit der Wanze gemacht?«, fragte Taut.

»Die liegt in meinem Zimmer«, sagte Georgie.

Georgies Zimmer? Stachelmann schüttelte sich innerlich.

»Wenn wir sie zerstören, merken die Täter, dass wir sie gefunden haben«, sagte Rebekka.

»Ja, ja.« Taut lehnte sich zurück. Er hatte verstanden. Dass

Ewald auf dem Holzweg war. Dass sie einen ausgekochten Drecksack suchten. Der sich anders verhielt, als sich Verbrecher gemeinhin verhielten. Der nicht berechenbar war. Der skrupellos war. Dem man auch zutrauen musste, dass er ein Kind tötete.

»Wenn er den Jungen umbringt, verliert er sein Pfand«, sagte Taut. »Vorausgesetzt, wir vermuten richtig.«

Wir? Taut hatte sie alleingelassen, während sein Adlatus einer Phantomspur folgte. Seinen Vorurteilen.

»Er weiß auch nicht, dass die Polizei informiert ist«, sagte Georgie.

»Ich traue dem Kerl alles zu«, sagte Stachelmann. Hatte er sich jemals kaputter gefühlt?

»Ich auch.« Rebekka drückte seine Hand. »Aber er besitzt keine übermenschlichen Fähigkeiten. Wir haben die letzte Wanze. Und er glaubt, er hat alles unter Kontrolle.«

»Das hatten wir doch schon mal.«

»Ja. Aber dieses Mal haben wir einen Vorteil.«

»Schön, dass du das so siehst.« *Um Himmels willen, wenn Felix etwas geschieht.*

»Was ist das Ziel des Entführers? Was will er?«, fragte Georgie. »Lösegeld ja wohl kaum.«

»Er will, dass wir ihn in Ruhe lassen«, sagte Rebekka. »Was unmöglich ist, sobald die Polizei ins Spiel kommt. Aber davon weiß er nichts.«

»Wenn er nicht das Blaulicht gesehen hat.« Stachelmann verkroch sich in seiner Sofaecke.

»Nun übertreib mal nicht«, sagte Georgie. Er klang nicht sehr überzeugend.

»Wir kennen uns mit so was aus«, sagte Taut. »Natürlich werden wir nichts nach draußen dringen lassen. Wir halten uns bedeckt.«

»Sie werden doch bestimmt eine Fangschaltung bei Anne …

Frau Derling aufbauen wollen«, sagte Stachelmann. »Tun Sie's nicht. Der Typ hat ihr bestimmt auch eine Wanze verpasst.«

Taut nickte bedächtig. »Wir haben es wirklich mit einem ganz besonderen Täter zu tun. Viel intelligenter als die sonstige Kundschaft. Gut, wir halten erst mal still. Im Gegenzug informieren Sie mich über alles, was geschieht. Und das sofort. Einverstanden?«

Stachelmann nickte.

Während er sich leise ächzend hochstemmte, sagte Taut vor sich hin: »Wenn ich da mal keinen Fehler gemacht habe.«

160

Robert blickte sich um. Genug zu essen. Genug zu trinken. Ein Eimer und Klopapier für die Notdurft. Der Junge lag auf der Feldliege an der Wand. Die Kette war am Fuß und an einem Betonpfeiler befestigt. Niemand konnte ihn finden im Keller einer alten Fabrikhalle in Harburg. Hier war vor Jahren ein Reifengroßhandel pleitegegangen. Seitdem stand das Gebäude leer, weil der Eigentümer gestorben war und die Erben sich nicht einigen konnten. Abreißen und ein Neubau oder Vermietung. Robert hatte gleich bemerkt, dass es nicht um eine Investitionsentscheidung ging, sondern darum, einen neuen Schauplatz für einen Familienkrieg zu finden. Robert hatte sich aus der Sache blitzschnell verabschiedet. Er hätte vorschlagen können, was er wollte. Irgendjemand hätte es abgelehnt. Erben waren oft ungenießbar. Ohne eigenes Verdienst zu Reichtum gekommen, um sich über das Geschenk bis aufs Blut zu streiten. Lieber ein Gebäude verrotten lassen, als einem halbwegs brauchbaren Verwendungsvorschlag zuzustimmen. Robert hatte sich damals den

Schlüssel zum Gelände kopiert, wie er es immer tat. Ein hoher Zaun mit Stacheldrahtkranz, ein massives Tor, ein gutes Schloss. Auch die Halle selbst war gesichert wie ein Munitionslager. Die Tür zur Kellertreppe war so fest verriegelt wie der Kellerraum, in den er den Jungen gesperrt hatte. Wenn der aufwachte, konnte er schreien, so viel er wollte. Niemand würde ihn hören. Die Vorräte würden vielleicht für eine Woche reichen, wenn er sie sich einteilte. Was dann geschah, hing nicht von Robert ab.

161

»Ein Entführer, der nichts fordert«, sagte Rebekka. »Was Schlimmeres kann es kaum geben. Er wird sich nicht melden. Die Entführung ist die Botschaft.«

Georgie nickte. »Das ist nur logisch, dass er nichts fordert. Wir wissen, was er will.«

Auf dem Tisch lag Stachelmanns Rucksack. Georgie hatte die Wanze wieder in die Aufsatztasche gesteckt.

»Er will, dass wir aufhören, ihn zu suchen. Dann tun wir das eben«, sagte Stachelmann. Jedes Wort fiel ihm schwer. Als hätte eine Lähmung ihn befallen. »Andert und Kameraden können wir ohnehin nicht mehr zum Leben erwecken.« Und dachte: Dieses Schwein, ich könnte es umbringen. Mit meinen arthritischen Händen.

»Und er meint, wenn Felix wieder frei ist, werden wir uns trotzdem raushalten, weil er beim nächsten Mal …«

Stachelmann winkte ab. Sie mussten nicht auch noch alle Scheußlichkeiten deklinieren. Jeder wusste auch so, dass dem Kerl alles zuzutrauen war.

Wenn er Felix umbringt, fehlt ihm das Pfand.

»Ich hau mich ein paar Stunden aufs Ohr«, sagte Stachelmann. Nahm den Rucksack und ging ins Elternschlafzimmer. Er zog dessen Tür laut zu. Packte den Rucksack auf den Stuhl in der Ecke. Legte sich stöhnend aufs Bett. Dann erhob er sich Zentimeter für Zentimeter und schlich aus dem Zimmer. Es gelang ihm, die Tür geräuschlos zu schließen. Auf Zehenspitzen ging er die Treppe hinunter.

Auf dem Wohnzimmertisch lagen Anderts Lieferscheine und Frachtbriefe.

War es falsch, was sie taten?

Georgie blätterte und sortierte. Am Ende lagen drei Stapel auf dem Tisch. Einen legte er auf den Boden. »Das sind die Amateurschmuggler. Ich habe beschlossen, dass Amateure hier nicht infrage kommen.«

Stachelmann betrachtete die beiden verbliebenen Stapel. Sie waren fast gleich hoch.

»Links einhundertzwölf, rechts dreiundneunzig.« Georgie faltete die Hände und stützte sein Kinn darauf.

»Gibt's die Firmen noch?«

»Das hab ich schon nachgesehen. Die Schneider Im- und Export GmbH & Co. KG saß in Barmbek.« Er deutete auf den linken Stapel. »1992 hat die dichtgemacht. Da war's vorbei mit der Schmuggelei.«

»Und die andere heißt Hondrich & Söhne Speditionen, im Plural wohlgemerkt. Die haben am Hafen ihren Sitz, eine Filiale in Harburg und eine in Hannover. Scheinen immer noch gut unterwegs zu sein.« Georgie tippte auf seinem Smartphone. »Der alte Hondrich ist vor sechs Jahren gestorben. Hat zwei Söhne hinterlassen. Der eine ist siebenunddreißig, der andere einundvierzig.«

»Es ist Schneider«, sagte Stachelmann.

»Aha!« Rebekka warf ihm einen Blick zu.

»1992 ist so ungefähr die Mordzeit. Er hat die Mitwisser umgebracht und den Laden dichtgemacht, der Herr Schneider.«

»Ist nicht logisch. Warum soll er Mitwisser umbringen, die sich genauso strafbar gemacht haben wie der Boss?«

Georgie hatte recht. Und doch war Stachelmann sicher, dass Schneider ihr Mann war. »Der alte Hondrich konnte es nicht gewesen sein. Er hätte zwar Andert, Kaleske und Meister umbringen können. Aber warum sollten die Söhne Verbrechen des Vaters auf diese brutale Weise decken? Die wären doch verrückt, sich schuldig zu machen. Die waren damals viel zu jung. Nein, es muss Schneider sein, wenn unsere Rechnung stimmt. Wenn Spedition, dann Schneider. Es sei denn, der ist auch tot.«

»Davon steht hier nichts«, sagte Georgie.

»Kannst du das prüfen?«, fragte Stachelmann an Rebekka gewandt.

Sie nickte. Nach zwei Telefonaten: »Den gibt's noch. Ist jetzt Finanzdienstleister, was immer das heißt.«

»Er macht Kohle mit anderer Leute Kohle ohne eigenes Risiko«, sagte Georgie.

»Dafür wird man nicht eingesperrt«, erwiderte Rebekka.

»Wenn alles gut ist, wofür man nicht eingesperrt wird, dann gute Nacht!«

Sie tippte sich an die Schläfe.

Stachelmann staunte, wie schnell sie die Bedienungsanleitung für Georgie begriffen hatte.

Schneider also. Mathematisch gewiss war es nicht. Aber Stachelmann spürte, dass sie an dem Schwein dran waren. Er überlegte, ob er in den KgU-Akten auf einen Schneider gestoßen war. Aber selbst wenn, der Name war häufig. Es würde nichts bedeuten.

»Und nun?«, fragte Rebekka.

»Wenn wir die Bullen losschicken, werden die den nicht verhaften, sondern befragen. Und er wird denen was vom Pferd erzählen und danach genug Zeit haben, um Felix umzubringen und abzutauchen. So ein Typ, so ausgebufft, wie der ist, der hat sich einen Fluchtweg für den Notfall längst ausgetüftelt. Das heißt, deine lieben Kollegen bleiben im Stall. Und wenn wir was machen, muss es gleich der entscheidende Schlag sein.«

»Ein Finanzdienstleister verkauft Anlageprodukte.« Georgie tippte wieder auf dem Smartphone. »Da haben wir ihn doch schon. *Schneider. Wohlstand leicht gemacht*. Kennt ihr jemanden, der nicht reich werden will?«

»Wenn wir überzeugt sind, dass Schneider unser Mann ist, dann dürfen wir ihn nur einmal treffen. Dann aber richtig. Im wahrsten Sinn des Worts«, sagte Stachelmann.

»Ob der auch Hausbesuche macht?«, fragte Rebekka.

Georgie hob den Zeigefinger. Ein seltenes Zeichen des Lobs.

162

»Ich hoffe, Sie haben sich bald erholt«, sagte er so freundlich, dass Stachelmann Verdacht schöpfte, der Halbgott wolle ihn auf den Arm nehmen. Er hatte Renate Breuer mitgeteilt, dass er einen Rheumaschub habe und die meiste Zeit im Bett liegen müsse. Was ja immerhin zum Teil stimmte, schließlich verschlief er etwa acht Stunden des Tags. Wobei, Schlaf? Aber immerhin lag er in der Zeit im Bett. Sie saßen sich am Schreibtisch in Stachelmanns Büro im Philosophenturm gegenüber.

In Reinbek hatten sie zuvor Theater gespielt. Rebekka hatte ihm eine neue Tasche geschenkt. Das inszenierten sie jedenfalls. Eine moderne Umhängetasche, wie sie jetzt jeder trug. Dann war Rebekka auf dem Klo verschwunden und Stachelmann hatte Georgie gesagt, er würde viel lieber seinen Rucksack weiter benutzen. Umhängetaschen seien der Tod für sein Kreuz. Einseitige Belastung sei das Schlimmste, was einem Rheumatiker passieren könne. Aber sie wäre beleidigt, würde er die Tasche nicht benutzen. Georgie hatte erwidert, in ein paar Tagen würde er schon einen Vorwand finden, den Rucksack wieder zu nehmen. Stachelmann hatte sich in Wahrheit Georgies Rucksack ausgeliehen. Rebekkas Tasche gab es nur im Drehbuch ihres kleinen Stücks.

»Wollen Sie Geld anlegen?«, fragte Stachelmann.

»Sie meinen wegen der üppigen Bezahlung hier?« Der Halbgott lachte.

Stachelmann tat so, als fände er die Bemerkung komisch.

»Ich möchte mit Ihnen eine kleine Verschwörung anzetteln.«

»Aha?«

»Regel Nummer eins bei Verschwörung ist …«

»… dass niemand außerhalb dieses Raums etwas erfährt.«

Stachelmann nickte gönnerhaft. »Einverstanden?«

Der Halbgott nickte mindestens ebenso gönnerhaft.

»Niemand!« Er blickte Modersohn streng an.

Der hob die Hand zum Schwur.

»Auch nicht Frau Derling.«

Modersohn zuckte die Achseln.

»Ich bitte Sie, einen bestimmten Finanzberater zu sich nach Hause einzuladen.«

»Gut, und dann?«

Warum fragte er nicht, was das sollte?

»Gar nichts. Sie vereinbaren einen Termin mit dem. Zu diesem Zeitpunkt lassen Sie mich in Ihr Haus und in Ihre Wohnung. Beziehungsweise einen Freund. Das ist alles.«

Modersohn legte den Kopf schief. Er blinzelte, dann: »Sie verraten mir nicht, um was es geht?«

»Es ist besser, Sie wissen es nicht.«

»Warum soll ich mitmachen?«

»Vielleicht weil Anne Ihnen danach unendlich dankbar sein wird?«

Der Halbgott zögerte. »Und wenn es schiefgeht?«

»Was?«

»Das, was Sie vorhaben.«

»Das klappt.«

»Sie wissen, was Sie von mir verlangen?«

»Nur, dass Sie zu einer bestimmten Zeit nicht zu Hause sind. Ihr Risiko ist gleich null. Ich sage Ihnen bewusst nicht, um was es geht. So können Sie sich später herausreden.«

»Warum sollte ich das tun?«

»Nicht auszuschließen, dass jemand Sie befragt.«

»Die Polizei?«

Stachelmann hob die Hände und senkte sie wieder auf die Tischplatte.

Es klopfte, und die Tür öffnete sich.

»Aha, Geheimkonferenz«, sagte Anne. Sie sah nicht aus, als wollte sie Witze machen.

»Ich habe gleich Zeit«, sagte Stachelmann.

»Nein, nein. Ich habe eine Verabredung mit ihm.« Sie zeigte auf den Halbgott.

»Kannst du dich fünf Minuten gedulden?«

Ein böser Blick, die Tür schloss sich.

Warum war sie nicht zu Hause? Weil sie dort wahnsinnig würde vor Angst. Hätte er gleich drauf kommen können.

163

Natürlich wohnte der Halbgott in Eppendorf. Alsternähe. Für ganz schick reichte es noch nicht. Aber dieses Miethaus gehobenen Standards war schon der halbe Weg. Grüne Mittelschicht, kurz vor der Eigentumswohnung oder dem Ökohaus in Duvenstedt. Der Hausflur war vollgestellt. Kinderwagen, Fahrräder. Rechts an der Wand die Briefkästen. Links ging es zum Treppenhaus. Der Flur mündete in einem Treppenabsatz nach unten. Eine Stufe, dann rechts ein Mauervorsprung, wo die Kellertür war. Sie warteten hinter dem Vorsprung.

»Und wenn er den Braten riecht?«, flüsterte Georgie.

»Wie sollte er?«

Sie hatten zu Hause wieder Theater gespielt. Diesmal einen Fruststreit. Georgie hatte Stachelmann vorgeworfen, die Sache verbockt zu haben. Er tat dies so überzeugend, dass Stachelmann einen Augenblick beleidigt gewesen war. Umso leichter fiel es ihm, alle Schuld abzustreiten und Georgie als Versager zu beschimpfen. Rebekka hatte murrend die traditionelle Frauenrolle übernommen. Sie versuchte die Streithähne zu versöhnen. Wenn es nicht so bitter gewesen wäre, hätten sie irgendwann zu lachen angefangen.

Im geriffelten Milchglas der Haustür stand ein Schatten. Stachelmann hatte ihn nicht kommen sehen. Georgie wartete in Modersohns Wohnung, um den Türsummer zu drücken. Er hatte gemault, als ihm dieser Job verordnet wurde, sich aber dem Argument gefügt, dass Krüppel in der Schlacht nur den eigenen Truppen im Weg stünden. Bevor er den Summer betätigte, würde er eine SMS schicken.

Stachelmann blickte auf die Handy-Anzeige. Keine SMS. Die Tür öffnete sich mit dem Brummen des Summers. Ein junger

Mann trat ein, musterte sie kurz und stieg dann die Treppe hinauf. Stachelmann drängte Rebekka zurück hinter den Mauervorsprung.

Sein Herz pochte. Die Hände schwitzten. Wenn die SMS hängen blieb? Er hatte das schon erlebt. Georgie würde nicht öffnen, das war abgemacht. Aber wenn Georgie dachte, es wäre Stachelmann? Und ließ den Mörder in die Wohnung? Außerdem wusste man bei Georgie nie, ob er sich an eine Absprache hielt oder gerade einen genialen Grund dafür fand, es nicht zu tun.

Stachelmann hielt sein Handy in den Händen. Wenn es gerade jetzt kaputtging? Der Akku war geladen, aber nicht mehr der neueste. Überhaupt: Der Plan war komplett irre. Sie standen zu Zweieinhalb gegen einen der ausgebufftesten Killer, die Hamburg jemals gesehen hatte.

Sein Handy vibrierte.

164

Robert hatte ein gutes Gefühl. Er hatte das beste Faustpfand, das sich denken ließ. Sogar wenn sie ihn festnehmen würden, käme er raus aus der Sache. Außerdem: Sie hatten keine Beweise. Er hatte es so oft durchdacht. Nicht einmal er würde sich auf die Schliche kommen. Dass Stachelmann die KgU-Spur gefunden hatte, alle Achtung. Da war er viel weiter gekommen als die Bullen. Aber das war's dann. Er lächelte, als er sich erinnerte, wie sie die Wanzen gefunden und entfernt hatten. Ein genialer Schachzug, fand Robert. Von ihm. Die wichtigste Wanze arbeitete weiter einwandfrei. Bis der Akku schlappmachte, war die Sache ausgestanden. Schließlich hatte er nun den letzten Akt eingeläutet. Und alle Trümpfe in der Hand in diesem Doppelkopfmatch. Die Buben, die Herzzehnen und die Kreuzdamen. Er kontrollierte alles. Und nebenbei lief das Geschäft. Der Finanzmarkt war eine einzige Katastrophe. Je schlimmer die Verwerfungen, desto dringender brauchten sie Leute wie ihn. Er machte andere reicher und damit auch sich. Wer das bescheuerte Wort *Win-win-Situation* erfunden hatte, hatte an seinen Job gedacht. Aber er war froh über jeden neuen Kunden. Die Leute hatten Angst bekommen. Finanzkrise, Aktientalfahrt, Kriege, Bürgerkriege, Russland, Ukraine. Viele würden das Geld am liebsten unter die Matratze schieben. Von Strafzinsen war die Rede. Es wurde immer absurder. Sie plünderten die Renten. Alles, weil sie den Banken die Kohle in alle Öffnungen gesteckt hatten. Den Hasardeuren, die Roberts Job so schwer gemacht hatten. Die mit ihrer Habgier das Vertrauen in den Markt erstickt hatten. Die noch Boni kassierten, als sie längst von Staatsknete lebten. Wenn jemand den Kapitalismus zerstörte, dann diese Leute.

Er fand einen Parkplatz am Straßenrand. Nur fünf Minuten zu Fuß. Die Luft war mild. Es war fast windstill. Ein paar Wölkchen am Himmel. Was für ein schöner Tag. Er würde einen guten Abschluss erzielen. Das Paket hatte er in Gedanken schon geschnürt. Beamte waren nicht sehr risikofreudig. Er hatte einen Immobilienfonds im Auge. Keine Geschäftsbauten, bloß nicht. Mietshäuser, Wohnanlagen. Singlewohnungen in deutschen Großstädten. Robert hatte selbst in diesen Fonds investiert. Steuervergünstigt. Mit guten Aussichten. Dazu Staatsanleihen, deren Erträge derzeit fast im Keller waren. Aber dafür waren sie nicht zu teuer, und wenn die Verwerfungen der Krise gebändigt waren, würde ihr Wert steigen. Dazu Aktien in Wachstumsmärkten. Rohstoffe dazu. Nahrungsmittel und Ländereien in Afrika. Er hatte sich auch die Argumente zurechtgelegt. Natürlich würde der Professor ethische Bedenken vortragen. Aber nur, damit Robert sie entkräften konnte. Seine Erfahrung war ohnehin, dass die Moral in dem Maß schwand, wie die Gewinnaussichten wuchsen.

Er war richtig gut gelaunt, als er vor der Haustür stand.

165

Ein Schatten im Milchglas. Rebekka drückte Stachelmann hinter die Wandecke, zog ihre Waffe und lauschte. Stachelmanns Handy vibrierte, dann ging schon der Summer los. Er dröhnte schmerzhaft laut. Stachelmann tippte Rebekka auf die Schulter. »Er ist es.«

Rebekka hielt die Waffe in der Hand und trat in den Flur. »Guten Tag, Herr Schneider.«

Er hatte fast die Treppe erreicht und starrte in den Pistolenlauf.

»Sie sind verhaftet«, sagte Rebekka. »Lehnen Sie sich an die Wand.«

Stachelmann war Rebekka gefolgt und begann den Mann zu durchsuchen. So, wie er es in Filmen gesehen hatte.

Schneider starrte an die Wand und regte sich nicht.

Stachelmann nahm Portemonnaie und Schlüssel an sich.

»Hände auf den Rücken.«

Sie reichte Stachelmann die Handschellen. Keine Mühe, sie dem Mann anzulegen.

»Dann wollen wir mal.«

Schritte auf der Treppe. Georgie erschien. Er humpelte Stufe um Stufe hinunter.

»Wenn Sie die Polizei sind, bin ich …« Schneider vollendete den Satz nicht.

»Raus«, sagte Rebekka. »Wenn Sie eine falsche Bewegung machen, schieße ich. Verstanden?«

Unbewegte Miene.

Sie steckte die Waffe weg und packte ihn am Arm. Sie führte ihn zu Stachelmanns Golf. Stachelmann eilte zum Wagen und öffnete die Türen. Setzte sich hinters Steuer, während Georgie und Rebekka Schneider auf der Rückbank in die Mitte nahmen.

Als Stachelmann den Wagen aus der Parklücke gesteuert hatte, sagte Schneider: »Sie wissen, was das bedeutet?«

»Dass du am Arsch bist«, sagte Georgie. »Halt's Maul.«

Sie schwiegen, bis sie in Reinbek waren. Stachelmann fuhr den Wagen in die Garage und schloss das Tor. Sie führten Schneider in den Keller. Im Wäscheraum der Mutter stand nur die alte Waschmaschine, ein Hocker und an der Wand ein Gettoblaster. An einem Haken in der Wand hing eine Kette, daran ein Schloss. Sie lösten die Handfesseln, legten sie ihm vorn an und befestigten sie am Schloss. Schneider konnte sich einen Meter von der Wand weg bewegen. Er setzte sich auf den Hocker und blickte Rebekka an, dann Stachelmann. »Und nun?«

»Ganz einfach«, sagte Stachelmann. »Sie sagen uns, wo der Junge ist, und Sie dürfen dann in den Knast. Das ist unser Angebot.«

Ein Blick, kurz schien Verwirrung auf. »Sie sind verrückt.«

»Ich will präzise sein«, sagte Stachelmann. »In den Knast kommen Sie so oder so. Wir möchten ein Geständnis der Morde an Andert, Kaleske und Meister. Und Sie verraten, wo Sie Felix gefangen halten.«

»Ich habe nicht die Absicht, irgendeinen Quatsch zu gestehen. Diesen Jungen, wie heißt er, na ja, wie auch immer, kenne ich nicht.«

»Kein Problem«, sagte Stachelmann. »Die Geständnisse sind nur Garnitur. Wir können Ihnen die Morde nachweisen. Wir haben die Lieferscheine. Sie haben die Cocom-Liste ausgetrickst und sich dabei dumm und dusslig verdient.« Stachelmann fühlte sich nicht so sicher, wie er tat. Die Lieferscheine, das war klar. Aber alles andere waren logische Ableitungen. Stachelmann hatte Generationen von Studenten darüber belehrt, dass logische Ableitungen in schöner Regelmäßigkeit unlogischen Mist ergaben. »Andert, Kaleske und Meister wollten Sie erpressen. Wollten einen höheren Anteil. Hatten mitgekriegt, dass Sie sich eine goldene Nase verdient haben, während sie ihren Arsch riskierten. Und dann haben Sie die einfach umgebracht.«

Schneider lächelte. »Interessante Thesen.«

»Was ich vergessen habe«, sagte Stachelmann. »Wenn Sie nicht mitspielen, wird Frau Kranz leider verhindern müssen, dass Sie fliehen. Ein Warnruf, dann ein Schuss ins Knie. Und wenn das nicht hilft, ein Schuss ins zweite Knie.«

Schneider lächelte, aber das Lächeln fror ein.

Stachelmann griff in die Jackettinnentasche. Er legte zwei Blätter vor Schneider auf den Boden. »Das ist die Aussage von Frau Andert. Sie hat mitgehört, als Andert Sie am Telefon erpresst hat. Und sie hat auch mitgehört, wie Sie zu Andert sagten, dass Sie ihn umbringen würden, wenn er sich noch einmal melden würde. Er solle sich das gut überlegen. Schließlich habe er mitgemacht. Aber Andert hat Ihnen erklärt, dass er den Kronzeugen mache. Kaleske und Meister würden bezeugen, dass Sie ihn gezwungen hätten, Waren in den Ostblock zu schmuggeln.«

Schneider warf nicht einmal einen Blick auf die Blätter. »Das stimmt doch hinten und vorne nicht.«

Stachelmann legte einen Block und einen Kugelschreiber auf die Blätter. »Schreiben Sie Ihr Geständnis auf.« Er tippte Schneider aufs Knie. »Oder überlegen Sie schon mal, auf welches Knie Sie lieber verzichten. Neun Millimeter direkt ins Gelenk, das riecht nach Prothese.«

Sie verließen den Raum. Georgie als Letzter, nachdem er den Gettoblaster eingeschaltet hatte. Metallica in Höchstlautstärke. »Warum soll es ihm besser gehen als den armen Schweinen in Guantanamo?«, sagte Georgie, als sie die Treppe hochstiegen. »Jetzt kann er schreien, so viel er will.«

166

»Boah!« Georgie erstarrte und blickte hinaus. »Der stinkt ja vor Geld! Guckt euch das an!« Stachelmann trat ans Fenster. Der Hafen wie in einem Spielzeugland. Ein Luxusliner wurde hineingeschleppt. Er wurde bald verdeckt von einem Containerriesen in Gegenrichtung. Ein braun-schwarz-blau-graues Riesenmosaik. Eine schwimmende Lagerhalle. Richtige Schiffe fuhren Kohle, Zement, Getreide, sie hatten Frachträume. Trugen Passagiere in die Ferne. Stießen Rußwolken aus. Hissten oder refften Segel. Trugen Kanonen in Panzertürmen. Trotzdem: Der Blick war atemberaubend.

Das Büromobiliar war vom Feinsten. Schlichtes Design und gewiss unbezahlbar. Alles war ordentlich und staubfrei. Ein massiger Teppich dämpfte jeden Tritt.

Georgie erholte sich am schnellsten. Er setzte sich an den Schreibtisch und schaltete das Apple-Notebook ein. Natürlich war es passwortgesichert. Georgie stöpselte es ab und packte es in seinen Rucksack. Rebekka hatte inzwischen die Tür in der Seitenwand geöffnet. Nach zwei Minuten kehrte sie zurück und sagte: »Das müsst ihr euch ansehen.«

Stachelmann hatte schon angefangen, die Regale abzusuchen. Sie gingen durch die Seitentür und betraten eine Wohnung, in der sie der Luxus erschlug. Nichts war, wie sie es in einer Wohnung erwartet hatten. Dimmbares indirektes Licht, gepaart mit Punktstrahlern. In der Küche eine andere Lichtfarbe als im Schlafzimmer. An den Wänden Originale. Beckmann, Chagal, Matisse. Das Mobiliar ähnelte im Stil dem im Büro. Nur war es hier bequemer. Viel Leder. Ein Tigerfell vor dem Bett. Die Küche sah aus wie unbenutzt. Die Maschinen fand man nicht im Versandhauskatalog. Blitzende Armaturen, Digitalanzeigen, eine riesige silberne Espressomaschine mit aufgesetztem Manometer. Auch das Küchenfenster zeigte auf den Hafen.

»Was suchen wir eigentlich?«, fragte Georgie.

»Beweise, was sonst?« Rebekka öffnete eine Küchenschublade nach der anderen.

»Warum, der gesteht doch spätestens, wenn du ihm ins Knie schießt.«

»Wir sind nicht die Mafia.«

»Danke, dass ich das endlich erfahre.«

»Such, schwatz nicht«, sagte Stachelmann. Kehrte ins Büro zurück und begann systematisch die Regale durchzugehen. Sogar die Aktenordner waren schick. Ihre Deckel bestanden aus einem glänzenden Kunststoff. So, wie sie einsortiert waren, zeigten ihre Rücken von links nach rechts einen Verlauf von Schwarz nach Hellgrau. Es handelte sich um Abrechnungen, Verträge. Penibel nach Jahr, Monat und Tag sortiert. Gewaltige Summen. Transaktionen in und aus allen möglichen Ländern. An und von allen möglichen Banken. Je länger Stachelmann blätterte, desto flauer wurde ihm. Er hatte Schneiders Gesicht nicht vergessen, als sie ihm die Schlüssel abgenommen hatten.

»Dann wollen wir mal gucken, was wir in deiner Bude so finden«, hatte Georgie betont lässig gesagt.

Und Schneider hatte gegrinst. Überheblich, als machte er sich nicht die geringsten Sorgen.

Das Grinsen kriegte Stachelmann nicht aus dem Kopf. Aber

es nutzte nichts. Suchen, suchen, suchen. Jetzt die Schubladen der Kommode hinter dem Schreibtisch. Er warf alles raus, tastete innen die Wände ab, missachtete den Schmerz in den Knien. Er würde Rebekka bitten, unter der Kommode nachzusehen.

Je länger die Suche sich hinzog, desto stärker wurde seine Entschlossenheit, Schneider ins Knie zu schießen. Und auch ins zweite, wenn er Felix' Versteck nicht verriet.

Er erhob sich mit schmerzenden Gelenken. Die Arthritis ließ sich solche Verrenkungen nicht gefallen. Glaub bloß nicht, du entkommst meinen Fängen, sagte sie. Und schickte ihm die Hölle in den Rücken. Er streckte das Kreuz und starrte auf die Skulptur, die in einem massiven Rahmen an der Wand hing. Oder war's ein Bild mit Erhebungen? Ein goldener Käfer, den es so gleichförmig aber nicht in der Natur gab. Ein kastenförmiger Leib, Drahtbeinchen auf beiden Seiten. Ein Chip.

»Das ist ein 8086, der erste 16-Bit-Prozessor von Intel. Vorläufer des 80286, der die legendäre Generation der 286er oder AT-PCs begründete«, sagte Georgie trocken. Wo kam der plötzlich her?

Die Nachbildung des Chips an der Wand war groß und bestand aus Gold, mindestens die Oberfläche. Die Beine aus Silber. Sie waren auf einer Goldplatte verlötet. Sah aus wie diese teuren Modellautos. »Und warum hängt das Teil da?« Während er es fragte, blitzte etwas in seinem Hirn auf. *8086*.

»Sagt dir das was, 8086, ich meine jetzt nicht technisch?«

Georgie schüttelte den Kopf.

In Stachelmanns Erinnerung schwirrte eine zweite Zahl. Er kratzte sich an der Schläfe. »Sagt dir *A 7100* was?«

Rebekka stand im Türrahmen. Ihre Miene schwankte zwischen interessiert und verwirrt, vielleicht knapp vor fassungslos.

Georgie tippte sich an die Stirn. »Was soll der Scheiß?«

»Der A 7100 war der erste 16-Bit-Computer der DDR.«

Georgie befummelte sein Smartphone. Dann sagte er: »K1810WM86, so hieß der Prozessor vom A 7100. Der Computer wurde 1985 vorgestellt. Der Prozessor war ein Nachbau des Intel 8086.«

»Die haben den geklaut«, sagte Rebekka.

Stachelmann deutete auf die Wandskulptur. »Und Schneider war dabei.«

»Mich wundert nichts mehr«, sagte Georgie.

»Weitersuchen!«, befahl Rebekka.

Sie kramten alles durch. Und fanden nichts. Stachelmann spürte die Vorzeichen der Depression. Sah, wie Rebekka dem Mann ins Knie schoss. Und wenn der durchhielt? Dann hatten sie einen Mann schwer verletzt, dem niemand ein Verbrechen nachweisen konnte. Gewiss, die Unterlagen aus Anderts Büro belasteten Schneider. Aber vor Gericht reichte es nicht. Sie würden nicht einmal eine Anklage durchbekommen.

Während Rebekka und Georgie in der Wohnung rumorten, stand Stachelmann im Büro und bewunderte den Sonnenuntergang. Wut verdrängte die Depression. Wenn Felix umkam, würde Anne ihm die Schuld geben. Und er würde sie sich auch geben. Verfluchte Scheiße! Es war klar, dass Schneider Felix entführt hatte. Genauso, dass er die drei Männer ermordet hatte. Stachelmann trat gegen den Schreibtisch. Riss den Chip von der Wand und warf ihn auf den Boden. Das Glas splitterte, der Rahmen brach und die Platine löste sich von der Rückwand.

»Was ist los?« Rebekka stürzte ins Büro.

Stachelmann winkte ab.

Rebekka kniete sich zu den Bruchstücken. Schob sie auseinander und deutete auf eine Speicherkarte. Blau, ohne Etikett. Micro-SD.

»Schau an«, sagte Georgie.

167

Rebekka legte die Speicherkarte auf den Boden. Schneider blickte Rebekka an, dann die Karte, dann Rebekka, dann Stachelmann. Er beugte sich hinunter, nahm die Karte, steckte sie in den Mund und schluckte sie hinunter.

»Micro-SD«, sagte er. »Die Magensäure frisst sie an, im Darm kriegt sie den Rest.« Er schluckte. »Schmeckt gar nicht übel. Machen Sie sich gar keine Sorgen um den Kleinen?«

Zum ersten Mal hatte er sich aus der Reserve locken lassen. Stachelmann hätte Georgie gern auf die Schulter geklopft. Wegen seiner genialen Einfälle.

Stachelmann zog eine Plastikhülle aus der Tasche. Darin eine Micro-SD-Karte. »Ich fürchte, Sie haben die falsche verschluckt«, sagte er trocken.

Georgie hatte einen Hocker in den Keller mitgenommen. Darauf stellte er sein altes Notebook. Stachelmann gab ihm die Karte, auch sie eine Kopie. Das Original und eine weitere Sicherheitskopie lagen im Wohnzimmer.

Schneider wurde bleich.

»Jetzt ist ein kleiner Filmabend« – ein Blick auf die Uhr – »nein, eine cineastische Nacht angesagt.« Er startete das Videoprogramm.

Stachelmann spürte, wie es wieder aus dem Magen hochkam. Der Film zeigte einen Raum mit grobem Putz, einen Keller wohl. Auf einem Tisch lag ein nackter Mann. Das Gesicht blutig und von Schmerzen verzerrt. Aber es war zweifelsfrei Andert. Eine andere Kamera zeigte Schneider und einen zweiten Mann. Schneider wirkte wie auf Drogen. Sein Blick war irre. Er stach mit dem Messer in Anderts Wade. Der hatte kaum noch die Kraft zu schreien.

Sie hatten sich das Material vollständig angeschaut. Danach

mussten sie sich erst erholen. Stachelmann hatte sich übergeben. Schneider hatte zwei Kameras installiert und aus deren Aufnahmen einen Film geschnitten. Der zeigte in allen ekelhaften Details, wie Schneider und ein anderer Mann Andert, Meister und Kaleske zerteilten, bis sie starben.

»So was hab ich noch nie gesehen«, hatte Rebekka kreidebleich gesagt. »Der Typ ist ein Monster.«

Schneider betrachtete den Film reglos. Alles an ihm signalisierte, dass er ihn in- und auswendig kannte. Am Ende sagte er: »Gut, Sie lassen den Film verschwinden, und ich sag Ihnen, wo Felix ist.«

Sie überlegten.

»Das ist ein hoher Preis«, sagte Rebekka nach einer Weile des Schweigens.

Sie winkte Georgie und Stachelmann vor die Tür. Sie berieten. Als sie zurückgekehrt waren, sagte Stachelmann: »Einverstanden.«

»Sie haben Sicherheitskopien.« Das war keine Frage.

»Wir haben das Original und zwei Kopien«, sagte Georgie.

»Holen Sie die. Jetzt. Sie haben fünfundzwanzig Sekunden«, sagte Schneider.

Rebekka lief los. Sie brauchte nur zwanzig. Legte zwei Karten auf den Hocker. Schneider schluckte beide. Und hielt die Hand auf. Georgie zog die Karte aus dem Notebook und gab sie Schneider. Der steckte auch sie in den Mund.

»Ich kann mich darauf verlassen, dass es keine weiteren Kopien des Films gibt?«

»Natürlich. Die Männer sind tot, der Junge lebt noch. Hoffentlich. Davon abgesehen, Sie haben keine Wahl. Sie müssen es glauben.«

Robert blickte Stachelmann misstrauisch an. »Und die Entführung ist ein Missverständnis, ein Versteckspiel?«

»Was sonst?«

Schneider hielt die Hände vor. »Aufschließen.«

»Nein«, sagte Rebekka. »Erst Felix. Wir holen ihn, dann kommen Sie frei.«

168

Anne weinte. Sie schloss Felix in die Arme. »Wo hast du ihn gefunden?« Georgie und Rebekka schien sie nicht zu sehen.

Sie hatten ihn in dem Keller entdeckt, den Schneider ihnen beschrieben hatte. Felix war verängstigt, aber sonst schien es ihm gut zu gehen.

»Es ist alles in Ordnung«, sagte Stachelmann.

Sie blickte ihn fragend an. »Meinst du?«

169

Schneider saß auf dem Boden, den Rücken an die Wand gelehnt. Er schien gedöst zu haben. Diesmal hatten sie ihn nicht beschallt.

»Haben Sie ihn gefunden?«

»Ja«, sagte Stachelmann.

»Jetzt sind Sie dran.« Er hielt die Arme nach vorn.

»Warten Sie, bis meine Kollegen da sind.« Rebekka zog eine Plastiktüte aus der Tasche. Darin die Originalspeicherkarte. »Ich nehme an, dass Ihre Fingerabdrücke drauf sind«, sagte sie.

»Wir hatten einen Deal.«

»Das ist Plusquamperfekt«, sagte Stachelmann.

Georgie stellte sich an die Wand gegenüber von Schneider

und streckte sich. Er fummelte hinter einem Rohr einen winzigen Gegenstand hervor. Den hielt er Schneider unter die Nase. »Ist alles drauf. Ist doch irre, wie klein Kameras inzwischen sind. Erstklassige Bild- und Tonqualität.«

170

Warum gerade das *Tokaja*? Warum nicht?, dachte er. Soll ich mich verstecken? Er hatte schon das zweite Glas Rotwein geleert, als sie endlich erschien. Er sah ihr im Halbdunkel der Kneipe an, dass sie einen aufregenden Tag gehabt hatte. Kein Wunder, sie hatte es sich gestern nicht nehmen lassen, Schneider höchstpersönlich im Präsidium abzuliefern. Die Kollegin im Urlaub hatte sie alle vorgeführt. Vor allem Ewald, dieses aufgeblasene Nichts. Sie küsste Stachelmann und setzte sich. Ein Fingerzeig auf sein Glas, dann zwei Finger in die Höhe. Der Kellner nickte.

»Du hättest die Gesichter sehen sollen! Ewald – ein Gedicht! Der hätte noch zwanzig Jahre im Sumpf gewühlt, ohne was zu finden.«

Aber sie hatte in den Gesichtern auch den Neid gelesen. Die Empörung über ihren Alleingang. Warum hatte sie ihre Kollegen nicht einbezogen? Da hätte es ihr nichts genutzt zu sagen, dass niemand ihr geglaubt habe. Jetzt war sie diejenige, die eine *offensichtliche Spur* aus Eigennutz verborgen hatte. Das grenzte an Behinderung einer polizeilichen Ermittlung. Niemand sprach es laut aus, aber Rebekka las es in den Augen. Springbein war die Kränkung in Person. Als hätte er sie nie angeschwärzt.

»Eine Schlangengrube ist eine Wellnessoase verglichen mit der Kripo.«

»Und Taut?«

»Der war der Einzige, der normal reagiert hat. Und weißt du, was er noch gesagt hat?« Sie blickte ihn mit hochgezogenen Brauen an.

»Nee. Was?« Er zuckte die Achseln.

»*Sie haben bewiesen, dass Sie für Führungsaufgaben geeignet sind. Melden Sie sich zum Lehrgang an, und in ein paar Monaten sind Sie Hauptkommissarin und Leiterin einer Mordkommission.*« Im Nachäffen anderer Leute war sie nicht gerade Weltklasse.

Stachelmann musste trotzdem lachen. »Ein raffinierter Hund, der Herr Taut.«

»Und Schneider, ich sag dir was. So einen hab ich noch nicht erlebt. Der andere Typ im Film ist sein Bruder. Der ist aber verschwunden. Vor Kurzem erst. Ich vermute, dass der aussteigen wollte und dass er ihn umgebracht hat. Schneider ist ein Monster.«

»Und was sagt er?«

»Nichts. Er will mit dir reden.«

Rebekka blickte sich um. Am Tisch neben der Tür saß eine Frau, die sie kannte. Die hob ihr Glas, deutete eine Verneigung an und lächelte.

»Ach, du lieber Himmel. Die hat mir gerade noch gefehlt.«

»Wer ist das?«

»Die Lobinger, so eine von der Glotze.«

Stachelmann blickte sie fragend an.

Aber sie lachte laut los.

171

Sie saßen sich im Vernehmungszimmer der Kripo gegenüber. Schneider hatte verlangt, mit Stachelmann allein zu sprechen. Obwohl er wusste, dass im Raum ein Mikrofon eingebaut war. Stachelmann schwieg und musterte den Mörder.

»Wissen Sie, wie es ist, so früh die Eltern zu verlieren? Und die Schwester zu besuchen, die nur noch brabbeln kann?«, fragte Schneider endlich.

»Nein. Aber das ist kein Grund, andere Leute umzubringen.«

»Ich wollte sie nicht töten. Sie haben mich gezwungen. Bei Andert ist es mir nicht so schwergefallen. Das gebe ich zu.«

»Weil er dafür verantwortlich ist, dass Ihre Eltern getötet wurden und Ihre Schwester im Heim landete.«

»Ja, eine Reifentöteraktion. Ich hatte ihn gesucht und dann festgestellt, dass er eine Spedition hat. Das passte zu meinen Plänen.«

»Ahnte Andert, was Sie über die Reifentöteraktion wussten?«

»Nein. Ich hab's ihm erst gesagt, als er auf dem Tisch lag. Er hat's zugegeben.« Lakonisch, fast tonlos.

»Aber warum haben Sie die Leute umgebracht? Warum auch Kaleske und Meister? Haben die Sie erpressen wollen?«

»Ja. Sie wissen das alles, oder?«

Stachelmann schüttelte den Kopf. »Ich rate nur.«

»Ich habe nie einen getroffen, der so gut rät«, sagte Schneider. Er lächelte flüchtig und holte Luft. »Alle drei kamen nach dem Ende der DDR und sagten, ein Nachschlag sei fällig. Schließlich hätten sie das Risiko getragen beim Transport in den Osten.« Er schüttelte ungläubig den Kopf. »Und ich hätte nur die Hand aufgehalten und doch das Meiste abgesahnt. Sie hätten nicht einmal einen rostigen Nagel gefunden, den sie in den Osten hätten schaffen können.«

»Und der Chip? Sie haben den 8086-Prozessor in die DDR gebracht …«

»Nur die Pläne. Die haben den nachgebaut. Später hab ich auch Prozessoren geliefert, aber die dienten nur den Versuchen. Die wollten wissen, ob ihr Chip so gut arbeitete wie das Original.«

»War das ihr größter Coup?«

»Ich habe ein paar Chips geliefert, auch Platinen. Auch den Nachfolger, den 80286. Die haben nach dem Zeug gegiert. Der Westen hat sie abgehängt und den Osten vom Fortschritt abgeklemmt. Die Cocom-Liste war wirkungsvoller als alle Atomraketen.«

»Das fanden Sie ungerecht?«

»Das war eine Schweinerei. Und lebensgefährlich. Es war pures Glück, dass die Sowjetunion einfach so untergegangen ist, ohne dass ein Schuss fiel. Alles andere war wahrscheinlicher.«

»Und Ihren Bruder, haben Sie den …«

»Lassen Sie ihn ruhen. Er war eine nutzlose Existenz. Er hat mich immer an mein Unglück erinnert.«

»Dafür konnte er doch nichts.«

Schneider erwiderte nichts. Dann sagte er noch: »Sorgen Sie für Magda. Es müsste Geld übrig bleiben.«

Fortan schwieg er. Bei allen Vernehmungen, vor Gericht und im Gefängnis.

Dank

meinem Historikerkollegen Dr. Alexander Ruoff (Berlin), der seine überragenden Recherchekünste auf www.history-house.de besser – wenn auch zu bescheiden – vorstellt, als ich es könnte.

Klaus Viehmann (Berlin), der sich glücklicherweise über jeden Fehler freut, den er mir unter die Nase reiben kann;

Elfriede Müller (Berlin) fürs Korrekturlesen – einer Qual, der sie sich unterzieht, obwohl sie Herrn Stachelmann nicht leiden kann;

meinem Lektor Christian Rohr (München), der mit Fleiß, aber vor allem Ideen beträchtlich zum Gelingen meiner Bücher beiträgt;

meiner Süßstoffvollversorgerin Anne Hinkel, deren *Café Eliza* (Sorauer Straße 6, 10997 Berlin-Kreuzberg, www.elizaberlin.de) die fast tägliche Rettung vor dem Schreibtisch ist. Nur montags nicht;

meiner Pilatestante Ulli Zacherl, deren Folterstudio (Cuvrystr. 35, 10997 Berlin, www.breathe-berlin.de) die beste Adresse für Masochisten und *Eliza*-Opfer (s. o.) ist, bestimmt weltweit. Nix wie hin!

Claudia Alt (München), die unverdrossen Fehler aufspürt und alle nach zahlreichen Korrekturdurchgängen verbliebenen Denkfehler des Autors.

Neben eigenen Archivrecherchen und der Durchsicht der eher kümmerlichen (Rechtfertigungs-)Literatur zum Thema KgU verdanke ich viele Einsichten den ausgezeichneten Büchern von Enrico Heitzer:

»Affäre Walter«: Die vergessene Verhaftungswelle, Berlin 2008, und

Die Kampfgruppe gegen Unmenschlichkeit (KgU): Widerstand und Spionage im Kalten Krieg 1948–1959, Köln (u. a.) 2015.

Der letztgenannte Titel ist zweifelsfrei das Standardwerk zur Geschichte der KgU. Ich empfehle seine Lektüre allen, die über dieses erstaunliche Kapitel des Kalten Kriegs mehr erfahren wollen.